Dr. Ute Buth
Mädelskram
Bauchkribbeln, Deo &

Dr. Ute Buth

# MÄDELS KRAM

## Bauchkribbeln, Deo & elternfreie Zone

SCM

SCM

Stiftung Christliche Medien

Der SCM-Verlag ist eine Gesellschaft der Stiftung Christliche Medien, einer gemeinnützigen Stiftung, die sich für die Förderung und Verbreitung christlicher Bücher, Zeitschriften, Filme und Musik einsetzt.


SCM-Verlag GmbH & Co. KG · Max-Eyth-Straße 41 · 71088 Holzgerlingen
Internet: www.scmedien.de · E-Mail: info@scm-verlag.de



Medizinische Entwicklungen gehen weiter:
Alle hier erfassten Daten und Ausführungen sind wissenschaftlich sorgfältig recherchiert und zusammengetragen worden. Die rasche Entwicklung in der Medizin und Wissenschaft bringt es jedoch mit sich, dass sich Sachlagen innerhalb kürzester Zeit ändern können und korrigiert werden müssen. Niemand ist daher von der Verantwortung freigestellt, sich selbst über aktuelle Entwicklungen auf dem Laufenden zu halten und Entscheidungen, zum Beispiel für eine Behandlungsmethode, eine Impfung oder eine Methode zur Empfängnisregelung, mit einer Ärztin seines Vertrauens vor Ort zu bedenken. Nur diese kann die persönliche Gesundheitssituation aktuell und individuell beurteilen. Auf dieser Basis sollten dann Entscheidungen getroffen werden. Sucht ein Mädchen allein Rat, wird die Ärztin im Zweifelsfall auch abschätzen, bei welchen Entscheidungen die Zustimmung der Eltern aufgrund des Alters noch erforderlich ist. Für diese sehr individuellen Entscheidungsprozesse kann ein Buch kein alleiniger Ratgeber sein. Es kann Entscheidungsprozesse allenfalls vorbereiten oder unterstützen. Vonseiten der Autorin und des Verlags kann daher keinerlei Haftung für Ansprüche übernommen werden, die aus den Inhalten dieses Buchs erwachsen könnten.

Gesamtgestaltung: Kathrin Spiegelberg, Weil im Schönbuch
Titelbild: shutterstock.com
Autorenfoto: Sven Lorenz, Essen
Illustrationen: Kathrin Spiegelberg, Weil im Schönbuch
Druck und Bindung: Finidr s. r. o.
Gedruckt in Tschechien
ISBN 978-3-7751-5568-7
Bestell-Nr. 395.568

Für meine beiden Mädels –
ich schätze eure jeweils einzigartige
und ganz besondere Persönlichkeit sehr!

# INHALT

# VORWORT

Erwachsene Buchautoren als bessere Teenager? Das funktioniert natürlich nicht. Wenn Teenager eines sind, dann das: wandelnde Seismografen, die merken, ob jemand nur so tut, als würde er sich für sie interessieren, und der schreibt, als wäre er *der* Experte dafür, wie Teenager reden und was ihnen wichtig ist.

Ute Buths Buch ist da ein echter Glücksfall. Sie tut nicht so, als wäre sie die beste Freundin. Das hat sie nicht nötig. Sie gibt Infos und Ratschläge, getragen von ihrer Berufs- und Lebenserfahrung, nicht von oben herab, sondern mitten aus dem Leben. Sie hat mit ganz vielen Mädchen geredet. Sie hat zugehört, und das oft und lange. Sie hat aufgepasst, was Mädchen bewegt. Sie hat ausreden lassen und diskutiert, ohne alles besser zu wissen. Sie hat geschaut, was bei den Mädchen ankommt, wenn sie etwas erklärt und ihre Meinung zu einem Problem sagt – und was nicht.

Neben der unaufgeregten Realitätsnähe hebt sich das Buch noch in anderer Hinsicht besonders positiv von anderen Mädchenratgebern ab: durch seine Sprache. Das Buch lässt sich ganz einfach wunderbar lesen. Ute Buth steht den Fragen und Sorgen von Teenagern nicht gleichgültig gegenüber, sondern mit echter Sympathie und einem hohen Maß an Einfühlungsvermögen. Sie weiß, dass mit Jugendlichen über Liebe und Sex zu reden nur klappt, wenn Respekt mit dabei ist. Entsprechend pflegt sie einen direkten Stil, der niemals anbiedernd oder überheblich wirkt.

In *Mädelskram* geht es um alle möglichen Fragen und brandaktuelle Themen von »Bin ich richtig?«, »Jungs konkret« bis zu »Online-Bekanntschaften«, »All about Sex« und jede Menge mehr. Es ist eine Kramkiste mit Fragen, Antworten und Überraschungen. Dass alles stimmt, das kann ich bestätigen.

Mädels, lest das Buch! Informiert euch, Schlausein macht Spaß! Ehrlich!

Prof. (USA) Dr. Jakob Pastötter
Sexualwissenschaftler

PS: Und wenn doch was nervt, schreibt es ihr. Das nennt sich dann Reality-Check ...

# SCHÖN, DASS DU HIER BIST!

Hey und herzlich willkommen bei *Mädelskram*, dem ganz besonderen Buch für Mädchen. Schön, dass du hier bist! Ganz egal, wo du stehst, wie viel sich bei dir schon verändert oder eben noch nicht verändert hat: *Mädelskram* möchte dich ein Stück begleiten und spricht dabei Klartext. Hier findest du gute und verlässliche Infos, wichtige, kreative Impulse und praktische Tipps. In der Pubertät ist alles irgendwie in Entwicklung. In so einer herausfordernden Zeit ist es gar nicht so einfach, klar zu erkennen, welche Ansagen tatsächlich wahr und vertrauenswürdig sind. Schließlich überlegt man es sich gut, mit wem man solch persönliche Fragen überhaupt besprechen könnte.

Als Frauenärztin unterrichte ich seit Jahren Sexualkundeprojekte an Grundschulen und weiterführenden Schulen. Dabei begegnen mir viele Mädels und Jungs mit sehr unterschiedlichem Grundwissen und ihren zum Teil konkreten, oft aber auch unausgesprochenen Fragen und Vorstellungen. Ich freue mich sehr, wenn sie aus diesen Projekten Antworten auf offene Fragen, Klarheit bei Unsicherheiten oder Fehlinfos, vor allem aber ein tieferes Verständnis für diese besondere Lebenszeit mitnehmen.

Aus all diesen Erfahrungen und im Alltag mit meinen Mädels zu Hause ist *Mädelskram* entstanden. Nutz es zum Stöbern, vielleicht hast du den einen oder anderen Aha-Effekt. Oder du findest zu deiner besonderen Freude dein Wissen bestätigt. Schau einfach, was dich gerade anspricht. *Mädelskram* ist bewusst so geschrieben, dass du es kreuz und quer durchforsten kannst, je nachdem, was dich gerade interessiert.

Das Zeichen ⟿ zeigt dir, dass dieses Stichwort im Buch an anderer Stelle noch mal ausführlicher vorkommt.

Wenn du nach einem bestimmten Thema oder Stichwort suchst, dann schau im Stichwortverzeichnis am Ende des Buchs nach.

Noch eine große Bitte: Dieses Buch ist *nicht* als alleiniger Ratgeber für sehr individuelle Entscheidungsprozesse gedacht. Es kann Entscheidungsprozesse allenfalls vorbereiten oder unterstützen. Deine persönliche Gesundheitssituation kann aktuell und individuell nur eine Ärztin beurteilen. Bitte wende dich vor allem bei medizinischen Fragen an eine Ärztin deines Vertrauens vor Ort!

Klasse, dass du dich informierst und so immer mehr zur Expertin in eigener Sache wirst!

Viel Spaß dabei wünscht Dir

DR. UTE BUTH

PS: Noch ein wichtiger Hinweis vorab:

Zahlreiche junge Mädchen, denen ich in Schulprojekten begegnet bin, sagten mir, dass sie es als sehr herausfordernd empfinden, ihren sich entwickelnden Körper einer anderen Person unbekleidet zu zeigen. Geht es um medizinische Untersuchungen und um ihren Intimbereich, empfinden sie es als natürlich, ihn – wenn überhaupt – einer Frau zu zeigen. Aus diesem Grund und auch der sprachlichen Einfachheit halber wähle ich im Buch hier durchgängig den Begriff »Frauenärztin« beziehungsweise spreche ich auch an anderer Stelle von Ärztinnen in der weiblichen Form. Natürlich behandeln männliche Kollegen Mädchen oder Frauen genauso fachgerecht, wie das eine weibliche Kollegin tun würde. Jedes Mädchen, jede Frau sollte in Ruhe für sich entscheiden, wann sie sich an eine Ärztin oder einen Arzt wenden möchte.

# EIN PAAR WORTE VORAB

## WORUM GEHT´S?

In *Mädelskram* geht es um dich und die Zeit vom »Mädchensein« zum »Frauwerden«. Das ist einerseits eine echt spannende Vorstellung – und gleichzeitig oft ganz schön verwirrend. Im Grunde genommen kennt dich aber kein Mensch besser als du dich selbst. Und darum weiß auch niemand besser, wo du gerade stehst oder in welchem Prozess du dich gerade befindest.

Denk mal einen Moment an Selfies: ein voll persönlicher Schnappschuss an einem besonderen Ort. Mit dem kannst du dich richtig gut in Szene setzen. Du zeigst dich den anderen von deiner Schokoladenseite. Doch das ist ja nicht alles. In dir steckt natürlich viel mehr als diese Momentaufnahme. Nicht alles würdest du gern anderen zeigen. Manches, weil es dir zu privat ist, manches, weil es nicht jeden etwas angeht, weil du es selbst an dir unvorteilhaft findest oder überhaupt nicht leiden kannst. Manch anderes hast du vielleicht selbst noch gar nicht entdeckt. Überleg mal ehrlich, wie gut du dich wirklich kennst. Du bist inzwischen schon einige Jahre mit dir unterwegs. Sich selbst kennen, bedeutet sich kennen*lernen*, sich entdecken, bei sich selbst ankommen, bei sich zu Hause sein. Das ist ein Entwicklungsprozess und geschieht nicht von heute auf morgen.

Nutz die Chance – und freunde dich Schritt für Schritt mit dir an. Immerhin wirst du ein ganzes Leben lang mit dir unterwegs sein. Darum übersieh dich nicht! Hey, du bist wertvoll und vor allem einzigartig. Mach dich auf den Weg, das immer besser zu entdecken. Denn so jemanden wie dich gibt es nicht noch einmal auf diesem Planeten. Das ist echt cool! In *Mädelskram* geht es also zuallererst um dich – und zwar um dich als Ganzes. Jederzeit. Du bist ein Original, keine Kopie!

# DIE PUBERTÄT IST KEINE KRANKHEIT – ABER WAS SOLL DAS ALLES?

So komisch das Wort klingt und so nervig du diesen Lebensabschnitt auch manchmal bis regelmäßig findest: Die Pubertät ist superwichtig! Das mag auf den ersten Blick nicht einleuchten, doch es gibt eine logische Erklärung: Meist sind Eltern diejenigen, die uns nach und nach erklären, wie das Leben im Allgemeinen und Speziellen so funktioniert. Ohne ihre Hilfe und Tipps ständen wir als Kleinkinder im Alltag nicht nur ziemlich blöd dar, es wäre schlichtweg lebensgefährlich! Babys und kleine Kinder lernen also eine Menge von ihren Eltern oder anderen wichtigen Bezugspersonen. Im Idealfall sind diese Vorbild und Lernmodell.

Doch die Sache hat einen Haken: Eltern sind gleichzeitig auch nur Menschen :). Diese Tatsache schließt mit ein, dass sie ab und an sehr komische Ansichten haben, den einen oder anderen kleineren oder richtig großen Fehler machen. Dass sie unvollkommen sind und manchmal völlig versagen – und das alles, obwohl oder so sehr sie sich womöglich anstrengen und meinen, hoffen oder gar behaupten, alles richtig zu machen! Nicht selten hat dies übrigens damit zu tun, dass sie selbst ihre Einzigartigkeit noch nicht völlig verstanden haben – und damit nicht als Original leben. Manchmal versuchen sie krampfhaft, etwas zu vermeiden – »Bloß nicht werden wie meine Eltern …« –, und legen sich damit unbewusst auf bestimmte Verhaltensweisen oder Rollen fest, die gar nicht ihre eigenen sind. Das engt ihren Handlungsspielraum und ihre persönliche Entfaltung unnötig ein. Darum können Eltern besonders in den Augen von Teenagern plötzlich sehr anstrengend sein, obwohl sie sich gar nicht anders verhalten als vorher. Fehler machen und Scheitern hat nun mal seinen Ursprung darin, dass wir Menschen nicht perfekt sind – Eltern wie Kinder. Es hilft enorm, wenn beide Seiten das grundsätzlich auf dem Schirm haben.

Doch zurück zum Anfang: Eltern, andere erwachsene Vorbilder

oder Bezugspersonen geben uns viel von ihrer Sicht auf die Welt mit: ihre Ansichten, Wertvorstellungen, ihre Vorlieben, ihre Art, an Dinge heranzugehen, ob positiv oder negativ.

Mal angenommen, es gäbe nie im Leben eine Zeit, in der wir dieses als Kleinkind erworbene Wissen überprüfen, und wir denken das konsequent weiter – dann würden wir im Erwachsenenalter als 1:1-Kopie unserer Eltern durchs Leben gehen: Wir würden unsere Wohnung so einrichten wie sie, uns so anziehen wie sie, dasselbe essen und arbeiten wie sie, die gleichen Filme gucken, die gleichen Bücher lesen, die gleichen Urlaubsziele ansteuern und die gleiche Meinung vertreten …

Lass mich mal raten. Das ist nicht unbedingt Musik in deinen Ohren, dein heimlich gehegter Traum. Schreck lass nach! Für viele Jugendliche ist das stattdessen eine echt abgefahrene Vorstellung. *Bloß das nicht!* Das muss übrigens noch nicht mal bedeuten, dass sie ihre Eltern nicht mögen. Manche Teilansichten sind voll okay, andere finden sie eher peinlich oder sogar zum Fremdschämen. An manchen Stellen will man, unabhängig vom Inhalt, aus Prinzip einfach nur anders sein. Dann ist es kein Widerspruch, bestimmte Dinge an sich gut zu finden, aber nach außen anders zu handeln.

Die Teeniezeit hat nun mal ihre eigene, im Prinzip ganz einleuchtende Logik. Je nach persönlichem Setting grenzen sich manche Teens Stück für Stück ab, andere werfen viele elterliche oder erwachsene Vorstellungen erst einmal pauschal über Bord. Ändert sich ihre Meinung, holen sie später manches, was sie inzwischen doch gut finden, zurück an Bord und fangen an, diese Position ganz neu für sich zu vertreten. Anderes lehnen sie weiterhin ab – und entwickeln so ihr ureigenes Profil.

**TIPP:** Die Pubertät ist deine geniale Chance, deine bisherige Einstellung nach und nach zu überprüfen, eine echte *Heraus*forderung und eine *Ein*ladung. Sie fordert dich *heraus* aus dem Kindsein und *lädt ein,* nach und nach erwachsen zu werden, dein ganz besonderes Profil herauszukristallisieren.

# STÜRMISCHE ZEITEN FÜR ALLE BETEILIGTEN

Diese Abgrenzung und Entwicklung in der Teeniezeit ist total wichtig – und doch für alle Beteiligten, Teens und Eltern, Family und Freunde nicht immer gleich gut auszuhalten. Wenn wir uns eine eigene Meinung bilden, ecken wir an: zu Hause, oft auch in der Schule, im Verein, in der Gemeinde ... Ob du in der Pubertät bist, kannst du auch daran wahrnehmen, wie viel Stress du mit deinen Eltern oder Lehrern hast. Nicht, weil du verkehrt bist, sondern weil du jetzt *anders* bist, anders reagierst, deine Prioritäten anders setzt – und weil du dich ausprobieren und vor allem auch abgrenzen möchtest. Und da brauchst du nun mal ab und an deine Eltern oder manchmal genau das Gegenteil: eine eltern- oder erwachsenenfreie Zone.

Aber auch im Miteinander in deiner Clique oder mit Freunden kann es schwierig sein. Manchmal nervt dich das Verhalten Einzelner tierisch. Du kannst dir nicht im Entferntesten vorstellen, was du mal an dieser oder jener Freundin gefunden hast. Abstand ist das Einzige, was dir gut und sinnvoll erscheint. Doch schon Wochen später siehst du das Mädel möglicherweise wieder durch eine ganz andere Brille – und dein Ärger, deine Sicht hat sich in Luft aufgelöst. Ihr seid ziemlich beste Freudinnen. Von außen kann das meist kaum einer gut nachvollziehen – und wenn du genau überlegst, ist es für dich selbst auch echt schräg, aber eben Tatsache.

**TIPP:** Stürmische Zeiten gehören nun mal zur Pubertät. Wir können ihnen nicht völlig aus dem Weg gehen. Wenn alle Beteiligten, Eltern wie Teens, sich darüber im Klaren sind, ist das schon ein wichtiger und hilfreicher Schritt. Das löst aber noch nicht die Konflikte im Einzelfall. Bei manchen Sachen lohnt es sich echt, zu kämpfen, andere sind weniger wichtig. Mündet jedes Anecken direkt in einer mittelschweren Schlacht, verlieren wir viel Energie – und stehen ständig unter Dauerfeuer. Das kann einen extrem aufreiben, ist anstrengend, nervig und vor allem kräftezehrend. Darum überleg dir im Einzelfall gut:

- Wie wichtig ist genau diese Sache für mich?
- Ist sie es wert, dafür mit voller Energie zu argumentieren, notfalls auch zu kämpfen?
- Wie schätze ich meine Chancen ein, in dieser Sache etwas zu verändern?
- Ist die Sache, mit etwas Abstand betrachtet, doch nicht so wild, reibt sie mich nur auf, ist eigentlich eine Kleinigkeit und die Kraft nicht wert, die ich da reinstecke?

Wenn sie jedoch entscheidend für dich ist, setz dich dafür ein, kläre Dinge, die dir sonst das Leben schwer machen. Dann lohnt es sich, deine Kräfte dafür zu mobilisieren. Sei schlau – bei zu vielen Fronten geht dir leicht die Puste aus. Nimm dir ab und an etwas Zeit zum Nachdenken: Was lohnt sich, voranzubringen und zu klären? Welche anderen Baustellen kannst du getrost zur Seite legen? Das geht viel besser, wenn du gerade nicht im akuten Konflikt stehst.

»Ich weiß noch genau, dass es mit ca. 13 eine Zeit gab, in der ich mich gefragt hab, wer ich bin und was mich ausmacht, weil ich mich so gar nicht wiedererkannt habe. Aber im Laufe der nächsten Jahre wurde das wieder ganz schnell klar.«

»Als Teenager war ich oft sehr unsicher. Ich hatte das Gefühl, dass viele Klassenkameradinnen viel besser wussten, wie sie sich gut in Szene setzen können. Da habe ich mich lieber zurückgehalten – und gehofft, dass sie mich gar nicht so sehr bemerken. Das hat sich sicherer angefühlt. So habe ich mich aber auch selbst zum Außenseiter gemacht. Erst später ist mir aufgefallen, dass sie selbst an vielen Stellen auch unsicher waren.«

»Beim Schulwechsel in die 5. Klasse kam ich in eine ganz neue Klasse, kannte kaum jemanden. Gleich zu Anfang wurde ich von einigen Kids aus meiner Klasse gemobbt. Sie spürten wohl meine Unsicherheit – und sagten mir, dass ich ›nichts sei‹, ein ›Stück Scheiße‹. So habe ich mich tatsächlich lange gefühlt. Es hat echt gedauert, bis ich ganz zu mir stehen konnte und mir klar war, dass ich nicht durch ihre Meinung definiert bin.«

»Ein Mädchen aus der Grundschule wohnte in unserer Nähe. Wir trafen uns früher oft. Irgendwann wurde mir klar, dass sie sich immer dann mit mir verabreden wollte, wenn sie niemanden hatte. Das hat mich 'ne Zeit total genervt, ich kam mir so als Lückenbüßer vor. Und weil ich auch andere Freundinnen treffen wollte und es schwer fand, ihr ständig abzusagen, habe ich mich anfangs voll zurückgezogen. Ich habe dann aber gemerkt, dass es mir besser geht, wenn ich mich mal mit ihr treffe und mal Nein sage. Das war anfangs nicht leicht, hat unserer Freundschaft aber langfristig gutgetan.«

»In der 5. Klasse kam ich mit einer Freundin aus der Grundschule in eine Klasse. Ich fand es voll blöd, dass sie sich anfangs ganz viel mit den neuen Mädchen in der Klasse getroffen hat. Irgendwie war ich abgeschrieben und habe sie dann innerlich auch abgeschrieben. Ich war total überrascht, als sie mir aus dem Urlaub eine ganz nette Karte geschrieben hat. Wir haben uns dann mal wieder getroffen und alles war wie früher. Das war schön und auch komisch. Lustigerweise sagte sie mir dann, dass sie es auch schwierig fand, dass ich so viel mit den anderen gemacht hatte. Daher hätte sie sich auch mehr mit den Neuen verabredet. Erst da habe ich besser verstanden, dass der Schulwechsel für uns beide stressig war und dass wir uns in der Klasse ja alle erst mal kennenlernen mussten.«

Nicht nur für dich, auch für deine Eltern ändert sich viel. Manchmal haben sie das Gefühl, mit den Veränderungen nicht mehr Schritt halten zu können, manchmal bist du eher in ruhigeren Fahrwassern. Wie es heute ist, weiß man nicht vorher. Deine Eltern staunen vielleicht gerade und begeistern sich mit dir darüber, wenn du mehr und mehr dein eigenes Profil entwickelst, und fragen sich schon morgen, wieso ihr Kind gerade so gestochen reagiert. Oder wieso das, was gestern noch okay war, heute plötzlich zum offenen Streit führt. Oder sie fördern deine Eigenständigkeit, was du echt super findest, und behandeln dich drei Tage später gefühlt wie ein Kleinkind – gar nicht lustig!

Auch zwischen Geschwistern ändert sich manches. Vielleicht ist dein Zimmer jetzt tabu, ihr badet nicht mehr zusammen, so wie früher als Kleinkinder, und – logo – bevor du dich ausziehst, müssen alle den Raum verlassen. Oft zählt für Teens die Meinung Gleichaltriger mehr. Das kann aber auch kippen, wenn man sich gegenseitig gerade nervt, sich anzickt und abgrenzen muss.

Willkommen in der Pubertät mit ihren Wetterlaunen: eitel Sonnenschein, sinnflutartige Regengüsse, Eiszeit, Frühlingsgefühle, stürmische Zeiten und hoher Seegang, ab und an ein Wirbelsturm und dann wieder totale Flaute – da ist einfach alles drin! Wichtig ist, dass alle Seiten sich weiterhin grundsätzlich mit Wertschätzung und Annahme begegnen beziehungsweise sich keinen Zacken aus der Krone brechen, wenn sie sich wieder darauf zurückbesinnen müssen. Ein Gewitter mit Paukenschlag muss nicht nur negativ sein – es kann auch die Atmosphäre bereinigen und am Ende einen zauberhaften Regenbogen an den Himmel malen. Achte drauf, dass du die Sonne immer wieder auf dein Gesicht lässt.

*»Du kannst den Regenbogen nicht haben,*
*wenn es nicht irgendwo regnet.«*
Indianische Weisheit[1]

**TIPP:** Wusstest du, dass selbst schon das Grinsen oder Schmunzeln im Gesicht ohne die entsprechende gute Laune, also die reine Muskelaktivität, dazu führt, dass im Körper positive Botenstoffe ausgeschüttet werden? Probier´s mal aus!

*»Gott schenkt dir das Gesicht – lächeln musst du selber!«*
aus Irland[2]

## WOHER KOMMT DEINE AUFKLÄRUNG?

Keine Ahnung, wer oder was gerade dir bei dieser Frage einfällt – vielleicht dein letztes Unterrichtsprojekt, eine Seite im Internet, deine große Schwester, Teens aus deiner Clique oder tatsächlich deine Eltern?

Ob deine Eltern dir auf dem Weg zum Erwachsenwerden wohl eine Hilfe sind? Super, wenn das so ist, selbstverständlich ist es leider nicht. Denn viele Eltern haben auch heute noch Mühe, mit ihren heranwachsenden Kindern über die Pubertät, Körperveränderungen und Sex zu sprechen. Das ist in aller Regel kein böser Wille. Sie haben ganz einfach nicht gelernt, wann und vor allem *wie* man selbstverständlich über diese Themen spricht. Denn viele Eltern sind selbst wenig bis gar nicht aufgeklärt. Aus Scham weichen sie dann manchmal auf merkwürdige Erklärungen aus, erzählen ihren Kids oder Teens was vom Storch oder erfinden andere Aufklärungsmärchen, wie es dieser Clip[3] hier wunderschön illustriert.

Wusstest du, dass Kids und Teens in Deutschland erst seit etwa 40 bis 45 Jahren in der Schule ergänzend zum Elternhaus aufgeklärt werden? Was viele Eltern nicht wissen: Wenn wichtige Bezugspersonen wie die Eltern mit ihren Kindern nicht über diese Fragen sprechen, klären sie sie indirekt dennoch auf. Du hast richtig gelesen – und das mag auf den ersten Blick wirklich unlogisch klingen, stimmt aber: Auf diesem Weg lernen die Kids: »Über diese Sachen spricht man nicht!« Man klärt also immer irgendwie auf, auch wenn man eher ein schräges oder verschobenes Bild vermittelt.

Und was macht man, wenn man nicht oder kaum aufgeklärt wird? Na logisch, man sucht sich eigene Infoquellen: Teeniezeitschriften, Filme oder das Internet, fragt hier und da vielleicht mal eine verlässliche, gute Freundin und schaut ansonsten, was man aus Gesprächen aufschnappen kann, ohne peinliche Fragen stellen zu müssen. Denn gute Infoquellen sind gar nicht so leicht zu finden. Immerhin hat jeder, der dich informiert – Eltern, Freunde, Lehrkräfte –, ja seine eigene Sicht auf Sexualität, die ihn oder sie prägt.

Das erklärt übrigens auch, wieso einige Jungs und Mädels den Aufklärungsunterricht in der Schule super wahrgenommen haben, sie haben ganz viel davon profitiert. Andere Klassenkameraden fanden ihn stattdessen peinlich, wieder andere waren wenig vorinformiert und können das Gesagte kaum einordnen. Ihre Sicht dazu und ob sie überhaupt Fragen stellen können, hängt von ihrer eigenen Lerngeschichte ab – und natürlich von der Prägung der Lehrkraft. Etwas nachzufragen, zu klären, erfordert viel Vertrauen. An der Reaktion unseres Gegenübers checken wir zudem rasch, ob wir diese Person wieder fragen würden.

**KLARTEXT:** Die Lehrkräfte im Schulunterricht können nicht abschätzen, wo du gerade in deiner Entwicklung und sexuellen ~~› Lerngeschichte stehst. Klar haben sie den Lehrauftrag, ein bestimmtes Wissen zu vermitteln. Gleichzeitig darfst und solltest du gut auf deine Grenzen achten, was für dich okay ist und was du innerlich nicht möchtest. Manche Kids und Teens erzählen von merkwürdigen Übungen im Unterricht, die sie nicht nur peinlich, sondern ekelig oder übergriffig fanden. Klar kostet es Überwindung, dazu Nein zu sagen, gleichzeitig gehört zur Freundschaft mit dir auch, dir nichts überstülpen zu lassen, was dir nicht behagt. Der unabhängige Beauftragte der Bundesregierung für Fragen des sexuellen Kindesmissbrauchs, Johannes-Wilhelm Rörig, sagt dazu: »Sexualpädagogik sollte Kindern und Jugendlichen altersangemessen und entwicklungssensibel Wissen über Sexualität vermitteln. Sie darf Mädchen und Jungen nicht verwirren oder verstören. Schamgefühl und Intimität der Kinder und Jugendlichen müssen dabei jederzeit respektiert werden. Das Schamgefühl ist ein wichtiger natürlicher Schutz für Mädchen und Jungen vor sexuellen Übergriffen und signalisiert ihnen, wann Grenzen verletzt werden.«[4] Er sieht die Gefahr von Grenzüberschreitungen zum Beispiel da, wo Kids und Teens »in der Klasse dazu aufgefordert werden, vor Mitschülern über ihre Sexualerfahrungen zu sprechen«[5] oder »dazu aufgefordert werden, gemeinsam körperliche Erkundungsübungen zu machen«[6].

Das Internet als virtuelle Informationsplattform scheint im Gegensatz zu realen Ansprechpartnern auf den ersten Blick viele Vorteile zu bieten. Man ist anonym, kann so viele Informationen suchen und Fragen stellen, wie man möchte, zu welcher Uhrzeit man will, manchmal sogar an reale Personen – und sich zu wirklich allem informieren. Der peinliche Effekt – jemand guckt komisch oder fragt gar zurück: »Sag mal, *wieso* willst *du* das alles eigentlich so genau wissen?« – fällt fast ganz weg. Du musst höchstens mit Rückfragen vonseiten deiner Eltern rechnen, wenn du den Browserverlauf nicht löschst. Oder

Schutzfilter schränken bei euch zu Hause die Suchmöglichkeiten ein. Dann gibt es immer noch andere Wege. Wer Antworten sucht, findet welche. Ob sie hilfreich oder richtig sind, ist oft unklar.

Das Internet – die Suchoase unserer modernen Gesellschaft? Leider nein. Denn was auf den ersten Blick als Vorteil erscheint, hat auf den zweiten Blick eine Menge Nachteile. Die Hauptschwierigkeit ist, dass du der Informationsquelle im Netz vertrauen musst, nicht prüfen kannst, ob die Info, die du erhältst, eine persönliche Meinung, eine Vermutung, ein Fake oder Fakt ist. Oft erhältst du im Netz aber auch ungefragt Antworten auf viel mehr Fragen, als du gestellt hattest. Das kann einen plötzlich inhaltlich überfordern und zugleich neugierig machen, weiterzulesen und damit den Absprung nicht zu schaffen. Bei einem echten Gegenüber hast du besser die Möglichkeit, dich auszuklinken – oder der andere merkt, dass es dir jetzt zu viel ist. Im Netz musst du aktiv ausschalten oder wegklicken. Außerdem erleben viele Menschen Dinge sehr unterschiedlich. Schildern sie im Netz ihre eigene Sicht als Allerweltswahrheit, fühlen andere sich verunsichert oder denken, sie wären falsch. Und damit sind wir bei der individuellen Lerngeschichte.

## WIE FUNKTIONIERT DIE SEXUELLE LERNGESCHICHTE?

Sexuelle Lerngeschichten sind so einzigartig wie Fingerabdrücke. Keine zwei Lerngeschichten von Menschen auf dieser Welt sind exakt gleich. Du hast, genau wie jeder andere Mensch, deine ganz individuelle Prägung bei allem, was mit Sex im weitesten Sinne zu tun hat. Die sexuelle Lerngeschichte beginnt schon mit deiner Zeugung. Aus dieser ersten Zelle ist dein ganzer Körper entstanden. Bei dem Verschmelzen von Ei und Samenzelle entscheidet die Erbinformation der Samenzelle über das Geschlecht des neuen Erdenbürgers. Die

Samenzelle legt dein genetisches Geschlecht fest, ob es weiblich oder männlich ist, manchmal gibt es auch ⤳ Intersexualität. (Dazu mehr im Hauptkapitel »Pubertät«.)

Die Botenstoffe (Hormone) und Geschlechtsorgane kommen erst nach und nach im Laufe der Schwangerschaft hinzu. Alles, was du im Laufe deines Lebens zum Thema Sex im weitesten Sinne mitbekommst, speicherst du mehr oder weniger intensiv ab. Beziehungen, die du eingehst, positive wie negative Erlebnisse, Sinneserfahrungen, vorhandene oder nicht vorhandene Sexualaufklärung durch deine Eltern, Wissen aus dem Netz, von Freunden, Büchern, Zeitschriften, Werbung u. v. m. und tatsächliche sexuelle Erlebnisse wie Petting oder Geschlechtsverkehr.

Je älter du wirst, umso mehr kannst du deine Lerngeschichte mitgestalten. Gespeichertes Wissen bedeutet nicht, dass du Sexualität auch so, wie du sie kennengelernt hast, lebst oder verstehst. Zum Teil klärt sich so für dich auch, was du nicht willst.

Doch nur zu einem gewissen Teil kannst du selbst bestimmen, womit du deine »Festplatte« beschreibst. Wenn du zum Beispiel einen Pornofilm anschaust, kannst du danach nicht entscheiden, ob du dir etwas davon merken möchtest. Dein Gehirn speichert, während du schaust.

In der Teenagerzeit bastelt dein Gehirn daran, dass du deine Fähigkeiten als Original voll einsetzen kannst. Es entwickelt mit dir dein Profil. Dazu wird jede Menge umgebaut, aussortiert, gefeilt, abgeschnitten, wieder angeklebt und letztlich neu vernetzt. Manche sagen dazu auch «Großbaustelle Gehirn«, denn alles muss neu geordnet werden. Generell werden bei Menschen, egal in welcher Altersphase, optische Eindrücke wie pornografische Bilder in ihre Lerngeschichte mit eingebaut. Sieht man sie aber nicht nur, sondern »erlebt« sie quasi körperlich mit, indem man dabei den eigenen Intimbereich berührt und ⤳ Selbstbefriedigung macht, werden sie als Lernmodell besonders gespeichert. Du kannst dir wahrscheinlich vorstellen, dass das Verankern dieser Lernmodelle in der sensiblen Umbauphase des Gehirns umso intensiver und prägender geschieht.

Anders als beim Computer kannst du aber Lerninhalte nicht einfach löschen und später durch als passender empfundene, andere Inhalte beliebig austauschen. Wenn überhaupt, muss dein Gehirn mühsam umlernen.

Daher treffen sich übrigens bei einer Hochzeit auch nie »zwei weiße unbeschriebene Blätter« in Sachen sexuelle Lerngeschichte. Auch wenn beide noch keinen Sex hatten. Ihre Lerngeschichte ist dennoch individuell geknüpft. Hast du bereits Vorerfahrungen, so prägen diese dich mit. Daher ist es nicht unbedingt von Vorteil, ein »vielfältig beschriebenes Blatt« zu sein.

Ich beschreibe sexuelle Lerngeschichten gern am Bild eines aufwändig geknüpften Orientteppichs mit vielen Mustern. Du kannst nicht mit der Schere hingehen und unliebsame Teile aus deinem Teppich rausschneiden. Stattdessen kannst du anfangen, neue Muster einzuweben und alte Fäden nach Möglichkeit auslaufen zu lassen. Das erfordert Geduld und Zeit. Am schlausten ist es, früh Verantwortung für die eigene Lerngeschichte zu übernehmen: Überleg dir, welche Inhalte du in den Bereichen, in denen du wählen kannst, auf deine Gehirnfestplatte hochlädst.

## SEX & SPRACHE – BESSER OHNE WORTE?

Über Sex zu reden oder über intime Körperstellen ist für viele Menschen nicht selbstverständlich. Direktes Reden nennt man auch *verbale* Kommunikation. Auch ohne Worte kann man anderen etwas mitteilen. Das nennt man *nonverbale* Kommunikation. Damit meint man Gesten, den Gesichtsausdruck, die Körperhaltung – also alles, mit dem man dem anderen ohne direkte Sprache mitteilt, was man empfindet. Diese Art der Sprache ist sehr interpretationsanfällig. Warum guckt er so ablehnend? Was meint sie denn jetzt mit dem Nicken?

Ist es Zustimmung oder Ungeduld? Aber ständig nachfragen möchte man auch nicht.

Manche Menschen denken, dass es in Freundschaften unromantisch wäre, wenn man etwas direkt anspricht. Müsste der andere ihnen nicht ihre Gedanken oder Wünsche von den Augen ablesen …? Doch Vorsicht, denn dies öffnet Missverständnissen Tür und Tor. »Sie hat nichts gesagt. Also war es für sie a) schön, b) langweilig, c) ätzend, d) na ja es geht so, e) Sonstiges.« Was man gelernt hat und auch was man interpretiert, du ahnst es schon, hängt wieder von der sexuellen Lerngeschichte ab. Was aber, wenn der andere da ganz anders aufgestellt ist? Was ist, wenn sie denkt: »Ich habe nichts gesagt. Das muss ihm doch sagen, dass ich a) total entspannt war, weil man dann nicht reden kann …, b) total nervös war, sonst hätte ich gern was gesagt, c) völlig unentspannt war, weil es wehgetan hat, und da kann ich nicht noch reden, da war ich mit mir selbst beschäftigt, d) echt glücklich verliebt bin, e) dran gedacht habe, dass ich nächste Woche Mathe schreibe.«

Du siehst schon, je nachdem, was man hier womit kombiniert, entstehen die schönsten Liebesgeschichten, hochexplosive Streits, üble Missverständnisse und in Beziehungen allgemein viel Sand im Getriebe. Was es zusätzlich spannend macht, sind die ganz unterschiedlichen Begriffe rund um die Sexualität, deren Kenntnis oder Nichtkenntnis auch auf das Konto der sexuellen Lerngeschichte gehen. Sie können wertschätzend, doppeldeutig, abwertend, Fachchinesisch oder in deiner Wahrnehmung einfach peinlich sein.

Diese vielen Begriffe sind anfangs ganz schön verwirrend. Man lernt erst nach und nach, was gleichbedeutend ist und was bei welcher Gelegenheit gesagt wird, was man in anderen Umgebungen aber nicht so benennen sollte. Es ist schon nachvollziehbar, dass nicht alle Begriffe überall passend sind.

Mit deinen Freunden sprichst du anders als mit einem Lehrer oder einer Ärztin. Manche Begriffe, zum Beispiel aus dem medizinischen Bereich, klingen vielleicht fremd, andere Wörter empfindest du als positiv, sympathisch, aufbauend – oder negativ, abfällig, herabwürdigend oder sogar verächtlich. Es ist ein großer Unterschied, ob jemand von einem Mädchen als »mein Schatz« oder als »meine Olle« spricht.

Bestimmte Begriffe können bei verschiedenen Gelegenheiten und mit unterschiedlicher Betonung ganz unterschiedliche Bedeutungen haben.

## WER SAGT WAS WIE?

| **Klassenkameraden/ Freunde** | **zu Hause** | **Schule** | **Arzt** |
|---|---|---|---|
| Muschi | Schamlippen/ Intimbereich/ Scheide[7] | äußere Geschlechtsorgane | Vulva |
| Pimmel/ Schwanz | Penis/ Glied | Penis | Penis |
| Titten | Brust/ Busen | Brust | Brust/ Mamma |
| poppen/ Liebe machen | miteinander schlafen/ Sex machen | Sex machen | Geschlechtsverkehr |

In dieser Tabelle habe ich bespielhaft verschiedene Begriffe aufgelistet, die mir oft in Schulprojekten begegnen und sie möglichen Bereichen zugeordnet, in denen sie Verwendung finden. Gut möglich, dass du an der einen oder anderen Stelle andere Begriffe einsetzen würdest, und dass dir ab und an Begriffe begegnen, die du nicht gut einordnen kannst. Mach dir keinen Stress damit. Auch wenn andere sie benutzen, heißt das noch lange nicht, dass sie selbst genau verstehen, was damit gemeint ist. Manche wollen auch nur cool wirken und überspielen damit ihre eigene Unsicherheit. Überleg dir, wo du gute Infoquellen hast oder wen du gegebenenfalls fragen kannst.

# DEINE LERNGESCHICHTE

Deine Lerngeschichte bestimmt also dein Denken über Sexualität.

> **TIPP:** Wenn es für dich dran ist, nimm dir etwas Zeit – und überlege, was du bisher über Sexualität gelernt hast. Ist das Wort an sich schon ein No-Go? Hat dich jemand aufgeklärt? Sind dir bestimmte Werte wichtig geworden? Was sind deine heutigen Gedanken dazu? Was möchtest du vielleicht verändern?

Ich mache dir echt Mut. Sexualwissenschaftler sagen, dass Sexualität lebenslang in Entwicklung ist. Die sexuelle Lerngeschichte ist nicht starr gebahnt, sondern auch veränderbar. Veränderungen geschehen aber meist nicht von heute auf morgen, sondern Schritt für Schritt, gelingen mal mehr und mal weniger gut. Wenn du ab jetzt mehr verstanden hast, wie sexuelles Lernen funktioniert – und du Verantwortung für das Prägen deiner Lerngeschichte übernimmst, bist du auf einem richtig guten Weg. Viele gute Infos findest du hier im Buch, bei anderen Sachen kannst du vielleicht deine Eltern oder eine andere Vertrauensperson einbeziehen.

Je nachdem, wie viel deine Eltern früher über Liebe und Sex gesprochen haben, wird es dir unterschiedlich leicht fallen, mit ihnen zu sprechen. Nicht alle Eltern haben eine gute Basis gelegt und überwinden sich nach langem Zögern allenfalls zu einem »Wir müssen mal reden«-Szenario. Das ist dann oft für beide Seiten richtig peinlich.

Manchmal kann es aber auch sehr hilfreich sein, Dinge einmal anzusprechen. Zum Beispiel Körperberührungen. Viele Teens möchten in der Öffentlichkeit nicht mehr von ihren Eltern in den Arm genommen oder geknuddelt werden. Zu Hause, allein, kann die Medaille schon ganz anders aussehen. Vielleicht magst du das Zusammensitzen oder Kuscheln schon gern, aber eben nur zu Hause, nicht immer und überall, wenn Freunde dabei sind oder schon gar nicht in der Öffentlichkeit? Fehlt deinen Eltern da die Sensibilität oder sind sie einfach unsicher? Überleg mal, ob du es nicht ansprechen kannst. Oft ist das besser, als jedes Mal wieder innerlich die Krise zu kriegen – und der andere hat immer noch nichts kapiert.

**ZUM WEITERDENKEN:** Auch wenn deine Eltern wahrscheinlich nicht die Meister sind, die alles richtig machen, und auch wenn ihr kein superentspanntes Miteinander in diesen Fragen habt, es ist ein Schatz, wenn ihr überhaupt miteinander ins Gespräch kommen könnt. Denn das war nicht immer so!

## VON WEGEN »GUTE ALTE ZEIT«

Früher sprachen Eltern mit ihren Kindern kaum bis gar nicht über die Körperveränderungen auf dem Weg zum Erwachsenen. Nicht wenige Mädchen bekamen einen riesigen Schreck, als sie zum ersten Mal ihre Regel bekamen. Sie waren total schockiert: »Was ist das? Ich hab mich doch nicht verletzt? Woher kommt bloß diese Blutung? O nein, bestimmt bin ich innerlich krank. Hoffentlich muss ich nicht sterben …«

»Mein Klassenlehrer hatte eine Blutkrankheit. Wann immer er sich verletzte, blutete er lange. Stets bestand die Gefahr, dass er eine Tages verblutet. Aufgeklärt wurde ich von meinen Eltern nicht. Als ich völlig unvorbereitet meine Tage zum ersten Mal bekam, kriegte ich einen Riesenschock. Ich sah das Blut in der Unterhose, und sofort war die Angst da. Ich habe mir das, was ich nicht erklären konnte, zusammengereimt:

Ich habe mich nicht verletzt, ich blute. O Mist. Bestimmt habe ich mich bei ihm angesteckt und habe nun diese Krankheit auch. Weil ich mich so schämte, traute ich mich nicht jemanden zu fragen. Als die Blutung nach sechs Tagen aufhörte, war ich total erleichtert – und hoffte, dass ich nie wieder solche Angst haben muss. Doch schon bei der nächsten Regelblutung ging die Panik wieder los. Erst viel später habe ich verstanden, dass man sich an so einer Krankheit gar nicht anstecken kann, sondern dass ich ab jetzt meine Tage habe und dass sich dies nun regelmäßig wiederholt.«

Auch die Jungs waren irritiert, beim Stimmbruch oder wenn sie als Teenager irgendwann den ersten feuchten Traum und damit den ersten Samenerguss erlebten. Wieso wird der Penis steif, und wieso kommt da diese merkwürde Flüssigkeit heraus? Ist das normal? Wann wird er steif? Was, wenn das in der Öffentlichkeit passiert ...? Viele Fragen, niemand, mit dem man darüber reden konnte. Mehr zum Thema Jungs findest du im Hauptkapitel ⟿ Jungs konkret.

Heute ist vieles leichter, auch wenn im Miteinander von Eltern und Teens nicht immer alles rund läuft, nicht selten geht es rauf und runter, ist oft wie eine Achterbahnfahrt.

# PUBERTÄT

## WAS BEDEUTET »PUBERTÄT«?

Das Fachwort »Pubertät« klingt schon irgendwie fremd und hat natürlich nichts damit zu tun, was »Pu, der Bär gern tät«. Übersetzt bedeutet es: »Die Zeitspanne, in der du vom Kind zum Erwachsenen wirst«, oder genauer gesagt, »vom Mädchen zur Frau«, also die Geschlechtsreife.

Warum man dem so einen komplizierten Namen geben muss? Keine Ahnung, der Begriff ist schon uralt, stammt aus dem Lateinischen und hat sich doch gut gehalten. Ähnliche Begriffe sind Reifezeit, Wachstum, Entwicklung oder Jugendzeit.

Glücklicherweise erreichst du die Geschlechtsreife nicht plötzlich über Nacht. Stell dir bloß mal vor, wie schräg es wäre, wenn du am nächsten Morgen völlig verändert aufwachst und direkt so zur Schule gehen müsstest! Irgendwie hat es doch etwas Gutes, dass die ganze Entwicklung ihre acht bis zehn Jahre Zeit braucht – lang genug, um sich in aller Ruhe an die einzelnen Veränderungen zu gewöhnen.

Apropos Veränderungen: Sie beginnen durch ~> Botenstoffe, auch Hormone genannt.

## IM WECHSELBAD DER GEFÜHLE

Als Menschen verfügen wir über ein inneres Nachrichtensystem. Es hilft unserem Körper, normal zu funktionieren. Das alles läuft völlig unbewusst ab. Und das ist gut so. Denn wenn wir jedes Mal dran denken müssten, dass nun ein bestimmter Botenstoff aktiviert werden muss, könnten wir, wenn wir ihn vergessen, ganz schön viel Chaos anrichten.

Hormone oder auch ⟿ Botenstoffe sind also ein körpereigenes Infosystem wie ein Newsticker. Sie teilen bestimmten Körperbereichen mit, was gerade zu tun ist, welche Veränderungen gestartet werden sollen – und sie bewirken, wie du dich fühlst. Gefühle sind Ausdrucksformen unseres Befindens. In der Teeniezeit sind die Ausschläge nach oben und unten besonders krass. Man spricht auch von himmelhochjauchzend bis zu Tode betrübt – mit allen Varianten dazwischen –, die berühmte Gefühlsachterbahn.

Du kannst deine Botenstoffe also nicht direkt sehen, bemerkst aber ihre Auswirkungen. Mit Gefühlen ist das so eine Sache. Sie sind genial, weil sie uns von sachlich funktionierenden Systemen zu individuellen Menschen machen. Aber sie können total anstrengend sein, wenn wir uns schlechten Gefühlen gegenüber ausgeliefert fühlen.

*»Die schlechte Laune ist eine Art Ohrfeige ins eigene Gesicht.«*[8]

Werner Mitsch

**KLARTEXT:** Manche Menschen bekommen regelmäßig im Winter schlechte Gefühle und fühlen sich antriebslos. Meist ist es ein Winterblues, manchmal eine echte Winterdepression. Man vermutet, dass es an zu wenig natürlichem Tageslicht liegt, was sich dann negativ auf die Bildung wichtiger körpereigener Botenstoffe auswirkt. Daher ist ein erster Schritt im Herbst/Winter, nach Möglichkeit natürliches Tageslicht zu nutzen, Sport an der frischen Luft zu treiben, zum Beispiel Nordic Walking, Joggen oder einfach Spaziergänge. Das kann auch vorbeugend helfen, um gar nicht erst in einen kritischen Bereich abzurutschen. Es gibt auch spezielle Lichtlampen, die man zu Hause aufstellen kann. Wenn das alles nicht ausreichend hilft, ist es wichtig, sich fachkundige Hilfe zu suchen. Es kann ein erster Schritt sein, deine Hausärztin darauf anzusprechen.

**TIPP:** Du kannst schlechte Gefühle oft auch wieder drehen. Ich hatte als Studentin eine Uli-Stein-Postkartensammlung. Da waren jede Menge witzige Cartoons drauf. Wenn ich schlechte Laune hatte, der Tag trüb aussah oder ich mich geärgert hatte, nahm ich mir immer mal wieder die Postkarten vor. Das Schmunzeln setzte sich prompt durch. Mit etwas Abstand konnte ich manche Situation anders betrachten. Oft hat sie sich dann gar nicht mehr so blöd angefühlt.

Das funktioniert auch mit peppiger Lieblingsmusik, schönen Buchtexten, einem ansprechenden Bildband oder wenn du ein Danke-Buch anfängst. Wir nehmen so viele Dinge für selbstverständlich, jammern oft auf hohem Niveau. Mach dir klar, was alles auf deiner »Haben-Seite« steht, das verändert deine Perspektive – und damit deine innere Einstellung. Und natürlich gibt es ab und an auch wirklich schwierige Lebensumstände. Doch die allermeisten Dinge sind nicht festzementiert, auch wenn es auf den ersten Blick so aussieht. Auch in den Bereichen, die dir nicht gefallen, kann sich über kurz oder lang noch etwas ändern!

*»Nicht, wie viel wir haben, macht uns glücklich,*
*sondern wie sehr wir es genießen.«*[9]

C.H. Spurgeon

## PRIVATE ZONE – DO NOT DISTURB!

In der Pubertät wächst dein Wunsch nach mehr Privatsphäre. Du möchtest mehr in deinem und über dein Leben bestimmen und auch mehr für dich allein sein. Das bedeutet nicht automatisch, dass du Stress oder Streit mit anderen hast, auch wenn das manchmal komplizierend dazukommt. Der Wunsch nach einer elternfreien Zone, der Rückzug ins eigene Zimmer, das abgeschlossene Badezimmer oder vielleicht dein Tagebuch sind praktischer Ausdruck davon.

Für deine Eltern ist es nicht immer einfach zu erkennen, wann die Zeit gekommen ist, wenn du mehr Abstand oder Privatsphäre brauchst oder zum Bespiel im Bad allein sein möchtest. Denn das ist bei jedem ein wenig anders. Es gibt kein festgelegtes Alter. Als du ein Kleinkind warst, mussten deine Eltern noch unbedingt darauf achten, dass du in der Badewanne nicht ertrinkst. Wenn du 15 bist, ist das lange nicht mehr nötig und du kriegst die Krise, falls jemand die Badezimmertür versehentlich öffnet, während du badest. Überleg dir in Ruhe, ob du mehr Privatsphäre brauchst. Geh die Sache überlegt an und schau, wann du es gut ansprechen kannst. Es ist nicht hilfreich, einen Forderungskatalog aufzustellen, und manches braucht Zeit zum Einüben.

**TIPP:** Vielleicht hast du wegen Eurer Wohnsituation (noch) kein eigenes Zimmer und leidest darunter. Überleg mal, wo es dennoch Möglichkeiten für Freiräume gibt, an die du bisher noch nicht gedacht hast. Gibt es ein Gästezimmer, das du für Besuch nutzen kannst? Könntest du das Gästezimmer übernehmen, und der Besuch darf notfalls bei dir schlafen? Kannst du mit deinen Geschwistern feste Wochentage absprechen, wann wer das gemeinsame Zimmer nutzen kann? Gibt es ein Dachboden- oder Kellerzimmer, das sich vielleicht umräumen oder anpassen lässt? Geh nicht von vornherein davon aus, dass sich an deiner Situation sowieso rein gar nichts ändern lässt.

## CHAOS IM KOPF

Vielleicht hast du in der Pubertät manchmal das Gefühl, dass es in deinem Kopf aussieht wie zu den schlimmsten Zeiten in deinem Zimmer: alles (f)liegt kreuz und quer, drunter und drüber, Chaos pur.

Deine Gefühle ziehen dich in eine andere Richtung als dein Verstand. Gute Freunde sind plötzlich üble Miesmacher. Was gestern obercool und schick war, findest du heute ätzend oder langweilig. Du verstehst die Welt nicht mehr – Kurzschluss im Kopf? Ja, schon möglich – so seltsam das klingt.

Dein Gehirn wird nämlich in dieser Zeit komplett neu verknüpft. Das Vorderhirn, zuständig für vernünftige Entscheidungen, wird leider erst zum Schluss wieder vollständig verbunden. Daher ist manches Verhalten für Außenstehende – und manchmal sogar für dich selbst – nur schwer nachzuvollziehen. Da ist diese »Großbaustelle« in deinem Kopf. Die Hormone tanzen Samba. Alles verloren? Nein, schließlich wird dir nicht wochenlang die Sicherung rausgedreht. Der Umbau geschieht im laufenden Betrieb. Du gibst deinen Verstand nicht an der Garderobe ab.

**TIPP:** Überleg, was deine Prioritäten, was deine Ziele sind – und bau dir gegebenenfalls Nachdenkinseln ein. Will ich das wirklich? Oder ist das jetzt nur eine flüchtige Idee? Macht das Sinn oder springe ich gerade nur auf einen Zug von anderen auf?

Achte auf dein Reden und deine Gedanken – es gibt Sprüche, mit denen du dich in deinen Verhaltensmustern festlegst: »Ich kapier eh nichts. Ich bin einfach zu blöd dazu!«; »Ich lerne Französisch nie …!«; »Ich kann mich nicht konzentrieren«; »Das schaffe ich nie«.

Je häufiger du sie über dir aussprichst, umso eher werden sie Wirklichkeit. Denn jede Schwierigkeit, nehmen wir einmal in Französisch, sortierst du gleich in die »Ich lerne Französisch nie«-Schublade ein. Setz stattdessen die Wahrheit dagegen: »Warum sollte gerade ich Französisch nicht lernen können? Was ist aktuell genau das Problem? Okay, diese Vokabeln oder die unregelmäßigen Verben muss ich mir nochmals genau anschauen. Und schließlich lernt man eine Fremdsprache auch nicht, indem man sich das Lehrbuch nachts unter das Kopfkissen legt. Es ist völlig normal, dass ich etwas dafür tun muss. Und es ist noch lange nicht gesagt, dass ich Französisch nicht lernen werde. Ganz im Gegenteil, ich bin auf dem besten Weg dahin!«

Denk an eine Raupe – wenn sie ständig über den Sinn diskutieren würde, ob es gut ist, einen Kokon zu bauen, sich sogar verweigern würde, dann gäbe es nie den wunderschönen, frei fliegenden Schmetterling. Wenn sie immer steif und fest behauptet: »Ich bin doch Realist: Raupen stehen mit allen Beinen auf dem Boden. Fliegen ist was für Vögel, nicht für unsereins!«, bliebe sie am Boden, sogar später als Schmetterling. Wie blöd wäre das denn: »Wie unpraktisch … Jetzt kann ich total schlecht laufen. Was in aller Welt sollen bloß diese überdimensionalen Dinger an meiner Seite. Sie stören mich total beim Vorwärtsgehen, ich bleibe ja ständig hängen. So ein Ärger. Vorher, als ich nur Beine hatte, war es besser!«

Wirklich? Die Dinger sind Flügel, wie schade und vor allem unnötig wäre das denn, wenn sie nie ausprobiert werden?! Darum akzeptiere, was gerade ist, aber bleibe nicht zwanghaft dabei stehen. Überlege, was nötig ist, um dich weiterzuentwickeln, und dann setz es aktiv um. Erlaube dir, auf dem Weg zu sein, und geh konsequent vorwärts. Nur wenn du das Ziel kennst, kannst du es auch gut anpeilen. Wenn du jemanden in Berlin besuchen möchtest, tippst du ins Navi hoffentlich die genaue Adresse ein. Andernfalls kannst du Jahre durch die Hauptstadt irren – und die gesuchte Person doch niemals finden.

## WO STEHST DU GERADE?

Beim »Cool, ich werde erwachsen!« oder beim »Stress lass nach!«? Wie ist deine Einstellung zu dem Veränderungsprozess? Und natürlich spielt sich nicht alles nur im Kopf ab, sondern auch sehr spürbar und vor allem sichtbar im und am Körper. Bemerkst du schon viele Körperveränderungen – oder sind es bisher nur wenige? Manchmal kann es hilfreich sein, mal eine Bestandsaufnahme zu machen. Im nachfolgenden Check für Mädchen kannst du dir einen Überblick verschaffen.

# DER ULTIMATIVE CHECK[10]: WIE WEIT BIST DU IN DER PUBERTÄT? ♀

| | **0** = gar nicht oder weiß nicht<br>**1** = ein bisschen, teils – teils<br>**2** = auf jeden Fall, stark |
|---|---|
| Meine Brust beginnt zu wachsen. | |
| Meine Brustwarzen richten sich auf. | |
| Mir wachsen glatte Haare im Schambereich. | |
| Mir wachsen gekräuselte Haare im Schambereich. | |
| Mir wachsen Haare unter den Armen. | |
| Ich bekomme rundere Hüften. | |
| Ich hatte bereits den Weißfluss. | |
| Ich hatte schon meine erste Regel. | |
| Mein Körper wächst deutlich. | |
| Meine Monatsblutung kommt schon regelmäßig. | |
| Ich schwitze und rieche stärker als früher. | |
| Ich habe mehr Pickel als früher. | |
| Mal geht es mir super, mal bin ich völlig niedergeschlagen. | |
| Ich finde Jungs nicht mehr nur doof, sondern plötzlich interessant. | |

| | |
|---|---|
| Ich habe mehr Streit mit meinen Eltern. | |
| Ich achte mehr darauf, was ich anziehe. | |
| Ich möchte, dass mein Körper gut aussieht. | |
| Ich möchte selbstständig entscheiden können. | |
| **SUMME** | |

| | |
|---|---|
| **0** bis **5** Punkte | Wirklich? Schau noch mal nach :)! |
| **6** bis **10** Punkte | Herzlichen Glückwunsch – der Anfang der Pubertät ist geschafft! |
| **11** bis **20** Punkte | Du bist mittendrin – halte durch, du schaffst es! |
| **21** bis **36** Punkte | Du stehst voll unter Strom – wie lange hält deine Umwelt das noch aus? |
| über **36** Punkte | Klingt gigantisch und sehr erwachsen, aber vielleicht hast du in Mathe nicht gut aufgepasst … |

Wie auch immer deine Bestandsaufnahme ist, denk dran: Du bist einzigartig.

Manchmal funktionieren ⟿ Botenstoffe nicht so, wie sie es sollten, dann setzt die Pubertät zu früh oder zu spät ein. Sehr selten kommt sie gar nicht oder einzelne Entwicklungsschritte bleiben aus. Mach dich nicht verrückt und geh erst einmal vom Normalfall aus. Und wenn dir doch etwas komisch vorkommt, sei mutig, such dir eine Vertrauensperson und frag nach. Ansprechpartner können deine Eltern, deine Kinderärztin oder Hausärztin oder auch eine vertrauenswürdige Lehrerin sein.

*Wichtig:* Da die Veränderungen bei allen Teens zu völlig unterschiedlichen Zeiten beginnen, ist es sogar wahrscheinlich, dass du das Gefühl hast, etwas bei dir sei anders. Zu früh, zu spät, zu sehr sichtbar, zu wenig sichtbar – im Vergleich mit anderen wirst du bestimmt anders sein. Vielleicht sind bei vielen schon Veränderungen zu sehen, während du selbst noch darauf wartest. Freunde dich nach und nach mit deinem eigenen Rhythmus an.

# ZUFRIEDEN MIT DEM EIGENEN KÖRPER?

Willkommen in der Pubertät – oder besser gesagt in der Realität?! Erwachsen werden bedeutet: Dein Körper befindet sich mitten in einem Prozess selbstständiger und vor allem ungefragter Veränderungen. Das ist für beide Seiten nicht einfach.

Vielen Mädchen wäre es auf den ersten Blick sehr lieb, wenn sie bei diesen Veränderungen das eine oder andere Wörtchen mitreden könnten, sowohl inhaltlich als auch zeitlich. Wäre es nicht viel besser das Ganze jeweils nur in den Ferien zu durchleben? – Kommt drauf an, wen man da so trifft und was man macht. Oder was die anderen nachher sagen …

Und *wie* würdest du dich verändern? In einer Zeit, in der sich deine Idee davon, wen oder was du schön findest, häufig ändert, ist es nicht unsinnig, dass dein Körper sein eigenes Programm fährt. Sonst könnte alles ganz schön durcheinanderlaufen. »Mehr Busen wäre schön …« Zwei Wochen später: »O, nein, so viel hatte ich nicht gemeint.« Wirklich nicht? »Doch – aber jetzt gefällt es mir nicht mehr. Ich möchte rundere Hüften, halt stopp, nicht so breit!« Wahrscheinlich gäbe das ziemlich viel Chaos.

Von daher hat es auch Vorteile, dass wir diese Entscheidungen nicht treffen müssen. Unser Körper handelt autonom – und macht, was entwicklungstechnisch dran ist. Mal wächst du in die Höhe, mal in die Breite. Denk dran, wenn das Wachstum in die Breite dir Stress macht: Meist kommt danach ein Wachstumsschub in die Höhe. Fang nicht gleich mit einer Diät an. Der Körper merkt sich das und nimmt es dir möglicherweise übel.

# INTERSEXUALITÄT

Mit diesem Begriff, früher wurde auch der Begriff »Zwitter« verwendet, bezeichnet man einen Körper, der nicht eindeutig weiblich oder männlich ist, also »zwischen den Geschlechtern« steht. »Zwischengeschlecht« ist ein weiterer Begriff, um zu beschreiben, dass jemand manchmal sogar weibliche und männliche Geschlechtsorgane hat.

**KLARTEXT:** Intersexualität sollte nicht mit Transsexualität oder Transvestiten verwechselt werden. Bei der Transsexualität sind die Geschlechtsorgane eindeutig einem Geschlecht zugeordnet. Transsexuelle empfinden ihr Geschlecht als nicht zu ihnen zugehörig und möchten das andere Geschlecht annehmen. Transvestiten hingegen tragen gern die Kleidung des anderen Geschlechts, möchten aber ihren Körper nicht verändern.

Es ist gut möglich, dass du heute zum allerersten Mal von Intersexualität hörst und diesen Gedanken ziemlich irritierend findest. »Kann das wahr sein, echt jetzt? Wieso weiß ich nichts davon?«, so mag es dir durch den Kopf gehen.

Sehr zum Leidwesen der betroffenen Menschen ist dies immer noch ein großes Tabu. Genaue Zahlen kennt man leider nicht, man vermutet aber, dass in Deutschland ungefähr 100 000[11] intersexuelle Menschen leben.

Vielleicht ist es sogar so, dass du selbst weißt oder irgendwann erfährst, dass dein Körper nicht eindeutig weiblich oder männlich ist. Da dieses Thema auch im Aufklärungsunterricht in der Schule meist nicht aufgegriffen wird, gibt es dazu jede Menge Verwirrung. »Kann man tatsächlich beides sein, Mann und Frau? Wie lebt man damit praktisch? Und warum ist das überhaupt so?« Intersexualität wirft – natürlich zuallererst für diejenigen, die es persönlich angeht –

viele Fragen auf und ist auch aus medizinischer Sicht ein sehr komplexes Thema. Lass mich das ein wenig näher erklären:

Die Entstehung eines Menschen ist eine äußerst komplizierte Angelegenheit. Unzählige Einzelschritte müssen in der richtigen Reihenfolge ablaufen, damit nach neun Monaten aus einer befruchteten Eizelle ein Baby entstanden ist. Damit ist die Entwicklung aber keineswegs abgeschlossen. Wie du weißt, wachsen wir weiter, entwickeln uns – auch in der Pubertät nochmals besonders auf dem Weg vom Kind zum Erwachsenen. Neben unseren Erbinformationen, die je zur Hälfte aus Ei- und Samenzelle stammen, beeinflussen auch die Botenstoffe (Hormone) unsere Entwicklung mit. Sie haben einen großen Anteil daran, dass sich unsere Geschlechtsorgane ordnungsgemäß entwickeln. Im Körper jedes Menschen gibt es in der ganz frühen Entwicklung im Mutterleib Körperzellen, die sich zu weiblichen, und Körperzellen, die sich zu männlichen Geschlechtsorganen entwickeln können. Je nach Erbinformation werden in der Entwicklung des Babys Botenstoffe freigesetzt, die bei einem Mädchen die Entwicklung der weiblichen Geschlechtsorgane fördern und die der männlichen Geschlechtsorgane hemmen. Beim Jungen ist es genau andersherum.

Sind in dieser Entwicklung wichtige Botenstoffe in ihrer Funktion gestört oder fehlen ganz, kann die Entwicklung anders verlaufen. Entfällt die planmäßige Hemmung des anderen Geschlechts, können sogar in einer Person männliche und weibliche Geschlechtsorgane entstehen. Auf allen diesen Entwicklungsebenen kann also die Geschlechtsentwicklung anders verlaufen. Das ist auch für Erwachsene sehr schwer zu verstehen und in der Medizin ein Spezialgebiet.

Früher hat man Eltern von Babys mit nicht eindeutigem Geschlecht meist nahegelegt, ihr Kind frühzeitig operieren zu lassen, damit das Geschlecht eindeutig zugeordnet werden konnte. Das führte oft zu viel Leid. Denn man schuf in einem Alter, in dem man das Baby nicht fragen kann, was es sein möchte, eine vermeintliche Eindeutigkeit. In den Anfängen dieser Operationen wurden viele Kinder zu Mädchen operiert, weil dies technisch einfacher umzusetzen war als äußere männliche Geschlechtsorgane zu bilden. Einmal vorgenommene Operationen kann man jedoch nicht ungeschehen machen. Seit 1. November 2013 gibt es in Deutschland ein geändertes Personenstandgesetz[12]: Wenn das Geschlecht eines Babys nach der Geburt nicht eindeutig zugeordnet werden kann, ist es offenzulassen. So weit ein erster Einblick in Kürze.

**ZUM WEITERDENKEN:** Falls du davon nicht betroffen bist – und das heute zum ersten Mal hörst –, dann mag das alles für dich echt befremdlich klingen. Aber versetz dich mal für einen Moment in einen Menschen, der mit diesen Randbedingungen nicht nur heute, sondern grundsätzlich leben muss. Dem von allen Seiten Unverständnis entgegenkommt, zu der herausfordernden Situation mit sich selbst, der vielleicht nie Freundschaft, Sexualität oder eine Schwangerschaft wie andere erleben kann. Das ist wirklich nicht einfach. Diese Person bräuchte gute, verlässliche Freunde. Es ist aber oft richtig schwer, sich damit aus der Deckung zu wagen, wenn man nicht weiß, ob die anderen überhaupt davon wissen – und ob sie gut und weise damit umgehen können.

Mach dir klar: Bei uns allen hätte in der Entwicklung etwas anders laufen können – dann stünden wir heute genauso vor der Frage, wie wir damit gut leben können.

**TIPP:** Wenn Intersexualität dich jedoch selbst betrifft, dann überleg in Ruhe: Wo stehst du? Welche Entwicklung hast du gemacht? Wo möchtest du hin? Was hilft dir in deiner jetzigen Lebenssituation? Vielleicht ist auch erst mal Trauern über das, was nicht geht, dran. Manchmal ist Abwarten angesagt – erst mal schauen, was in der Pubertät genau passiert –, dann wieder neu entscheiden. Manchmal sind vor der Pubertät Schritte wichtig, damit sich der Körper durch die Botenstoffe nicht in eine bestimmte Richtung festlegt, die du nicht möchtest. Such nach Möglichkeit die Hilfe eines kompetenten Fachteams, das dir dabei zur Seite steht.

Wenn es irgendwann möglich ist, dann versuche, mit der Vergangenheit und mit dir selbst Frieden zu schließen. Sieh aktiv nach vorn, entfalte dein Leben. So ungerecht es erscheinen mag: Du kannst nicht in die Vergangenheit reisen, um die Weichen anders zu stellen. Aber die Weichen der Zukunft liegen vor dir. Im Rahmen aller Grenzen, die du vielleicht wahrnimmst – du kannst sie aktiv stellen und Ja zu dir sagen!

## MUTPROBEN

Die Neuverknüpfung des Gehirns und die große Wichtigkeit der gleichaltrigen Clique sind ein Grund dafür, weshalb viele Teens Mutproben mitmachen. Sie sind gar nicht unbedingt blauäugig und finden das alles so harmlos. Vielmehr empfinden sie sich oft in der Zwickmühle, wollen im Ansehen der Gruppe nicht als Baby dastehen, und machen gegen ihr inneres ablehnendes Gefühl deshalb oft doch mit. Dabei landen sie nicht selten in Situationen, die sie sich allein kaum ausgesucht hätten.

Das mag positiv sein, wenn du dich zum Beispiel in einen Kletterpark traust. Es kann aber auch verhängnisvoll schiefgehen, wenn du dabei deinen gesunden Verstand wegdrückst. Wenn die vermeintliche Mutprobe zum Beispiel strafbar ist oder auf ein altes baufälliges Fabrikgebäude oder einen Güterbahnhof führt. Ein 17-jähriges Mädchen[13] starb, als sie auf einen geparkten Güterzug für ein Fotoshooting kletterte. Sie kam dabei der Leitung über dem Zug so nahe, dass der Starkstrom übersprang und sie lebensgefährlich verletzte. In einem anderen Fall wurde eine 17-Jährige[14] nachts von der Polizei aufgegriffen, als sie mit Freunden unterwegs war. Sie stand Schmiere, die anderen hatten Sprayflaschen dabei und wurden beim Sprayen illegaler Graffiti an einer S-Bahn erwischt. Selbst wer nur dabeisteht und aufpasst, macht sich strafbar. Wusstest du, dass Graffitisprayer wegen Sachbeschädigung dem Eigentümer gegenüber 30 (!) Jahre[15] lang haftbar sind? Graffiti als Kunstform gehört auf offiziell genehmigte Flächen und ist dann auch legal.

Jugendliche bauen – im Vergleich dazu, wenn sie allein fahren – an einem Fahrsimulator viel mehr Unfälle, wenn eine Gruppe Gleichaltriger hinter ihnen steht. Wer möchte schon hören, dass er wie eine Oma Auto fährt ... In dem Moment geht es darum, cool zu sein.

Aber es bleibt ja nicht beim Fahrsimulator. Das gleiche Prinzip greift, wenn du ins echte Auto, aufs Rad oder Mofa steigst.

Leg ab und an eine Extra-Gedankenschleife ein: Was ist wirklich dein Ding? Was willst du tun und was willst du nicht? Steh zu dir, und lass dir nichts von anderen aufzwingen.

## GENUSSMITTEL & ABHÄNGIGKEIT

Es gibt eine Menge Dinge, die in Menschen einen besonders guten Gefühlszustand hervorrufen. Nicht immer ist gleich die Grenze offensichtlich, was einfach nur nett schmeckt und was definitiv abhängig, also süchtig, macht. Aber genau in dieser Grauzone liegt auch die Gefahr, dass man Sachen falsch einschätzt, sie eher für harmlos hält – und plötzlich merkt: »Ich komm nicht mehr davon los, was jetzt?«

Daher ein paar Basics rund um dieses Thema: Abhängig sein kann man »stoffgebunden« oder »nicht stoffgebunden«. Stoffgebundene Süchte binden Menschen an bestimmte Substanzen wie Alkohol, verschiedenste Drogen, Nikotin, Medikamente (vor allem Schmerz- und Schlafmittel und stimmungsaufhellende Substanzen). Bei nicht stoffgebundenen Süchten sind Menschen an ein bestimmtes Verhalten gekettet. Dies kann sich auf ganz unterschiedliche Themen beziehen, wie zum Beispiel Arbeitssucht, zwanghafter Sport, Diäten oder zwanghaftes Essen, Esssucht, Spielsucht, Kaufsucht, Internet- oder Onlinesucht, Sex- oder Pornografiesucht.

Wie du an der Auflistung siehst, gibt es eine ganze Reihe von Sachen, die du hier vielleicht gar nicht vermutet hättest. Das alles wirft Fragen auf. Muss nicht jeder essen? Ist Fleiß im Beruf denn schlecht? Wo beginnt die Grenze zwischen der normalen Arbeit hin zur Arbeitssucht? Ist es nicht normal, ab und an eine Tablette zu nehmen? Ich dachte, Sport wäre gesund! Alkohol trinken doch viele, wie gefährlich ist Alkohol wirklich? Kann Rauchen so schädlich sein? Die vielen Leute fallen doch auch nicht alle gleich tot um!

**KLARTEXT:** Wusstest du, dass Zigaretten nur deshalb so bekömmlich schmecken, weil ihnen Aromen und Zusatzstoffe beigemischt werden? Das erleichtert den Einstieg und bindet den Konsumenten. Daher ist es für viele Menschen so schwer, mit dem Rauchen wieder aufzuhören. Die Krebsforscherin Martina Pötschke-Langer sagt: »Die Zigarette ohne Zusatzstoffe ist eine Werbelüge.«[16] In einem spannenden Interview[17] kannst du ihre genauen Erklärungen dazu nachlesen.

## INFO

Viel Rauch um nichts?

Wusstest du, dass im Rauch einer Zigarette ca. 3 800 Stoffe enthalten sind, davon 200, die giftig sind, und mindestens 40[18], die Krebs auslösen können?

Stell dir vor, jemand schenkt dir heute ein echt leckeres Bonbon. Nachdem du es schon zur Hälfte aufgelutscht hast, sagt er plötzlich: »Oh, was ich vergessen habe: In dem Bonbon ist ein Stoff enthalten, der Krebs auslösen kann. Ich hoffe, das stört dich nicht.«

Mal ehrlich – wahrscheinlich würdest du den Rest so schnell wie möglich ausspucken und dir vielleicht sogar überlegen, ob du einen guten Anwalt kennst, der ihn verklagen könnte.

Ist es nicht Wahnsinn, dass so viele Menschen sich krebserregende Zigaretten freiwillig in den Mund stecken? Meist liegt es daran, dass sie als Jugendliche noch nicht um die Gefahren wussten – und dass die ersten Zigaretten sie schon an dieses Genussmittel gebunden haben. Klar fallen sie nicht sofort um, aber langfristig schaden sie ihrer Gesundheit erheblich.

Übrigens denken viele Jugendliche, das Rauchen einer Wasserpfeife, »Sisha«, sei weniger problematisch und eine ungefährliche Alternative zu gesundheitsschädlichen Zigaretten. Dies ist jedoch nicht der Fall, auch beim Sisha-Rauchen gelangen krebserregende Stoffe[19] in den Urin. Unmittelbar gefährlich ist aber vor allem die hohe Konzentration eines Gases im Blut, an dem man ersticken kann.

Kohlenmonoxid[20] ist ein farb-, geruch- und geschmackloses Atemgift, das zu einem starken Sauerstoffmangel im Körper führt, weil es sich anstelle von Sauerstoff an die roten Blutkörperchen bindet. Anzeichen sind zum Beispiel Kopfschmerzen, Schwindel, Übelkeit, Bewusstlosigkeit und Krampfanfälle.

In der Bevölkerung ist es vor allem im Rahmen von Gasherdunfällen und Rauchgasvergiftungen bei Bränden bekannt. Das ist auch ein wichtiger Grund, weshalb man im Brandfall keinen Aufzug benutzen darf. Wenn viel Kohlenmonoxid entsteht, kann man dem im Aufzug nicht ausweichen und stirbt an Sauerstoffmangel. Allein 370 Menschen sterben pro Jahr in Deutschland an einer Kohlenmonoxidvergiftung.

Doch auch das Inhalieren von Treibgasen und Lösungsmitteln aus Sprühflaschen wie Deos kann in die Sucht führen und tödlichen enden.[21]

Wie beim Rauchen finden viele andere der oben genannten Verhaltensweisen oder Genussmittel im Alltag ihren ganz regulären Platz – und sind auch deshalb so tückisch. Es ist schlau, seine Grenzen gut im Blick zu behalten.

**TIPP:** Auf der Internetseite *www.kenndeinlimit.de*[22] kannst du anhand eines anonymen Tests den eigenen Umgang mit Alkohol checken. Das Ergebnis zeigt in Form von Ampelfarben, ob noch alles im grünen Bereich ist oder wo du aufpassen solltest. Denn Alkohol ist eine Droge und ein hochgradiges Zellgift. Mach dir klar, dass du für deine Entscheidungen Verantwortung hast.[23]

Vor Hunderten Jahren, als es noch keine Narkosemittel gab, hat man Alkohol zur Betäubung bei medizinischen Eingriffen benutzt. Heute ist er ein gesellschaftlich ziemlich akzeptiertes Rauschmittel. Auch bei Großveranstaltungen wie der Fußball-WM 2014 war Bierwerbung selbstverständlich. Nicht selten bieten Discos Alkohol als Flatrate an. Du zahlst einmal Eintritt und kannst so viel trinken, wie du willst. Dabei lockt nicht nur der niedrige Preis. Mit Alkohol gemischte Softdrinks (Alkopops) verführen zum Komasaufen[24]. Sie sind zudem üppige Kalorienbomben. Durch den hohen Zuckergehalt und den süßen Geschmack merkst du gar nicht, wie viel Alkohol du schon intus hast.

Ganz abgesehen von den negativen Einflüssen auf die Figur wirkt Alkohol enthemmend. Es kann zum »Filmriss« kommen – du weißt am nächsten Tag vielleicht nicht mehr, wie du nach Hause oder wie nah du deiner männlichen Begleitung wirklich gekommen bist. Eine ziemlich unangenehme Vorstellung. Viele Straftaten und Verkehrsunfälle, nicht selten mit tödlichem Ausgang, geschehen unter Alkoholeinfluss. Wer Auto fährt, sollte sicherheitshalber null Promille[25] anpeilen und auf Alkohol ganz verzichten. Die Zahlen sind auch bei Mädels[26] echt alarmierend: Viel zu viele Jugendliche finden sich nach Alkoholexzessen mit Vergiftungen auf der Intensivstation eines Krankenhauses wieder. Allein 2012 mussten 26 000 Jugendliche wegen einer Alkoholvergiftung im Krankenhaus behandelt werden![27] Je nach Alkoholgehalt im Blut kann die Überdosierung von Alkohol akut tödlich enden.

Aus dieser Sicht macht es schon Sinn, dass das Jugendschutzgesetz den Verkauf von Bier und Wein erst ab 16 Jahren und hochprozentigen Alkohol wie Schnaps erst ab 18 Jahren zulässt. Längerfristig führt übermäßiger Alkoholkonsum zur Gewöhnung und dabei nicht nur in die Sucht, sondern auch zu ernsthaften Körperschäden zum Beispiel an der Leber bis hin zu Leberkrebs.

Alkohol in der Schwangerschaft kann schon in geringen Mengen das Kind erheblich und lebenslang schädigen. Daher gilt in der Schwangerschaft unbedingt die Null-Promille-Grenze! Durch K.-o.-Tropfen kann es aber auch ganz ohne Alkohol zum totalen Gedächtnisausfall kommen. Dabei wird ein chemischer Stoff (meist Liquid Ecstasy), der betäubend wirkt, heimlich in das Glas oder Essen eines Partygastes gemischt. Durch das Vermischen mit dem Eigengeschmack des Getränks oder Essens wird der salzige, seifige Geschmack der Droge überdeckt. Überfälle mit dem Ziel, die Opfer auszurauben, sexuelle Übergriffe bis hin zur Vergewaltigung können die Folge sein.

**TIPP:** Besonders in Discos oder bei anderen Großveranstaltungen, aber auch auf privaten Partys tust du gut daran, grundsätzlich keine Getränke von Fremden anzunehmen und einen Blick auf dein Glas zu haben. Sprich dich am besten mit Freundinnen ab, dass ihr zum Beispiel bei Toilettenbesuchen gegenseitig aufpasst.

Opfer können Girls und Jungs werden. Die Wirkung setzt etwa 15 bis 30 Minuten später ein und ist von Person zu Person unterschiedlich. Das hängt auch sehr davon ab, was man vorher getrunken hat, ob man vorher Medikamente oder Drogen genommen hat, denn dann kommt es zur Vermischung der Wirkungen. Den meisten Opfern wird schwindelig oder schlecht, als hätten sie zu viel getrunken, sie sind aus heiterem Himmel euphorisch. In diesem Zustand sind sie leicht zu beeinflussen. Später kommt es dann meist zur Bewusstlosigkeit mit anschließendem Filmriss. Ein Filmriss ist eine Erinnerungslücke in deiner Vergangenheit.

**TIPP:** Die Einnahme von K.-o.-Tropfen kann lebensgefährlich sein! Daher sollte man bei plötzlicher Ohnmacht gerade in diesem Gesamtsetting zur Sicherheit mit der 112 den Notarzt rufen (das geht auch bei leerer Handykarte!). Wichtig: Die Droge ist nach etwa zwölf Stunden nicht mehr im Körper nachweisbar. Wenn du im Nachhinein den Verdacht hast, dass etwas in dieser Richtung passiert ist, solltest du möglichst umgehend zum Arzt oder Notdienst gehen. Dort können Blut und Urinproben genommen werden. Auf *www.ko-tropfen-nein-danke.de* gibt es viele Infos rund um das Thema.

## DROGEN

Drogen sind Substanzen, die zum Aufhellen der Stimmung eingenommen werden. Sie verändern das eigene Bewusstsein und heben die Stimmung. Je nach Stoff werden sie dem Körper auf unterschiedliche Art und Weise zugeführt (Tabletten, Spritzen, einatmen, essen, trinken …). Neben dem vielfach hohen Abhängigkeits- und Gewöhnungspotenzial stellt auch die Herstellungsart ein nicht zu unterschätzendes Problem dar.

Drogen werden meist durch Dealer vertrieben. Sie machen mit dem heimlichen Verkauf der Substanzen ein gutes Geschäft. Wenn sie den Stoff verdünnen oder andere, günstigere Substanzen beimischen, erhöht sich ihr Gewinn. Als Käufer kann man die Qualität der gekauften Substanz nicht kontrollieren. Ecstasy-Tabletten werden zum Beispiel in Chemielabors hergestellt. Wird dabei gepanscht, kann schon eine Tablette tödlich wirken[28].

Vielfach unterschätzt wird Crystal Meth, eine chemische Droge, die sehr schnell Abhängigkeit hervorruft, unter anderem Namen[29] schon weit vor dem Zweiten Weltkrieg auf dem Markt war und deren Folgen so beschrieben werden: »Crystal kann zu Hirnschäden, Angstzuständen und Psychosen führen. Erst mit zunehmendem Konsum zeigen sich die körperlichen Folgen der Abhängigkeit. Crystal lagert sich zum Beispiel in den Hautschichten ab, viele Süchtige drücken stundenlang an den Unreinheiten herum. Andere zerkratzen sich im Rausch das Gesicht.«[30]

# FREUNDSCHAFT MIT MIR

## BIN ICH RICHTIG?

Ob du es glaubst oder nicht, dich so fühlst oder nicht: Du bist einmalig! Ja, genau du! Dich gab es nicht und gibt es nicht noch mal! Du bist einzigartig. Es gab und gibt niemanden in dieser Welt, der genauso ist wie du.

Das ist schon eine krasse Vorstellung bei den mehr als sieben Milliarden Menschen, die aktuell auf dem Erdball herumlaufen. Und es wird auch niemals mehr jemand wie du geboren werden. An dieser Tatsache kommen wir nicht vorbei: Kein Mensch ist exakt wie ein anderer. Und das liegt nicht allein an unseren einzigartigen Fingerabdrücken.

Jeder Blick auf diese Welt, jedes Erleben, jede Begabung in ihrer Gesamtkombination ist einmalig. Ein Satz von Lou Engle, den ich einmal gelesen habe, macht mich in diesem Zusammenhang nachdenklich: »God had a dream – and wrapped your body around it.«[31] Gott hatte einen Traum und wickelte deinen Körper um diesen Traum. In jedem von uns liegt ein Spezialtraum Gottes verborgen. Um in dem Bild zu bleiben: Du trägst quasi in dir eine einzigartige »Wrap-Spezialmischung«, die es so nicht noch einmal gibt! Eine ziemlich coole Vorstellung!

Gott als Freund, der einen Schatz in dich und in mich hineinlegt, eine Freundschaft mit Gott? Geht das denn überhaupt? Vielleicht sagst Du: »Ja klar, so kenne ich ihn schon lange.« Oder du fragst irritiert: »Ist Gott nicht perfekt, weit weg und macht alles richtig?« Jemand anders sieht ihn eher als alten Mann mit weißem Bart. »Gott? Der macht doch keine Fehler. Können wir da überhaupt mithalten, wenn uns immer wieder Sachen misslingen, schiefgehen, wir Menschen uns gegenseitig anzicken und wehtun?«, mögen andere einwenden. Das Zusammenleben von Menschen ist ja tatsächlich nicht so einfach. Da müssen wir noch nicht einmal die vielen aktuellen Kriege anschauen. Wir werden schon im Alltag oft genug aneinander schuldig, tun anderen Unrecht oder schaden ihnen sogar. Das eigene unschöne Verhalten kann einen ganz schön belasten, besonders wenn der andere nicht nur kurzfristig darunter zu leiden hat. Ob man mit Schuldgefühlen klarkommt, daran zerbricht, Hilfe bei Gott findet oder aus Angst lieber in Deckung geht, hängt sehr von der eigenen »Glaubens-Lerngeschichte« ab. Sie prägt dein jetziges Bild von Gott. Doch auch das ist nicht in Stein gemeißelt, sondern kann sich verändern, wenn man mehr über Gott dazulernt oder ihn persönlich kennenlernt.[32] Denn Gott wünscht sich Gemeinschaft mit den Menschen, die er wunderbar gemacht, und in die er Träume gelegt hat. Mit ihm kannst du im Gebet reden, wie du mit anderen Freunden sprichst. Auch dazu mache ich dir Mut und wünsche dir ganz viel Segen. Ansprechpartner zu offenen Fragen kannst du in einer Jugendgruppe, Kirchengemeinde oder übers Netz[33] finden.

*»Gott trägt dein Bild in seiner Brieftasche.«*

Tony Campolo[34]

Wer kann dir besser helfen, deine Identität und den Sinn deines Lebens zu finden, als der Erfinder selbst …? – Wir alle haben Begabungen, Fähigkeiten und Talente. Wir alle bereichern unsere Welt. Doch niemand in dieser Welt kann exakt das tun, was du tun kannst. Wenn du fehlst oder deine Begabungen nicht entfaltest, dann fehlt etwas total Wichtiges. Dann ist die Welt ein Stück ärmer. Zugegeben, dieser Gedanke ist ganz schön groß, und nicht alle Menschen können sich überhaupt gut leiden.

Ich habe keine Ahnung, wie es dir geht. Wenn du dich magst und liebst, wie du bist, ist das ein unglaublicher Schatz. Wenn nicht, dann gehörst du leider zur Mehrzahl, denn vielen Menschen geht es ähnlich. Sie sind mit sich unzufrieden oder können sich nicht gut leiden.

Aber du musst nicht dabei stehen bleiben. Du kannst dich weiterentwickeln und den Schatz in dir heben.

**ZUM WEITERDENKEN:** Die Bibel spricht sogar davon, dass Gottes Geist im Körper eines gläubigen Menschen wohnt, wie in einem Tempel. Vielleicht ist der Gedanke, dein Körper könnte ein Gotteshaus sein, in deinen Augen echt abgefahren. Doch bleib mal für einen Moment bei diesem Bild. Einerseits macht es klar, dass Gott sich nicht zu fein ist, Menschen nahe zu kommen. Aber überleg mal, was diese Aussage für deinen Umgang mit dir selbst bedeutet. Dein Körper als Tempel? Gehst du sorgfältig mit deinem Körper um? Oder müllst du ihn eher voll – und stehst innerlich mit dir auf Kriegsfuß?

Ich mache dir Mut, dich Schritt für Schritt so anzunehmen, wie du jetzt bist – und dass du respektvoll mit deinem Körper umgehst –, auch wenn du nicht unbedingt alles an dir magst. Die Hauptsache ist, dass du in Bewegung bist. Sich jetzt anzunehmen, bedeutet nämlich nicht, *das Jetzt* einzuzementieren. Du kannst, darfst, wirst dich sowieso immer weiterentwickeln. Es macht so viel mehr Spaß, wenn du die Richtung der Entwicklung aktiv mitbestimmst! Du musst und wirst nicht so bleiben, wie du bist. Denn das Ureigenste im Leben ist Entwicklung. Es liegt an Dir, dem eine gute Richtung zu geben, die richtigen Weichen zu stellen – verbünde dich mit dir selbst!

*»Verhalte dich so, wie du sein willst, und schon bald wirst du so sein, wie du dich verhältst.«*

Leonard Cohen[35]

**TIPP:** Fang an, die Dinge anzugehen, die du verändern möchtest. Fang an, dir gutzutun. Nimm dir nicht zu viel auf einmal vor. Überlege in Ruhe, was wirklich dran ist, was dir schon lange unter den Nägeln brennt. Dann geh das Ganze in kleinen Schritten an. Immer nur einen Schritt auf einmal. Anfangs ist es mühsam und kostet Kraft, dran zu denken. Leg dir ein paar Memory-Points zum Beispiel in deinem Zimmer oder auf deinem Handy an. Doch schon mit ein paar Wiederholungen ist es für dein Gehirn leichter, und wenn du dann nicht aufgibst, sondern dranbleibst, kriegst du es langfristig verankert.

Wow, herzlichen Glückwunsch, du hast echt was erreicht. Überlege dir vorher, was dir dein Ziel wert ist. Wie kannst du dich gut belohnen, wenn du es geschafft hast?

Nimm dir einen Moment Zeit, überlege einmal in Ruhe: Was kannst du gut? Was magst du an Dir? Was findest du schwierig? Die meisten Menschen sind viel schneller darin, ihre Schwächen und Schwachpunkte aufzuschreiben und vor anderen zu betonen.

Damit wir uns nicht falsch verstehen: Selbstkritik muss keineswegs falsch sein. Wenn ich mich weiterentwickeln will, gehört es an mancher Stelle auch dazu, ehrlich zu sein und mich kritisch zu hinterfragen.

*»Sei, wer du bist, und sag, was du fühlst. Denn die, die das stört, zählen nicht und die, die zählen, stört es nicht.«*

Theodor Seuss Geisel[36]

## KRIEG ODER FRIEDEN?

Denk dran: Die Pubertät ist eine herausfordernde Zeit vom Kindsein zum Erwachsenwerden. Sie fordert uns heraus aus der Kindheit und fördert uns hinein ins Erwachsensein.

Zwischendrin kommt es vor, dass du dich in beiden Welten nicht wirklich zugehörig fühlst. Du bist weder Fisch noch Fleisch. In der Schule wirst du in der Oberstufe plötzlich gesiezt, auch wenn du dich noch gar nicht danach fühlst.

Beim Arzt wirst du unerwartet mit deinem Nachnamen aufgerufen. »Frau Jansen, bitte!« – »Moment mal, gilt das mir? Ich bin doch Anna!« – »Frau Jansen, Frau Anna Jansen, bitte!« – »Ups, die scheinen doch mich zu meinen …«

Alles in allem eine sehr merkwürdige Zeit, in der auch noch deine Hormone Samba tanzen. Dein Gefühlsleben kann total schwanken. In der Pubertät ist alles möglich. Es gibt Zeiten, da zieht man wie ein Magnet jeden Streit an, hängt total schnell unter der Decke, stürzt in unendliche Gefühlstiefen ab, ärgert sich schwarz über den Absturz, verspricht sich, nie wieder so verletzlich zu sein – und versteht beim besten Willen nicht, wieso man die nächste Runde wieder genauso mitnimmt und schon wieder stinksauer ist.

An anderen Tagen liegt das Gefühlsmeer völlig ruhig da, wie ein Schmusekätzchen, nichts kann den blauen Himmel trüben. Es ist so unberechenbar. Manchmal möchtest du lieber Kind bleiben, ein anderes Mal denkst du »Bloß nicht!« und kannst nicht schnell genug erwachsen werden. Du möchtest heute schon wie eine Erwachsene behandelt werden – und wehe, wenn nicht! Es kann total schwanken. Ehe du dich versiehst, bist du im »Krieg« mit dir und oder anderen.

Wichtig ist es in all den Schwankungen, den ruhenden Pol zu finden. Übe es ein, dich selbst auszuhalten, auch wenn du dich oft nicht verstehst. Schließ vielleicht erst mal einen Waffenstillstand, und dann lerne dich besser kennen. Wage da, wo es dran ist, auch mal ein ehrliches Wort, wenn die inneren Pferde mit dir durchgegangen sind. Dir muss kein Zacken dabei aus der Krone fallen. Sei ehrlich und steh dazu, wenn du dich selbst nicht verstehst.

*»Das Heute ist ein Schatz, und du bist auch einer.«*

Sandra P. Aldrich[37]

# ZUFRIEDEN MIT DEM EIGENEN CHARAKTER?

Zu dem, was wir auf unseren Lebensweg mitbekommen haben, gehören auch unser Charakter und unsere Persönlichkeit. Es gibt ganz verschiedene Charaktereigenschaften. Sie geben in ihren unterschiedlichen Kombinationen die Farbe zum Leben dazu, so wie Gewürze dein Essen schmackhaft machen.

Sonst wären wir viel leichter austauschbar, würden uns nur durchs Aussehen unterscheiden. Unsere Persönlichkeit – was wir denken, wie wir handeln – macht uns so besonders.

Jede Charaktereigenschaft kann aber von verschiedenen Seiten betrachtet werden. So ist jemand, der sparsam ist, zugleich auch vorsichtig, verantwortungsbewusst, zurückhaltend, achtsam. Jemand anders würde sagen, er ist geizig, kniepig, der sitzt auf dem Geld, der kann sich und anderen nichts gönnen, ist kleinlich und eigennützig. Doch man könnte auch sagen, er ist umsichtig, vorausschauend, fürsorglich, er plant und überstürzt nichts.

Ein anderer Mensch ist weltoffen, gesprächig, wortgewandt, kontaktfreudig. Oder ist er geschwätzig, kann seinen Mund nicht halten, ist aufdringlich und quatscht andere zu?

**TIPP:** Wer bist Du? Schau doch mal, was deine Eigenschaften sind. Was sagen gute Freunde über dich ? Kannst du die positive Seite der Medaille sehen oder siehst du nur die Kehrseite?

Nimm dir einmal Zeit und überlege, wer du bist. Es ist gut, sich auch die Schwachpunkte der eigenen Charaktermerkmale anzusehen. Dann weißt Du, an welchen Punkten du anfällig bist und aufpassen solltest und beziehungsweise wie du dich weiterentwickeln kannst. Überleg dir doch mal, was die umgekehrte, die positive Seite deiner negativen Charaktereigenschaften wäre?

Und noch eine ganz praktische Idee: Du kannst fremde und eigene Hinweise auf deinen Charakter mal eine Zeit lang in einer kleinen Schachtel, einem Umschlag sammeln oder sie auf die Rückseite einer Puzzlepostkarte (im Schreibwarenhandel erhältlich) schreiben. Wenn du dann genügend Teile beschriftet hast, kannst du nachsehen, was für ein Bild sich daraus ergibt.

## WELCHE ENTWICKLUNG PASSIERT IN WELCHER REIHENFOLGE?

### BEI MÄDCHEN

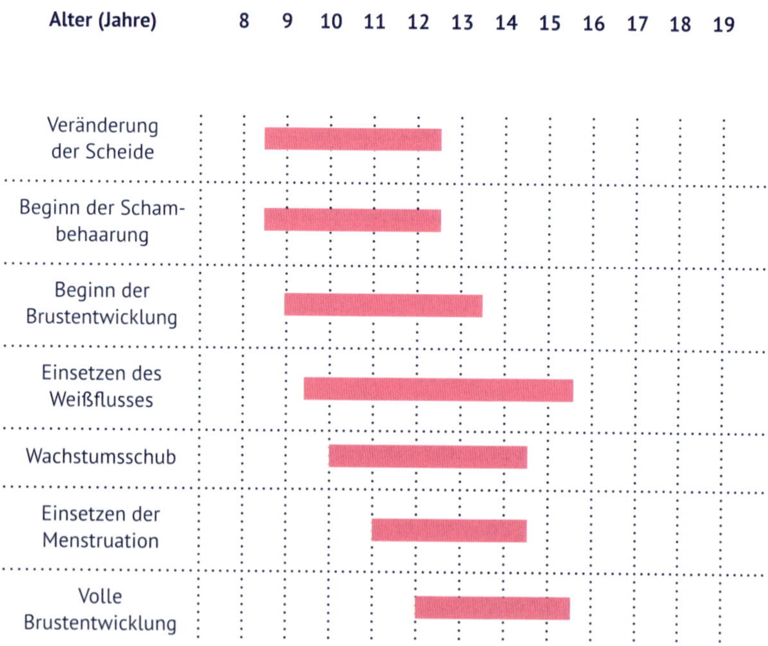

## BEI JUNGEN

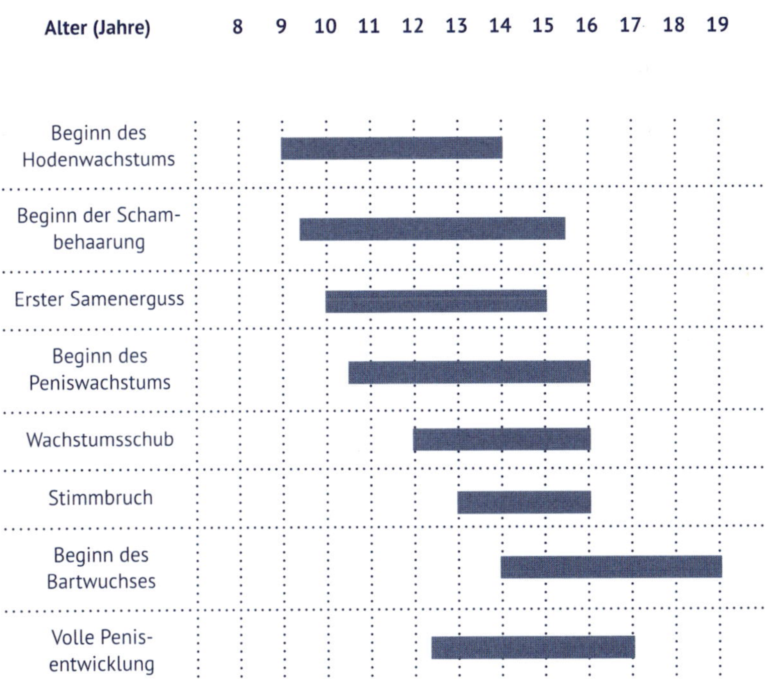
Alter (Jahre)
8
9
10
11
12
13
14
15
16
17
18
19
Beginn des Hodenwachstums
Beginn der Schambehaarung
Erster Samenerguss
Beginn des Peniswachstums
Wachstumsschub
Stimmbruch
Beginn des Bartwuchses
Volle Penisentwicklung

# SCHÖNHEITSIDEALE

Was ist eigentlich »schön«? Wie definiert man das? Ist dir schon aufgefallen, dass es keine objektiven Schönheitsmerkmale gibt? Denn Schönheit liegt total im Auge des Betrachters. Wie oder woran wollte man das auch messen? Und dennoch haben Menschen zu allen Zeiten willkürlich und zum Teil noch nicht einmal mehrheitlich definiert, was sie als schön empfinden. Und – oh Wunder – ständig kam etwas anderes dabei heraus.

Vielleicht bist du heute sauer auf deine Körperrundungen und hast noch nie darüber nachgedacht, dass du zur Zeit des niederländischen Malers Rubens zum Top-Schönheitsideal gehört hättest. Klar, ich weiß auch, dass du dir dafür heute nichts kaufen kannst. Doch vielleicht macht es dir klar, wie krass gestört ein *absolutes* Schönheitsdenken ist. Irgendwer gibt ein Ideal vor – sagen wir schlank, vollbusig, glatte blonde Haare – oder entsprechende Sendungen geben Kriterien vor – und viele andere hecheln wie wild hinterher. Da wird getönt, gefärbt, geplättet, gehungert und gepusht – oder abgefrustet. Was tun, wenn das alles auch nicht hilft? Dann wird zu härteren Mitteln gegriffen. Denn schließlich kann doch heutzutage jede Frau und jeder Mann dem gängigen Schönheitsideal problemlos entsprechen.

Die digitale Fotoindustrie macht es schmerzlos vor. Es gibt kaum noch ein Werbebild oder das Foto eines Stars, das nicht auf dem Computer aufgehübscht und nachbearbeitet wäre. Doch anders als bei Warnhinweisen auf Zigaretten steht auf Werbeplakaten nicht: »Vorsicht, dieses Bild wurde digital bearbeitet. Es kann ihre Selbstkritik fördern und zu Schönheitsoperationen verleiten.«

Auf der Nachrichtenseite ntv.de wurde ein Computerprogramm vorgestellt, das Fakes in Fotos offenlegen und sogar den Grad der Manipulation aufzeigen kann. Dazu liest man im Artikel: »Retuschierte Fotos sind überall und haben eine idealisierte und unrealistische Repräsentation körperlicher Schönheit geschaffen«, schreiben Eric Kee und Hany Farid vom Institut für Computerwissenschaften am Dartmouth College in Hanover (US-Staat New Hampshire). In der Folge mögen sich viele Menschen selbst nicht mehr gerne ansehen. Das haben zahlreiche Untersuchungen gezeigt, wie Kee und Farid in einer Auflistung belegen.«[38]

»Mein Tipp an Mädels: Schau dir mal im Internet[39/40], zum Beispiel bei youtube[41], an, wie sehr die Bilder bearbeitet werden. Man weiß ja schon, dass sie bearbeitet sind, aber so in dem Ausmaß wurde es mir persönlich erst bewusst, nachdem ich ein paar Videos darüber gesehen hatte.«

Das Fazit eines Aufklärungsfilms über diese Praktiken ist, dass es sich um die perfekte Lüge handelt, dass diese Personen nicht existieren und dass niemand so aussieht wie die Fotos, die uns täglich im Alltag in Form von Stars und Werbeanzeigen begegnen![42]

## SCHÖNHEITS-OPS

Dennoch zeigen die vermeintlichen Maßstäbe Wirkung. Mehr und mehr Menschen grübeln, wie sie diesen Idealen wohl irgendwie genügen können. Sie legen sich mit steigender Tendenz unters reale Messer, lassen ihren Körper verändern.

Wusstest Du, dass man von Schönheitsoperationen abhängig werden kann? Man bekommt dann nie genug davon. Eine Amerikanerin hat sich bereits 36 Mal operieren lassen, um auszusehen wie eine Extrembarbie. Sie sagt selbst: »Ich glaube nicht, dass ich jemals fertig sein werde« und »Ich suche nach dem perfekten Körper«[43]. Tragisch ist, dass sie inzwischen unter körperlichen Einschränkungen durch ihre vielen Operationen leidet und zum Beispiel lange Strecken nicht mehr beschwerdefrei laufen kann.

Vielleicht klingt dir das zu extrem und du denkst, keine Sorge, so bin ich nicht. Leider fängt es aber oft klein an: »Nur diesen Aspekt, dann bin ich zufrieden.« Doch dann kommt noch ein anderer dazu, und ehe du dich versiehst, wird der Sog des vermeintlich Machbaren immer stärker. Wirkliche Zufriedenheit bekommen wir nur, wenn wir uns irgendwann annehmen und Frieden mit uns schließen.

*»Man kann sich den ganzen Tag ärgern,*
*aber verpflichtet ist man dazu nicht.«*[44]

Büroweisheit

Vorsicht also vor der Falle des Vergleichens. Wenn du gut hinschaust, entdeckst du darin das Wort Leiche. Verg*Leiche*n tötet unser eigenes Leben, unsere eigene Schönheit ab. Wir sind nur noch bei dem, was die anderen haben, meinen es auf diesem Weg erreichen zu können – und lassen außer Acht, dass Operationen auch ihre Risiken haben. Überschießende Narbenbildung, schlechte kosmetische Ergebnisse, Entzündungen, Gefühlseinschränkungen durch Nervenverletzungen und vieles andere mehr können vorkommen und sollten in die Überlegungen mit einbezogen werden. Keine Operation der Welt kann dein schwaches Selbstbewusstsein innerlich heilen. Sie arbeiten alle außen an der Fassade!

Die Leiche aus dem Keller des Vergleichs kannst du übrigens beliebig auf andere Lebensbereiche übertragen. Sie stinkt und verdirbt dir dein eigenes Leben. Sie macht zwischenmenschliche Beziehungen kaputt, wenn man sich ständig über den anderen stellen muss.

**TIPP:** Besser das eigene Leben mit allen Einschränkungen gut leben, konstruktiv nutzen und sich weiterentwickeln, als mit ewigen (Verg)Leichen durchs Leben ziehen.

Wenn wir uns klarmachen, dass die Grundlage für Schönheitsideale keine absolute ist und dass viel auf Werbeeffekten und nachbearbeiteten Bildern basiert, wird uns klar, dass man einem Ideal nachjagt, das es im wirklichen Leben so nicht gibt: die absolute Schönheit. Abgesehen davon, dass man die vielen Tausend Euros in andere Dinge viel besser angelegen kann.

## MODETRENDS

Das Verfallsdatum von Modetrends läuft viel schneller ab als das von Schönheitsidealen. Der Wechsel des Trends erfolgt in aller Regel zu Lebzeiten, während Schönheitsideale größere Wellen schlagen und sich eher langsam verändern.

Viele Teenies springen in der Zeit der Abgrenzung von den Eltern gern auf den einen oder anderen Modezug auf, manchmal nur um die Elterngeneration zu schocken. Mal sind es exotische Haarfarben und Frisuren – die echt schräg rüberkommen können. Doch so schräg es sein mag, die Haare tun ihrer Besitzerin in aller Regel den Gefallen und wachsen wieder nach, wenn sich der Geschmack geändert, die Rebellion sich gelegt oder der Trend sich verflüchtigt hat.

Anders sieht es bei massiveren Eingriffen in den Körper aus, die rechtlich[45] gesehen einer Körperverletzung gleichkommen, wie Tattoos oder Piercings. Daher verlangen seriöse Studios bei minderjährigen Interessenten die Einverständniserklärung beider Eltern beziehungsweise Erziehungsberechtigten.

Da wir uns nicht wie Schlangen häuten, sollte ein *Tattoo* gut überlegt sein. Wenn der Tattootrend sich legt, der Beruf andere Bekleidungsmaßstäbe fordert, war schon so manches Tattoo eine teure oder unüberlegte Fehlinvestition, die nur schwer wieder zu beseitigen ist. An manchen Körperstellen sehen Tattoos echt uncool aus, wenn ihr Besitzer zunimmt, die Haut im Alter erschlafft oder Dehnungsstreifen bekommt.

Meist denkt man zum Zeitpunkt des Stechens über so was gar nicht nach. Ganz abgesehen davon, dass manche Menschen auf die Inhaltsstoffe oder bestimmte Farbstoffe allergisch reagieren, die sie dann dauerhaft unter der Haut haben – ganz anders als beim Kindertattoo, das mit Wasser und Seife rasch wieder entfernt ist. Ein frisch gestochenes, echtes Tattoo ist eine richtige Wunde, die gut gepflegt[46] werden muss, damit sie abheilt.

Irritiert nimmt man manchmal auch unter die Haut tätowiertes Permanent-Make-up bei älteren Menschen wahr, wenn das Drumherum nicht mehr stimmt, die Haut faltig ist, der Mensch selbst todkrank ist, aber die Lippen wie eh und je knallig rot leuchten.

Doch nicht immer werden Tattoos gestochen. Gerade in südlichen Urlaubsländern werden oft auch gemalte, eindrucksvolle Henna-Tattoos angeboten. Was viele nicht wissen: Von blauen oder schwarzen Henna-Tattoos sollte man die Finger lassen, da sie lebenslange Kontaktallergien[47/48] und Narben[49] auslösen können. Denn ihnen wird in der Regel ein chemischer Stoff beigemischt, damit die Farbe richtig schwarz oder blau aussieht. Henna an sich erscheint sonst nur gelb-rötlich bis braun, richtig dunkel bekommt man es nur durch die Chemie. Ist man erst einmal gegen diese chemische Substanz sensibilisiert, können im Alltag[50] eine Menge Probleme auftauchen. Denn dieser chemische Stoff befindet sich zum Beispiel in Druckerschwärze, schwarzer Kleidung, Haarfärbemitteln, dunklem Leder, Fahrradgriffen, Gummischläuchen und vielem anderem mehr. Das engt nicht nur den Lebensalltag Betroffener erheblich ein, sondern auch ihre Berufswahl.

Ob man Ohrtunnel, künstliche Löcher, die ins Ohrläppchen gedehnt werden, wirklich ein Leben lang möchte, sollte man sich vorab gut überlegen. Denn sie wachsen von allein nicht mehr ganz zu. Sie werden allenfalls kleiner. Will man das Loch irgendwann nicht mehr, oder wenn es einreißt und der Ring nicht mehr getragen werden kann, dann fallen Kosten für den plastischen Chirurgen an.

In eine ähnliche Richtung geht es beim Piercing. Grundsätzlich gilt, dass ein Piercing nach dem Stechen, aber auch langfristig und konsequent gut gepflegt[51] werden muss, damit möglichst keine Komplikationen eintreten. Damit kann man zwar Probleme nicht generell ausschließen, aber zumindest verringern. Daher sollte man die Reinigungs- und Pflegeanweisungen des Piercingstudios unbedingt befolgen und darauf achten, dass die Studios hygienisch einwandfrei arbeiten, sonst können bei unsauberen Instrumenten Krankheitserreger mit dem Stechen in die Haut gelangen.

Vermeide unbedingt, Piercings oder Tattoos spontan auf Festivals oder anderen öffentlichen Veranstaltungen, im Urlaub oder Ähnliches stechen zu lassen. Wenn man auf das Material oder generell auf vieles allergisch reagiert, ist es weise, auf Piercings und Tattoos ganz zu verzichten.

Je nachdem, an welcher Stelle Piercings gestochen werden, sind die Heilungszeiten und Infektionsrisiken sehr unterschiedlich. Besonders lange Wundheilungszeiten gibt es im Intimbereich. Ein Piercing kann durch Nebenwirkungen akut und auch langfristig unschöne Probleme machen. Das wird neben der Begeisterung über das als cool wahrgenommene Aussehen und das Gefühl »machen doch viele, will ich auch« gern vergessen. Es kann zu Allergien aufs Material, vorrübergehenden oder dauerhaften Empfindungsstörungen, Rissen und Narbenbildung im Intimbereich bis hin zur Blutvergiftung kommen. Ein Bauchnabelpiercing braucht meist etwa drei bis sechs Monate, bis es abgeheilt ist.

**ZUM WEITERDENKEN:** Manchmal findest du bei einer Freundin oder Klassenkameradin etwas schön, und spontan möchtest du selbst auch so aussehen. Doch Modetrends sind flüchtig und womöglich gefällt es dir nach einiger Zeit gar nicht mehr – oder eure Freundschaft ist zerbrochen und du willst auf keinen Fall mehr so aussehen wie sie. Oder du findest es plötzlich gar nicht mehr cool, den Namen deines Ex-Freunds auf der Haut zu tragen. Daher überleg dir in Ruhe, was dir langfristig wirklich wichtig ist – und vergiss nicht: Du bist keine Kopie von anderen, sondern ein Original! Wenn du erwachsen bist, kannst du viel besser abschätzen, was es bedeutet, ein Piercing oder ein Tattoo für immer zu haben. Denn selbst wenn man ein Piercing wieder entfernt, kann man zum Teil die Stichstelle oder die Narbe noch sehen oder spüren – und auch Tattoos lösen sich nicht einfach von selbst auf.

**TIPP:** Letztlich entscheidest du – spätestens mit der Volljährigkeit sowieso, aber in vielen Situationen auch früher – darüber, wie du mit Modetrends umgehst. Und natürlich ist es uncool, wenn Erwachsene ihren Senf dazu geben.

Lass dich dann nicht zu einer trotzigen »Jetzt-erst-recht-Reaktion« hinreißen. Denn selbst wenn sie ihre Zustimmung geben, letztendlich müssen nicht deine Eltern für die Entscheidung geradestehen, sondern du selbst. Immerhin ist es dein Körper, mit dem du lebenslang auskommen solltest.

Nutz daher deine Freiheit weise, indem du dich gut informierst und dir klarmachst, was du selbst möchtest – kurzfristig und auch langfristig.

Last but not least gehört zu Modetrends ganz allgemein auch das Thema Besitz und Konsum: Markensachen, schicke Klamotten, Handys und iPods®, Designermöbel und teure Konzerttickets – die Werbeindustrie hält in uns den ständigen Wunsch wach, Neues zu besitzen und coole Dinge zu unternehmen. »Wen stört's – Hauptsache, ich bin angesagt!«, denken viele, shoppen und konsumieren munter drauflos. Doch ganz so einfach ist die Sache nicht. Viele können es sich (schon bald) nicht mehr leisten, jedem Modetrend nachzujagen. Enorm viele Jugendliche sitzen in der Schuldenfalle.[52] Eine unschöne Hypothek für den Start ins Erwachsenenleben. Besonders Handykosten, MMS und Klingelton-Abos können zunächst unbemerkt richtig Probleme machen.

Und – was viele nicht bedenken – jeder Besitz kostet weit mehr als den Anschaffungspreis. Er benötigt Platz und beansprucht Kraft und Energie, zum Beispiel beim Aufräumen oder wenn du ihn wieder loswerden willst. Klar ist das kleine Andenken aus dem Urlaub nicht das Problem – die Masse macht's!

**TIPP:** Überleg dir gut, was du wirklich brauchst – oder was nur eine Eintagsfliege ist. Je weniger Krempel du hast – und je weniger vollgestopft dein Zimmer ist, umso leichter lässt es sich aufräumen – umso besser kannst du aber auch darin auftanken und findest dort einen echten Ruheort zum Chillen, Nachdenken, Träumen und Freunde treffen. Es ist viel entspannter, wenn man nicht vor jedem Besuch aufräumen muss!

Wenn du eine gut sortierte, modeunabhängige Basisgarderobe hast, kannst du sie prima ab und an mit dem einen oder anderen Teil, das dir aktuell gefällt, aufpeppen. Gewöhn dir einen guten Umgang mit Geld an, spar auch mal auf etwas, was dir wichtig ist, und kauf nicht auf Pump.

## SPORT

Bewegung tut unserem Körper richtig gut. Gerade in der Pubertät, wenn dein Körper sich mal in die Breite, mal in die Höhe entwickelt, hilft dir ein gutes Maß an Bewegung, aktiv und fit zu bleiben.

**TIPP:** Übe gute Gewohnheiten ein. Welcher Sport macht dir Spaß? Kannst du ihn regelmäßig in deinen Alltag einplanen? Wie kommst du zum Beispiel zur Schule, ist da Bewegung gut einzubauen? Was ist zu Hause problemlos möglich? Vielleicht schockst du deine Eltern demnächst und meldest dich überraschend zur Gartenarbeit? :)

Nein, im Ernst, schau, wo sich Gelegenheiten bieten, und warte nicht, dass sie zu dir kommen. Das fängt schon bei der Entscheidung Treppe oder Aufzug an ... und brauchst du wirklich bei gutem Wetter einen Fahrdienst?

Schau, wo du in Sachen Sport deinen eigenen guten Weg finden kannst. Warte nicht auf andere, die vielleicht nicht aktiv werden, nicht aus den Puschen kommen. Notfalls tut es vielleicht auch erst einmal die Gymnastik-DVD für zu Hause, bis du in Ruhe etwas gefunden hast. Regelmäßigkeit ist besser als Gewaltaktionen. Wie bei allen anderen Dingen gilt auch hier: alles in Maßen. Treibst du Extremsport oder Leistungssport, signalisiert du deinem Körper, dass du gerade in einer Dürrezeit lebst. Wenn du rasch viel Gewicht abnimmst und je weniger du isst, umso eher geht der Körper davon aus, dass dich leider eine Hungersnot getroffen hat. Und prompt stellt er den weiblichen Hormonzyklus vorrübergehend auf ruhend.

Der Körper »denkt« sich: Es wäre echt riskant, wenn sie in solch einer Mangelzeit auch noch schwanger würde, da gehe ich lieber auf Nummer sicher! Also bleibt die Monatsblutung so lange aus, bis sich das Gewicht wieder weiter oben einpendelt. Dann setzt der Monatszyklus normalerweise wieder ein. Achtung! Eine Ausnahme liegt dann vor, wenn schwerwiegende ⟶ Essstörungen kurz vor dem Auftreten der ersten Regel bestehen.

# MUSIK

Musik ist cool – und begeistert uns schon als Babys im Bauch unserer Mutter. Schon ab dem fünften Monat können wir während der Schwangerschaft Musik hören[53] und – stell dir vor – uns sogar Melodien merken und später wiedererkennen. Zum Beispiel die Lieblingsmusik unserer Mama oder eine häufig gehörte Filmmusik. Babys sind ganz schön schlau! Die Begeisterung für Musik behalten viele Teens bei, wenn sich auch zwangsläufig der Musikgeschmack mit der Pubertät drastisch ändert.

Teens schicken die Musik allerdings immer öfter direkt auf ihre Ohren, per MP3, iPod®, Handy – oder sie drehen in ihrem Zimmer die Anlage auf. Achte dabei wenigstens grob auf die Lautstärke. Ich weiß natürlich auch, dass viele Teens lieber chillen und Musik hören wollen als Belehrungen zur Lautstärke und Gesundheit ihrer Ohren.

Fakt ist aber leider, dass zu laute Musik schon in der Teeniezeit zu echter und lebenslanger Schwerhörigkeit führen kann. Ja, du hast richtig gelesen! Die Vorstellung von Teens, die schwerhörig sind wie alte Omas, kommt nicht so gut. Und was nutzt es, das später bei der Berufswahl zu erfahren, wenn bestimmte Jobs mit Hörminderung einfach nicht zu haben sind. Hinzu kommt, dass Kopfhörer oder Ohrstöpsel im Straßenverkehr – ob als Fußgänger oder Radfahrer – das Unfallrisiko erheblich erhöhen.

Zur Freundschaft mit dir gehört auch der gute Umgang mit der Lautstärke von Musik!

# SCHLAF

Teens sind keine Babys mehr. Sie stecken kurzfristigen Schlafmangel meist gut weg. Wer möchte nicht wie die Erwachsenen gern länger aufbleiben und auch abends mehr unternehmen?

Dabei gilt: Je älter wir werden, umso weniger Schlaf brauchen wir tatsächlich. Allerdings hat der Schlaf einige wichtige Funktionen, die über das Entspannen und Erholen hinausgehen. Bestimmte Botenstoffe im Körper funktionieren tageszeitgebunden. Wissenschaftler haben herausgefunden, dass wir bei Schlafmangel am nächsten Tag mehr Hunger haben – und auch mehr essen. Schlafmangel begünstigt also langfristig Übergewicht und, was viele nicht wissen, auch die Zuckerkrankheit sowie hohen Blutdruck.[54] Hinzu kommt, dass die Reparaturvorgänge (Schlaf macht schön!) sowie ein großer Teil des Körperwachstums nachts geschieht.[55] Auch deshalb schlafen Babys so viel.

Wusstest Du, dass Neugeborene mit 14 bis 16 Stunden etwa doppelt so viel schlafen wie Erwachsene? Die meisten Erwachsenen brauchen mehr als sieben Stunden Schlaf, um ausgeschlafen und fit für den Tag zu sein.

Fehlender Schlaf lässt sich durch Kaffee oder andere Aufputschmittel wie Energydrinks nicht in seiner Gesamtwirkung ersetzen. Die Quittung in Form von Ringen unter den Augen und schlechter Laune bekommen wir damit auch nicht zwangsläufig weg. Kurzfristig mag manches funktionieren, um uns wach zu halten, aber schon nach kurzer Zeit fühlt man sich wie zerschlagen.

**TIPP:** Tu dir, deinem Körper und deinem Aussehen etwas Gutes – achte zumindest im Durchschnitt auf ausreichend Schlaf und geh nicht regelmäßig über dein Limit. Dein Körper dankt es dir – und ist fit für die Ausnahmen, mit denen er ab und an gut umgehen kann.

# ESSEN

Nahrung ist für unseren Körper vergleichbar mit dem Benzin für ein Auto. Das Auto fährt nicht ohne Benzin. Ohne Nahrung können wir nicht wachsen und uns entwickeln. Doch es geht nicht nur darum, *ob* wir überhaupt essen, sondern auch *was* wir essen. Immerhin entwickelt sich dein Körper vom Mädchen zur Frau. Dazu sind viele einzelne ausgefeilte Entwicklungsschritte notwendig. Daher ist es wichtig, dass du deinen Körper im Großen und Ganzen ausgewogen ernährst. Klar sind frische und qualitativ gute Lebensmittel, vor allem Obst und Gemüse, hilfreich. Sie sind Lieferanten für lebenswichtige Vitamine und Nährstoffe. Doch es ist hier genauso wie mit dem Schlaf. Es geht nicht darum, die gesunde Lebensführung zu perfektionieren. Denn dies hat meist den Effekt, dass man irgendwann überhaupt keinen Bock mehr hat, sich ständig Sachen zu verbieten. Auch hier gilt also: die grobe Gesamtrichtung ist entscheidend. Dein Körper ist so designt, dass er auch Junkfood verkraftet, wenn du es ihm nicht ständig zumutest.

Regelmäßige Mahlzeiten helfen deinem Körper, eine gute Balance zwischen Essensaufnahme und Essensverdauung zu finden. Ein Auto kann nicht ständig am Zapfhahn der Tankstelle hängen oder ganz ohne Treibstoff auskommen. Ist beim Auto der Tank voll, läuft er über, mehr passt nicht hinein. An manchen Punkten kommt daher das Bild vom Auto an seine Grenzen. Geben wir unserem Körper zu viel Nahrung, dehnt sich der Magen, und der Körper legt für schlechte Zeiten Vorräte an. Dann dehnt sich auch der Körper aus, deine Hosen kneifen – und irgendwann brauchst du eine Kleidergröße mehr.

Gibst du dem Körper zu wenig Nahrung, funktioniert er zunächst weiter. Er macht Essensreserven mobil, geht an die Vorräte. Bei Diäten ist das erwünscht. Doch Vorsicht! Je länger die Nahrung ausbleibt oder je länger zu wenig zugeführt wird, fürchtet der Körper eine Hungersnot – und schaltet auf Sparflamme. Er drosselt dann deinen Energieverbrauch. Sobald du wieder normal isst – und damit wieder mehr Energie zuführst, legt der Körper zur Sicherheit Vorräte an. Nur für den Fall, dass er nochmals in so eine schreckliche »Hungersnot« gerät. Es kommt zum sogenannten Jo-Jo-Effekt, bei dem man nach der Diät wieder mehr zunimmt, als man vorher abgenommen hatte. Darum sind Diäten für den Körper oft sogar schädlich.

Es ist also wichtig zu verstehen, wie der Körper denkt – um eine Gewichtsabnahme so zu gestalten, dass man nicht in die Falle des Jo-Jo-Effekts läuft. Wenn man langsam weniger Energie aufnimmt, als man verbraucht oder sich mehr bewegt, vermeidet man, dass der Körper auf das Programm »Hungersnot« umschaltet. Regelmäßige Mahlzeiten, weniger Fettes, konsequente Essenspausen und mehr Bewegung bewirken schon eine ganze Menge.

**TIPP:** Achte gut darauf, dass du genügend (ca. eineinhalb bis zwei Liter pro Tag) trinkst – und *was* du trinkst. Wusstest Du, dass in einem Liter Cola so viel Zucker enthalten ist wie in mehr als 30 Stücken Würfelzucker? Bei anderen Softdrinks sieht es nicht viel besser aus. Auch die so gesund klingenden Fruchtsäfte enthalten sehr viel Fruchtzucker. Am besten löscht Wasser den Durst – und deine Zähne danken es Dir!

## ESSSTÖRUNGEN

Essstörungen können entstehen, wenn jemand das Essen zu anderen Zwecken als zur Nahrungsaufnahme verwendet. Etwa wenn ein Stressesser versucht, sich bewusst oder unbewusst mithilfe von Essen zu beruhigen, um wieder gute Gefühle zu bekommen. Doch wenn wir mehr aufnehmen, als wir verbrauchen, nehmen wir zwangsläufig zu.

Andere essen zu wenig, weil sie mit dem eigenen Körperbild nicht zufrieden sind. Wer aber prägt die Sicht auf den eigenen Körper? Vielfach sind es Bilder und vermeintliche Vorbilder. Viele Models zeigen ein völlig unnatürliches Körperideal und wiegen weit weniger, als es der Gesundheit ihres Körpers guttäte. Ab einem bestimmten Gewicht verschwimmt die Grenze zur *Magersucht*, einer Essstörung. Viele Magersüchtige bekommen ihre Tage nicht mehr, und auch der Stoffwechsel kann entgleisen.

Magersucht (Fachbegriff: *Anorexia nervosa*) ist lebensgefährlich und wird oft unterschätzt. Gesellschaftlich erscheint vielen aufgrund des aktuellen Schönheitsideals Schlanksein weitaus erstrebenswerter als Dicksein. Deshalb bekommen Magersüchtige erst spät Kritik an ihrem Aussehen. Es ist tragisch, dass schon viele junge Frauen an Magersucht gestorben sind.

*»Wenn Hunger nicht das Problem ist,*
*kann Essen nicht die Lösung sein.«*[56]

Heike Malisic, Beate Nordstrand

Magersüchtige haben einen anderen Blick auf ihren Körper, den du in diesem Youtube-Clip sehr gut nachvollziehen kannst.[57] Auch wenn sie schon extrem abgemagert sind, halten sie sich noch für zu dick. Dies nennt man Körperschemastörung. Auch wenn es paradox klingt: Ihr Denken kreist ständig ums Essen – und darum, wie sie noch weniger wiegen können. Die meisten Magersüchtigen brauchen fachkundige Hilfe, um aus diesem Teufelskreis aussteigen zu können. Übrigens erkranken nicht nur Mädchen an Essstörungen. Immer mehr Jungs kommen mit den Ansprüchen an ihr Aussehen und ihre Leistung nicht mehr klar. Doch Essstörungen bei Jungs sind viel weniger bekannt und daher ein großes Tabu.

Neben der Magersucht gibt es verschiedene andere Essstörungen:

Bei der *Bulimie* nehmen Menschen große Mengen an Nahrung zu sich. Aus Angst zuzunehmen, erbrechen sie das Essen nach der Mahlzeit wieder. Das schadet ihrem Körper und besonders ihren Zähnen. Denn beim Erbrechen gerät Salzsäure mit der zerkauten Nahrung in den Mundbereich. Sie ist eigentlich dazu da, Krankheitserreger im Magen abzutöten. Stattdessen greift sie nun aber den Zahnschmelz an. Wenn man die Nahrung erbricht, statt sie zu verdauen, kommt es also früher oder später zu Nährstoffmangel und Leistungseinbußen. Bulimiker sind oft normalgewichtig, manche sind auch übergewichtig.

Als *Binge-Eating-Störung* werden Essanfälle bezeichnet, bei denen Betroffene sehr große Mengen Nahrung zu sich nehmen, viel mehr, als ihr Körper brauchen würde. Daher sind Binge-Eater meist übergewichtig und verlieren immer wieder die Kontrolle über ihr Essverhalten.

*Abführmittelmissbrauch:* Menschen, die in ihrem Essverhalten süchtig sind, nutzen zum Teil Abführmittel, um den Körper daran zu hindern, die Nahrung völlig zu verwerten. Sie tun dies aus Angst, zu dick zu werden. Abführmittel bewirken Darmkrämpfe und führen zu einer schnelleren Entleerung des Darms. Dabei verliert der Körper Mineralstoffe wie Kalium. Ein zu niedriger Kaliumwert kann gefährliche Herzrhythmusstörungen verursachen, die schlimmstenfalls tödlich enden können. Ganz abgesehen davon, dass man bei der Einnahme von Abführmitteln in seinem Bewegungs- und Aktivitätsradius sehr eingeschränkt ist, ständig eine Toilette in der Nähe haben muss.

Manchmal treiben Betroffene von Essstörungen auch übermäßig viel *Sport*, um ihr Gewicht zu kontrollieren.

## AUTOAGGRESSIVES VERHALTEN

Nicht immer sind es andere, die schlecht mit einem umgehen. Manche Menschen lassen die Unzufriedenheit über sich selbst oder über ihre Lebensumstände auch an sich selbst aus. Sie schaden ihrem Körper, indem sie sich ritzen oder mit scharfen Gegenständen schneiden und selbst verletzen. Das ist oft auch ein Hilferuf und für manche der letzte Weg, sich selbst noch zu spüren.

**TIPP:** Wenn es dich selbst betrifft, such dir bitte unbedingt fachkundige Hilfe und bleib nicht allein damit. Autoaggressives Verhalten kann sich verselbstständigen und in die Abhängigkeit führen.

Wut und Aggression, die gegen den eigenen Körper gerichtet sind, tun uns langfristig nicht gut. In der Medizin beobachten wir sogar »Autoimmunkrankheiten«. Ihre Ursachen sind noch nicht genau erforscht[58]. Man vermutet eine Kombination von erblicher Belastung mit Umweltfaktoren wie Stress und Entzündungen. Unabhängig davon, ob und wie stark die Selbstablehnung eines Menschen hier mit hineinspielt, ist es wichtig, sich mit dem eigenen Körper zu verbünden, statt gegen ihn zu kämpfen. Denn bei einer Autoimmunkrankheit bekämpft der Körper sein eigenes Schutzsystem von innen. Stell dir Soldaten vor, die eine Burg gegen Angreifer von außen schützen, sich überall auf den Zinnen verteilen und alles sichern. Plötzlich kommen ihre Kameraden, mit denen sie innerhalb der Burg Dienst tun, denen sie vertrauten – und überfallen sie von hinten. Da nützt die beste Außenabwehr rein gar nichts.

Im Extremfall mündet die Autoaggression im Selbstmord. Die meisten Selbstmordversuche sind aber Hilferufe, weil es jemand in seinen Umständen einfach nicht mehr aushält (oder eine Krankheit oder Depression dazu führt) – und keinen anderen Weg weiß.

Nimm Andeutungen von Freundinnen in diese Richtung ernst und überlege, an welche Vertrauensperson du dich notfalls wenden kannst und unter welchen Umständen du – falls es nötig ist – die Identität deiner betroffenen Freundin erst einmal nicht offenlegen musst.

Wenn du selbst davon betroffen bist, dann wende dich an eine Vertrauensperson und überlege mit ihr, wo du Hilfe finden kannst.

**TIPP:** Egal, ob du selbst betroffen bist oder sich dir jemand anvertraut hat: Wenn gar nichts mehr geht und du für dich keine Vertrauenspersonen mehr siehst, wende dich vertrauensvoll in einem ersten Schritt an die Telefonseelsorge. Dort kannst du anonym Kontakt aufnehmen und mit jemand anderem überlegen, was weitere Schritte sein könnten.

Unter dem Motto: Sorgen kann man teilen, erreichst du die Telefonseelsorge unter den Nummern 0800 111 0 111 oder 0800 111 0 222 anonym, kompetent, rund um die Uhr! Oder im Netz: http://telefonseelsorge.de/

Meist liegt bei autoaggressivem Verhalten eine tiefe Ablehnung der eigenen Person zugrunde. Diese Ablehnung kann jemand über einem ausgesprochen haben, oder man hat Verhaltensweisen von anderen sich selbst gegenüber gedeutet – und entsprechende Schlüsse gezogen, weil man schon als Kind oder Teen gehört oder geglaubt hat: »Du bist nicht wichtig«; »Alles ist deine Schuld«; »Ohne dich wäre es leichter«; »Du störst nur«; »Du machst eh alles kaputt«.

Das alles wird dann schnell zum zerstörerischen inneren Echo. »Ich hab's ja gewusst. Ich bin nichts. Ich mache alles kaputt. Es wäre besser, wenn ich nicht da wäre. Ohne mich ist eh alles leichter. Ich kann nichts, ich bin nichts. Am besten löse ich mich auf.« Wer diesen Sondermüll in sich trägt, ob freiwillig oder unfreiwillig, ihn sich immer wieder vorsagt, wird auf Dauer dadurch tödlich vergiftet. Denn das alles sind reine Lügen.

Wenn dich das betrifft, ist ein Weg da raus, die Lügen nach und nach offenzulegen, sie zu erkennen und sie Schritt für Schritt gegen die Wahrheit auszutauschen.

Ich weiß, dass Betroffene – abhängig davon, wie lang das schon geht – das selbst oft kaum noch können. Sie brauchen meist fachkundige Hilfe. Aber es lohnt sich wirklich. Es lohnt sich für dich ! Weil du wertvoll bist. Stell dir vor, endlich nicht mehr gebeugt, sondern aufrecht durchs Leben zu gehen. Ich mach dir Mut – auch wenn du vielleicht denkst, so wild ist es doch alles gar nicht –, solchen Giftmüll in deinem Leben nach und nach, aber konsequent aufzuspüren und rauszuwerfen!

# SCHUTZ VOR ÜBERGRIFFEN

Du bist wertvoll! Gib gut auf deinen Körper acht. Dazu gehört auch, nach außen klare und gute Grenzen zu setzen. Niemand hat das Recht, über deinen Körper zu verfügen. Leider achten nicht alle die Grenzen ihrer Mitmenschen, und so kommen immer wieder Übergriffe vor. Sowohl körperliche Gewalt (~> Gewalt in Beziehungen) als auch sexuelle Gewalt sind vom Gesetz her verboten. Ich gehe an dieser Stelle vor allem auf sexuelle Übergriffe ein:

Bei den Tätern gibt es zwei Gruppen. Die eine Gruppe sind »Fremde« – du hast sie noch nie gesehen, bist womöglich »zur falschen Zeit am falschen Ort« und erlebst, dass jemand versucht, übergriffig zu werden. Man unterscheidet strafrechtlich die sexuelle Nötigung von der Vergewaltigung. Letztere ist ein erzwungener vollzogener Geschlechtsverkehr – bezogen auf vaginale, orale oder auch anale Sexpraktiken – gegen den Willen einer Person.

Leider gibt es aber auch im vertrauten Umfeld sexuellen Missbrauch. Täter sind Menschen, die ihre Position ausnutzen und übergriffig werden. Für die Opfer ist es umso verstörender, wenn Vater, Onkel, Bruder, Lehrer, Pastor oder Trainer, Musikschullehrer, Freizeitleiter etc. die Grenzen ihrer Schutzbefohlenen überschreiten und sie sexuell missbrauchen. Auch dabei kommen leider alle Schweregrade von Übergriffen vor.

**KLARTEXT:** Manchmal ist auch der eigene Freund jemand, der deine Grenzen nicht achtet (~> Freundschaft mit Jungs). Eine Studie[59] zu sexueller Aggression bei Jugendlichen und jungen Erwachsenen hat aufgezeigt, dass 60 Prozent der 17 bis 20-jährigen Mädchen und 30 Prozent der Jungen von sexuellen Übergriffen durch Gleichaltrige berichten. Dies geschieht häufig innerhalb einer Partnerschaft: 31 Prozent der befragten weiblichen Jugendlichen berichteten von sexueller Gewalt durch einen männlichen Beziehungspartner. Es ist wichtig, dass du an dieser Stelle auf dich achtgibst. Wer einmal in diesem Bereich übergriffig war, wird in ähnlichen Situationen kaum anders reagieren. Such dir eine Vertrauensperson oder professionelle Hilfe, wenn du in diesem Bereich Übergriffe erlebst.

Für viele dieser Täter geht es dabei mehr um Kontrolle und Macht als um die eigentliche Sexualität. Meist suchen sie vorab nach Schwachstellen, unerfüllten Bedürfnissen ihres Opfers und setzen da an. »Was? Du hättest so gern ein iPad® (eine Wii), und deine Eltern sind dagegen? Das ist ja blöd. Du, das kann ich gut verstehen. Was, schon seit zwei Jahren? Und da lässt sich so gar nichts machen? Warte mal, ich habe da eine Idee … und wenn ich das iPad® kaufe? Eine Wii habe ich daheim … Wir müssen es deinen Eltern ja nicht direkt auf die Nase binden. Du kommst mich einfach ab und an mal besuchen …«

Doch egal, was die Motive der Täter sind und mit welchen Mitteln sie ihr Opfer vielleicht auch locken: Durch den Übergriff fühlen sich die Opfer ausgenutzt, missbraucht und beschmutzt. Die Täter verpflichten ihre Opfer meist durch schlechte Geheimnisse zum Schweigen. Von Scham und Angst bestimmt, tun sich viele Opfer schwer, sich Hilfe zu suchen: »Wenn ich ihn anzeige, tut er meiner kleinen Schwester was … kommt mein Vater ins Gefängnis – und wir verlieren unser Zuhause. Das will ich aber nicht …«

Der Missbrauchende verdreht auch gern die Tatsachen – und schiebt die Schuld an der Situation dem Opfer zu. »Weil du so attraktiv bist (dich so aufreizend gekleidet hast), hatte ich gar keine andere Wahl …« Wieder eine glatte Lüge. Der Täter ist für seine Übergriffe verantwortlich, nicht das Opfer!

In der Pubertät erwachen sexuelle Gefühle. Manche Täter nutzen das aus und spielen sich als Aufklärer auf oder sagen: »Du hattest ja auch Spaß dran. Also kann es nicht verkehrt sein.« Ja, Lustgefühle inmitten eines Missbrauchs können vorkommen. Sie verwirren das Opfer zusätzlich. Dennoch ändern sie rein gar nichts am Straftatbestand und beweisen erst recht keine Mitschuld des Opfers!

Fakt ist: Schuld ist immer der Täter! Es gibt keine Berechtigung, sich danebenzubenehmen, weil man sich nicht kontrollieren konnte oder weil man das Opfer erfolgreich manipuliert hat.

Inzwischen gibt es gute Anlaufstellen (siehe Hilfsadressen im Anhang). Hier kannst du dich beraten lassen, wenn du einen Übergriff erfahren hast, aber auch wenn dich eine Freundin um Hilfe gebeten hat. Such dir eine Vertrauensperson, mit der du sprechen und gemeinsam überlegen kannst, welche Schritte dir am besten helfen. Geht es um eine Freundin, dann kläre vorher auf jeden Fall mit ihr, was du erzählen und ob du ihren Namen nennen darfst.

**TIPP:** Wird jemand in der Öffentlichkeit übergriffig, versuche andere Menschen auf dich aufmerksam zu machen. Ein lautes Nein, der Sitz in der Nähe des Busfahrers kann bedeuten, dass du im Ernstfall leichter Hilfe bekommst.

Vielen Kids helfen auch die drei Fragen[60/61] für kritische Situationen der Theaterpädagogischen Werkstatt in Osnabrück:

1. Habe ich ein Ja-Gefühl?
2. Weiß jemand Vertrautes, wo ich bin?
3. Bekomme ich notfalls Hilfe?

Wenn du nur eine der drei Fragen mit »Nein« beantworten musst oder ein Nein-Gefühl hast, dann geh nicht in die Situation hinein beziehungsweise überlege, wie du sie so verändern kannst, dass es okay ist.

*Ein Beispiel aus deinem Teen-Alltag*: Du bist im Urlaub am Strand mit deinen Eltern. In der warmen Sonne sind deine Eltern mal wieder beide eingeschlafen. dir ist todsterbenslangweilig. Ein nur etwas älterer äußerst athletischer Typ kommt vorbei und fragt ausgerechnet dich, ob du gern mit ihm Volleyball am Nachbarstrand spielen möchtest. Du denkst: »Wow, cool, das gibt es ja gar nicht! Gerade ich bin ihm aufgefallen. Ich spiele für mein Leben gern Volleyball, wie gut, dass ich meinen neuen Ball neben mein Handtuch gelegt habe. Was für eine gute Gelegenheit!« Prüfe jetzt die drei Fragen für schwierige Situationen:

- Hast du ein Ja-Gefühl? Absolut, der Typ sieht mehr als gut aus und ist auf dich aufmerksam geworden, Volleyball ist deine Leidenschaft, allein macht es keinen Spaß. Wenn das keine Chance ist …
- Weiß jemand Vertrautes, wo du bist? Leider nein, die Herrschaften schlafen ja mal wieder zur rechten Zeit. Einen Zettel würden sie erst finden, wenn sie aufwachen – falls er nicht vorher wegfliegt, oder sie ihn übersehen :).
- Bekommst du notfalls Hilfe? Wohl eher nicht – am Nachbarstrand (keine Ahnung, wie weit der weg ist) kennst du niemanden – und ob er tatsächlich, wie verabredet, mit dir zum Nachbarstrand geht, weißt du auch nicht sicher.

Leider müsstest du zwei von drei Fragen mit Nein beantworten. – Was könntest du tun, um die Situation doch noch zu deinen Gunsten zu verändern?

- Deine Eltern wecken und nachfragen.
- Den Typen bitten, später wiederzukommen (ja, ich weiß, und wenn er nicht wiederkommt, war es eine blöde Idee …).
- Ihn fragen, ob ihr hier ein wenig pritscht, baggert und Aufschläge übt.
- Gibt es andere Ideen von dir …?

**TIPP:** Lass dich nicht von anderen in deiner Grenzziehung beeinflussen, weil sie angeblich schon wer weiß was gemacht haben, was auch gut ging. Erzählen kann man viel. Wenn es aber dieses Mal doch schiefgeht, musst du es ausbaden, nicht sie! Es hilft nicht, wenn du dir die Dinge schönredest und dann deine Prinzipien über Bord wirfst. Steh dazu, wie im Beispiel mit dem Volleyball, und finde gute, kreative Lösungen innerhalb deiner Grenzen.

# MÄDELS KONKRET

## WANN GEHT´S EIGENTLICH LOS?

Auf keinen Fall wie beim Marathon, alle an die Startlinie, ein Startschuss – und alle laufen gleichzeitig los. Beim Ziel ist es dagegen tatsächlich ähnlich. Jeder Läufer kommt in seinem eigenen Tempo an. Die Entwicklung vom Mädchen zur Frau beginnt sehr individuell, bei der einen früher, bei der anderen später. Im Prinzip haben wir alle die gleichen Entwicklungsschritte vor uns, aber jede ist zwischendurch in einer anderen Phase.

Meist fangen die ersten Veränderungen bei Mädchen schon mit neun oder zehn Jahren an. Die Brustwarzen sind nicht mehr ganz flach, vielleicht entdeckst du die ersten Schamhaare, »Hochwasser in den Hosen« signalisiert dir einen größeren Wachstumsschub, du schwitzt mehr oder dein Schweiß fängt immer mehr an zu riechen. In die Pubertät kommt man also eher auf leisen Pfoten und nicht per Paukenschlag. Oft kriegt man selbst die ersten Veränderungen gar nicht so mit und realisiert plötzlich: Das muss es sein! Niemand kann sich aussuchen, ob er oder sie im Vergleich zu den Gleichaltrigen anfängt oder eher zu den Letzten gehört. Darum sollte es eigentlich selbstverständlich sein, wertschätzend miteinander umzugehen. Was für ein Mädchen vielleicht total schräg und verunsichernd ist, finden andere inzwischen völlig normal. Wenn sie ehrlich wären, sah das vor einem Jahr noch ganz anders aus. Es ist daher nett, wenn man die anderen unterwegs nicht abkanzelt, sondern stattdessen freundlich behandelt – und wenn es gewünscht ist, auch mal unterstützt. Die Pubertät ist bei Mädels mit etwa 18 Jahren abgeschlossen, gefühlt oft schon eher, aber sie geht genauso leise, wie sie gekommen ist.

# WAS VERÄNDERT SICH? – EIN ERSTER ÜBERBLICK ...

Auf dem Weg vom Mädchen zur Frau passiert eine Menge verborgen im Inneren des Körpers: Scheide und Gebärmutter wachsen (→ Innere Geschlechtsorgane), → Botenstoffe werden in Betrieb genommen, unter ihrer Funktion erwachen die Eierstöcke aus ihrem Ruheschlaf, in den sie kurz nach der Geburt des Mädchens gefallen waren. Der Regelzyklus (→ Monatsblutung) wird vorbereitet und etwas später gestartet, das weibliche Becken verändert seine Form. All dies signalisiert nach und nach, dass ein Mädchen jetzt geschlechtsreif wird. Geschlechtsreif bedeutet, dass sie ab jetzt schwanger und damit Mutter werden kann. Eine krasse Vorstellung, wenn man gerade mal zur weiterführenden Schule geht. Darum noch mal ganz deutlich und zur Beruhigung: Das alles ist zunächst mal nur Vorbereitung für später.

Wirklich schwanger wird ein Mädchen natürlich nicht wegen der Körperveränderungen oder weil die neue Sitzordnung der Lehrer einen Platz neben einem Jungen für sie vorsieht, sondern nur für den Fall, dass sie Sex mit einem geschlechtsreifen Jungen oder Mann hat – und eine Eizelle befruchtet wird.

Äußerlich sichtbar beginnt die → Brust zunächst zu wachsen, und nach und nach Form anzunehmen. Die ganze Frau wird kurviger und bekommt Achsel- sowie Schamhaare. Letztere sind schon Aspekte der geschlechtsunabhängigen Veränderungen. Denn Jungs wie Mädels werden größer und schwerer. Sie fangen vermehrt an zu schwitzen – und riechen entsprechend durchdringend, kriegen fettigere Haare, neigen zu Pickeln und bekommen Haare an zuvor unbehaarten Stellen.

## BOTENSTOFFE

Hormone sind chemische Botenstoffe unseres Körpers. Sie werden mit dem Blut transportiert und funktionieren ähnlich wie Messages beim Handy: Ein entfernter Sender schickt jemand anderem eine Nachricht, was dieser tun soll oder wissen muss. Daraufhin antwortet der Empfänger mit weiteren Botenstoffen oder anderen Zellaktivitäten. Die Hauptakteure bei Mädels sind Östrogen und Gestagen. Die übergeordneten zentralen Steuerungshormone werden im Gehirn und in der Hirnanhangsdrüse gebildet. Das Gehirn funkt mit diesen Steuerungshormonen Nachrichten an die Hirnanhangsdrüse – und diese sendet weiter an die Eierstöcke und die Nebenniere.

Hier ist keinesfalls Endstation. Denn die Botenstoffe der Geschlechtsorgane melden ihre Aktivitäten wieder ins Gehirn zurück. Ein ständiges Kommen und Gehen an Nachrichten hält den weiblichen Zyklus mit allen Stationen in Betrieb. Girls haben außer den als typisch weiblich eingeordneten Geschlechtshormonen noch eine ganze Reihe von anderen Botenstoffen, die andere Körpervorgänge regeln – und die gelegentlich, wenn sie aus dem Takt kommen, auch unseren Zyklus mit stören können. Und – was viele nicht wissen: Alle Mädels haben sogar ganz regulär auch einige sogenannte männliche Geschlechtshormone im Körper. Doch dazu mehr bei ⇝ Damenbart & Co.

## GRÖßENWACHSTUM & PROPORTIONEN

In der Pubertät werden Mädels größer, je nach persönlicher Landkarte mehr oder weniger kurviger – und nehmen an Gewicht zu. Das breiter werdende Becken gibt dir eine fraulichere Figur. Doch Vorsicht, wie breit es wird, ist absolut Typsache. Es gibt Frauen, die insgesamt eher schmal sind, und andere, die runder sind. Auf jeden Fall wird genügend Platz angelegt. Denn falls du später selbst einmal Mutter wirst, benötigst du im Beckenbereich deutlich mehr Platz für den neuen Erdenbürger.

Die meisten Mädels erleben früher als Jungs gleich zu Beginn der Pubertät einen Längenwachstumsschub. Viele Mädchen erreichen sogar ihre endgültige Körpergröße eher früh, in den ersten Jahren nach Einsetzen ihrer Periode. Vielleicht ist es dir schon aufgefallen, dass in der Unterstufe (5.-7. Klasse) eine ganze Menge Mädels größer sind als ihre männlichen Klassenkameraden.

Noch bevor du deine definitive Körpergröße erreichst, hören deine Füße auf zu wachsen. Das kann dazu führen, dass du dich zwischendrin manchmal ziemlich komisch proportioniert fühlst – vielleicht fühlst du dich zu breit, zu schwer, findest deine Füße riesig oder bist in deinen Augen viel zu rundlich, pummelig und klein. Klar fühlt sich das nicht gut an, doch denk dran: Erstens nimmst du es meist viel deutlicher wahr als Außenstehende, die noch nicht mal Notiz davon nehmen müssen. Und zweitens bist du und damit deine ganze Figur noch in Entwicklung.

Es ist nicht immer leicht, dass du im Moment damit leben musst. Aber vielleicht hilft es dir, dir klarzumachen: Es ist eine Zwischenphase. Es ist eine andere Herausforderung, wenn du ausgewachsen bist und sich die Rahmenbedingungen nicht mehr ändern. Doch auch dann bist du ein Unikat und kannst die Einzigartigkeit deines Typs finden und den Rohdiamanten nach und nach zum Funkeln bringen.

**TIPP:** Wo kannst du deine Perspektive verändern? Falls deine Wahrnehmung dir signalisiert, du siehst komisch aus, und du denkst, das wird immer so bleiben. Mach dir klar: Dein Körper formt sich noch und wächst dabei nun einmal nicht immer gleichmäßig. Denn selbstverständlich wird man nicht einfach nur länger. Immerhin müssen auch die anderen Körperbestandteile wie innere Organe,

Arme, Füße, Muskeln, Sehnen und Bänder mitwachsen. Das tun sie in ihrem ganz eigenen Rhythmus. Spätestens, wenn der Körper ausgewachsen ist, bei Mädchen etwa zwischen 16 und 18 Jahren, stimmen deine ureigensten Proportionen.

Nach Abschluss des Wachstums sind Mädchen meist zehn bis zwölf Zentimeter kleiner als Jungs. Doch Achtung – das ist letztlich auch nur wieder reine Statistik. Individuell gibt es große Unterschiede.

Übrigens haben Wissenschaftler herausgefunden, dass unsere Körpergröße und Körperform, auch unser Gewicht, sehr viel mehr vererbt werden, als man früher dachte. Auch aus diesem Grund ist es mehr als hilfreich, wenn du dich so annimmst, wie du bist, auch mitten in der Entwicklung – vor allem aber so, wie du später sein wirst. Klar kann man das eine oder andere verändern, aber grundsätzlich ist dein genetisches Grundgerüst da. Das kann man nicht wegtrainieren.

Mach dir klar: Du hast diesen einzigartigen, möglicherweise noch (ein wenig) fremden Körper für dein ganzes Leben anvertraut bekommen. Er wird später nicht alle zehn Jahre ausgetauscht. Du bekommst auch nicht wie bei den bleibenden Zähnen eine zweite Chance. Je eher du dir das klarmachst und spätestens ab da gut auf deinen Körper aufpasst, umso besser kommt und seid ihr gemeinsam auf dem Weg. Gemeinsam, miteinander verbündet – du und dein Körper – seid ihr ein echt cooles Team.

## ZAHNSPANGE

So sicher wie die Entwicklung des Körpers vom Mädchen zur Frau gehört für die meisten Teens in dieser Zeit auch irgendwann eine Zahnspange zu ihrem Alltag dazu, mit dem Ziel, deine Zähne gerade zu rücken und damit dein Aussehen langfristig zu verbessern oder auch deine Gesundheit zu fördern. Denn eine Zahnspange hat nicht nur oder nicht immer mit optischen Gründen zu tun. Eine Fehlstellung der Zähne kann auch Wirbelsäulenprobleme, Kopfschmerzen, Kieferprobleme usw. verursachen. – Und doch bedeutet sie kurzfristig für manche Teens eine regelrechte Zumutung: Die Aussprache wird undeutlich, manchmal unkontrollierbar feucht und das schöne Lächeln ist durch Drähte verzerrt. Wird die Spange nachgespannt, tun die Zähne manchmal vorrübergehend beim Essen weh, und mit einer festen Klammer kann man bestimmte Dinge wie Popcorn oder Kaugummi zumindest vorübergehend vergessen.

Wie gut, dass oft viele Klassenkameraden zeitgleich betroffen sind. Manche mehr als andere, die lose Klammer kann wenigstens morgens während der Schule zu Hause bleiben, eine Wahl, die Teens mit fester Spange nicht haben.

Gerade in der Teeniezeit ist es nicht einfach, sich mit den langfristig positiven Auswirkungen zu trösten, wenn man das Teil einfach nicht leiden kann.

Hier ein paar Gedanken von Teens, wie sie sich positiv durch die Zeit hindurch gerettet haben:

- »Das Teil hat auch Vorteile. Seit ich die lose Klammer habe, denke ich ganz regelmäßig ans Zähneputzen. Sonst ist es total unangenehm, sie wieder reinzusetzen, weil es dann riecht und komisch schmeckt.«
- »Die Spange hilft mir, etwas für meine schlanke Linie zu tun. Früher habe ich viel zwischendurch gegessen. Jetzt habe ich die lose Klammer im Mund und weiß, dass ich dann wieder Zähne putzen müsste. Dann lasse ich es lieber – und esse viel weniger nebenher. Meine Hosen sitzen schon etwas weiter als vor der Zahnspangenzeit.«
- »Meine schiefen Zähne haben mich schon lange gestört. Die anderen haben zwar nichts gesagt, aber wenn ich in den Spiegel geschaut habe, gefiel es mir gar nicht. Daran erinnere ich mich, wenn ich die Krise kriege. Immerhin hilft sie mir, besser auszusehen. Und ein bisschen haben sich die schiefen Schneidezähne schon bewegt!«

- »Mein Kieferorthopäde hat spät mit der Behandlung angefangen, da hatten viele meiner Freundinnen schon längst eine Klammer. Als es dann so weit war, habe ich mir gedacht, dass ich echt Glück habe, weil ich sie viel kürzer tragen muss. So konnte ich mich trösten, dass es jetzt schnell geht.«
- »Ob mit Zahnspange oder ohne, ich bin immer noch ich. Das blöde Ding kann mich gar nicht verunstalten!«
- »Ich habe mit Zahnspange extra laut genuschelt und alles sehr betont ausgesprochen, das war dann so übertrieben lustig, dass es gar nicht mehr peinlich war, wie ich gesprochen habe.«

**KLARTEXT:** Ob mit oder ohne Zahnspange, denk an die regelmäßige Zahnpflege zweimal am Tag als wesentlichen Bestandteil der Freundschaft mit Dir.

## SCHMINKEN

Schminken, ja oder nein? Das ist eine ganz persönliche Entscheidung. Manche Frauen schminken sich, andere verzichten drauf, weil sie es nicht mögen oder sich so natürlich schön finden.

Probier es aus, wenn du selbst es magst. Aber schau auch, was zu dir passt. Wenn du am Anfang der Pubertät so viel Schminke auflegst, dass du für 22 durchgehst, ist es auch nicht stimmig. Dir läuft ja nichts weg.

**TIPP:** Taste dich Schritt für Schritt ran, anstatt alles auf einmal aufzutragen. Sonst denken die anderen, Du wärst in den Farbkasten gefallen. So manches Mädel ist bei den ersten Schminkversuchen in der Schule völlig aus dem Rahmen gefallen ... Dezent ist besser und gibt dir mehr Sicherheit.

Der Sinn von Schminke ist, deinen Typ und deine natürliche Schönheit zu unterstreichen, nicht sie zu übermalen oder jemand anderen zu kopieren. Übung macht den Meister.

Es muss nicht perfekt sein.

Denk unbedingt dran, die Schminke abends wieder abzuschminken. Nicht nur, weil du sonst alles in die Bettwäsche schmierst, sondern vor allem, damit es deiner Haut gut geht. Und besonders wichtig: Um deine Augen zu schützen, muss die Extraschicht wieder abgetragen werden.

Bleib vor allem und in allem du selbst. Du bist das Original – nicht die Schicht Farbe obendrüber.

»Meine Schwester hat ihr Make-up immer nur bis zum Rand vom Gesicht aufgetragen, sodass eine Kante bis zum Hals sichtbar war. Das sah künstlich aus und ist sofort aufgefallen. Make-up sollte man ausstreichen.«

»Meine Patentante ist Mitte vierzig. Sie hat sich noch nie geschminkt. Als ich sie mal drauf angesprochen habe, sagte sie: Ich bin so natürlich schön, ich brauche das nicht. Und dann hat sie ihr schönstes Lächeln aufgesetzt.«

»Ich wollte mich früher nie schminken, weil ich fand, dass die geschminkten Mädels so völlig übertrieben aussahen, als wären sie in den Schminktopf gefallen. Später habe ich eine Freundin kennengelernt, die dezent geschminkt echt super aussah. Ich habe sie dann mal angesprochen. Sie hat mir Tricks verraten, und seitdem schminke ich mich auch ab und zu.«

»Als ich mir immer einen fetten schwarzen Kajalstrich auf mein unteres Augenlid gemacht hab, hat meine Cousine es mal gesehen und gesagt: Das mit dem Schminken üben wir auch noch mal.«

»Für mich gehört eine bestimmte Art, mich zu schminken, zu meinem Aussehen einfach dazu. Es ist total selbstverständlich geworden, so wie ich morgens dusche und mich anziehe.«

## ERWACHSEN MIT HAUT UND HAAREN

In der Pubertät dreht sich tatsächlich viel um Haut und Haare, wesentlich mehr als zuvor. An die ⟶ Botenstoffe deines Körpers muss deine Haut sich erst gewöhnen. Deshalb bekommst du häufiger Pickel. Pickel sind zugegebenermaßen schönheitstechnisch nicht gern gesehen, doch immerhin betrifft das Problem Jungs und Mädels gleichermaßen.

Was genau passiert da? Unter dem Einfluss der chemischen Botenstoffe in der Pubertät verstopfen die winzigen Hautöffnungen leichter – und es bilden sich oft an den unmöglichsten Stellen Eiterpickel und Mitesser.

Du hast ein Date mit einem Jungen, den du echt cool findest – und ein leuchtendroter Pickel ziert deine Stirn oder noch schlimmer deine Nasenspitze. Du fühlst dich , als hättest du eine Leuchtrakete mitten im Gesicht.

Völlig normal, dass du dann lieber auf Tauchstation als zum Treffen gehen würdest. Wenn du allerdings versuchst, den Pickel auszudrücken, wird die Stelle noch auffälliger und farbintensiver, die Hautveränderung selbst ist noch nicht weg und du riskierst eine unschöne Narbenbildung.

Besonders von Pickeln oberhalb der Oberlippe sollte man die Finger lassen. Denn der Abfluss der Lymphe (Flüssigkeitssystem im inneren des Körpers zum Abtransport von Stoffwechselabfallprodukten) geht an diesen Stellen in Richtung Gehirn. Wenn du beim Ausdrücken Bakterien in dieses Abflusssystem drückst, besteht das Risiko, dass sie bis ins Gehirn gelangen und dort eine Entzündung hervorrufen.

**TIPP:** Wasch dich täglich und nutze nicht parfümierte Seife.

Wenn du zu Pickeln neigst, kannst du das Gesicht auch mit einem Gesichtswasser mithilfe von Kosmetikpads reinigen.

Achte auf jeden Fall drauf, dass deine Hände und Nägel sauber sind.

Berühre Pickel nicht mit schmutzigen Händen. Aufkratzen und Ausdrücken kann die Entzündung weiter verteilen und die Narbenbildung fördern. Drück Pickel daher möglichst nicht aus. Wenn du unsicher bist, welche Pflegeprodukte helfen, schau mal in einem Drogeriemarkt vorbei. Die Fachverkäuferinnen helfen dir dort, damit du nicht Produkte verwendest, die deiner Haut mehr schaden als nutzen. In den meisten Drogeriemärkten gibt es inzwischen eigene Naturprodukte.

Vielleicht ist es dir schon aufgefallen, dass manche Teens ganz besonders viel Ärger mit Hautunreinheiten und Pickeln haben, oder du bemerkst es bei dir selbst. Die Ursache davon kann Akne sein. Akne entsteht durch verstopfte Talgdrüsen der Haut. Wenn der Talg aus den Drüsen nicht mehr herauskann, entstehen sogenannte Mitesser. Weiße Mitesser sind geschlossen. Haben sie einen schwarzen Punkt, sind sie geöffnet. In ihnen finden bestimmte Bakterien einen idealen Nährboden. Dann entstehen eitrige Pusteln, die schmerzhaft sein können.

Achtung: Beim Ausdrücken der Pickel kann man die Entzündung in der benachbarten Haut verteilen und die Narbenbildung verstärken. Das macht das Problem noch größer. Akne entwickelt sich oft in der Pubertät und betrifft richtig viele Teens, Jungs noch häufiger als Mädels.

**TIPP:** Falls du davon betroffen bist, dann warte nicht zu lang und wende dich am besten direkt an eine Hautärztin. Sie kann mit dir entscheiden, ob Pflegemittel aus dem Drogeriemarkt ausreichen – oder ob eine Spezialbehandlung mit verschreibungspflichtigen Medikamenten erforderlich ist. Es gibt gute Medikamente, die hier weiterhelfen und dir langfristig Narben ersparen. Sie können dir aber nur helfen, wenn du dir rechtzeitig Rat holst. Narben bleiben dir womöglich ein Leben lang erhalten, auch wenn die Akne selbst bei den meisten Jugendlichen nach der Pubertät wieder verschwindet.

## KÄSEFÜßE

Das ist ein ziemliches Tabu. Wer sagt schon einem Besucher ehrlich, dass seine Füße so stinken, dass man ihn am liebsten gleich wieder loswerden würde? Meist tut man das aus Höflichkeit nicht. Aber man möchte ja auch selbst nicht derjenige sein, der geruchstechnisch bei anderen Großalarm auslöst. Fakt ist: Auch an den Füßen kann man heftig schwitzen, besonders im Winter oder in Schuhen, die keinen Luftaustausch ermöglichen. Stinkende Füße können einen coolen Gesamtauftritt empfindlich stören. Meist liegt es nicht an der Sauberkeit, sondern an der fehlenden Luftzufuhr.

**TIPP:** Falls du diesbezüglich Bedenken hast – check erst mal, ob du deine Socken täglich wechselst und dich nicht nur an den Füßen, sondern auch zwischen den Zehen wäschst. Dann ist womöglich alles im grünen Bereich, solange du nicht nach dem Duschen die alten Socken wieder anziehst.

Darüber hinaus helfen schon mal Einlagen, zum Beispiel mit Zederngeruch, oder ein Fußdeo. Das Wichtigste ist aber, dass jeder für sich zunächst mal ein Bewusstsein hat, ob es in diesem Bereich ein Problem gibt.

## ORANGENHAUT

Eine dellen- oder streifenartige Veränderung der Haut an Oberschenkeln, Po, Hüfte und Bauch nennt man Orangenhaut oder Cellulitis. Ob eine Frau Cellulitis oder Schwangerschaftsstreifen am Bauch bekommt, hängt von der Verarbeitung von Stoffwechselabbauprodukten und der Dehnbarkeit ihrer Haut ab. Auch sehr schlanke Frauen können Cellulitis oder Schwangerschaftsstreifen bekommen.

In der Schwangerschaft dehnt sich der Bauch einer Frau enorm, um innerhalb von neun Monaten einem Baby ein Zuhause zu sein. Bei manchen Frauen übersteht die Haut das völlig problemlos und bildet sich im Wochenbett in den ursprünglichen Zustand zurück. Bei anderen bilden sich Schwangerschaftsstreifen, die meist auch mit teuren Salben und Cremes nicht verhindert werden können. Es hängt sehr von der Elastizität der Haut ab.

Klar wäre es schöner, wenn man keine Schwangerschaftsstreifen bekommt, doch wenn sie sich nicht verhindern lassen, sind sie auch ein Zeichen dafür, dass eine Frau Mutter geworden ist – und damit irgendwie auch ein Ehrenabzeichen. Es ist alles eine Frage der Sichtweise!

Viel hat also mit Veranlagung zu tun. Teure Cremes und Mittelchen können deinen Hauttyp nicht verändern. Ja, sie erleichtern ihre Anwenderin, jedoch meist nur erheblich in Bezug auf ihren eigenen Geldbeutel. Statt wissenschaftlichen Studien zur Wirkung von Kosmetika gibt es meist Anwendungsbeobachterinnen. Deren Erfahrung wird dann werbewirksam in Szene gesetzt. In einem gut reflektierten Artikel beleuchtet Spiegel Online diese Hintergründe und kommt zu deutlichen Kernaussagen: »Die Dellen wegzaubern? Quasi unmöglich!« Und rät stattdessen, die Frauen sollten sich besser damit anfreunden.[62] Auf jeden Fall ist es eine Idee, die Haut mit Sport zu straffen und generell zu pflegen.

## WUSCHELKOPF & ZOTTELMÄHNE?

Der routinierte morgendliche Griff zu Kamm oder Bürste hilft dir beim Start in den Tag. Viele Teens stylen sich generell und haartechnisch gern mehr. Das braucht erfahrungsgemäß etwas bis deutlich mehr Zeit und kann einen Kampf ums womöglich einzige Badezimmer in der Wohnung auslösen. Sprich dich am besten mit deiner Family ab und stell notfalls deinen Wecker entsprechend früher, damit nicht jeder Morgen in Stress und Chaos endet.

**TIPP:** Manchmal stehen dir nicht nur morgens die Haare zu Berge, besonders wenn du dich cool stylen möchtest, weil du ein Date oder einen anderen wichtigen Termin hast. Manche sprechen dann vom bad-hair-day. Das kann einen echt zur Verzweiflung treiben. Dann halte nach Möglichkeit mal kurz inne – und überleg, ob es wirklich die Haare sind, die heute streiken? Oder kann dein Spiegelbild es dir gerade einfach nicht recht machen? Ab und an hilft es, das Styling einer guten Freundin, deiner Schwester oder einer anderen Vertrauensperson zu überlassen. Wenn nicht, greif auf bewährte Standardfrisuren zurück.

Und wenn's deinen Freundinnen auch so geht und ihr alle unter widerspenstigen Haaren leidet? Dreht den Spieß 'rum und macht eine happy-hair-party draus. Dabei kommt jede mit einer abgefahrenen oder verrückten Frisur und man hat einfach viel Spaß.

Alles in allem werden deine Haare in der Pubertät viel schneller fettig als früher. Achte daher darauf, sie regelmäßig zu waschen. Es gibt dabei kein festes Maß. »Regelmäßig« ist von Person zu Person verschieden. Manche waschen ihre Haare täglich, weil sie superschnell fettig werden. Sie setzen ihre Kopfhaut damit aber auch ständig dem Haarwaschmittel aus – vielleicht reicht es auch alle zwei Tage. Andere können durchaus vier bis sechs Tage ohne Haarewaschen auskommen. Beim Haargel verbleiben nach dem Auskämmen oft Reste im Haar, die wie Schuppen aussehen. Daher sollte es nach Möglichkeit direkt am gleichen Tag ausgewaschen werden, Haarspray kann man auskämmen oder notfalls auch auswaschen.

Der kritische und vor allem regelmäßige Blick in den Spiegel hilft dir zu sehen, wann deine Haare mal wieder einen Termin mit dir haben. Überleg mal, ob du dir ein bis zwei Standardfrisuren zulegst, die schnell gehen und dich auch mit morgendlicher Müdigkeit nicht zur Verzweiflung treiben.

Und wenn es vom Kopf weiß rieselt? Auf dunklen Oberteilen findest du beim Kämmen schnell heraus, ob du zu Haarschuppen neigst. Schuppen sind übermäßig viele abgestorbene Hautzellen. Dagegen gibt es spezielle Pflegeshampoos.

**TIPP:** Auch Haarewaschen will gelernt sein. Wenn man anfangs die Haare noch nicht gut auswaschen kann, kann es einem passieren, dass Shampoo oder Spülung in den Haaren zurückbleibt. Trocknet das an, sehen die Haare nach dem Waschen trotz aller Mühe leider fettiger als vorher aus. Ein ähnlicher Effekt tritt manchmal ein, wenn man viel Spülung vor allem am Haaransatz aufträgt. Wenn das bei dir so ist, trag sie nur auf die unteren Haare bis in die Spitzen auf und schau, ob es besser wird. Probiere gegebenenfalls auch andere Shampoos aus. Spezialshampoos gegen fettiges oder sehr trockenes Haar können auch je nach Haartyp suboptimale Ergebnisse hervorrufen. Verzweifle nicht, du hast bestimmt auch bald den Bogen raus. Üb das Haarewaschen anfangs am besten unter der Dusche. Da hast du beide Hände frei und kannst Shampoo oder Reste der Haarspülung am besten auswaschen.

»Schon als ich elf war, wurden meine Haare total schnell fettig. Ich fand es ärgerlich, dass ich sie nun zweimal pro Woche waschen musste. Meine kleinen Schwestern konnten damit viel länger warten.«

»Oft sahen meine Haare nach dem Waschen immer noch fettig aus. Ich konnte das Shampoo anfangs nicht gut auswaschen. Das war nervig, weil sie doch frisch gewaschen waren. Irgendwann habe ich meine Mutter gebeten, mir zu helfen, bis ich es selbst gut hinbekam. Allein ging es am besten unter der Dusche. Über der Badewanne habe ich es lange nicht allein hinbekommen.«

»Ich hatte öfter fettige Haare und fand es blöd, dass meine Schwestern mich dazu gedrängt haben, sie zu waschen. Ich habe selbst gar nicht gemerkt, dass meine Haare so fettig waren, und habe mich aus Prostest geweigert.«

»Eine Zeit lang hatte ich so schlimm Schuppen, dass ich kein dunkles Oberteil anziehen konnte. Das sah aus, als hätte es geschneit. Meine Mutter hat mir dann ein Anti-Schuppen-Shampoo gekauft. Damit wurde es nach und nach besser.«

## HAARGENAU!

Viele Menschen denken, dass wir vor der Pubertät nur am Kopf Haare haben. Tatsächlich ist aber unser Körper an seiner Oberfläche mit zunächst feinen Härchen überzogen. Sind die Haare sehr hell, kann man sie oft nur erahnen. Wenn du sonnengebräunt bist, kannst du helle Körperhaare auf einmal besser erkennen. Dunkle Haare sind allgemein besser zu sehen. Haare gehören für uns schon seit dem Leben im Babybauch unserer Mutter zum Menschsein dazu.

Ab der Pubertät wachsen Mädels wie Jungs zusätzliche Haare an ungewohnter Stelle: unter den Armen und im Intimbereich, bei Jungs auch noch an anderen Stellen, doch dazu mehr bei ›Jungs konkret.

Generell gilt, dass Achsel- und Schamhaare im Bereich der großen Körpergelenke wachsen. Bei der Bewegung von Armen und Beinen entsteht Reibung. Wenn nackte Haut schwitzt und aneinanderreibt, wird sie schnell wund. Diese zusätzlichen Haare dienen auch als Zwischenschicht zum Schutz der Haut. Wenn man schwitzt, verdunstet der Schweiß und kühlt die Haut. Die Haare verstärken diesen Effekt und vermindern die Geruchsbildung, da die Bakterien auf der Haut den Schweiß auf den Achselhaaren nicht so schnell erreichen.

Schlussendlich gibt es in den Achseln und im Intimbereich auch Drüsen, die sexuelle Botenstoffe abgeben. Sie bilden ein individuelles Geruchsmuster. Das ist aber nicht sehr stark ausgeprägt, so nehmen wir es nur unterschwellig wahr, weil man es nicht fünf Meilen gegen den Wind riecht. Es hat auch etwas mit der Redewendung zu tun, dass man jemanden »gut riechen« kann. Die Achsel- und Schamhaare sorgen also auch mit dafür, dass diese Botenstoffe sich gut verteilen können.

## MODETREND RASUR

In den letzten Jahrzehnten geht es den Haaren zunehmend an den Kragen. Schon vor Jahrzehnten begann ein aus den USA kommender Trend zu immer mehr Körperrasur, der immer exotischere Blüten treibt. Bei Frauen fing es mit der Rasur der Achselhaare an. In Modezeitschriften wurden Frauen in Tops nur noch ohne Achselhaare gezeigt.

Dann kamen »Frisuren« im Schamhaarbereich dazu. Schließlich weitete der Rasurtrend sich auf Männer aus. Männer ohne Achselhaare, Männer ohne Brust- und Bauchhaare, »Frisur« und später auch Komplettrasur an den Schamhaaren bei Mann und Frau sind die Folgen – kräftig unterstützt durch Werbebilder und leider auch vermeintliche »Maßstäbe«, die in pornografischen Filmen (~~› Pornos & Sexseiten im Internet) gesetzt werden. Inzwischen sind wir an dem Punkt, dass viele buchstäblich »kein gutes Haar mehr an sich lassen«.

> »Ich war als Jugendliche zum Schüleraustausch in den USA. Damals war es dort große Mode, sich die Beine zu rasieren. Ich fühlte mich sehr unter Druck, es auch zu machen, obwohl ich nur sehr zarte blonde Haare an den Beinen hatte, die mich bisher nie gestört hatten. Nach der Rasur sind sie nie wieder so hell geworden. Sie sind dunkel und kräftiger nachgewachsen. Das hat mich dann wirklich gestört, sodass ich von diesem Zeitpunkt an regelmäßig die Beine rasieren musste, um mich wohlzufühlen. Schade, dass ich damals nicht meinem inneren Gefühl gefolgt bin und das Rasieren gelassen habe, da es mich selbst damals nicht gestört hat.«

Heute ist es insbesondere für viele junge Menschen kaum mehr vorstellbar, die Körperbehaarung so zu belassen, wie sie von Natur aus wächst. Wie auch, wenn man fast keine Darstellungen davon mehr zu sehen bekommt? Wie, wenn Werbeanzeigen, Illustrierte und Fernsehbilder so gut wie nur rasierte Menschen zeigen? Schaut man weiter zurück in die Geschichte, so wird klar, dass, ähnlich wie die Schönheitsideale von füllig und mager, es auch früher schon Zeiten der Rasur und der Kultur von Haaren gab.

Doch zurück zum Heute: Der Verlust der Körperbehaarung geht auf der anderen Seite mit großen Gewinnen der Pflegemittelindustrie einher. Kein Wunder, dass sie uns glauben machen möchte, dass wir ihre Produkte unbedingt brauchen, um gepflegt und schön auszusehen. In diesem Bereich wird mit vielen unfairen Bandagen gekämpft. Wer sich nicht dem Werbetrend anpasst, wird abgewertet, als »Affe im Dschungel« verschrien und als hinterwäldlerisch dargestellt oder diskriminiert.

Selbst auf vermeintlichen Nachrichtenseiten wird offensichtlich (ab)wertend die völlig normale Körperbehaarung verschrien. Der Fokus titelt »Buschige Angelegenheit. Ekelalarm! Madonna zieht blank und zeigt Achselhaar«.[63] Oscarpreisträgerin Julia Roberts attestiert der Beitrag eine »Matte unter dem Arm«, mit der sie sich auf den roten Teppich traute. Es ist spannend zu sehen, dass offensichtlich nicht mehr alle dem Diktat des Rasurtrends hörig folgen, aus welchen persönlichen Gründen auch immer. Auf einer Instagramseite werden bewusst Frauen mit Achselhaar gezeigt, unter dem Motto »Rasieren sollte eine Wahl sein, keine Notwendigkeit«.[64] Der neuste Trend: Es gibt dort seit einiger Zeit User, die Bilder von gefärbten Achselhaaren hochladen. Manche tun dies mit dem Argument, etwas eigentlich Normales bewusst hervorheben zu wollen. Leider wird die Thematik der Körperrasur, und sogar die Rasur des Intimbereichs, in der öffentlichen Meinung nicht neutral verhandelt. Stattdessen wird ein Trend zu einer Art kulturellem Allgemeingut erhoben – mit massivem Druck auf alle, die sich dem entziehen und zur normalen Entwicklung ihres Körpers stehen.

Aus medizinischer Sicht ist der Rasurtrend gleich in mehrfacher Hinsicht eine bedenkliche Entwicklung. Durch die Rasur kommt es immer wieder zu kleinen, oft sogar unerkannten Verletzungen in der Haut. Sie bilden Eintrittsstellen für Bakterien, die Entzündungen in der Haut auslösen können. Auch wechseln sexuell übertragbare Krankheiten (→ Sex und Verantwortung) durch die Verletzungen leichter zum Sexualpartner. Besonders betroffen machen aber die auch durch diesen Trend enorm steigenden Zahlen von → Intim-

OPs, wie eine Korrektur der Schamlippen, mit allen damit verbundenen Risiken.[65]

Wikipedia zitiert den sich mit dem Thema befassenden Sozialwissenschaftler Elmar Brähler mit folgender Erklärung für die heutzutage üblichere Haarlosigkeit im weiblichen Schambereich: »Speziell für den Bereich der Intimrasuren bei Frauen lässt sich sagen, dass es die ›neue‹ Sichtbarkeit der äußeren weiblichen Genitalien ist, die dazu führt, dass sich auch hier Schönheitsnormen herausbilden: Erstmals entwickelt sich eine allgemeingültige – für weite Schichten der Bevölkerung – verbindliche Intimästhetik. Eine bis dato primär zur Privatsphäre zählende Körperregion – die Schamregion – unterliegt fortan einem Gestaltungsimperativ.«[66]

Daraus ergeben sich entscheidende Fragen: Ist die Rasur ein Muss, weil es »alle« machen? Oder machen es »alle«, weil man ihnen sagt, dass es »alle« machen? Denken sie daher, dass man es muss? Und machen es wirklich »alle« oder wird das nur behauptet? Welchen Anteil an diesem Kuchen hat die Rasurindustrie? Besonders Einmalartikel, die ständig nachgekauft werden müssen, versprechen hohe Gewinne. Was liegt dann näher, als deutlich zu machen: die Haare müssen weg – mit allen Mitteln, welche die Industrie dir bietet.

»Irgendwie dachte ich, wenn sich alle untenrum rasieren, muss ich das auch mal ausprobieren. Es war ziemlich komisch. Aber richtig blöd wurde es dann, als die Haare nachwuchsen. Nicht wenige sind eingewachsen und haben sich da verkapselt. Ich fand die nachwachsenden Stoppeln auch total unangenehm. Ehrlich gesagt, war ich froh, als die Haare wieder gewachsen waren. Jetzt rasiere ich nur die Haare, die seitlich neben dem Slip rausschauen. So fühle ich mich wohl und lasse den Rest entspannt an Ort und Stelle!«

Bei Tattoos, Piercings und Co hat man es längst herausgefunden: Je bekannter ein Modetrend ist, umso mehr gesellschaftliche Akzeptanz erfährt er. Im Klartext: Idealmodelle wie bekannte Stars, Protagonisten in Werbung und Medien und last but not least Darsteller von pornografischen Aufnahmen prägen unser Denken und Handeln!

Was aber bedeutet dieser Trend für all jene, die nicht mit dem großen Strom schwimmen? Gesellschaftliche Meinungsmache führt leider nicht selten zu mehr oder weniger intensiven Formen der Diskreditierung und des Gruppenzwangs.

**TIPP:** Dein Körper gehört dir. Es ist und bleibt daher deine höchstpersönliche Entscheidung, wie du mit deiner Körperbehaarung umgehst. Überlege selbst, ob du dich rasieren möchtest, und wenn ja, wie viel. Und unabhängig davon, wie du dich entscheidest: Versuche die Entscheidung anderer zu respektieren und sie nicht abzuwerten.

»Meine Schwester wollte immer, dass ich mir die Achseln und Beine rasiere. Ich fand es blöd und ich fand es peinlich, dass sie mich darauf angesprochen hat und es anscheinend eklig fand. Im Urlaub habe ich dann ihren Rasierer benutzt.«

»Als ich mich zum ersten Mal mit einem Trockenrasierer rasiert habe, habe ich mein komplettes Schienbein geschält! Jetzt habe ich Narben. Ich empfehle Nassrasierer.«

# SCHWEIß LASS NACH!

Körperpflege ist eine höchst persönliche Angelegenheit, in der es keinen offiziellen für alle verbindlichen Hygieneplan gibt. Gleichzeitig ist die Pubertät nun mal eine Zeit, in der man viel mehr schwitzt und müffelt, eben weil der Schweiß zu riechen anfängt. Daher ist gute Körperpflege nicht nur angesagt, sondern auch für deinen stimmigen Gesamtauftritt enorm wichtig.

Nicht jede Haut verträgt aber die tägliche Dusche. Dann greif zwischendrin zum Beispiel zum guten alten Waschlappen oder zu einem Waschschwamm.

Überleg dir regelmäßige Zeiten, zu denen dir der Gang in die Dusche leichtfällt. Bist du eher ein Frühaufsteher oder eine Nachteule?

»Ich schlafe morgens gerne lang. Als ich mehr schwitzte und anfing zu riechen, sollte ich häufiger duschen. Das fiel mir total schwer, weil ich eh so schlecht aus dem Bett komme. Es war super, als ich hörte, dass meine Freundin abends duscht. Darauf war ich gar nicht gekommen. Abends bin ich ja wach und es ist nun viel einfacher.«

**TIPP:** Plan dir Zeiten für die Körperpflege ein – und pass auf, dass du nicht in typische Hygienefallen tappst: So schick dein Lieblingsshirt auch ist, leg es nach dem Duschen in die Wäsche, statt es am nächsten Tag wieder auszuführen. Achte auch beim Waschen drauf, dass der Schweißgeruch aus den Shirts wirklich raus ist, sonst wirkt das wie ein Depot – du schwitzt ein wenig, und schon riecht das ganze Shirt, als wärst du Teilnehmerin in einem Dschungel-Camp gewesen. Trage notfalls bei anfälligen Shirts das Waschmittel direkt vor dem Waschen auf die besonders verschwitzten Shirtstellen auf.

Lass verschwitze Wollpullis nicht lang liegen. Bakterien zersetzen den Schweiß und tragen zu dem durchdringenden Geruch bei.

Ja, Deos helfen gegen den Schweißgeruch, aber nur dann, wenn du sie direkt *nach* dem Duschen oder *vor* dem Sport aufträgst. Ein nach dem Sport aufgetragenes Deo vermischt sich mit dem Schweiß und fängt erst recht an zu riechen.

»Früher dachte ich immer, dass man Deos nach dem Sport benutzt, um den Schweißgeruch zu überlagern. Es war mir echt peinlich als eine Freundin mir sagte, dass ich damit erst richtig stinke. Jetzt nehme ich das Deo morgens nach dem Duschen.«

Viele Deos verwenden Aluminium, um die Schweißporen zu verschließen und weniger Schweiß austreten zu lassen. Seit Jahren ist das Aluminium in der Diskussion, immer wieder kommen Fragen auf, inwiefern es für Allergien, aber auch andere Krankheiten, zum Beispiel Brustkrebs und Alzheimer, infrage kommt.

Bisher gibt es aber keinen wissenschaftlichen Nachweis dazu. Dennoch entwickeln immer mehr Hersteller Deos ohne Aluminium. Einige weiterführende aktuelle Informationen zum Thema findest du im Netz.[67]

Parfums sind, anders als Deos, dazu da, deine persönliche »Duftmarke« zu setzen. Es gibt sie für Frauen und Männer. Sie wirken nicht gegen Schweiß und sollen mit Feingefühl angewendet werden, nicht wie ein Paukenschlag.

Ein Parfum, das einen Wirkungskreis von drei bis sechs Metern um die betreffende Person zieht, bedrängt alle anderen erheblich. Ein guter Geruchsabstand ist etwa ein halber Meter.

**TIPP:** Wasch dich täglich, mindestens einmal pro Tag. Und denk dran: Wenn du stark geschwitzt hast, kannst du nicht auf den Duschbonus vom Morgen zählen.

Nimm ein Deo direkt nach dem Duschen oder vor dem Sport.

Wechsel deine Unterwäsche, BH und Socken jeden Tag.

Waschen nützt nichts, wenn du danach die verschwitzten Sachen wieder anziehst. Deos mit Parfum können sehr aufdringlich riechen. Schau, was zu dir passt – und nutz eventuell ein nicht parfümiertes Deo.

»Meine große Schwester hat mich (sogar vor anderen Leuten) ›Zwiebelauflauf‹ genannt, weil ich kein Deo benutzt habe und auch noch nicht so regelmäßig duschte.«

»Als Teenie habe ich viel geschwitzt. Das war mir selbst total unangenehm. Umso peinlicher war es, als mich eine Klassenkameradin darauf angesprochen hat. Aber am Duschen oder Deo lag es nicht.«

»Als ich plötzlich beim Sport merkte, dass ich unter den Armen rieche, wusste ich, dass ich in die Pubertät komme.«

Dass Schweiß (Transpiration) nicht nur etwas Negatives ist, machte Thomas Alva Edison deutlich, als er sagte:

*»Genie ist 1 % Inspiration und 99 % Transpiration.«*

Thomas Alva Edison (1847-1931), US-amerikanischer Erfinder[68]

# BRÜSTE

Eines der offen*sichtlichsten* Zeichen dafür, dass du vom Mädchen zur Frau wirst, ist das Wachsen der Brüste. Brustwarzen haben wir ja schon als Babys. Daran ändert sich lange Zeit nichts. Doch irgendwann wird aus der flachen Ebene eine mehr oder weniger hügelige Landschaft. Das ist anfangs ganz schön gewöhnungsbedürftig, besonders beim Rennen oder beim Sport. Denn schließlich hat die Brust ihre Eigenbewegung, ob du willst oder nicht.

»Als meine Brüste anfingen zu wachsen, musste ich zum Arzt und wollte mein Oberteil nicht vor ihm ausziehen, weil ich noch keinen BH hatte. Da habe ich heimlich den BH meiner Schwester angezogen.«

**TIPP:** Es gibt extra Sport-BHs. Sie sorgen dafür, dass die Brust nah am Körper liegt und sich bei Bewegungen nicht so stark mitbewegen kann.

Ob du dies als Problem empfindest oder nicht, hängt natürlich auch von der Größe deines Busens ab. Apropos Größe – wie groß wird denn eigentlich die Brust? Das ist individuell total unterschiedlich, vielleicht kann man es mit den ganz unterschiedlichen Kleidergrößen am besten vergleichen.

Den idealen Busen gibt es nicht. Bei manchen Frauen ist er eher klein, bei anderen groß, bei der einen steht er mehr, bei der anderen hängt er. Was eine Frau als mittel beschreiben würde, empfindet eine andere als klein. Ihre Freundin würde ihn aber im Vergleich zu ihrem Busen als groß einschätzen.

Es ist wie mit glatten und lockigen Haaren: Wer glatte Haare hat, hätte zu gern Locken – wer Locken hat, kauft teure Mittelchen, die versprechen, die Haare zu glätten. Als angehende Frau tust du dir den besten Gefallen, wenn du deine Grundausstattung so annimmst, wie sie ist.

Darüber hinaus gibt es die verschiedensten BHs, mit denen Frauen die Schönheit ihres Busens betonen können. Doch Vorsicht, die Auswahl in Wäscheabteilungen kann einen manchmal regelrecht erschlagen!

Da gibt es schlichte T-Shirt-BHs, die sich drunter nicht stark abzeichnen, BHs mit breitem Träger, wenn die Brust eher schwer ist, damit die Träger mehr Auflagefläche haben und nicht in die Haut einschneiden. Es gibt Push-up-BHs, die den Busen anheben, Minimizer, die einen großen Busen kleiner aussehen lassen oder andersherum, BHs mit Schaumstoffpolstern, die einen kleinen Busen richtig groß aussehen lassen. Es gibt BHs mit eingearbeiteten Formbügeln, solche ohne Bügel und trägerlose BHs. BHs, die sehr viel Haut zeigen, auf denen die Brust eher wie auf einem Balkon liegt, solche mit Spitze und andere ohne. Es gibt einfarbige, farbige, gemusterte, durchsichtige und blickdichte Still- und Sport-BHs. Kurzum – es gibt fast nichts, was es nicht gibt – schon beim Aufzählen dieser Liste kann einem rasch die Puste ausgehen. Jedes Mädchen und jede Frau sollte in Ruhe für sich überlegen, welcher BH zu ihr passt, was für sie angenehm und vor allem praktisch und bequem zu tragen ist. Das kann im Alltag ein anderes Modell sein als für besondere Anlässe.

»Ich habe mich immer geweigert, BHs anzuziehen, weil ich die hässlich fand. Als meine Mama mir die ersten BHs gekauft hat, habe ich die erst mal wieder vor die Tür geschmissen.«

Die Größe eines Busens entscheidet nicht über seine Schönheit, sondern die Freude, mit der seine Besitzerin ihn trägt! Überleg mal: Ist es nicht natürlicher, zu einem kleineren Busen zu stehen und ihn mit einem schicken BH gut zur Geltung zu bringen, als womöglich mehrere BHs übereinanderzuziehen oder einen ausgepolsterten BH zu tragen, der den Busen optisch verdoppelt? Spätestens dann, wenn die Hüllen fallen, wird jeder Fake offenbar.

**TIPP:** Sei ein Original und keine Attrappe. Und denk dran: Die Schönheit und Fraulichkeit einer Frau ist nicht eindimensional von der Größe ihrer Brust abhängig!

»Anfangs habe ich mehrere dünne Stoff-BHs übereinandergezogen. Eine Freundin dachte, ich mache das, weil ich einen großen Busen haben möchte. Der Grund war aber ein ganz anderer. Ich hatte herausgefunden, dass meine BHs durchsichtig sind – das ging weg, wenn man sie übereinanderzog. Das wollte ich ihr aber nicht erklären. Beim Kauf von BHs habe ich dann später unbedingt drauf geachtet, dass sie blickdicht sind.«

»Mein erster BH war ein alter BH meiner Schwester. Den habe ich auch noch getragen, als er hinten mit Tesafilm zusammengelebt war. Ein Jahr lang war das mein einziger BH, weil ich mich nicht getraut habe, mir einen neuen zu kaufen. Vor meinem Arzt war mir der BH total peinlich!«

## BH – (WOZU) BRAUCH ICH DEN ÜBERHAUPT?

Ein BH ist ein Kleidungsstück für Frauen, das die Brust stützt. Besonders bei Bewegungen und beim Sport bewegt die Brust sich sonst mit. Das ist vielen Frauen nicht nur deshalb unangenehm, weil man es sieht, sondern auch wenn sie zum Beispiel die Bewegung als störend empfinden oder weil es ihnen sogar wehtut.

Probier es einfach irgendwann während der Entwicklung deiner Brust einmal aus. Es gibt keine festen Spielregeln oder festgelegte Zeiträume. Zu Beginn tragen viele Mädchen zunächst ein Bustier. Erst später, wenn die Brust mehr gewachsen ist und sie sich innerlich auch so weit fühlen, wechseln sie zu einem BH. Besonders bei einer größeren Brust ist es wichtig, einen BH zu tragen, wenn das Gewicht der Brust zu Rückenschmerzen oder Muskelverspannungen führt und weil man auch weniger unter der Brust schwitzt, als wenn Haut auf Haut liegt.

**TIPP:** Wenn es dir beim ersten BH-Kauf hilft, nimm eine vertraute Begleiterin mit. Das kann deine beste Freundin sein, deine Ma oder deine Lieblingstante. Hör in Ruhe in dich hinein, wen du dazu gern mitnehmen möchtest oder ob du doch lieber allein losziehst.

**INFO**

BH-Kauf

Achtung – die Größenauswahl kann anfangs richtig verwirrend sein. Daher nachfolgend eine kleine Erläuterung, wie das alles mit den BH-Größen funktioniert:

Unterbrustumfang = der Umfang deines Körpers unterhalb deiner Brüste auf dem Brustkorb waagerecht gemessen. Nimm am besten ein flexibles Maßband (zum Beispiel aus dem Nähkasten) dazu. Der Unterbrustumfang wird in Schritten zu 5 Zentimetern angegeben. 70, 75, 80, 85, 90 usw. Kein Problem, wenn du beim Messen zwischen diesen Werten landest. Dann probiere zunächst die Größe an, die am nächsten an deinem Wert dran liegt. BHs haben meist mehrere Ösen (das sind die Metallschlaufen, in welche die Häkchen eingehängt werden), sodass man die Weite ein wenig variieren kann. Fang immer zuerst mit dem Unterbrustumfang an und suche erst dann die richtige Körbchengröße dazu.

Körbchengröße = die Größe des BH-Körbchens, in dem der Busen liegt. Die kleinste Körbchengröße beginnt mit A, in Kombination mit dem Unterbrustumfang werden die BH-Körbchen (man sagt auch Schalen dazu) relativ gesehen immer etwas größer.

Die jeweils kleinste Größe ist immer A. Danach folgt B, C, D, DD oder E, F, G, H usw. Manche Hersteller haben Tabellen mit Messwerten zum Brustumfang. Praktisch gesehen fragst du aber die Verkäuferin wahrscheinlich ungern nach einer Tabelle. Das Einfachste ist, wenn du anhand der Messwerte ungefähr abschätzt, wie groß deine Brust ist, und dann die infrage kommenden Körbchengrößen anprobierst. Das kann von Hersteller zu Hersteller unterschiedlich ausfallen.

**TIPP:** Deine optimale BH-Größe findest du heraus, indem du den Unterbrustumfang entspannt zu Hause mit einem flexiblen Messband, zum Beispiel aus dem Nähkorb, misst. So hast du im Geschäft eine erste Orientierung, welche BHs zum Anprobieren überhaupt mit in die Kabine kommen. Vor Ort kannst du dann probieren, welche Körbchengröße passt.

Manche Frauen tragen gern einen BH mit einem Formbügel, dieser ist u-förmig entlang des unteren Rands des BH-Körbchens eingenäht und gibt der Brust Halt. Andere mögen lieber BHs ohne Bügel. Es ist wichtig, dass du dich in dem BH auch längere Zeit wohlfühlst. Probier aus, was dir gefällt. Wenn du den Unterbrustumfang richtig gemessen hast und einen BH in dieser Größe anprobierst, prüfe danach, ob der BH-Verschluss hinten auf Höhe des Unterbrustumfangs sitzt. Keinesfalls sollte der BH-Verschluss nach oben zwischen die Schulterblätter oder in Richtung Nacken rutschen. Dies zeigt, dass der Umfang zu groß gewählt wurde. Dann wird die Brust nur noch von den Trägern gehalten, und du kannst Rückenprobleme bekommen.

Wenn du eher eine große Brust hast, achte besonders darauf, dass der BH breite oder sogar etwas gepolsterte Träger hat. Sonst können die Träger auf Höhe der Schultern einschneiden, so dass sich Rillen bilden. Das tut kurzfristig weh, macht aber langfristig auch Haltungsschäden und führt möglicherweise zu richtigen Furchen.

## EIN WORT ZU SCHÖNHEITS-OPS AN DER BRUST

Leider sind durch die vielen digital bearbeiteten Bilder und Filme immer mehr Frauen der Meinung, dass sie einen »idealen« Busen haben müssten, dass – gemessen an diesen Bildern – ihr Busen nicht richtig ist. Zu klein, zu groß, zu hängend, zu flach …

Da liegen Schönheitsoperationen voll im Trend und drängen sich als Mittel zum Zweck regelrecht auf. Sie werden intensiv beworben. Und so konnte man zum Beispiel in einer Stadtteilzeitung eine Werbeannonce entdecken: »Traumbusen für XXXX Euro«.

Die Anzahl dieser Operationen steigt erheblich. Doch um welchen Preis? Und damit meine ich nicht in erster Linie die nüchternen Zahlen, wie viel dafür in harter Währung bezahlt wird. Ich kenne solche Operationen aus meiner Zeit als Frauenärztin im Krankenhaus. Dort habe ich bei Operationen assistiert, bei denen die Größe der Brust verändert wurde: Brustverkleinerungen oder Vergrößerungen, sei es aus medizinischen Gründen (zum Beispiel bei Rückenproblemen durch zu große Brüste, Seitenangleichung nach einer Tumoroperation) oder als Schönheitsoperation. Viele dieser OPs sind sehr umfangreich. Allen gemeinsam ist, dass durch die Operationen mehr oder weniger große Narben entstehen. Das sollte vorher klar sein. Als Folge der OP können Taubheitsgefühle auftreten, das Wundgebiet kann sich entzünden oder schlecht heilen, Narben können sich verbreitern oder auf andere Art stören.

Nicht alle Frauen können nach einer solchen OP später ihre Babys stillen. Es ist meines Erachtens ein großer Unterschied, ob solch eine Operation und ihre Folgen aus medizinischen Gründen unvermeidbar sind, oder ob sie von einem vermeintlichen Schönheitsideal ausgelöst ist.

## WIE ENTWICKELT SICH DIE BRUST?

Zu Beginn formt sich die Silhouette der Brustwarzen, sie heben sich leicht vom Brustkorb ab. Dann erst wächst der eigentliche Busen. Die ganze Entwicklung dauert Jahre. Im Verlauf kann eine Seite mehr oder schneller wachsen als die andere.

»Bei vielen meiner Freundinnen konnte man den Busen schon sehen, da war bei mir noch alles flach. Als es dann endlich losging, fing es erst nur an einer Seite an. Ich wusste nicht richtig, ob ich mich jetzt darüber freuen soll, weil es so komisch aussah. Aber die andere Seite kam dann nach und dann war es auch wieder okay.«

Auch später, wenn du erwachsen bist, sehen die Brüste normalerweise nicht exakt gleich aus. Manche Frauen bemerken einen größeren Unterschied als andere. Ein Größenunterschied der Brüste muss dich also nicht beunruhigen. Achte aber später als Erwachsene darauf, dass nicht plötzlich ein Größenunterschied entsteht, der früher nicht da war. Denn dies könnte durch Erkrankungen oder Knoten im Brustgewebe ausgelöst werden.

Manche Frauen haben Brustwarzen, die nicht vorstehen. Dies nennt man Flach- oder Hohlwarzen. Das liegt daran, dass ihre Milchgänge kürzer sind. Bei Kälte oder sexueller Erregung können sich diese Brustwarzen oft trotzdem aufrichten und fest werden, allerdings nicht bei allen Frauen.

Stillen können diese Frauen trotzdem. Das liegt daran, dass das Baby beim Trinken normalerweise den gesamten Warzenvorhof, also die gesamte dunklere Fläche der Brustwarze, in den Mund nimmt und zwischen dem Unter- und Oberkiefer bewegt. So kommt die Milch am besten aus der Brust heraus. Nimmt es nur den Nippel in den Mund und nuckelt daran, wird dieser schnell wund und schmerzhaft. Schafft das Baby es nicht, bei Hohl- oder Flachwarzen zu trinken, kann die Frau spezielle Stillhütchen verwenden, die auf die Brustwarze aufgesetzt werden.

## INFO

Apropos Stillen:

Das ist schon eine wunderbare Sache – die Milch wird wohltemperiert verabreicht, enthält Abwehrstoffe, die exakt gute Nährstoffzusammensetzung, ist jederzeit verfügbar und fördert neben der Mutter-Kind-Beziehung auch noch die Rückbildung der Gebärmutter nach einer Schwangerschaft.

Zudem wird durch das Trinken des Babys über ausgeschüttete Botenstoffe genau so viel Milch »nachbestellt«, wie das Baby durchschnittlich trinkt. Frauen mit eher kleinen Brüsten können genauso gut stillen wie Frauen mit größeren Brüsten.

Bei ihnen ist nur der Speicher in der Brust schneller voll, das heißt, es kann eher sein, dass mal etwas Milch ausläuft.

Deshalb zieht die Frau Stilleinlagen im BH an oder sogar Milchauffangschalen. Damit die Milch normalerweise in der Brust bleibt, wenn das Baby nicht trinkt, wird die Milchproduktion über einen anderen Botenstoff geregelt als die Milchfreisetzung. Alles in allem ein echt super System. Und wenn Mama mal zu einzelnen Mahlzeiten nicht da sein kann, kann sie die Milch immer noch abpumpen und sie wird von jemand anderem an das Baby verfüttert.

»Ich hatte Schmerzen in der Brust und habe einen Knubbel getastet. Bis ich meine Schwester gefragt habe, hatte ich Angst, Brustkrebs zu haben. Sie hat mich dann beruhigt und mir erklärt, dass die Brust manchmal schmerzempfindlich ist, besonders vor den Tagen und dass man dann auch eher Knubbel tasten kann.«

**KLARTEXT:** Wann immer du Fragen in Sachen Brust hast oder Unsicherheiten verspürst, auch während deine Brust sich noch entwickelt und wächst, oder wenn du etwas Komisches tastest, was dir Sorgen macht, hol dir statt schlafloser Nächte in Zweifelsfällen auf jeden Fall den Rat (d)einer Frauenärztin.

## BRUST SELBST UNTERSUCHEN

Vielleicht hast du schon mal gehört, dass es auch eine Krebsvorsorge für die Brust gibt. Diese wird Frauen ab 30 Jahren jährlich angeboten. Ursache dafür ist, dass Brustkrebs die häufigste Krebsart der Frau ist. Eine von acht Frauen erkrankt im Laufe ihres Lebens daran. Ist eine nahe Verwandte (Mutter, Tante, Schwester) im frühen Lebensalter daran erkrankt, kann sogar eine familiäre Häufung vorliegen. Unabhängig davon sollte jede Frau es frühzeitig lernen, ihre Brust selbst zu untersuchen.

Ideal ist es einmal im Monat, am besten eine Woche nachdem du deine Tage bekommen hast, also in der ersten Zyklushälfte. Dann ist die Brust weicher und gut abzutasten. In der zweiten Zyklushälfte lagern viele Frauen ein wenig Wasser in der Brust ein, sie wird etwas größer, ist aber vor allem nicht mehr so gut zu tasten.

Stell dich als Erstes obenrum unbekleidet vor einen Spiegel. Achte drauf, dass niemand überraschend reinkommen kann, zum Beispiel indem du die Badezimmertür abschließt. Im Spiegel kannst du sehen, ob die Brust einigermaßen symmetrisch, also seitengleich ist, und vor allem drauf achten, ob die Brustwarzen gerade nach vorn stehen. Wie zwei Augen sollten sie geradeaus schauen, nicht in irgendeine Richtung abweichen oder »schielen«.:) Ist die Haut irgendwo eingezogen oder wölbt sie sich komisch vor? Sind Größenunterschiede da, die du vorher nicht bemerkt hast?

Das eigentliche Abtasten machst du im Stehen vor dem Spiegel oder in Ruhe beim Duschen und nachher nochmals im Liegen auf dem Bett. Lege evtl. beim Stehen eine Hand flach unter die Brust, die du abtasten möchtest, am besten die linke Hand unter die linke Brust, sodass die Brust darauf zu liegen kommt. Dann tastest du mit der rechten flachen Hand wie beim Klavierspielen im Uhrzeigersinn die Brust ab, ob du Knoten oder harte Stellen fühlen kannst. Wechsel dann die Seite und untersuche die rechte Brust mit der linken Hand.

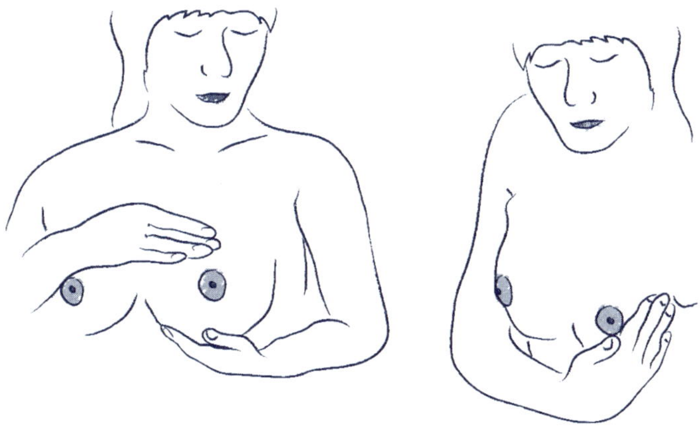

Taste auch die Brustwarzen ab und achte darauf, ob bei leichtem Druck eine Flüssigkeit herauskommt, und wenn ja, welche Farbe diese hat. Normalerweise kommt keine Flüssigkeit, es sei denn, die Frau stillt. Weiße Flüssigkeit oder sogar rote, wie Blut, solltest du deiner Frauenärztin berichten. Taste zum Schluss auch auf beiden Seiten die Achselhöhle ab. Bei jungen Frauen ist die Brust vom Gewebe oft fester, und es kann sein, dass sie sich etwas knotig anfühlt. Das sollte dich nicht beunruhigen. Wenn du aber Einzelknoten über einen Zentimeter Größe findest, solltest du zur Sicherheit die Ärztin nachschauen lassen. Bei Weitem nicht alles ist Brustkrebs. Es gibt auch gutartige Knoten in der Brust, manchmal ist es auch einfach nur verdichtetes Gewebe.

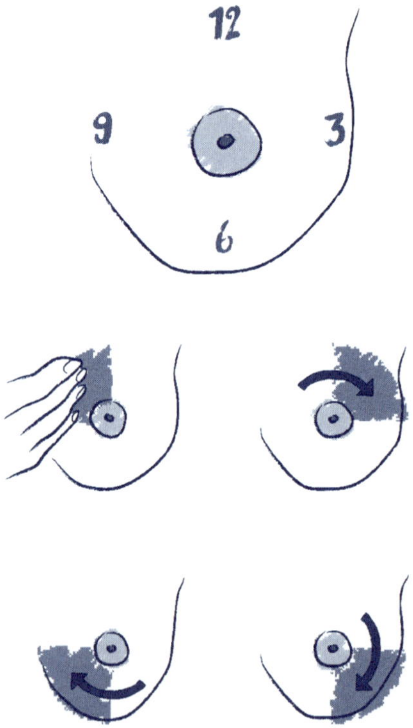

**TIPP:** Je konsequenter und regelmäßiger du das einmal pro Monat machst, umso besser lernst du deine Brust kennen, und umso eher stellst du fest, falls wirklich mal etwas anders ist. Lass dich nicht stressen, Übung macht den Meister, und am Anfang muss man auch das erst einmal lernen. Machst du es dir aber zu einer guten Gewohnheit, hast du einen echten Zeitvorteil, falls sich wirklich mal etwas krankhaft verändert.

Wenn du an einer Stelle der Brust etwas bemerkst und dir die Stelle merken möchtest, stell dir die Brust als Uhr vor. Oben ist 12.00 Uhr, unten 6.00 Uhr, von vorn gesehen rechts ist 3.00 Uhr, links 9.00 Uhr. Das machen wir Frauenärztinnen bei Befunden auch so. Wir sagen dann zum Beispiel: »Ich taste in der rechten Brust bei 10.00 Uhr, zwei Zentimeter vom Brustwarzenrand einen festen Knoten von etwa zwei Zentimeter Größe.«

## DAMENBART & CO

Sind Bärte nicht reine Männersache? Wieso steht dann hier plötzlich Damenbart, fragst du dich vielleicht, während betroffene Mädels froh sind, dass das Thema überhaupt angesprochen wird. Dass nicht nur Jungs einen sichtbaren Haarwuchs im Gesicht bekommen können, ist vielfach unbekannt und für Betroffene mit einer großen Scham verbunden. Man oder besser gesagt Frau spricht meist nicht darüber.

Tatsächlich können auch Mädchen auffallende Haare im Gesicht – vor allem oberhalb der Oberlippe, manchmal auch am Kinn – wachsen. Bei manchen sind sogar die Haare am Körper ähnlich wie bei Jungs ab der Pubertät stark sichtbar. Die Grenzen zwischen einem Normalbefund und einer krankhaften Veränderung sind fließend. Diese auffällige Haarverteilung kann völlig verschiedene Ursachen haben. Bei manchen Frauen liegt es an ihrer Erbinformation, die ihre Haarverteilung so besonders festlegt. Bei anderen ist ein Überschuss an »männlichen ⟶ Botenstoffen« an der Entstehung dieser besonderen Haarverteilung beteiligt.

## INFO

Ein paar wichtige Basics:

Alle Frauen haben Botenstoffe, die man normalerweise Männern zuordnet, sogenannte Androgene, im Blut. Das ist immer der Fall, unabhängig davon, ob sie einen Damenbart haben oder ganz weiche Haut ohne sichtbare Haare. Und auch alle Männer haben Botenstoffe, die man normalerweise Frauen zuordnet, sogenannte Östrogene oder Gestagene. Sie entfalten bei ihnen normalerweise jedoch keine Wirkung, wenn das Hormongleichgewicht stimmt.

Irgendwann einmal haben Wissenschaftler diesen Botenstoffen die Attribute »weiblich« und »männlich« zugeordnet, weil sie bei entsprechend hoher Konzentration in einer Person deren Wirkung in Form von weiblichen beziehungsweise männlichen Attributen beobachtet haben.

Im menschlichen Körper kommt es aber weniger auf die absolute Zuordnung der Hormone in die richtige Geschlechtsschublade an, sondern auf ihre Wirkung und das Gleichgewicht, in dem sie normalerweise stehen. Dieses Gleichgewicht ist bei Männern und Frauen ganz unterschiedlich – und führt so zur jeweils typischen Ausprägung der eigenen Geschlechtsmerkmale.

Alle Menschen haben Haare im Gesicht, ob man sie sehen kann oder nicht. Wenn sich nun bei einer Frau das Hormongleichgewicht nach und nach verschiebt und sie dadurch mehr Androgene hat, als es ihrem normalen Hormongleichgewicht entspricht, bildet sie bestimmte sichtbare Zeichen aus, wie zum Beispiel die sichtbaren Haare im Gesicht, aber auch vermehrt sichtbare Behaarung an den Armen und

Beinen, am Bauch, an der Brust, am Rücken ... Ursache dafür können Probleme im Hormonhaushalt selbst sein, die Einnahme bestimmter Medikamente zum Beispiel beim Doping (Einnahme unerlaubter Substanzen zur Leistungsverbesserung beim Sport) oder auch hormonbildende Tumore (gut- oder bösartige Geschwulst im Körper).

Wenn du in deiner Familie, zum Beispiel von deiner Mutter oder Schwester, eine solche Haarverteilung kennst, ist es aber eher wahrscheinlich, dass Veränderungen bei dir deiner Erbanlage entsprechen und nicht einem Hormonungleichgewicht.

Doch auch bestimmte Botenstoffe, die für den Zuckerhaushalt (Insulin/Diabetes) verantwortlich sind, und Übergewicht können eine Rolle bei veränderter Hautbehaarung spielen.

**TIPP:** Es ist sinnvoll, dir medizinischen Rat zu holen, wenn du ein ungewöhnliches Behaarungsmuster bei dir feststellst. Leider gehen viele Frauen mit dieser Problematik nicht zum Arzt, weil sie sich schämen, und versuchen selbst nach Möglichkeit die Haare irgendwie wegzubekommen. Doch wenn zum Beispiel eine Grunderkrankung dahintersteckt, eine unerkannte Zuckerkrankheit oder ganz selten auch mal eine Neubildung wie ein Tumor, dann müssten diese behandelt werden. Die gute Nachricht: Mit der erfolgreichen Entfernung oder Behandlung des Tumors verschwindet in aller Regel auch die unerwünschte Behaarung. Such dir eine Ansprechpartnerin deines Vertrauens. Viele Mädchen vertrauen sich damit am ehesten einer Frau an. Es gibt verschiedene Fachärztinnen, die dir mit diesen Fragen weiterhelfen können. Dies kann deine Haus- oder Kinderärztin sein – eine Hautärztin oder deine Frauenärztin. Sie helfen dir auch, andere kompetente Ansprechpartnerinnen zu finden, die dir weiterhelfen, wenn die Problematik nicht in ihr Fachgebiet fällt.

# WAS KANN MAN PRAKTISCH GEGEN EINEN DAMENBART TUN?

Was meinst du? Siehst du die Haare im Gesicht nur selber oder nehmen andere sie auch wahr? Wie sehr stören sie dich? Schau dich mal in Ruhe um. Womöglich bemerkst du bei genauerem Hinsehen, dass sogar gar nicht so wenige Frauen einen mehr oder weniger sichtbaren Damenbart haben. Überleg dir daher vorab gut, ob und wenn ja was, du dagegen unternehmen möchtest. Denn manche Maßnahmen können ein kleineres Problem deutlich verschärfen: Naheliegend erscheint für viele auf den ersten Blick die *Rasur*. Wen wundert's, das kennen wir doch von Männern. Doch Vorsicht, dies verspricht nur kurzfristig Abhilfe. Denn mit dem Abrasieren der Haare entstehen lästige und meist gut sichtbare Bartstoppeln. Diese werden dann leicht als Dreitagebart wahrgenommen und fühlen sich wie Schmirgelpapier an. Betroffene Frauen raten dringend von der Rasur ab. Andere Methoden, die sonst noch genannt werden, sind:[69]

*Epilieren* – das gesamte Haar wird mithilfe eines Epiliergeräts herausgezogen – es wächst in ca. drei Wochen wieder nach. Die Methode ist schmerzhaft und erfordert Übung.

*Zuckerpaste* – hier wird das gesamte Haar mithilfe einer klebrigen Zuckerpaste entfernt. Die Paste wird gegen die Haarwuchsrichtung aufgetragen, dann in Haarwuchsrichtung entfernt. Auch diese Methode ist schmerzhaft.

*Waxen* – Achtung! Bei Anwendung von warmem Wachs kann es zu Verbrennungen kommen. Das Wachs wird aufgetragen und gegen die Haarwuchsrichtung entfernt. Dabei werden die Härchen mit ausgerissen.

*Zupfen* – ist ebenfalls schmerzhaft und muss oft wiederholt werden, da die Härchen unterschiedlich schnell wieder nachwachsen.

Beim *Bleichen* der Haare werden diese zwar unsichtbar(er), aber sind immer noch zu fühlen. Es kann zu Hautreizungen kommen.

Auch das Auftragen einer *Creme*, um das Haarwachstum langfristig zu verringern, ist möglich (ab 14 Jahren).

## DIE ÄUßEREN GESCHLECHTSORGANE

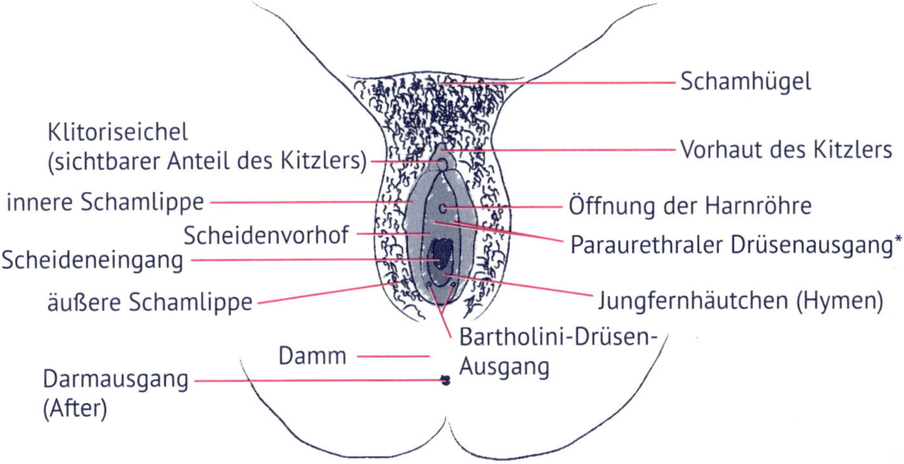


* nicht bei allen Frauen ausgeprägt vorhanden

Zum Intimbereich der Frau gehören der Schamhügel, die inneren und äußeren Schamlippen, der Kitzler, der Ausgang der Harnröhre und der Eingang zur Scheide. Hier münden auch Drüsen. Sie stellen Gleitmittel für den Sex her. Weiter hinten, am Po, befindet sich der Darmausgang. Das Gewebe zwischen Scheideneingang und Darmausgang nennt man Damm.

Auch wenn viele anatomische Begriffe im Intimbereich der Frau mit *Scham-* beginnen, ist dieser Bereich nichts, wofür sie sich schämen müsste. Komisch, dass man beim Mann früher bei der Begriffsdefinition vor die Begriffe Penis und Hoden nicht auch die Vorsilbe Scham- gesetzt hat …

## SCHAMHÜGEL

Der *Schamhügel* ist eine Art Haut- und Gewebepolster, das sich vorn am unteren Bauch mittig befindet. In der Tiefe liegen hier die Beckenknochen, die vorn am Körper den Beckenring schließen. Damit diese Stelle nicht zu hart ist, ist sie also gut gepolstert.

Auf dem Schamhügel wachsen Schamhaare. Manche Mädchen stören sich besonders zu Beginn der Pubertät daran, dass sie ihren Schamhügel als recht groß empfinden. Das kann so weit gehen, dass sie keine Leggings tragen mögen, weil sie das Gefühl haben, jeder könne diesen Bereich dann direkt sehen. Tatsächlich ist es mit dem Schamhügel wie mit allen anderen Bereichen unseres Körpers auch: Sie sind individuell unterschiedlich ausgeprägt. Es gibt sogar Frauen, die diesen Bereich als zu flach empfinden und nach Schönheits-OPs suchen, wie man ihn »aufpolstern« kann.

Fakt ist, dass es für den Körper am gesündesten ist, wenn man sich so annimmt, wie man gebaut ist, und nicht durch Schönheits-OPs daran herumfeilt. Hinzu kommt, dass die Idealvorstellungen ja sehr verschieden sind und sich im Laufe des Erwachsenwerdens noch total verändern können.

## KITZLER

Der Kitzler (lat. Klitoris) liegt dort, wo sich die innere rechte und linke Schamlippe vereinigen. Dort sieht man ein rundes, etwa Erbs großes Organ, das von einer kleinen Hautfalte, wie von einer Kapuze überdeckt ist, die Eichel des Kitzlers. Doch dies ist nur die »Spitze des Eisbergs«. Unter der Haut, in der Tiefe, dehnt der Kitzler sich wie ein umgekehrtes »V« mit zwei Schenkeln nach unten noch bis zu 9 cm weiter aus . Der Kitzler ist ein Schwellkörper-Organ, das am Lustempfinden der Frau wesentlich beteiligt ist. Der weibliche ~› Orgasmus/Höhepunkt kann unter anderem durch das Stimulieren des Kitzlers erlebt werden. Die Klitoriseichel ist vergleichbar mit der empfindlichen Spitze des Penis, ebenfalls Eichel genannt. Aufgrund des empfindlichen Gewebes können Berührungen der Klitoriseichel rasch als unangenehm empfunden werden. Daher sollte man beim Sex darauf achten, dass der Körper aus den ~› Bartholini-Drüsen genügend Gleitgel freigesetzt hat und auch die Umgebung der Klitoriseichel mit stimulieren, da ja hier die unter der Haut liegenden Anteile des Organs verborgen liegen.

## SCHAMLIPPEN

Vor der Pubertät sehen die Schamlippen von verschiedenen Mädchen sehr ähnlich aus. Jemand hat mal den lustigen Vergleich geprägt, dass sie wie ein normales Brötchen mit Mittelfurche aussehen. In der Pubertät wachsen die Geschlechtsorgane – und sie verändern sich auch viel individueller als vorher, sind von Frau zu Frau kürzer oder länger, breiter, gelappter oder schmaler. Genauso individuell, wie wir Menschen halt sind! Die Fotografin Grit Scholz[70] hat bewusst als Kunstform den Intimbereich von 65 Frauen in einem Buch festgehalten, um die große Unterschiedlichkeit einmal sichtbar zu machen.

Die *inneren und äußeren Schamlippen* rahmen den Scheideneingang rechts und links ein. Die äußeren Schamlippen sind mit Schamhaaren bedeckt. Früher nannte man sie meist nur große Schamlippen. Das hat allerdings zu Verwirrung geführt. Da bei manchen Frauen die inneren Schamlippen größer sind als die äußeren Schamlippen, hinterlässt diese Begrifflichkeit rasch den Eindruck, größere innere Schamlippen seien krankhaft verändert. Dies ist aber zunächst einmal nur eine Normvariante, also völlig normal.

# GENITALMAẞE SIND INDIVIDUELL SEHR VERSCHIEDEN

| **Schwankungsbreite der weiblichen Geschlechtsorgane** | **in mm** | **Mittel (Standardabweichung, SD)** |
|---|---|---|
| Länge der äußeren Schamlippe | 70 bis 120 | 93 (13) |
| Länge der inneren Schamlippe | 20 bis 100 | 60,6 (17,2) |
| Breite der inneren Schamlippe | 7 bis 50 | 21,8 (9,4) |
| Länge der Scheide | 65 bis 125 | 96 (15) |
| Entfernung Kitzler - Harnröhre | 16 bis 45 | 28,5 (7,1) |
| Länge des Kitzlers | 5 bis 35 | 19,1 (8,7) |
| Länge des Damms | 15 bis 55 | 31,3 (8,5) |
| Breite des Kitzlers | 3 bis 10 | 5,5 (1,7) |

Quelle: Geburtshilfe Frauenheilkunde 69, 2009, S. 19

# INTIM-OPS & GENITALBESCHNEIDUNG

In Filmen (〰› Pornos & Sexseiten im Internet) werden oft nur bestimmte Formen von Geschlechtsorganen gezeigt, die eher einem kindlichen Genitale gleichen. Diese Bilder sind zum Teil sogar digital bearbeitet. Konkret heißt das: Für den Film als zu groß empfundene Schamlippen oder solche, die nicht dem Ideal entsprechen, werden wegretuschiert. Sehen sie stets nur bestimmte »normierte« Formen von Geschlechtsorganen, erweckt dies bei den zuschauenden Frauen und Männern den Eindruck, es gäbe tatsächlich ein Ideal- oder »Standard«-Geschlechtsorgan. Beim Kleiderkauf würde man sagen:

die Mode »von der Stange« in einer bestimmten angesagten Konfektionsgröße.

Rasch entsteht so das Gefühl, »nicht richtig« auszusehen oder womöglich im Intimbereich »krank« zu sein. Tatsächlich sehen wir alle aber »untenrum« äußerst verschieden aus. Es ist erschreckend: Noch nie in der Vergangenheit fanden so viele korrigierende Schönheitsoperationen im weiblichen Intimbereich mit zum Teil erheblichen Folgen statt. Denn die inneren Schamlippen und der Scheideneingang sind zentral am weiblichen Lustempfinden beteiligt. Operationen und Narben in diesem Bereich können sich erheblich auf die Sexualität und das sexuelle Lustempfinden auswirken.

Vielleicht hast du schon mal gehört, dass Jungs aus kulturellen oder religiösen Gründen am Penis beschnitten werden. Zum Beispiel bei Muslimen und Juden. Dabei wird die Vorhaut entfernt. Sie ist die Reservehautfalte an der Spitze des Penis und überdeckt die Eichel (› Jungs konkret).

Vor allem in Afrika, aber leider bei Weitem nicht nur dort[71], findet aus alten traditionellen Gründen auch eine Beschneidung von Mädchen oder genauer gesagt Genitalverstümmelung im Intimbereich statt. Sie verstümmelt Mädchen meist an den Schamlippen, zum Teil auch am Kitzler. Die fadenscheinigen Argumente lauten oft, die Mädchen müssten vor ihrer eigenen Lust beschützt werden oder Kitzler und Schamlippen seien schmutzig und müssten daher entfernt werden[72]. Tatsächlich wird dadurch Frauen die Entfaltung ihrer eigenen Sexualität nicht zugestanden und ihre Sexualität durch den Eingriff oft lebenslang gestört. Denn wenn der Kitzler fehlt, können bestimmte Gefühle nicht mehr wahrgenommen werden. In den Schamlippen befindet sich schwellfähiges Gewebe, dass bei sexueller Erregung mit reagiert. Dieses Gewebe kann durch die Beschneidung fehlen oder beschädigt werden. Narben im Intimbereich können den Sex schmerzhaft machen. Da die Harnröhre in der Nähe liegt, kann die Beschneidungswunde später auch zu Problemen beim Wasserlassen führen. Es ist ein Trauerspiel, das in manchen Fällen sogar tödlich endet. Zwar ist die Beschneidung von Mädchen in manchen Ländern inzwischen offiziell verboten, praktisch gesehen müssen jedoch erst einmal jahrhundertealte »Traditionen« überwunden werden. Wusstest Du, dass in Ägypten 91 Prozent[73] der Frauen zwischen 15 und 49 Jahren beschnitten sind – und dass diese Beschneidung von Frauen dort erst 2008 per Gesetz verboten wurde? Inzwischen haben sogar islamische Gelehrte eine Fatwa[74], ein islamisches Rechtsguthaben, herausgegeben, das deutlich macht, dass die weibliche Beschneidung unvereinbar mit dem Islam ist. Allerdings ist die weibliche Beschneidung keineswegs nur im Islam zu Hause. In den betroffenen Ländern lassen aus kulturellen Gründen auch andersgläubige Eltern, wie Christen, ihre Töchter beschneiden, nicht zuletzt deshalb, weil eine unbeschnittene Frau als unanständig gilt und auf dem Heiratsmarkt kaum Chancen hat.

All das erscheint den meisten bei uns in Mitteleuropa unendlich weit weg. Allerdings vergessen wir dabei schnell, dass auch in Deutschland Frauen leben, die diese Vergangenheit aus ihrem Heimatland mitbringen. Man sieht es ihnen auf den ersten Blick nicht an, aber es ist viel Leid damit verbunden. Wie dankbar können wir sein, dass wir hier in dieser Hinsicht so unbeschwert aufwachsen können!

Doch gerade auf dem Hintergrund dieses unmenschlichen Geschehens ist es umso befremdlicher, dass sich hierzulande Zigtausend junge Frauen freiwillig – aufgrund des Diktats der Schönheits- und Pornoindustrie – in einem so hochsensiblen Bereich operieren lassen, um einem vermeintlichen Schönheitsideal zu genügen. Dafür geben sie nicht nur enorm viel Geld aus (allein die OP kann mehrere Hundert bis einige Tausend Euro kosten), sondern sie nehmen auch Komplikationen wie Wundheilungsstörungen, schlechte kosmetische Ergebnisse, langfristige Schmerzen im Intimbereich durch Narben, Taubheitsgefühle und ganz allgemein Auswirkungen auf ihre Sexualität und sexuelle Erregungsfähigkeit in Kauf.

In vielen Fällen sind es Mädchen oder Frauen, die fürchten, ein Mann fände ihren Intimbereich nicht schön (»weil er ja aus Filmen weiß, wie eine Frau in dem Bereich auszusehen hat«). Nicht selten lassen sie sich gar nicht auf eine Freundschaft ein, weil sie die Ablehnung fürchten, und lassen ihren Intimbereich zunächst mit dem Skalpell auf Maß schneiden. Manchmal werden auch andere Gründe für den Wunsch nach einer Intimoperation angegeben.

Zum Beispiel, dass vergrößerte innere Schamlippen beim Radfahren drücken würden. Das mag im Einzelfall durchaus als unangenehm empfunden werden, dennoch sollte man zuvor gut überlegen, ob man operieren muss oder auch eine andere Lösung finden kann. Wie zum Beispiel gepolsterte Radfahrhosen, Spezialsattel usw. Eine Intim-OP sollte immer medizinische Gründe haben und damit einen Ausweg in begründeten Einzelfällen darstellen.

Das Kuriose an dem Geschehen kommentierte die Psychologin Ada Borkenhagen, als sie sagte, dass »es sehr schwer vorstellbar ist, dass ein Mann zum Arzt geht und sagt, ich möchte meinen Penis verkleinern lassen, weil mich seine Größe beim Fahrradfahren stört. Ich denke, da würde der Mann eher einen neuen Sattel erfinden«[75].

## SCHEIDENEINGANG

Der *Scheideneingang* liegt mittig zwischen den inneren Schamlippen. Liegt die Frau auf dem Rücken, stellt man sich das Ziffernblatt einer Uhr vor, um andere Strukturen in Bezug zum Scheideneingang zu benennen. Bei 12.00 Uhr findet man außen zum Beispiel den Ausgang der Harnröhre. Sie ist der Ausgang der Blase, in der das Pipi (med.: Harn oder Urin) aufbewahrt wird.

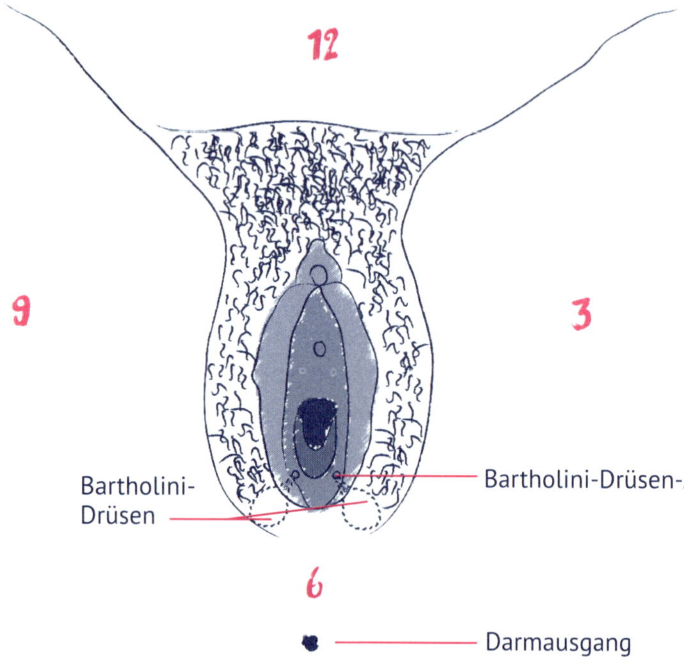


## DAMM & DARMAUSGANG

Bei 6.00 Uhr befindet sich der Damm, eine Hautbrücke zwischen Scheideneingang und Darmausgang (medizinisch: After). Das Gewebe im Dammbereich dehnt sich später bei der Geburt eines Babys am meisten. Verletzungen in diesem Bereich meint man damit, wenn eine Frau »unter der Geburt etwas reißt« oder »einen Dammschnitt brauchte«. Geburtsverletzungen werden von der Hebamme oder der Ärztin unmittelbar nach der Geburt fachgerecht versorgt. Durch den Damm ist der After mehrere Zentimeter vom Scheideneingang entfernt. Das ist wichtig, weil im Kot (Stuhlgang) im Normalfall unzählige Bakterien sind. Sie helfen unter anderem bei der Verdauung und Aufnahme von Nährstoffen. Gelangen sie aber in den Scheideneingang, können sie dort zu einer Entzündung führen oder sogar die inneren Geschlechtsorgane erreichen und dort Schäden anrichten.

**TIPP**: Darum ist es so wichtig, dass du dich auf der Toilette immer von vorn nach hinten abputzt und den Waschlappen in dieser gleichen Richtung benutzt. Damit verminderst du das Risiko, dass Bakterien einfach in den Scheideneingang gelangen können.

Das ist neben der Tatsache, dass es anfängt zu müffeln, der Hauptgrund, weshalb tägliche Hygiene, Waschen und frische Unterwäsche so wichtig sind. Bakterien, die durch die Scheide zur Gebärmutter hochwandern, können unter Umständen die Eileiter erreichen und dort die feinen Flimmerhärchen verkleben (dazu mehr unten).

## BARTHOLINI-DRÜSEN

Rechts und links unten bei etwa 5.00 und 7.00 Uhr münden zwei Drüsen. Sie heißen Bartholini-Drüsen und bilden Flüssigkeit als Gleitmittel für den Geschlechtsverkehr. Wenn die Frau sexuell erregt ist, wird dieses Gleitgel freigegeben. Man sagt dann »die Frau ist feucht«. Dieses natürliche Gleitgel befeuchtet den Scheideneingang beim Sex. Keine Sorge, feucht heißt feucht und nicht nass. Die Flüssigkeit tropft nicht, sondern ist ähnlich wie Gel aus einer Salbe, eine eher dickflüssige Flüssigkeit im Scheideneingang.

Wozu ist diese Flüssigkeit genau da? Beim Sex bewegt zum Beispiel der Mann seinen Penis in der Scheide der Frau. Durch die Bewegung kommt es zu Reibung. Dadurch kann sich die empfindliche Haut im Intimbereich leicht wund anfühlen. Um dem vorzubeugen, gibt es das Gleitgel. Zusätzlich schwillt beim Sex das Gewebe am Scheideneingang an und sorgt so mit dafür, dass die Frau schöne Gefühle hat.

Der Ausgang der Blase hat – anders als beim Mann – mit den Geschlechtswegen gar nichts zu tun. Darum kann eine Frau auch problemlos Wasser lassen, wenn sie ihre Tage hat oder schwanger ist.

## PARAURETHRALE DRÜSEN

Übersetzt meint dies Drüsen, die paarig neben der Harnröhre liegen. Man vermutet, dass sie bei manchen Frauen eine Rolle beim weiblichen ~› Orgasmus spielen und ähnlich wie beim Samenerguss (Ejakulation) des Mannes Flüssigkeit freisetzen. Viele Frauen bemerken davon aber gar nichts.

## INNERE GESCHLECHTSORGANE

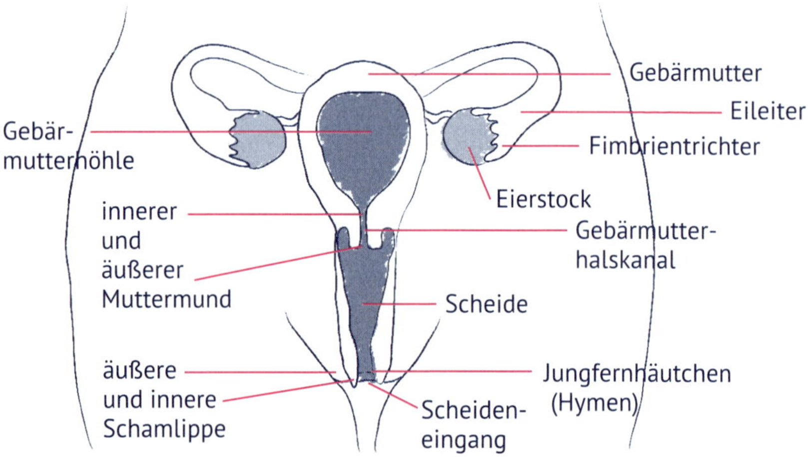

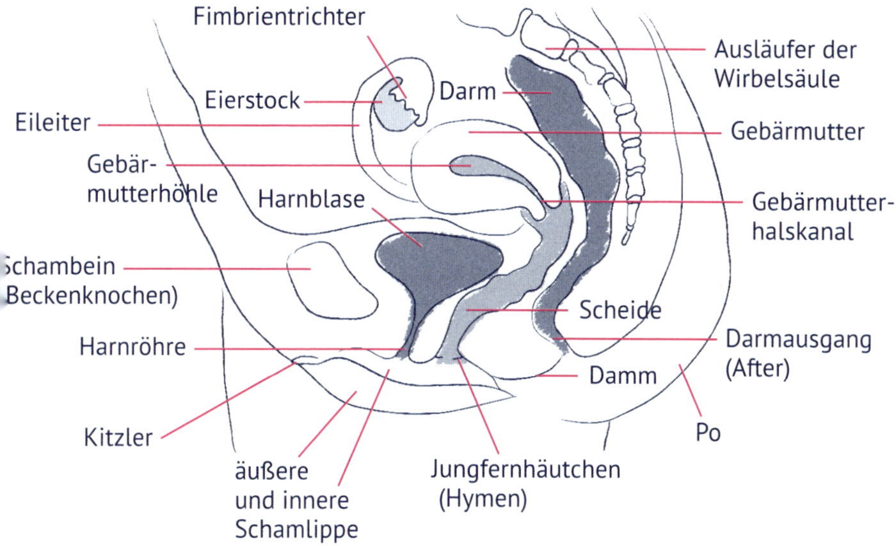


## SCHEIDE

Von den äußeren Geschlechtsorganen ausgehend, beginnt nun nach innen die Scheide. Sie ist der Gang zur ⟶ Gebärmutter. Sie besteht aus einer Art Muskelschlauch, der mit einer dünnen Hautschicht ausgekleidet ist. Wie die Wände der Scheide angeordnet sind, ist wichtig für die Untersuchungstechnik bei der Frauenärztin (⟶ Besuch bei der Frauenärztin). Im entsprechenden Kapitel erfährst du, wieso sie besondere Instrumente braucht, um die Scheide von innen anschauen zu können.

### INFO

Dehnbarkeit der Scheide

Die Scheide ist ein sehr dehnbares Organ. Bei Mädchen zu Beginn der Pubertät hat sie in etwa eine Weite, wie dein kleiner Finger dick ist. Zur Geburt kann ein Baby mit etwa zehn Zentimeter (!) Kopfdurchmesser hindurchwandern. Dies passiert natürlich nicht wie bei einem Fahrstuhl auf Knopfdruck.

Wenn unter der Geburt die Wehen das Baby aus der Gebärmutter in die Scheide schieben, drückt der runde Kopf des Babys die Wände der Scheide immer weiter auseinander. Dies geschieht unter dem Motto »2 vor, 1 zurück«. Das Baby wird also in der Wehe vorgeschoben, weitet die Scheide, rutscht dann in der Wehenpause wieder ein klein wenig zurück, aber nicht so weit wie vor der Wehe, dann kommt die nächste Wehe, wieder »2 vor, 1 zurück« in der Wehenpause. Bei einer Frau, die ihr erstes Baby bekommt, kann es viele Stunden dauern, bis die Öffnung der Gebärmutter mit zehn Zentimetern weit genug ist, dass das Baby dann durch die Scheide nach unten geschoben werden kann.

Bis das so weit ist, darf die Mutter nicht pressen, weil sie sonst den Gebärmutterausgang schlimm verletzen könnte. Sie kann während der Wehen eine spezielle Atemtechnik einsetzen, die ihr hilft, nicht zu früh zu pressen. Erst auf dem letzten Stück, wenn der Gebärmutterausgang tatsächlich zehn Zentimeter weit ist, kann die Mutter dem Baby aktiv durch das Mitpressen helfen. Dazu holt sie tief Luft, hält sie an und schiebt das Baby mithilfe des Bauchdrucks, der so entsteht, in Richtung Ausgang. Auf dem aller letzten Stück ist dann Feingefühl gefragt. Die Hebamme oder Ärztin hält von außen den Kopf des Babys etwas zurück, so dass das Baby langsam zur Welt kommt - damit möglichst kein Gewebe am Scheideneingang verletzt wird.

## SCHEIDENFLORA

Die gesunde Scheide enthält sogenannte »Milchsäurebakterien«. Das sind gute Bakterien, sie schützen die Wand der Scheide vor Entzündungen durch krankhafte Keime. Diese natürliche Besiedlung nennt man auch die Scheidenflora. Der pH-Wert der Scheide ist bei geschlechtsreifen Frauen wegen der Milch*säure*bakterien eher sauer, im Bereich von 4 bis 4,4.

Darum solltest du die Scheide auch nur mit klarem Wasser im Eingangsbereich waschen, von innen reinigt sie sich durch den Ausfluss von etwas Schleim selbst. Würdest du Seife in die Scheide einbringen, die einen basischen pH-Wert von etwa 8 hat, dann würdest du die natürliche Schutzschicht der Scheide beschädigen – und Entzündungen können viel leichter ihren Weg finden. Deshalb wendet man beim Waschen des Unterleibs die Seife auch nur äußerlich an.

## SCHEIDE & SEX

Außer für die Geburt ist die Scheide natürlich auch für den Geschlechtsverkehr (→ Was genau ist Sex?) da, ohne den es im Normalfall (auf künstliche Befruchtung gehe ich hier nicht ein) gar nicht zu einer Schwangerschaft käme. Um Sex haben zu können, müsste die Scheide von der Weite her etwa zwei bis drei Finger aufnehmen können. Beim Mädchen zu Beginn der Pubertät ist die Scheide aber erst etwa einen Finger weit.

Genauso wie bei Frauen Busen nicht gleich Busen ist, sind die Penisgrößen von Jungs und Männern verschieden. Dies liegt einerseits am Wachstum der Organe, andererseits aber vor allem daran, dass Jungs im Bereich der Geschlechtsorgane ebenfalls individuell sehr unterschiedlich sind. Für den Sex spielt die Penisgröße nicht die entscheidende Rolle. Viel wichtiger sind andere Faktoren wie das Vorspiel (→ Was genau ist Sex?) und damit die ausreichende Vorbereitung des Körpers für den Sex, die Bildung von körpereigenem Gleitmittel bei der Frau – und auch die Beckenbodenmuskulatur der Frau. Dies ist eine Muskel- und Bindegewebeschicht, die im Unterleib der Frau um die Scheide herum liegt. Frauen können sie aktiv zusammenziehen. Darum ist die Scheide beim Sex auch nicht nur passiv dazu da, den Penis aufzunehmen, sondern kann aktiv mit angespannt werden. Dies kann zusätzlich dazu beitragen, dass die Frau schöne, lustvolle Gefühle empfindet.

## INFO

Als Gräfenberg[76]-Zone, G-Punkt oder G-Zone wird ein Bereich an der Vorderwand der Scheide beschrieben, den manche Frauen als sehr lustvoll in der Sexualität erleben. Andere Frauen hingegen nehmen dort gar keine besondere Erregung wahr, manche finden die Stimulation in diesem Bereich sogar unangenehm.

Ob dieser Bereich wirklich existiert, wird in der Medizin immer wieder sehr kontrovers diskutiert, teils sogar als Mythos oder als Medienschöpfung angesehen. Immerhin profitieren auch hier diverse kommerzielle Angebote im Bereich der Schönheitschirurgie, die mit Unterspritzungen dieses Punktes wahre sexuelle Wunder erreichen wollen.[77/78]

Die Direktorin der Frauenklinik der Technischen Universität München, Prof. Dr. med. Marion Kiechle, sagte dazu 2012 auf Spiegel Online: »Besonders hartnäckig wird diese Diskussion von denjenigen geführt, die selbst Unterspritzungen, Vergrößerungen, Verlagerungen des vermuteten G-Punktes anbieten und damit suggerieren, es sei möglich, durch diese Eingriffe die Qualität des sexuellen Erlebens zu steigern.«[79]

Wenn der Penis (→ Äußere und innere männliche Geschlechtsorgane) steif wird und in die Scheide der Frau eingeführt werden kann, ist übrigens selbst ein kleinerer Penis breiter als die Scheide anfangs weit ist. Dies bedeutet für das erste Mal (→ Sex – das erste Mal), dass »Mann« beim Einführen des Penis vorsichtig vorgehen sollte, damit es der Frau nicht wehtut, und dass sie dem Mann Feedback geben sollte, was okay ist und wo es spannt oder sogar schmerzt – und wann er in seiner Bewegung vorübergehend innehalten sollte.

# JUNGFERNHÄUTCHEN

Von außen gesehen liegt direkt hinter dem Eingang zur Scheide das Jungfernhäutchen. Es wird auch Hymen genannt. Dabei handelt es sich um eine dünne Haut am Scheideneingang. Diese hat meist die Form des Buchstabens »O«.

Anders als der Name es vermuten lässt, ist die Funktion des Jungfernhäutchens nicht aufzuzeigen, ob eine Frau schon Sex hatte oder noch »Jungfrau« ist. Das Hymen kann nämlich bei manchen Frauen von Geburt an fehlen. Bei anderen ist es sehr dehnbar und elastisch. Dann reißt es auch bei häufigem Sex nicht zwangsläufig ein. Ob eine Frau beim ersten Sex eine leichte Blutung hat, hängt also im Wesentlichen davon ab, wie dehnbar das Jungfernhäutchen ist.

Stattdessen schützt das Jungfernhäutchen beim Baby die Scheide vor der Verschmutzung mit Stuhlgang. Es hat zwar innen eine Öffnung, da aber alles noch sehr klein ist, liegt das Häutchen so dicht gefaltet, dass auch bei voller Windel normalerweise kein Stuhlgang in die Scheide gelangen kann (Stuhlgang enthält Bakterien und könnte beim Mädchen zu Entzündungen der inneren Geschlechtsorgane führen, die Fogen dieser Entzündung könnten einen späteren Kinderwunsch gefährden). Die Öffnung in der Mitte des Häutchens ist aber sehr wichtig, weil bei der Monatsblutung das Blut abfließen können muss – und natürlich später auch für den Geschlechtsverkehr. In seltenen Ausnahmefällen ist die Form des Jungfernhäutchens anders oder es verschließt die Scheide ganz. Dann kann ein Tampon nicht gut oder gar nicht eingeführt werden.

**TIPP:** Ist das Jungfernhäutchen ganz verschlossen, bekommt ein Mädchen natürlich dennoch seine Tage. Das Blut kann aber nicht abfließen. Es staut sich zunächst in der Scheide, die ja sehr dehnbar ist, später sogar bis hinauf zur Gebärmutter. Falls du dir unsicher bist, weil du schon älter bist und deine Tage immer noch nicht gekommen sind, wende dich an eine Frauenärztin.

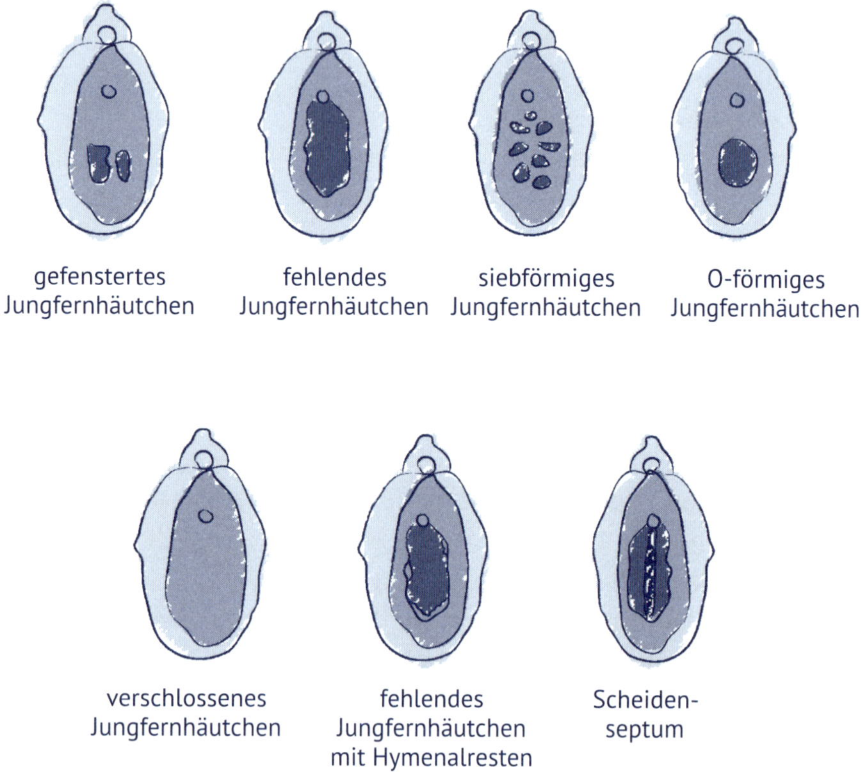


**KLARTEXT:** Obwohl aufgrund der Erläuterungen oben deutlich klar wird, dass das Jungfernhäutchen nicht beweisen kann, ob eine Frau schon Sex hatte oder Jungfrau ist – und obwohl demnach Frauen beim ersten Sex nicht bluten müssen, wird ein intaktes Jungfernhäutchen und eine Blutung beim ersten Sex von Frauen zum Teil in der Kultur, aus der sie stammen, eingefordert. Unfairerweise bleibt die Frage, ob der Mann »jungfräulich« in die Ehe geht, also ob er schon Sex hatte, aber außen vor.

Die Tatsache einer fehlenden Blutung oder gar ein fehlendes Jungfernhäutchen in der Hochzeitsnacht kann für eine Frau in ihrer Heimatkultur im schlimmsten Fall tödlich enden. Daher entschließen sich manche Frauen zu operativen Eingriffen, die ein Jungfernhäutchen (wieder-)herstellen, obwohl bis zu 50 Prozent der Frauen beim ersten Mal nicht bluten[80]. Leider können sie bei diesen Intimoperationen auch an unqualifizierte Anbieter geraten, die hohe Geldsummen dafür verlangen. Und selbst mit Operation ist nicht sicher gewährleistet, dass die Frau dann wirklich beim ersten Mal blutet. Letztlich wird es wahrscheinlich nur langfristig helfen, dass Frauen wie Männer über die wirkliche Anatomie gut aufgeklärt sind und sich dann mutig entscheiden, dieses Wissen auch im alltäglichen Leben umzusetzen.

## FEHLBILDUNGEN DER GESCHLECHTSORGANE

Manchmal kann ein Tampon oder der Penis des Mannes auch deshalb nicht eingeführt werden, weil in der Scheide ein Häutchen zwischen den Muskelwänden liegt, das dort fälschlicherweise zurückgeblieben ist. Dies nennt man ein »Scheidenseptum«. Es ist eine dünne Hautwand, die dadurch entsteht, dass beim kleinen Mädchen im Bauch seiner Mama während seiner Geschlechtsentwicklung in der Schwangerschaft die Geschlechtsorgane vorübergehend im Entwicklungsprozess doppelt angelegt werden.

Frag mich nicht, wieso das notwendig ist, aber dies ist Teil des normalen (!) Ablaufs. Im Laufe der Entwicklung verschmelzen diese Doppelanlagen ordnungsgemäß zu einer Scheide, einer Gebärmutter, einem Gebärmutterhals. Falls dabei in seltenen Fällen ein Fehler passiert, können Reste dieser Doppelanlage sogar noch bei erwachsenen Frauen vorhanden sein: zum Beispiel ein Scheidenhäutchen oder ein Häutchen in der Gebärmutterhöhle, im Extremfall kann die Gebärmutter und die Scheide sogar doppelt angelegt sein. Äußerst selten können auch mal Geschlechtsorgane ganz fehlen.

# GEBÄRMUTTER, SCHWANGERSCHAFT & GEBURT

Am oberen Ende der Scheide liegt der Eingang zur *Gebärmutter*. Die Gebärmutter hat die umgekehrte Form einer Birne. Im runden Körper der »Birne« befindet sich die Gebärmutterhöhle. In ihr kann ein Baby heranwachsen. Das Baby wächst in der Fruchtblase, während es von Wasser umgeben ist. Es atmet ja noch nicht durch den Mund, daher ist dies problemlos möglich.

Das Fruchtwasser hat mehrere wichtige Funktionen. Es hilft dem Kind, seine Gelenke zu bewegen und zu trainieren. Es schützt das Baby wie ein Airbag vor Stößen, schirmt es vor zu lauten Außengeräuschen ab, und es hilft, dass sich die Gebärmutter ausdehnen kann, während das Baby wächst, ohne dass das Kind sich aktiv gegen die Wand stemmen müsste – alles in allem ein echt ausgeklügeltes System!

Als Eingang zur Gebärmutter (von der Scheide aus) führt ein feiner dünner Gang durch den schmalen Birnenteil, den Gebärmutterhals. Er ist winzig klein, nur wenige Millimeter dünn, aber ganze fünf Zentimeter lang. Deshalb kann weder der Penis noch ein Tampon versehentlich zu weit in den Körper einer Frau gelangen und das Innere der Gebärmutter erreichen. Sowohl für den Penis als auch für einen Tampon ist die Scheide daher von ihrer Form her eine Art Sackgasse.

**TIPP:** Du kannst dir das vielleicht wie eine Sackgasse vorstellen. In der können Autos nicht weiterfahren, aber am Ende führt manchmal ein schmaler Fußgängerweg weiter.

Nur zur Geburt öffnet sich dieser schmale dünne Gang auf die erstaunliche Weite von zehn Zentimetern. Der Gebärmutterhals hat auch deshalb die Form einer Birne, um den enormen Druck abfedern zu können, der entsteht, wenn das Baby in neun Monaten in der Schwangerschaft zu mehreren Kilogramm Gewicht heranwächst.

Eine einfache Tür unten am Ausgang einer runden Höhle würde diesem Druck nie standhalten – sie würde schlichtweg aus den Angeln gesprengt.

Als Ergebnis käme das Baby viel zu früh zur Welt. Aber ein Sockel von fünf Zentimetern Länge, auf dem die Gebärmutterhöhle breit aufliegt, mit einem winzigen kleinen Ausgang – das ist während neun Monaten selbst bei einem schweren Baby stabil! Eine echte Ingenieurmeisterleistung!

Zusätzlich enthält der Gebärmutterhalskanal eine super Schutzschicht. Der Gang ist nämlich von Schleim ausgefüllt, der es Bakterien richtig schwer macht, hoch zur Gebärmutterhöhle zu kommen. Auch die Samenzellen des Mannes kommen hier meist nicht gut durch. Nur in der Zyklusmitte der Frau, um den Eisprung herum, verändert sich der Schleim, damit die Samenzellen leichter zum Ei kommen können. Sonst stellt der Schleimpfropf auch für die Samenzellen eine schwierige Barriere dar.

Die Gebärmutter selbst besteht in ihrer Wand aus Muskeln. Die Frau braucht sie einerseits zur Geburt. Sie bewirken die Wehen, die das Kind nach unten schieben.

Andererseits hilft die Muskelschicht auch, die Gebärmutter beim Höhepunkt (→ Was genau ist Sex?) der Frau zusammenzuziehen. Dies löst Lustgefühle aus. In der oberen rechten und linken Ecke der Gebärmutterhöhle geht jeweils ein kleiner Gang ab: Hier beginnen die → Eileiter.

## EILEITER

Die *Eileiter* sind feine, millimeterdünne Gänge, die von der Gebärmutterhöhe zum → Eierstock führen. Sie sind aber nicht mit dem Eierstock verbunden, sondern enden in seiner Nähe. Die Eileiter sind mit feinen Flimmerhärchen ausgekleidet.

**TIPP:** Du kannst dir die Flimmerhärchen wie die Lappen in einer Autowaschanlage vorstellen. Diese trocknen das Auto nach der Wäsche ab. Nur sind die Flimmerhärchen viel feiner und bewegen sich stets in eine Richtung.

Die Flimmerhärchen des Eileiters hängen überall an der Decke, an der Wand, am Boden. Sie bewegen sich wie bei der Laufrichtung eines Laufbands immer in Richtung Gebärmutter. Das Ende des Eileiters zum Eierstock hin weitet sich zu einer Art »Baseballhandschuh«. Dieser Trichter ist dazu da, das Ei beim Eisprung (⟶ Regelzyklus und Monatsblutung) der Frau aufzufangen. Dazu tastet diese Art »Handschuh« die Oberfläche des Eierstocks ab, *ob* und wenn ja, *wo* sich dort ein Eibläschen befindet.

Hat er diesen Ort gefunden, legt sich der Trichter genau darüber, damit er das Ei beim Eisprung nicht verpasst. (Beim Baseball wäre das nicht erlaubt :).)

Ist das Ei gesprungen und erfolgreich im Eileiter angekommen, findet hier gegebenenfalls die Befruchtung (⟶ Wissenswertes zum Thema Empfängnisregelung) der Eizelle durch die Samenzelle statt. Die befruchtete Eizelle kann sich nicht allein fortbewegen. Oft liest du fälschlicherweise, die Eizelle würde in die Gebärmutter »wandern«. Laufen kann sie aber noch nicht. Man kann sagen, dass sie durch die Flimmerhärchen »gewandert« oder besser gesagt transportiert wird. Während der sogenannten »Eiwanderung« hat der gerade entstandene Mensch, winzig klein wie er ist, noch keine Verbindung zur Mutter, obwohl er sich mitten in ihrem Körper befindet. Er wird in Form der befruchteten und sich rasant vermehrenden Eizelle allein durch Flüssigkeiten aus dem Eileiter ernährt. Erst wenn die Eizelle sich in die Gebärmutterschleimhaut einnistet, kommt es zur direkten Mutter-Kind-Verbindung. Die Nabelschnur ist ein sichtbares Zeichen dafür.

Nun entsteht zeitgleich auch der Mutterkuchen, damit das rasch wachsende Baby durch die Nabelschnur ernährt und mit Sauerstoff versorgt werden kann.

## INFO

Unterleibserkrankungen

Durch Entzündungen können die feinen Flimmerhärchen des Eileiters verkleben und den Eileiter undurchlässig machen. Heilt der Verschluss nicht mehr ab und ist dies auf beiden Seiten der Fall, kann die Frau keine Babys auf normalem Weg mehr bekommen. Meist bleibt dann nur noch die künstliche Befruchtung oder der Versuch einer aufwendigen Operation zur Wiederherstellung der Durchgängigkeit, die aber nicht immer gelingt.

Sind die Flimmerhärchen nur teilweise verklebt, können »Taschen«, kleine Sackgassen, entstehen, in denen ein befruchtetes Ei hängen bleiben kann. Dann hätte die Frau eine Eileiterschwangerschaft, die lebensgefährlich ist – und leider bis heute nicht normal ausgetragen werden kann. Das liegt daran, dass der Eileiter schon früh im Wachstumsprozess der eingenisteten Eizelle platzen kann. Dann blutet es massiv in den Bauchraum der Frau. Sie braucht schnellstmögliche Hilfe, sonst kann sie daran verbluten.

Darum sollten Unterleibsentzündungen, welche die Eileiter mit betreffen, fachkundig behandelt werden und sehr gut ausheilen.

## EIERSTÖCKE

Die *Eierstöcke* sind etwa pflaumengroße Organe rechts und links im Unterbauch. In ihnen werden weibliche Geschlechtshormone, Östrogen und Gestagen, gebildet und die Eizellen der Frau aufbewahrt. Beim Mädchen entstehen diese Eizellen schon in der Zeit, wenn es selbst im Körper seiner Mutter heranreift. Dann werden bis zu 2 Millionen Eizellen gebildet. Ein großer Teil davon bildet sich zwischen der Geburt und dem Einsetzen der Pubertät wieder zurück. Als Teenagermädel hast du etwa 40 000[81] Eizellen verteilt auf beide Eierstöcke, von denen etwa 500 im Lauf des Lebens zum Eisprung kommen. Lange Zeit war man davon überzeugt, dass diese für das gesamte Leben ausreichen müssen. Seit 2012 gibt es überraschend neue wissenschaftliche Hinweise[82]: Man hat im Eierstock von Frauen Stammzellen gefunden, die Eizellen bilden können. Daher vermutet man jetzt erstmals, dass auch im Lauf des Lebens einer Frau aus Stammzellen im Eierstock Eizellen nachgebildet werden können. Unter welchen Umständen das geschieht und inwiefern dies praktische Relevanz hat, bleibt besonders im Blick auf die Fortpflanzungsmedizin erst einmal abzuwarten. Ganz anders ist das übrigens bei Jungs, die ab der Pubertät ständig neue Samenzellen bilden. Die Eizellen des Mädchens fallen nach der Geburt bis zur Pubertät erst einmal in eine Art Dornröschenschlaf.

Ab der Geschlechtsreife der Frau werden dann in jedem Monat einige Eizellen »aufgeweckt« – aktiviert, von denen eine bis zum Eisprung heranreift. Ganz selten kommen auch mal zwei Eizellen zum Eisprung. Dann könnten zweieiige Zwillinge entstehen.

Die *Eizellen* eines Mädchens sind nach dem Eisprung nur maximal 24 Stunden befruchtungsfähig. Doch Vorsicht, dies bedeutet nicht, dass Frauen nur an einem Tag im Monat schwanger werden können. Das liegt daran, dass auch die Überlebensdauer der Samenzellen beachtet werden muss. Die Samenzellen können nach dem Geschlechtsverkehr mehrere Tage im Körper der Frau überleben. Sind sie vor Ort und es springt ein befruchtungsfähiges Ei, können sie es noch befruchten. Oft wird dieser Zeitraum etwas schwammig mit »mehreren Tagen« oder vereinfacht mit zwei bis drei Tagen angegeben, in Einzelfällen kann er aber bedeutend länger sein, und zwar bis zu acht Tage. Dies hängt natürlich entscheidend davon ab, wie fit und mobil die Samen sind.

Daraus ergibt sich, dass eine Frau etwa eine Woche lang im Zyklus schwanger werden kann. Weil aber der genaue Eisprung in jedem Monat und die Überlebensfähigkeit der Samenzellen von Laien nicht absolut korrekt individuell bestimmt werden können, ist das genaue Zeitfenster kaum abzuschätzen. Wenn man es ganz genau nimmt, kann es bis zu zweieinhalb Wochen groß sein!

# REGELZYKLUS UND MONATSBLUTUNG

Periode, Regel, Regelblutung, Mens, Menstruation, Tage, Zyklus, Blutung, Happy Days, Lady in Red, verknackster Knöchel und vieles andere mehr sagen Mädchen und Frauen dazu, wenn sie ihre Tage bekommen. Irgendwie hat jede Frau dazu ihre eigene Sprache, je nachdem, wie sie es kennengelernt hat. Dass auch unkonkrete Begriffe wie »verknackster Knöchel«, »Happy Days« oder »Lady in Red« dazugehören können, zeigt Dir, mit wie viel Einfallsreichtum manche Frauen versuchen, das eigentliche Geschehen vor anderen zu verbergen. Andere verstehen bei diesen Begriffen nur Bahnhof und finden es völlig unproblematisch, dass sie ihre Periode haben, und sprechen auch ganz offen darüber.

Denn im Grunde genommen ist die Monatsblutung ja etwas völlig Normales. Jeden Monat bereitet der Körper einer geschlechtsreifen Frau sich darauf vor, dass in ihrem Bauch ein Baby wohnen *kann*. Die weiblichen Botenstoffe sind ihm dabei behilflich. Das weibliche Hormon Östrogen sorgt dafür, dass in der Gebärmutter so etwas wie ein »Bett« für das Kind gebaut wird, in das es sich dann in Ruhe einnisten kann. Genauer gesagt ist die Gebärmutter eher wie ein Chill-Raum mit vielen weichen Kissen. Der neu entstandene Mensch entscheidet dann, welchen Bereich des Raums er am geeignetsten findet, und nistet sich dort in die weiche Schleimhaut der Gebärmutter ein.

Nur vor dem Ausgang der Gebärmutter sollte er sich nicht einnisten, da er sonst möglicherweise per Kaiserschnitt geholt werden muss. An der Einnistungsstelle entsteht in der Frühschwangerschaft der Mutterkuchen. Er versorgt das Kind mit Sauerstoff, Nährstoffen, entsorgt Abfall und verbrauchte Luft.

## WIE ALLES ANFÄNGT

»Ich habe meine Tage mit elf oder zwölf bekommen. Genau kann ich mich nicht mehr erinnern. Jedenfalls war es ein ziemliches Erlebnis, weil es morgens vor der Schule passierte und ich natürlich nicht viel Zeit hatte. Als ich den Tropfen (damals kam es mir sehr viel mehr vor) Blut in meiner Unterhose gesehen habe, habe ich mich erst total erschrocken, weil ich dachte, es wäre etwas Schlimmes. Ich hatte noch gar nicht darüber nachgedacht, dass ich bald meine Tage kriegen könnte. Meine Mama hatte es wohl auch noch nicht erwartet, zumindest musste sie erst nach einer einigermaßen passenden Binde suchen. Ich fand es total unangenehm, die Binde zwischen den Beinen zu haben, und habe mich gefreut, als ich Tampons benutzen konnte.«

Als Mädchen bekommst du deine Tage irgendwann zum ersten Mal. Diese erste Monatsblutung im Leben einer Frau nennt man *Menarche*. Sie ist in manchen Kulturen etwas ganz Besonderes und wird gefeiert – als Zeichen dafür, dass das Mädchen jetzt eine Frau wird.

**TIPP:** Vielleicht überlegst du dir auch etwas Besonderes, wenn deine Periode zum ersten Mal kommt?

Hast du erlebt, dass deine Eltern deine erste Periode mit dir gefeiert haben? Leider ist in unserer Kultur oft das Gegenteil der Fall: Die erste Regel wird verheimlicht und als etwas Lästiges angesehen, mit dem das Mädchen sich ab jetzt abplagen muss.

»Ich habe meine Tage schon mit zehn bekommen und fand es damals total furchtbar. Später habe ich herausgefunden, dass die meisten aus meiner Klasse auch gerne schon so weit gewesen wären. Es war nicht die schönste Erfahrung, besonders weil ich mich so allein damit fühlte, aber auf keinen Fall die schlimmste.«

Bevor die erste Blutung kommt, bemerken viele Mädchen den *Weißfluss*. Dabei handelt es sich um eine weißliche oder helle Absonderung aus der Scheide. Sie ist ganz normal und gibt dir ein Signal, dass sich dein Körper für die Geschlechtsreife ganz langsam bereit macht. Bis zum Einsetzen der ersten Regel dauert es dann meist noch mehrere Monate bis zu einem Jahr. Die Menge an Weißfluss ist sehr unterschiedlich. Manche Mädchen bemerken kaum etwas davon, andere empfinden, dass der Slip dadurch etwas feucht wird.

**TIPP:** Du kannst eine dünne Binde oder Slipeinlage verwenden, um deine Unterwäsche zu schützen.

Weißfluss ist nie eitrig, gelb oder grünlich, juckt nicht oder tut weh. Das wären Entzündungszeichen. Wenn du so etwas bemerkst, solltest du dies bei einer Frauenärztin abklären lassen.

»Als ich das erste Mal meine Tage bekommen habe, haben zwei Freundinnen bei mir geschlafen. Am Morgen war mein Bettlaken voller Blut. Das war mir sehr peinlich.«

Wenn dann die erste Blutung (Menarche) einsetzt, dauert sie normalerweise vier bis sieben Tage. Bei vielen Mädchen passiert danach monatelang erst einmal nichts, bis wieder mal eine Monatsblutung auftritt. Es kann aber auch sein, dass deine Tage schon ab der Menarche, also dem ersten Mal, regelmäßig kommen.

»Meine Tage kamen echt früh, schon als ich gerade elf geworden war. Das hat mich damals total gestresst. Mein einziger Trost war, dass in allen Aufklärungsbüchern stand, dass die Tage am Anfang unregelmäßig kommen. Doch leider war es bei mir ganz anders. Pünktlich wie die Bahnhofsuhr standen sie jeden Monat wieder auf der Matte. Anfangs habe ich mich innerlich total aufgeregt, dass die Regel sich nicht an die Spielregeln hält. Irgendwann habe ich mich dann dran gewöhnt. Aber am Anfang ist es mir echt schwergefallen.«

Wissenschaftler haben herausgefunden, dass das Einsetzen der ersten Monatsblutung auch etwas mit der Kombination aus unserer Körpergröße, unserem Körpergewicht beziehungsweise dem Körperfettanteil zu tun hat, alles in allem also eine komplexe Angelegenheit ist. Heutzutage bekommt die Mehrzahl der Mädchen ihre erste Regel zwischen elfeinhalb und vierzehneinhalb Jahren beziehungsweise zehn bis sechzehn Jahren. Das Alter der Menarche hat sich nach vorn verlagert. Früher lag es durchschnittlich zwei Jahre später. Das liegt an veränderten Umwelt- und Ernährungsfaktoren, aber auch an der jeweiligen Herkunft eines Menschen. Nur in äußerst seltenen Fällen kann es aufgrund von bestimmten Körperveränderungen oder meist genetischen Grunderkrankungen vorkommen, dass ein Mädchen seine Tage gar nicht bekommt. Wenn du schon etwas älter bist und Sorge hast, ob bei dir alles okay ist, geh doch zur Sicherheit einmal zu einer Frauenärztin. Sie kann dir oft deine Bedenken nehmen, oder dir sagen, woran es liegt. Selten hat ein Mädchen sogar schon seine Tage, es aber nicht bemerkt, weil das ⟿ Jungfernhäutchen versehentlich verschlossen war und die Blutung nicht hinauskonnte. Dies kann man durch einen kleinen Eingriff beheben, dann kommt die Blutung ganz unproblematisch. Dabei wird das Jungfernhäutchen nicht entfernt, sondern nur die fehlende Öffnung angelegt.

Bei vielen Mädchen kommt es während der ersten Monatszyklen noch nicht zu einem Eisprung. Dafür gibt es aber keine Garantie! Das bedeutet, dass eine Schwangerschaft ab jetzt zumindest theoretisch denkbar wäre – natürlich nur dann, wenn man auch Sex hat.

»Ich hatte einmal auf einem Camp meine Tage und wusste nicht, wie ich acht Tage lang duschen sollte, ohne dass es jemand merkt. Es gab leider nur Gruppenduschen.«

## SCHWANKUNGEN IM ZYKLUS SIND NORMAL

Die Monatsblutung kommt etwa alle 28 plus/minus 3 Tage für vier bis sieben Tage. Aus wissenschaftlich erfassten Selbstbeobachtungen vieler gesunder Frauen weiß man aber, dass Schwankungen im Monatszyklus normal sind, nicht die Ausnahme.[83] Bei sechs von zehn Frauen variierte der Zyklus sogar um mehr als eine Woche innerhalb eines Jahres, bei drei von zehn Frauen sogar um mehr als zwei Wochen. So kommen zum Beispiel Zykluslängen von 24 bis 38 oder 28 bis 42 Tagen zustande. Auch der Eisprung findet nicht genau in der Zyklusmitte statt, sondern »um Tag 14 herum«, bei mehr als 50 Prozent der Frauen nach Tag 14, bei vielen anderen aber auch vor Tag 14. *Wichtig:* Auch das kann bei ein und derselben Frau von Monat zu Monat ganz unterschiedlich sein.

Infektionskrankheiten, Stress und Diäten, aber auch Reisen, Klimawechsel und Zeitumstellungen oder Leistungssport können den Monatszyklus verschieben, aus dem Rhythmus bringen oder dazu führen, dass die Blutung manchmal monatelang ausbleibt. Der häufigste Grund für ein Ausbleiben einer regelmäßigen Periodenblutung bei geschlechtsreifen Frauen ist jedoch die Schwangerschaft. :)

Um die Monatsblutung gut zeitlich einordnen zu können, eignet sich der erste Tag der Blutung am besten. Denn vom Eisprung selbst bekommt die Frau meist nicht selbst mit, die Blutung hingegen ist gut sichtbar. Ein Zyklus dauert also immer vom ersten Tag der letzten Regel bis einen Tag vor der nächsten Blutung. Du weißt immer erst, wann der neue Zyklus beginnt, wenn die Blutung ihn ankündigt. Innerhalb dieser vier bis sieben Tage wird insgesamt meist nur etwa eine halbe Tasse Blut (ca. 50-100 ml) ausgeschieden. Doch Achtung: Dadurch, dass das Blut sich mit dem Toilettenwasser mischt, sieht es in der Toilettenschüssel spontan nach sehr viel Blut aus.

## DIE TAGE VOR DEN TAGEN

Einige Frauen empfinden während des Monatszyklus besonders starke Stimmungsschwankungen. Sie berichten, dass sie sich in der ersten Zyklushälfte gut fühlen, Bäume ausreißen könnten und unternehmungslustig sind. In der zweiten Zyklushälfte hingegen fühlen sie sich schneller müde, schlecht gelaunt und antriebsarm. Dass die Botenstoffe im Zyklus unterschiedlich wirken, ist normal. Viele Frauen wissen so schon im Vorfeld aufgrund dieser Symptome, dass sie bald ihre Tage bekommen. Wenn die Beschwerden sehr stark sind, spricht man vom PMS, dem *prämenstruellen Syndrom*. Das ist lateinisch und bedeutet Symptome prä = vor, menstruell = Regel – also vor der Regelblutung.

»Wenn ich meine Tage habe, muss ich immer über alles weinen. Das Lustigste, worüber ich bis jetzt geweint habe, war, als ich unbedingt eine Pizza von Pappa John's wollte, aber mich nicht entscheiden konnte, ob ich sie mir leisten kann. Außerdem wusste ich auch nicht, welche Sorte ich wollte. Jedenfalls hat das zu mehreren Stunden Drama geführt, in denen ich nur geheult habe. Also: Stimmungsschwankungen sind normal! :)«

Nicht jede Frau leidet also unter dem PMS. Viele fühlen sich während des Zyklus völlig normal, andere merken schon Unterschiede, können dies aber nicht unbedingt dem Zyklus genau zuordnen. Oder sie können es schon zeitlich zuordnen, finden es aber nicht wesentlich problematisch. Geh also nicht gleich davon aus, dass es bei dir so ist, sondern lern deinen Zyklus erst einmal kennen und damit zu leben. Die genauen Ursachen des ausgeprägten PMS kennt man immer noch nicht, allerdings sieht man es als komplexes Krankheitsbild an, das von mehr als einem Faktor ausgelöst wird.[84] »Als gesichert gilt heute, dass zu viel Zucker, Koffein, Alkohol sowie Nikotin und zu wenig Bewegung, fehlender Sport das prämenstruelle Syndrom begünstigen.«[85]

Diese verschiedenen Faktoren geben dir einen Hinweis, wie du dich sogar als nicht vom PMS Betroffene anders verhalten kannst, damit dich in deinem Körper in den Tagen vor den Tagen wohlfühlen kannst.

**TIPP**: Um einen Überblick über deine Tage zu bekommen, ist es eine gute Idee, einen Periodenkalender zu führen. Es gibt dabei zwei Möglichkeiten.

Möglichkeit eins: Du schreibst dir jedes Mal den ersten Tag der Regelblutung auf und schaust, wie regelmäßig deine Tage (schon) kommen. Das hilft Dir, einen Überblick zu bekommen, und gibt dir eine ungefähre Idee, wann es wieder so weit sein könnte.

Möglichkeit zwei: Du führst einen ausführlichen Monatskalender. Darin trägst du den Zeitraum der Blutung ein. Zusätzlich kannst du den unterschiedlichen Ausfluss markieren, eine Temperaturkurve einzeichnen und deine jeweiligen Gefühle und Stimmungen aufschreiben. Das alles kann dir helfen, dich und deinen Zyklus viel besser kennenzulernen. Später nutzen manche Frauen diese Aufzeichnungen auch als eine Form der Empfängnisregelung (→ Wissenswertes zum Thema Empfängnisregelung).

## Menstruationskalender

| | 1 | 2 | 3 | 4 | 5 | 6 | 7 | 8 | 9 | 10 | 11 | 12 | 13 | 14 | 15 | 16 | 17 | 18 | 19 | 20 | 21 | 22 | 23 | 24 | 25 | 26 | 27 | 28 | 29 | 30 | 31 |
|---|---|---|---|---|---|---|---|---|---|---|---|---|---|---|---|---|---|---|---|---|---|---|---|---|---|---|---|---|---|---|---|
| Januar | | | | | | | | | | | | | | | | | | | | | | | | | | | | | | | |
| Februar | | | | | | | | | | | | | | | | | | | | | | | | | | | | | X | X | X |
| März | | | | | | | | | | | | | | | | | | | | | | | | | | | | | | | |
| April | | | | | | | | | | | | | | | | | | | | | | | | | | | | | | | X |
| Mai | | | | | | | | | | | | | | | | | | | | | | | | | | | | | | | |
| Juni | | | | | | | | | | | | | | | | | | | | | | | | | | | | | | | X |
| Juli | | | | | | | | | | | | | | | | | | | | | | | | | | | | | | | |
| August | | | | | | | | | | | | | | | | | | | | | | | | | | | | | | | |
| September | | | | | | | | | | | | | | | | | | | | | | | | | | | | | | | X |
| Oktober | | | | | | | | | | | | | | | | | | | | | | | | | | | | | | | |
| November | | | | | | | | | | | | | | | | | | | | | | | | | | | | | | | X |
| Dezember | | | | | | | | | | | | | | | | | | | | | | | | | | | | | | | |

· schwache Blutung • mittelstarke Blutung ● starke Blutung

## Beispiel

| | 1 | 2 | 3 | 4 | 5 | 6 | 7 | 8 | 9 | 10 | 11 | 12 | 13 | 14 | 15 | 16 | 17 | 18 | 19 | 20 | 21 | 22 | 23 | 24 | 25 | 26 | 27 | 28 | 29 | 30 | 31 |
|---|---|---|---|---|---|---|---|---|---|---|---|---|---|---|---|---|---|---|---|---|---|---|---|---|---|---|---|---|---|---|---|
| Januar | | | | ● | ● | • | • | · | · | · | | | | | | | | | | | | | | | | | | | | | • |
| Februar | ● | ● | • | • | · | | | | | | | | | | | | | | | | | | | | | · | ● | • | X | X | X |
| März | • | • | · | · | | | | | | | | | | | | | | | | | | | | | ● | · | • | · | · | | |

## HYGIENEPRODUKTE

Es gibt verschiedene Hygieneprodukte, um das Blut aufzufangen: die wenig bekannte Menstruationstasse (siehe Infokasten) und die gängigen Binden und Tampons. Letztere haben gemeinsam, dass sie Einmalprodukte sind, die du nach dem Gebrauch wegwirfst. Auch das war früher nicht selbstverständlich. Da haben Frauen Stoffe benutzt, um die Blutung aufzufangen, die dann ausgewaschen werden mussten.

»Einmal war ich morgens so müde, dass ich vor der Schule meine Binde nicht gewechselt habe. Da sie über Nacht schon etwas gefüllt war, bin ich in der Schule ausgelaufen. Ich bin so froh, dass eine gute Freundin mir Bescheid gesagt hat. Sie war total nett – hat dafür gesorgt, dass die anderen nichts mitbekommen, und mir sogar ihre Sporthose zum Wechseln angeboten. Das fand ich total nett. Ich habe mir dann aber nur eine Jacke um die Hüften gebunden, damit man den Fleck nicht sieht. Seit mir das passiert ist, achte ich besonders auf das Wechseln meiner Binde oder ich benutze an langen Tagen einen Tampon.«

Binden werden mit einem Klebestreifen im Slip befestigt, manche haben seitlich sogenannte »Flügel«, nicht zum Wegfliegen :), sondern damit sie unter den Rand der Unterhose geklebt werden können. So schützen sie den Stoff, damit nichts danebenläuft. Binden für die Nacht müssen während des Schlafs mehr Blut auffangen. Daher sind sie etwas länger und meist auch etwas dicker, damit du nachts nicht ausläufst.

»Mein Tipp für Bindenbenutzer: Eine Binde reicht! Ich hatte immer Angst, dass eine Binde nicht ausreicht, und habe deshalb fünf bis sechs gleichzeitig benutzt. In der Schule bin ich deshalb einmal so ausgelaufen, dass meine Hose und mein Stuhl blutig waren. Um mein Unglück zu vertuschen, habe ich mich lautstark beschwert, dass jemand Farbe auf meinen Stuhl geschmiert hat und meine Hose jetzt voller Flecken ist.«

Tampons fangen das Blut auf, bevor es den Körper der Frau verlässt. Sie sind eng gerollte Watteträger mit einem Rückholfaden, die in die Scheide eingeführt werden. Auch bei Tampons gibt es verschiedene Größen, die unterschiedlich viel Blut auffangen können.

Ein Mädchen kann wegen der schmalen Scheide zu Beginn meist nur Mini-Tampons benutzen. Beim Einführen des Tampons solltest du gut darauf achten, den Rückholfaden zwischen den Fingern vom Körper wegzuhalten, damit du ihn nicht mit dem Tampon in die Scheide schiebst.

»Ich habe einmal das Plastikteilchen auf meinem Tampon vergessen. Zum Glück ist es dann wieder mit rausgekommen.«

**TIPP:** Falls wirklich mal etwas schiefgehen sollte – der Faden mit drin gelandet ist, der Faden abreißt (was mir ehrlich gesagt in Jahrzehnten noch nicht passiert ist, die Produkte sind wirklich gut konstruiert) – bitte keine Panik! Wenn der Tampon gut gefüllt ist, kannst du ihn meist entfernen, indem du dich mit geöffneten Beinen auf den Boden hockst und wie auf der Toilette wie zum Stuhlgang nach unten presst.

Wenn ein Teil des Tampons schon wieder rausgekommen ist,

kannst du den Rest vorsichtig hinterher ziehen. Wenn wirklich nichts funktioniert, hab keine Sorge, dich vertrauensvoll an eine Frauenärztin zu wenden. Sie wird dir helfen, den Tampon wieder zu entfernen. Das ist aber in aller Regel nicht notwendig.

»Am Anfang hatte ich Angst, dass ich meinen Tampon nicht wieder rausbekomme, und habe deshalb Binden benutzt, obwohl ich Tampons eigentlich hygienischer fand. Die Wende kam im Urlaub, als ich während meiner Mens unbedingt schwimmen gehen wollte. Tampons zu benutzen, war überhaupt kein Problem.«

»Anfangs habe ich Binden benutzt. Aber wenn viel Blut kam, hatte ich das oft auch in den Schamhaaren, das fand ich sehr unangenehm. Als ich Tampons benutzen konnte, hatte sich das Problem erledigt.«

## INFO

Wissenswertes zur Monatshygiene

- Die verschiedenen Hygieneprodukte sind Binden, Tampons und die weniger bekannten Menstruationstassen.
- Wechsel die Hygieneprodukte alle paar Stunden, maximal nach einer Nacht.
- Binden und vor allem Tampons sollten *nie* über mehrere Tage verwendet werden! → Es gibt bei Binden und Tampons unterschiedliche Größen und Dicken, die verschieden viel Blut auffangen können. Verwende nach Möglichkeit immer die kleinere Größe, besonders an den letzten Tagen deiner Regel, wenn nicht mehr so viel Blut kommt.
- Menstruationstassen oder -kelche sind kleine Silikonbecher. Sie werden in die Scheide eingeführt, um das Monatsblut aufzufangen. Sie

sind umweltfreundlich, kostengünstig und wiederverwendbar, müssen zwischenzeitlich gut gereinigt werden. Es gibt diese Produkte in verschiedenen Größen. Sie werden maximal 10-12 Stunden getragen und erfordern ein wenig Übung beim Einsetzen und Wechseln.[86]

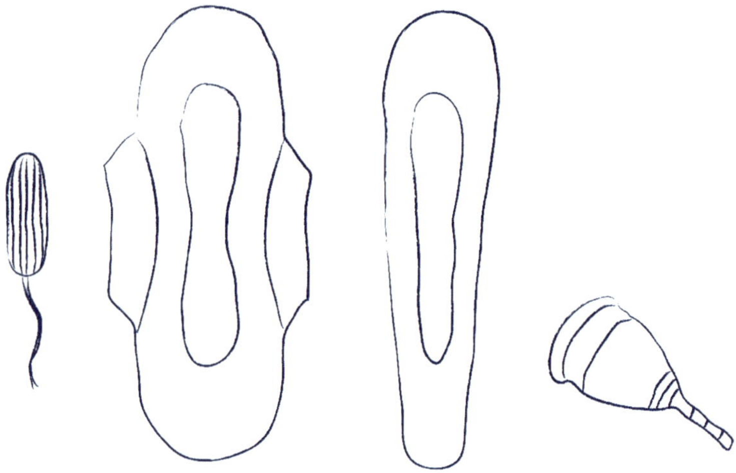

Tampon Flügelbinde Binde/Slipeinlage Menstruationstasse

- Bewahre Hygieneprodukte sauber und trocken auf. Besonders Tampons und Menstruationstassen werden ja ins Innere des Körpers eingeführt, daher sollten sie keinen Schmutz an sich haben. Verwende keinen Tampon, dessen Folienumhüllung beschädigt ist. Händewaschen vor dem Einführen des Tampons oder einer Menstruationstasse vermindern das Risiko, Keime mit einzuführen.
- Wenn die Scheide trocken ist, lässt sich ein Tampon schlecht einführen. Je voller ein Tampon ist, umso leichter kann er wieder entfernt werden.
- Wenn der Tampon richtig in der Scheide liegt, ca. ein bis zwei Zentimeter oberhalb des Eingangs, nimmst du ihn in der Scheide nicht mehr wahr. Fühlst du ihn stattdessen als Druckgefühl am Scheiden-

eingang, sitzt er nicht hoch genug in der Scheide. Menstruationstassen werden von der Trägerin ebenfalls nicht mehr gespürt, wenn sie richtig in der Scheide sitzen.

- Die erste Tampon-Firma nannte sich o.b.® – daher nennen manche Frauen Tampons immer noch »obs« – oft ohne zu wissen, dass die Abkürzung für »ohne Binde« steht.
- In Drogeriemärkten werden Binden mit und ohne Parfum angeboten. Der Geruch parfümierter Binden wird leicht von anderen wahrgenommen; älteres Blut riecht aber auch! Sich gründlich zu waschen, ist in dieser Phase besonders wichtig. Wenn du deine Binde regelmäßig wechselst, riecht das Menstruationsblut nicht. Manche Frauen vertragen auch das Parfum im Intimbereich nicht und reagieren dann mit allergischen Beschwerden.
- Zum Schwimmen kannst du während deiner Tage keine Binde verwenden. Sie saugt sich voll Wasser. Dazu eignet sich am ehesten eine Menstruationstasse oder ein Tampon.

»Früher habe ich Tampons benutzt, aber der viele Müll war mir zu blöd. Dann hat mir eine Freundin von der Menstruationstasse erzählt. Die ist wiederverwendbar und fängt das Blut wie ein kleiner Becher in der Scheide auf. Daran musste ich mich allerdings erst mal gewöhnen. Inzwischen benutze ich sie ganz selbstverständlich – und nachdem ich sicherer damit geworden bin, nun auch beim Schwimmen.«

Immer wieder mal hört man im Zusammenhang mit der Periode vom »TSS«[87]. Das *Toxic Shock Sydrom* ist eine extrem seltene Erkrankung, die durch Giftstoffe von Bakterien ausgelöst wird. Sie betrifft Männer und Frauen, tritt aber etwa zur Hälfte in Verbindung mit der Monatsblutung auf. Es gab Fälle, bei denen Frauen Tampons benutzt hatten.

Das TSS kann aber auch ohne Tampongebrauch auftreten. Hinweiszeichen können sein:

- während der Periode aus heiterem Himmel plötzlich auftretendes starkes Krankheitsgefühl
- hohes Fieber
- Übelkeit, Erbrechen, Durchfall
- Grippegefühl (Hals-, Kopf-, Gliederschmerzen)
- Schwindel, Bewusstlosigkeit
- Hautauschlag

(Nicht alle Hinweiszeichen müssen gleichzeitig auftreten!)

Denk dran, dass TSS zwar sehr selten ist, aber durchaus vorkommen *kann*. Wenn du solche Symptome bei dir feststellst, muss es nicht zwangsläufig das TSS sein. Entferne aber zur Sicherheit einen gegebenenfalls verwendeten Tampon und suche rasch einen Arzt auf, um die Ursache abklären zu lassen.

Dort solltest du dann auch sagen, dass du deine Tage hast. Ein TSS kann lebensbedrohlich werden. Daher sollte es frühzeitig und fachlich kompetent behandelt werden.

»Mir war es anfangs total peinlich, meine Mama nach Tampons zu fragen oder im Geschäft welche zu kaufen. Als die erste Packung fast leer war, hob ich mir den letzten für Heiligabend auf. Heute kann ich drüber schmunzeln und weiß, dass es das Normalste von der Welt ist, Tampons zu kaufen oder darüber zu reden.«

**TIPP:** Mens & Schule

Vielen Girls ist es unangenehm, wenn sie in der Schule ihre Tage haben – besonders am Anfang, wenn noch nicht alle Freundinnen ebenfalls so weit sind. Hier ein paar erprobte Tipps von Mädchen für Mädchen:

- Such dir nach Möglichkeit eine Toilettenkabine, in der du entspannt aufs Klo gehen kannst, über die man nicht drübergucken kann.
- Binden sind ja oft noch mal einzeln verpackt und schmal. Ich hatte immer eine im Portemonnaie. Wenn ich meine Tage hatte, fiel es nicht auf, wenn ich mein Geld mit in die Pause genommen habe. Vergiss nicht, zu Hause gleich wieder eine neue Binde reinzupacken, wenn du eine verbraucht hast. Und überleg dir gut, wem du im Notfall dein Portemonnaie ausleihst!
- Bewahre Tampons nicht lose in den Hosentaschen auf. Die Verpackung geht leicht auf, und wenn du was aus der Tasche ziehst, fällt womöglich der Tampon mit raus. Peinlich. :)
- Ich habe mir für die Schule Binden gekauft, die nicht zu dick sind, sodass es nicht auffällt, wenn ich sie trage, die aber trotzdem viel Blut auffangen. Darum muss ich sie nicht so oft wechseln.
- Ich hatte anfangs immer Angst, dass die anderen eine dickere Binde bemerken oder dass ich mal auslaufe. Da habe ich mich entschieden, in der Schule Tampons zu nehmen. So sieht man am wenigsten.

  Und an kurzen Schultagen komme ich meist auch mit einem Tampon hin und muss nichts wechseln. Wenn die Blutung stärker ist, nehme ich zur Sicherheit zusätzlich eine dünne Slipeinlage, falls der Tampon schon am Limit ist.
- Überleg dir vorher, welche Möglichkeiten du hast, deinen Hygienemüll unauffällig zu entsorgen. Nichts ist blöder, als wenn du mit der alten Binde im Waschraum stehst, und nicht weißt, wo du sie wegwerfen kannst. Einzeln verpackte Binden haben ja eine Folie drum rum. Darin kannst du die gebrauchte vorherige Binde gut einpacken.
- Wenn du keine solche Folie dabei hast, wickle sie mehrmals in Toilettenpapier ein, so dass das Blut nicht gleicht durchsickert und auf diesen besonderen Müll hinweist.

- Ich hatte in einer Seitentasche meines Sportbeutels ein Notfallset: frische Unterhose, dünne Leggings, Binde, Einmalfeuchttuch und Plastiktüte, falls ich wirklich mal auslaufe, damit ich mich unauffällig frisch machen kann. Für die anderen sah es wie Sportzeug zum Wechseln aus. Überleg gut, ob es sicher ist, das alles im Sportbeutel zu lassen, ob andere drangehen oder ob du einen Teil davon in deine Schultasche packst.
- Wenn man anfangs noch ungeübt ist und eine Binde oder einen Tampon wechselt, können Blut-Spritzer auf die WC-Schüssel, unter die Klo-Brille oder auf den Fußboden geraten. Achte unbedingt drauf, dass du die Toilette selbst und auch den Boden sauber hinterlässt. Sonst weist du möglicherweise andere auf deine Tage hin. Ganz abgesehen davon, dass man die Toilette aus hygienischen wie respektvollen Gründen stets sauber hinterlassen sollte!

»Wenn ich beim Schwimmunterricht meine Tage hatte und auf der Bank saß, haben immer alle gefragt, ob ich krank bin. Mir ist erst später aufgefallen, dass es total normal ist und man einfach die Wahrheit sagen kann, ohne sich zu schämen.«

## INFO

Geschichte vom Haus in der Schweiz

Stell dir vor, deine beste Freundin Lara, die du jeden Tag in der Schule siehst und auch privat oft triffst, kommt eines Tages völlig deprimiert zum Unterricht. Aus beruflichen Gründen muss ihr Vater in die Schweiz ziehen, die ganze Familie zieht weg. Einziger Trost: Übers Internet bleibt ihr natürlich in Kontakt und Lara kommt regelmäßig ihre Großeltern hier besuchen. Bestimmt wirst du auch mal zu Lara fahren können.

Direkt nach dem Umzug schickt Lara ihr erstes Lebenszeichen.

»Voll krass hier, war zwar 'ne echt weite Fahrt, aber besser hätten wir es nicht antreffen können. Voll das coole Haus, großer Garten, halt dich fest: eigener Swimmingpool (!), riesiger Garten – und so viele Zimmer, dass ich ein eigenes Gästezimmer für meinen Besuch bekomme habe. Du *musst unbedingt bald* kommen – ich richte es schon für dich ein. Sprich bitte sofort mit deinen Eltern. Wann kommst du? Ich kann es schon gar nicht mehr abwarten, dass wir die Ferien hier zusammen verbringen.«

Klar sprichst du postwendend mit deinen Eltern, aber leider – wie Eltern so sind – haben sie schon eine Menge anderer Pläne.

»Diesen Sommer haben wir schon gebucht, nächstes Jahr ist die goldene Hochzeit von Oma und Opa ... und die Südschweiz ist schließlich auch nicht um die Ecke!«

So blöd es für dich auch ist, es lässt sich nicht ändern. Wie gut, dass Lara inzwischen häufiger bei dir ist und dass ihr so in Kontakt bleiben könnt.

Es dauert ganze drei Jahre, bis du endlich zu Lara fahren kannst. Als du ankommst, liegen fast 24 Stunden Fahrt hinter Dir. Sie wohnt schließlich fast an der Grenze zu Italien. Du bist echt müde, aber total froh, dass es *endlich* geklappt hat. Lara öffnet dir begeistert die Tür. »Wow, kaum zu glauben, kneif mich mal, du bist echt da! Cool, dass es geklappt hat, ich freu mich riesig und wir haben jetzt krasse drei Wochen Zeit. Aber ... du siehst echt müde aus. Sag mal, willst du dich nicht erst mal hinlegen? Jetzt läuft uns ja nichts mehr weg! Das Zimmer, von dem ich dir geschrieben hatte, habe ich damals vor drei Jahren schon fix und fertig für dich vorbereitet: Ich hatte das Bett bezogen, dir 'ne Schale Obst hingestellt, einen Krug Wasser, frische Blumen – und großes Ehrenwort: Du kannst sicher sein, in all der Zeit war niemand in dem Zimmer, ich hatte den Schlüssel versteckt. Du kannst jetzt gleich raufgehen und dich oben hinlegen.«

Würdest du dich gern in das Bett legen? Oder findest du das alles ziemlich schräg? Ich meine, ein Zimmer, das seit drei Jahren so vor sich hinstaubt, ist möglicherweise doch bewohnt: Spinnweben vom Bett zur Nachttischlampe, verwelkte Blumen, vergammeltes Obst, das Wasser verdunstet, eine dicke Staubschicht ... Da will wohl keiner schlafen. Und eine gute Freundin hätte natürlich das Zimmer vorbereitet, kurz *bevor* du kommst – und nicht schon drei Jahre vorher. Warum habe ich das erzählt?

Als du im Bauch deiner Ma angekommen bist, damals als winziges Baby, da wolltest du auch kein Jahre altes gammeliges Bett, das wartet, ob doch mal ein Baby kommt. Du wolltest wie alle anderen Babys auch optimale Start- und Wachstumsbedingungen. Und dazu gehört nun mal ein frisches Ei-Bett! Und genau deshalb bezieht der Körper der Frau in jedem Monat die Innenauskleidung (Schleimhaut) der Gebärmutter frisch mit einer Funktionsschicht, in die sich ein Baby einnisten könnte. Ist am Ende des Monatszyklus kein Baby vorbeigekommen, zieht der Körper diese Oberflächenschicht wie einen Bettbezug wieder ab. Diese Schicht kommt als Monatsblutung wieder heraus. Darum bekommen Frauen ihre Tage so regelmäßig – denn der Körper kann ja nicht wissen, wann es zur Befruchtung kommt und wann die Frau schwanger wird.

## MONATSBESCHWERDEN UND SCHMERZEN – WAS KANN ICH TUN?

Während der Monatsblutung wechselt der Körper einen Teil der Gebärmutterinnenauskleidung aus. Diese Schicht ist vergleichbar mit einer Tapete an allen Wänden eines Zimmers, Boden und Decke inklusive. Praktisch bedeutet dies, dass die oberflächliche Zellschicht abgestoßen und später neu gebildet wird. Dabei kommt also etwas Zellgewebe, das du mit bloßem Auge kaum sehen kannst, und vor allem Blut aus der Gebärmutter durch die Scheide nach draußen. Dieser Vorgang an sich ist nicht schmerzhaft. Damit der Körper nicht zu viel Blut verliert, zieht sich die Gebärmutter ein wenig zusammen. Das kannst du als Ziehen im Unterbauch oder im unteren Rücken wahrnehmen. Es ist kein Dauerschmerz, sondern kommt und geht in unterschiedlichen Abständen. Wie ein Mädchen oder eine Frau das für sich wahrnimmt, ist völlig verschieden. Manche merken es eher nebenbei, andere fühlen das Ziehen deutlich, können aber gut damit umgehen. Wieder anderen tut es richtig weh, und sie fühlen sich unwohl. Meist beschränken sich diese Beschwerden aber auf den ersten oder zweiten Zyklustag.

»Früher hatte ich während meiner Tage diese ziehenden Unterbauchschmerzen. Ich habe dann schon fast reflexartig direkt Schmerzmittel eingeworfen, stets einmal am ersten Tag die volle Dröhnung. Und danach war es gut. Jahre später hatte ich während der Arbeit keine Schmerzmittel dabei und wurde von meinen Tagen überrascht. Das hat mich ziemlich gestresst, aber ich konnte nicht freinehmen, also dachte ich: Beiß die Zähne zusammen und versuch es irgendwie. Ich war total überrascht, dass der Schmerz kam – und kurz drauf wieder ging. Und dass ich bis auf wenige Minuten zwischendrin total gut klarkam. Da habe ich mich zum ersten Mal gefragt, was ich da eigentlich all die Jahre gemacht habe. Seit diesem Tag habe ich gar keine Schmerzmittel mehr wegen meiner Tage eingenommen, und es geht mir gut damit.«

Es gibt verschiedene Möglichkeiten, die Beschwerden zu lindern. Manche eignen sich mehr für zu Hause und sind unterwegs nicht so gut zu handhaben:

- Oft hilft Wärme. Ein Körnerkissen, das du in der Mikrowelle warm machen kannst (Achtung, Gebrauchsanweisung beachten und nicht zu lang erhitzen, sonst kann es zum Mikrowellenbrand kommen!), oder eine warme, nicht zu heiße Wärmflasche können helfen, den Unterbauch zu entspannen.
- Bewegung tut manchen Frauen gut.
- Krampflösende und/oder schmerzstillende Medikamente (was du nimmst, sprichst du am besten mit deiner Frauenärztin oder einer Apothekerin ab).

- Hormonell in den Zyklus mithilfe einer Pille einzugreifen, die eigentlich zur Empfängnisregelung (→ Wissenswertes zum Thema Empfängnisregelung) entwickelt wurde, sollte die allerletzte Möglichkeit sein. Überleg mal: Du hast innerhalb von ca. 28 Tagen ein bis zwei Tage Schmerzen und nimmst dafür jeden Tag Hormone ein, die deinen Zyklus fremdsteuern und Nebenwirkungen entfalten können. Dies ist am ehesten eine Lösung, wenn es einen medizinischen Grund für eine Pillenbehandlung gibt, zum Beispiel wenn die Blutung viel zu stark ist und dadurch eine Blutarmut entsteht.

## BESUCH BEI DER FRAUENÄRZTIN

Wenn du vom Mädchen zur Frau wirst, steht irgendwann auch der erste Besuch bei der Frauenärztin auf der Agenda. Zur Frauenärztin geht man nicht unbedingt nur, wenn man krank ist. Eine ihrer wichtigen Aufgaben ist auch die Vorsorge. Sie hilft Dir, in Bereichen deines Körpers, in die du selbst nicht (gut) schauen kannst, zu klären, ob alles in Ordnung ist. Ab dem 20. Lebensjahr zahlen die Krankenkassen diese Vorsorgeuntersuchung.

Es gibt ganz unterschiedliche Ideen und Vorstellungen dazu, wann man zum ersten Mal zur Frauenärztin gehen sollte – und ob es überhaupt eine Ärztin sein muss oder ob man auch zu einem Mann gehen kann. Ob du lieber zu einer Ärztin oder zu einem Arzt gehst, ist ganz allein deine persönliche Entscheidung. Achte gut auf deine innere Antenne. Zahlreiche junge Mädchen, denen ich in Schulprojekten begegnet bin, empfinden es als natürlich, diesen intimen Bereich – wenn überhaupt jemandem – einer Frau zu zeigen. (Aus diesem Grund habe ich ja nach reiflicher Überlegung entschieden, hier im Buch durchgängig den Begriff »Frauenärztin« zu verwenden.) Natürlich kann ein Frauenarzt diese Aufgaben ebenfalls fachgerecht ausführen. Der Mythos, Frauenärzte untersuchten immer feinfühlig und Frauenärztinnen seien grob, ist purer Unsinn. Ebenso ist das Gegenteil falsch – es gibt bei beiden Geschlechtern solche und solche.

**TIPP:** Wenn deine Mutter zu einem Frauenarzt geht und dir einen Termin dort wie auch immer nahelegt, mag das für dich okay sein oder auch nicht. Denk dran, dass *du* dich damit wohlfühlen musst, nicht deine Ma. Gib ihr notfalls freundlich, aber bestimmt Feedback, wenn du lieber zu einer Frau gehen möchtest.

Zum Thema Zeitpunkt: Wenn du keine körperlichen Beschwerden hast, deine Monatsblutung in der Pubertät irgendwann begonnen hat und auch damit alles so weit normal verläuft, es nicht um Empfängnisregelung geht, dann brennt in aller Regel nichts an. Es ist dann völlig ausreichend, wenn du zwischen 18 und 20 Jahren zum ersten Mal zur Frauenärztin gehst – und ab dann regelmäßig einmal pro Jahr. Die Vorsorgeuntersuchung hilft, Veränderungen im Intimbereich früh zu finden, damit man rechtzeitig mit einer Behandlung beginnen kann. Die inneren weiblichen Geschlechtsorgane machen sich sonst bei krankhaften Veränderungen eher spät bemerkbar – und sind dann entsprechend schwieriger zu behandeln.

**TIPP:** Immer wieder vergessen Frauen den Vorsorgetermin, weil sie ihn aus dem Blick verlieren. Such dir ab dem Zeitpunkt, wenn du einmal pro Jahr regelmäßig zur Frauenärztin gehst, eine Erinnerungshilfe. Die meisten Praxen vergeben längerfristig Termine, es ist besser, mit Vorlauf anzurufen. Zum Beispiel könntest du immer im März gehen. Mit Beginn jedes neuen Jahres weißt du dann schon: Frauenärztin-Termin nicht vergessen, ich rufe jetzt an, damit ich meinen März-Termin sicher habe! Frag gegebenenfalls in der Praxis deiner Frauenärztin nach, wie viel früher du für einen Vorsorgetermin anrufen sollst oder ob sie sogar Erinnerungspost verschicken.

Solltest du aber Beschwerden haben oder wenn es um andere Fragen geht, zum Beispiel zur Empfängnisregelung, dann gibt es keine Altersgrenze.

## INFO

Was sind mögliche oder häufige Gründe, warum Teens eine Frauenärztin aufsuchen?

- Ich habe überhaupt keine Probleme, sondern möchte die Ärztin kennenlernen und mir die Praxis und das Untersuchungszimmer einfach mal in Ruhe angucken.
- Ich habe oft so starke Schmerzen bei der Monatsblutung.
- Ich bin zwischen 16 und 18, meine Regel ist noch nie gekommen, und ich mache mir langsam Gedanken, ob sie überhaupt kommt.
- Es ist voll unangenehm, ich habe so ein Jucken und Brennen im Intimbereich und möchte abklären lassen, ob es eine Entzündung ist.
- Ich habe an der Brust eine harte oder schmerzhafte Stelle getastet und bin mir unsicher, ob damit alles in Ordnung ist.
- Meine Blutung ist noch nie regelmäßig gekommen, obwohl ich sie schon viele Jahre habe.
- Ich blute jedes Mal stark, es kommen auch Blutklumpen mit heraus, und die Blutung dauert auch ziemlich lange.
- Ich möchte mich über Fragen zur Empfängnisregelung informieren.
- Wir hatten Sex und ich weiß nicht, ob ich schwanger bin.
- Ich habe Angst, dass ich mich beim Petting mit seiner Unterleibskrankheit angesteckt habe.
- Ich hatte meine Tage ganz regelmäßig, seit zwei Monaten kommen sie gar nicht mehr.
- Aus der Scheide kommt Ausfluss, der riecht und verfärbt ist (z.B. gräulich oder gelblich, eitrig).
- Ich habe kurz vor meinen Tagen immer so starke Schmerzen im Unterbauch und möchte wissen, ob das normal ist oder ob man etwas dagegen machen kann.

- An den Schamlippen habe ich eine Schwellung, die wehtut und größer geworden ist. Es tut weh beim Laufen. Ich glaube, ich habe mich beim Rasieren geschnitten.

**TIPP**: Vielleicht ist das, was dich beschäftigt, hier gar nicht aufgelistet. Wenn du dir irgendwie unsicher bist, ob alles okay ist, kein Problem: Nimm dir die Freiheit und geh lieber einmal mehr zu deiner Frauenärztin. Was kann passieren?

A: Es ist alles okay – und du gehst beruhigt wieder nach Hause.

B: Es ist tatsächlich etwas nicht in Ordnung – und kann fachgerecht behandelt werden.

Wenn du nicht gehst:

A: Es ist alles okay – aber du weißt es nicht und machst dir unnötig Sorgen.

B: Es ist tatsächlich etwas nicht in Ordnung – und wird nicht fachgerecht behandelt, weil du es niemandem zeigst. Möglicherweise ist später die Behandlung viel aufwendiger oder ein Befund hat sich verschlechtert.

Es spricht viel dafür, frühzeitig eine fachlich kompetente Person nachsehen zu lassen.

## WAS PASSIERT BEIM ERSTEN BESUCH BEI DER FRAUENÄRZTIN?

Es ist wichtig, dass du bei der Terminvereinbarung beziehungsweise auch am Tag des Termins der Arzthelferin in einem günstigen Moment – zum Beispiel an der Anmeldung oder spätestens im Sprechzimmer – sagst, dass dies dein erster Termin bei einer Frauenärztin ist. Meist plant die Ärztin diesen Termin dann mit etwas mehr Zeit ein, und ihr lernt euch erst einmal bei einem Gespräch kennen. Dabei fragt sie, ob du aus einem bestimmten Grund kommst oder ob du die Praxis und die Untersuchung kennenlernen möchtest. Im Gespräch geht es dann auch um deine Krankengeschichte, ob etwas für die Ärztin wichtig zu wissen ist.

Die frauenärztliche Untersuchung ist etwas anders als beim Hausarzt. Die Ärztin soll ja schauen, ob im Intimbereich zwischen den Beinen und bei den inneren Geschlechtsorganen alles in Ordnung ist. Dies ist auf einer normalen Untersuchungsliege nicht möglich. Logisch: Wenn die Beine aneinanderliegen, kann man nicht ins Körperinnere schauen.

Daher entkleidet man seinen Unterkörper und setzt sich auf einen frauenärztlichen Untersuchungsstuhl. Dieser gleicht einem Sessel, bei dem die Beine jedoch seitlich auf Haltern abgelegt werden. Die Patientin sitzt mit gespreizten Beinen leicht nach hinten gelehnt, dies ermöglicht eine gute Sicht auf den äußeren Intimbereich.

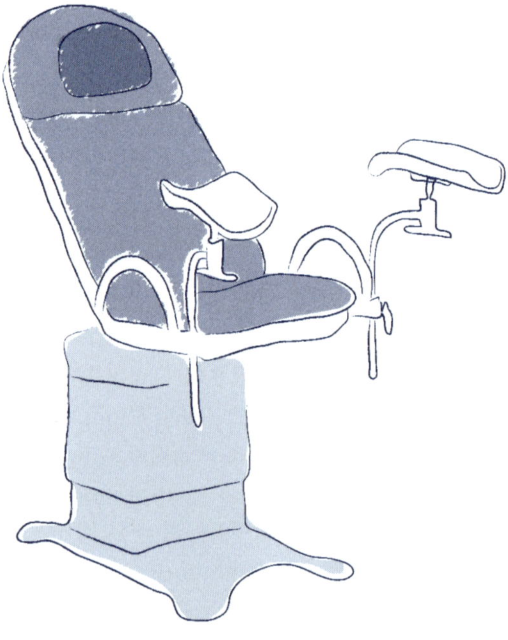

Um in der Scheide selbst gut schauen zu können, müssen die Scheidenwände vorsichtig aus dem Blickfeld geschoben werden. Die Scheide ist nämlich nicht einfach ein rundes »Rohr«, das etwa zehn Zentimeter tief in den Körper der Frau führt. Stattdessen sieht der Blick auf den Scheideneingang eher so aus:

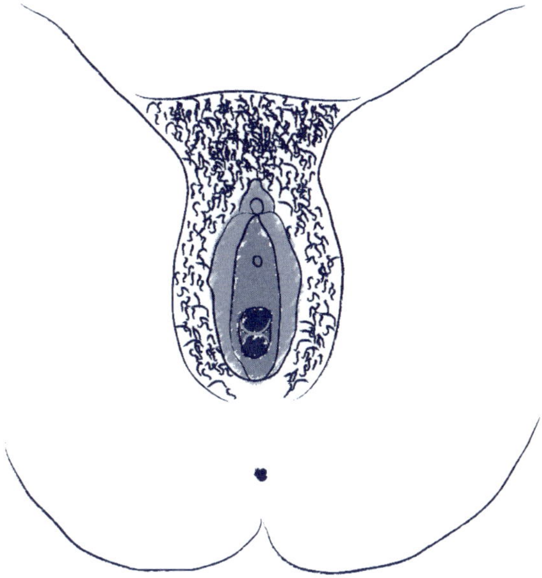

Die obere Decke hängt herunter, die untere Wand wölbt sich nach oben. Wenn die Frau in Rückenlage liegt, kann man dies auch mit den Zahlen einer Uhr beschreiben. Die obere Wand liegt bei 12.00 Uhr, die untere Wand bei 6.00 Uhr, links ist 9.00 Uhr und rechts 3.00 Uhr.

Damit die Ärztin in die Tiefe schauen kann, benutzt sie spezielle ärztliche Instrumente. Sie hebt die obere Wand vorsichtig mit einem schmalen Metallspiegel an und mit dem anderen Metallspiegel die untere Wand in Richtung Popo. Fällt nun Licht auf die Metallspiegel von der Untersuchungslampe hinter ihr, kann sie in der Tiefe den schmalen Eingang zur Gebärmutter erkennen.

Nun hat sie auch die Möglichkeit, mit einem langen Wattetupfer Schleim von der Außenseite des Gebärmutterhalses zu entfernen, um ihn auf Krankheitserreger hin zu untersuchen.

Im Anschluss an diese sogenannte Spiegeleinstellung (Speculumeinstellung) tastet sie mit dünnen Handschuhen, ob im Unterleib alles okay ist. Dazu führt sie je nach Weite der Scheide einen oder zwei Finger der einen Hand in die Scheide bis zum Gebärmutterhals ein. Mit der anderen Hand tastet sie von der Bauchdecke aus. So liegen die inneren Geschlechtsorgane zwischen beiden Händen und können abgetastet werden.

Schließlich wird manchmal noch ein Ultraschall durch die Scheide gemacht. Dies ist ein bildgebendes Verfahren, bei dem man eine gute Übersicht über den Unterbauch der Frau bekommen kann. Dazu führt die Frauenärztin eine schmale Ultraschallsonde in die Scheide der Frau ein. Die Ultraschallsonde wird zuvor mit Gleitgel versehen und mit einer Art Gummihülle überzogen, auf die nochmals Gleitgel aufgetragen wird. Dies hat einerseits den Vorteil, dass die Sonde leicht einzuführen ist, andererseits ist es wichtig, weil Ultraschall sich nicht gut mit Luft verträgt. Ohne Gleitgel dazwischen könnte man im Bild nichts sehen. (Daher ist die Darstellung des Darms auch nur schlecht möglich. Bei der Verdauung entsteht Luft, die die Abbildung stört.)

Umso besser aber sind Gebärmutter und Eierstöcke zu sehen, zum Beispiel, ob am Eierstock Flüssigkeitsansammlungen sind, sogenannte Zysten, oder auch, ob eine Frau schwanger ist. Dann sieht man das winzige Baby schon im ersten Monat in der Gebärmutterhöhle.

Wenn ein Mädchen noch keinen Sex hatte und das ⟶ Jungfernhäutchen noch da ist, benutzt die Frauenärztin zur Untersuchung sehr schmale Instrumente. So vermeidet sie, dass das Jungfernhäutchen verletzt wird. Wenn du diesbezüglich Bedenken hast, sprich dies bitte unbedingt vor der Untersuchung gegenüber der Frauenärztin an.

**KLARTEXT:** Auch wenn dies auf den ersten Blick befremdlich und sehr schräg klingt: In besonderen Fällen kann der Ultraschall anstatt durch die Scheide auch durch den Po gemacht werden. Dies ist zum Beispiel eine Möglichkeit, wenn ein Mädchen große Sorge hat, dass sonst das Jungfernhäutchen verletzt werden könnte. In manchen Kulturen spielt dies, wie oben erläutert, eine große Rolle. Der Enddarm verläuft über eine ganze Strecke in direkter Nachbarschaft zur Scheide. So kann das Ultraschallgerät ganz in die Nähe des Gebärmutterhalses gelangen und ähnlich gute Bilder liefern.

Bei sehr schlanken Frauen kann auch ein Ultraschall über die Bauchdecken einen Blick auf die inneren Organe ermöglichen. Da aber der Darm dazwischenliegt, ist die Bildqualität meist eingeschränkt und nicht so aussagekräftig wie der Ultraschall von unten.

Bei Frauen ab 30 Jahren untersucht die Frauenärztin zur Vorsorge auch die Brust. Bei jüngeren Frauen nur dann, wenn sie Beschwerden haben.

*Wichtig*: Je nachdem, wo gerade untersucht wird, wird immer nur der jeweilige Bereich entkleidet. Das heißt, auch wenn Unterkörper und Brust beide an einem Termin untersucht werden, ist man nie ganz nackt. Du ziehst zur Untersuchung des Unterleibs Rock oder Hose und den Slip aus und behältst die Bekleidung des Oberkörpers an. Danach gehst du zurück in die Kabine oder hinter einen Vorhang, ziehst dich untenrum wieder an und entkleidest dann erst den Oberkörper.

Bei der Untersuchung sind normalerweise die Ärztin und eine Arzthelferin anwesend. Wenn die Ärztin noch weitere Personen mit dazunimmt, zum Beispiel einen Arzt, der ein Praktikum bei ihr macht, oder eine Medizinstudentin, eine Arzthelferin, die ausgebildet wird, kannst du sagen, dass dir das zu viele Personen sind, und bitten, dass nicht alle bei der Untersuchung dabei sind. Eine gute Frauenärztin erkennst du daran, dass sie deine Grenzen achtet.

**TIPP:** Wenn es dir unangenehm ist, zur Untersuchung den Slip auszuziehen und unten ohne zum Untersuchungsstuhl zu laufen, zieh dir für diesen Besuch ein langes T-Shirt an, das bis über den Po geht. Oder du trägst einen Rock und ziehst nur den Slip drunter in der Kabine aus. So bist du die meiste Zeit untenrum vor Blicken geschützt und ziehst den Rock oder das Shirt nur zur Untersuchung hoch. Achte drauf, dass er im Bund weit genug ist, dass die Ärztin auch die Bauchdecke abtasten kann, zum Beispiel ein Rock mit Gummizug am Bauch.

Soll auch die Brust untersucht werden, würde ich nicht zu einem Kleid raten. Denn wenn du das dann obenrum ausziehen sollst, stehst du nur noch im Slip da. Auch dabei eignet sich ein Zweiteiler.

Und noch ein weiterer wichtiger Tipp für die Untersuchung:

Du entspannst deinen Unterkörper am besten, wenn du mit dem Po bis direkt an die Kante des Untersuchungsstuhls rutschst und die Beine entspannt in die Beinschalen legst. Sobald du nämlich den Po anspannst oder das Becken hebst, spannen sich die Muskeln im Unterbauch an – und die Scheide wird enger. Das macht die Untersuchung für die Frauenärztin schwieriger und leider auch für dich unangenehmer. Also besser den Po ganz fallen lassen und entspannen – auch wenn das zugegebenermaßen keine sehr angenehme Position ist.

**ZUM WEITERDENKEN:** Mir hilft es immer, wenn ich mir klarmache, das dies zwar keine besonders angenehme Untersuchung ist, aber eine sehr wertvolle. Denn in sehr vielen Ländern dieser Erde haben Frauen nie im Leben die Chance, sich in diesem Bereich untersuchen zu lassen, weil sie kein Geld haben oder es dort gar keine Ärzte gibt. Wenn sie erkranken, merken sie es erst sehr spät und haben kaum Mittel und Wege, Hilfe zu empfangen. Daher habe ich mir angewöhnt, die Möglichkeit dieser Untersuchung für mich selbst positiv zu bewerten.

# JUNGS KONKRET

Jungs, die unbekannten Wesen? Kommen Jungs echt von einem andern Stern, wie manche Bücher schmunzelnd titeln? Oder ist alles halb so wild? Wie unterschiedlich sind Mädels und Jungs wirklich? Und an welchen Stellen sind sie sich sogar ziemlich ähnlich? Es kann nicht schaden, sich in Sachen Jungs gut auszukennen – und vor allem auch mal zu checken, ob dein Wissen up to date ist.

## READY, STEADY, GO? – WANN GEHT´S LOS?

Die Entwicklung beginnt und verläuft ähnlich, wie du es von dir als Mädchen schon kennst, nicht bei allen Jungs zeitgleich. Wann es beim einzelnen Jungen losgeht, kann man kaum im Vorfeld abschätzen. Die meisten Jungs verändern sich sichtbar im Alter zwischen elf bis achtzehn Jahren, jeder in seinem Tempo. Genau wie bei den Mädchen sind Einzelne früher dran als andere. Die sichtbare Entwicklung vom Jungen zum Mann startet etwa ein bis zwei Jahre später als die der Mädels. Logo, dass dies im Einzelfall völlig anders aussehen kann. Trotz Volljährigkeit kann das Feintuning in der Entwicklung von Jungs und Mädels noch nicht ganz abgeschlossen sein. Der letzte Feinschliff ist entwicklungspsychologisch sogar noch später fertig.

# WIE VERÄNDERN SICH JUNGS AUF DEM WEG ZUM MANN? EIN ERSTER ÜBERBLICK ...

Zunächst mal machen sie ’ne ganze Reihe von Veränderungen durch, die du von ⟶ Mädels konkret schon kennst. Dass sie wachsen, schwitzen und müffeln, fettigere Haare und Pickel kriegen, sind keine neuen weltbewegenden Erkenntnisse.

Erste sichtbare Unterschiede sind bei der Haarverteilung zu finden. Klar, wir alle bekommen in der Pubertät Haare an Stellen, wo wir vorher keine hatten. Welche Stellen das aber sind, ist bei Jungs schon anders.

Neben Achsel und Schamhaaren ist das offensichtlichste Zeichen der Bartwuchs. Eher weniger sichtbar, wenn wir mal Strand und Schwimmbad außen vor lassen, ist die insgesamt vermehrte Körperbehaarung, die sich bei Jungs auf dem Weg zum Mann entwickelt: auf dem Brustkorb, an Bauch, Rücken und Po, aber auch an den Armen und Beinen.

Wie stark oder nicht das bei ihm selbst ausgeprägt sein wird, kann ein Junge vorher natürlich nicht wissen. Klar spielt hier auch eine gewisse familiäre Veranlagung eine Rolle.

Eine weitere Besonderheit bei Jungs ist der sogenannte Stimmbruch (⟶ Der Knacks in der Stimme).

Und natürlich zeigt sich bei Jungs die *Geschlechtsreife* anders: Zunächst beginnen vorbereitend Hoden und Penis zu wachsen. Wenn in den Hoden die Produktion der Samenzellen beginnt, spricht man von der Sperm*arche*. Die Endung »-arche« kennst du vielleicht schon vom Begriff Men*arche*, der ersten ⟶ Monatsblutung des Mädchens. Wenn Samenzellen gebildet werden, kann der Junge einen ersten Samenerguss, die Ejakul*arche* haben. Als Ejakulation bezeichnet man den Samenerguss.

Die volle Geschlechtsreife bedeutet bei Jungs, dass sie jetzt Kinder zeugen und damit Vater werden können! Logo, auch das geschieht nur, wenn der Junge mit einem Mädchen Sex hat und seine Samenzellen auf eine befruchtungsfähige Eizelle treffen.

## MÄNNLICHE BOTENSTOFFE

Der Hauptakteur bei Jungs ist das Testosteron. Testosteron gehört zur Gruppe der Androgene. Die Hoden und in geringem Umfang die Nebennierenrinde bilden diese sogenannten männlichen Geschlechtshormone, die Androgene.

Da nicht alle Geschlechtshormone exklusiv einem Geschlecht gehören (→ Damenbart), kommen auch sogenannte weibliche Hormone – allerdings in viel geringeren Konzentrationen – bei Jungs vor. Ist in einem männlichen Körper zu viel Östrogen vorhanden, bilden sich typisch weibliche Attribute aus.

Androgene beeinflussen bei Jungs das Knochenwachstum und die geschlechtstypische Form des Kehlkopfs mit den Stimmbändern. Weiterhin bewirken sie, dass Jungs typischerweise mehr Muskelmasse und weniger Fettzellen aufweisen als Mädels. Die Androgene der Jungs werden wie bei den Girls die Östrogene und Gestagene über die gleichen zentralen → Botenstoffe des Gehirns und der Hirnanhangdrüse gesteuert.

## KÖRPERFORM UND GRÖßE

Dass Jungs auf dem Weg zum Mann größer, schwerer und meist auch breiter werden, ist klar.

Nur kurviger werden sie nicht. Denn Jungs können naturgemäß keine Babys im Bauch beherbergen.

**KLARTEXT:** Um ein Missverständnis aufzuklären: Vor einigen Jahren titelten Boulevardzeitungen »Der erste schwangere Mann!«. Viele Leser waren auf den ersten Blick irritiert. Wie jetzt, können Männer inzwischen wirklich schwanger werden??? Nein, das können sie nach wie vor normalerweise nicht! Des Rätsels Lösung heißt *Transsexualität*. Dieser schwangere Mann war zuvor eine Frau. Sie hatte sich jedoch als Mann gefühlt und sich daraufhin umoperieren lassen, aber die weiblichen Organe, die Gebärmutter, behalten, um doch noch schwanger werden zu können. Letztlich wurde also die operative Geschlechtsumwandlung zwar nach außen sichtbar vollzogen, durch das Belassen der weiblichen Geschlechtsorgane aber nicht in letzter Konsequenz. Vom genetischen Grundmuster war und ist sie immer noch eine Frau, vom Personenstand hingegen, vonseiten der umoperierten Geschlechtsorgane und vom äußeren Anblick spricht man inzwischen von einem Mann.

Man kann speziell verordnete Botenstoffe des anderen Geschlechts medikamentös einnehmen und sich dadurch optisch verändern, man kann seine Organe chirurgisch anpassen lassen, das ist alles möglich, wenn auch technisch sehr aufwendig. Was nicht funktioniert, ist, den genetischen Grundcode, den man in jeder Körperzelle trägt, zu verändern. Wieso Menschen sich zu einer Geschlechtsumwandlung entscheiden, hat immer ganz individuelle Gründe und will langfristig sehr gut überlegt sein.

Darum gehen dem auch psychologische Gespräche voraus. Generell geben Betroffene an, dass sie sich dem Geschlecht, in das sie hineingeboren wurden, nicht zugehörig fühlen und dass sie sich danach sehnen, zum anderen Geschlecht zu gehören. Daher bezeichnet man Transsexualität als eine Störung der Geschlechtsidentität. Es gibt verschiedene Annahmen, dass vorgeburtliche Einflüsse von Botenstoffen wie auch körperliche, psychische und soziale Faktoren in ihrer Kombination eine Rolle spielen können. Im Klartext: Die genauen Ursachen sind noch nicht umfassend erforscht.

Meist beginnt der erste Pubertäts-Größenwachstumsschub der Jungen zeitversetzt zu dem der Mädchen etwa ein Jahr später zwischen 12 und 14 Jahren. Das führt dazu, dass zu Beginn in der weiterführenden Schule die Mädchen oft größer sind als altersgleiche Jungen. Mit etwa 13 bis 14 Jahren überholen dann viele Jungs größentechnisch bereits die Mädels.

Selbstverständlich werden auch Jungs nicht einfach nur länger. Der ganze Rest ihres Körpers – innere Organe, Arme, Beine, Füße, Muskeln, Sehnen und Bänder – müssen auch mitwachsen. Und, du wirst es vielleicht schon erahnen, sie tun das nicht immer gleichmäßig.

Eigentlich ist das ausgleichende Gerechtigkeit. Wieso sollte es Jungs da besser gehen als Mädels? Auch Jungs fühlen sich zwischendrin oft genauso komisch und unproportioniert wie Mädels. Die gute Nachricht ist: Spätestens wenn ihr Körper ausgewachsen ist – bei Jungs zwischen 15 und 18 Jahren, im Feintuning bis etwa 20 Jahren –, stimmen auch die Proportionen wieder. Durchschnittlich wachsen Jungs in der Pubertät etwa sieben bis zehn Zentimeter pro Jahr. Nach Abschluss des Wachstums sind Jungs meist zehn bis zwölf Zentimeter größer als Mädchen. Aber klar, auch hier toppt die Statistik nicht den Einzelfall.

Noch ein spannender Punkt zur Körperentwicklung bei Jungs: Durch die Botenstoffe in der Pubertät kann bei Jungs vorübergehend ihre Brustdrüse zu wachsen beginnen. Ja, du hast richtig gelesen. Jungs haben wie Mädchen eine Brustdrüsenanlage. Sie liegt (wie bei uns) auch auf dem großen Brustmuskel auf. Meist ist sie aber bei Männern so flach, dass man sie nicht wirklich wahrnimmt. Durch ein Hormonungleichgewicht, zum Beispiel in der Pubertätsentwicklung, kann diese Drüse anschwellen.

Dies ist harmlos und verschwindet meist im Laufe der Pubertät wieder. Vielleicht hast du so etwas auch schon mal bei übergewichtigen Jungs oder Männern gesehen. Dabei handelt es sich dann meist aber nicht um eine echte Schwellung der Brustdrüse, sondern um Fett, das sich in diesem Bereich ansammelt.

**TIPP:** Genauso, wie es für die allermeisten Mädels unangenehm ist, wenn sie in ihrem Gesicht einen Bartwuchs feststellen, ist es für Jungs blöd, wenn es aussieht, als hätten sie einen Busen. Geh damit bitte feinfühlig um. Unser Körper macht nun mal manchmal Sachen, die uns nicht gefallen, wenn zum Beispiel Botenstoffe aus dem Takt kommen. Und nicht alles, was er macht, können wir mal eben oder überhaupt wieder geraderücken – oder so verbergen, dass es andere nicht mitbekommen. Spätestens wenn Schwimmen auf dem Stundenplan steht, haben diese Jungs unter Umständen ein massives Problem.

## DER KNACKS IN DER STIMME

Ist dir schon mal aufgefallen, dass die Stimme von Teeniejungs richtig komisch klingen kann? Was für Außenstehende eher lustig klingt, ist für die Jungs manchmal echt peinlich.

Man(n) will was Wichtiges sagen und gibt sich die allergrößte Mühe – und mittendrin springt ihm die Stimme weg, klingt plötzlich viel höher – oder wie bei einem kleinen Kind. Ist schon blöd und hat mal wieder mit der Pubertät zu tun.

Bei Jungs verändert sich eher spät in der Pubertät und unter dem Einfluss der männlichen Botenstoffe auf besondere Weise der Kehlkopf. In ihm sind die Stimmbänder aufgehängt. Sie bestimmen die Höhe und den Klang unserer Stimme. Ist die Entwicklung abgeschlossen, wölbt sich vorn am Hals des Mannes der sogenannte Adamsapfel vor. Die männliche Stimme ist am Ende dieser Entwicklung langfristig tiefer. Vorher müssen sich aber die entsprechenden Muskeln noch weiter ausbilden und mit dem Wachstum des Kehlkopfs mithalten. Daher klingt die Stimme von Jungs manchmal so kieksend. Innerhalb eines Satzes kommen dann ganz unfreiwillig hohe und tiefe Töne vor, die Stimme »bricht« immer wieder ein. Deshalb nennt man das Ganze *Stimmbruch*. Auch wenn Mädels keinen richtigen Stimmbruch bekommen, verändert sich ihre Stimme in der Pubertät und wird erwachsener.

**KLARTEXT:** Mädchen (wie Jungs) kann es am Telefon passieren, dass ein Anrufer sie mit Mama (oder Papa) verwechselt. Solche Situationen können spaßig sein, aber auch nerven. Du vermeidest sie, wenn du dich am Telefon mit Vor- und Nachnamen meldest. Manchmal hat es aber auch seinen Reiz, wenn man sich mal als Erwachsener ausprobieren kann und merkt – es funktioniert, andere kaufen mir das ab. :)

## MANN WERDEN MIT HAUT & HAAREN

Zwischen 12 und 15 Jahren beginnt bei den meisten Jungs der Bartwuchs. Doch natürlich wachen sie nicht am nächsten Morgen mit Vollbart auf. Der Bart entsteht langsam. Es beginnt mit dem »Flaum«, einzelne wenige und eher dünne Haare. Erst mit der Zeit werden die Barthaare dichter und fester.

**KLARTEXT:** Vielleicht fragst du dich, wieso Tims Bruder nach den Sommerferien mit einem gut sichtbaren Dreitagebart zur Schule kam? Auf Fotos von vor den Ferien war doch noch gar nichts zu sehen. *Bei vielen Jungs bekommst du von den Anfängen des Bartwachstums überhaupt nichts mit. Sie entfernen die wenigen Haare, weil sie den Flaum uncool finden.*

Ist der Bart so dicht, dass er rasiert werden kann, wachsen rasch Bartstoppeln nach. Die meisten Männer rasieren sich täglich entweder »trocken« mit dem Rasierapparat oder »nass« mit Rasierschaum,

Pinsel zum Auftragen und einem Rasiermesser. Nach dem Rasieren wird die Haut mit etwas Aftershave oder einer Lotion eingerieben. Diese wirkt pflegend und antibakteriell. In Aftershaves werden auch Duftstoffe eingearbeitet. Sie geben dem Benutzer ähnlich wie beim Damenparfum eine individuelle Note. Auch Jungs sollten nicht zu viel des guten Dufts verwenden. Je nach persönlicher Vorliebe lassen einige ihre Barthaare etwas länger wachsen und tragen einen »Dreitagebart« oder einen richtigen Bart.

**TIPP:** Kuscheln oder Küssen, wenn der andere Bartstoppeln hat, kann sich lustig oder piksig anfühlen, es kann dir aber auch richtig unangenehm sein. Im Zweifelsfall solltest du besser feinfühlig etwas dazu sagen, als dich zurückzuziehen.

Zum Thema Pickel und Akne gilt bei Jungs das Gleiche wie bei Mädels: Das leidige Kapitel gehört zur Pubertät dazu, hat mit der Wirkung der Hormone zu tun – und braucht manchmal fachkundige Hilfe (→ Erwachsen mit Haut und Haaren).

Bei den Kopfhaaren ergeht es Jungs nicht besser als Mädels: Fettige oder schuppige Haare zwingen sie zur regelmäßigeren Haarwäsche. Viele Jungs finden das aber im Gegensatz zu Mädels nicht so wild. Wo ist das Problem? Bei den vielen Kurzhaarfrisuren sind sie schnell dabei, oft ohne Fön, einmal mit dem Handtuch drüber und schon sieht es wieder top aus. Viele Damen der Schöpfung stöhnen schon bei dem Gedanken auf. Wenn das alles bloß schneller ginge, aber das ist ein anderes Kapitel …

Stattdessen kämpfen viele Jungs später anlagebedingt mit der abnehmenden Menge der Haare auf ihrem Kopf. Je nach familiärer Erbinformation verlieren sie ihre Haarpracht schon recht früh wieder, entwickeln erst Geheimratsecken, dann nach und nach eine Glatze. Manche finden es irgendwann cooler oder wählen aus ihrer Sicht die Notlösung: lieber alle Haare abrasieren, als eine Frisur zu haben, die viele ältere Männer tragen. Da muss jeder schauen, wie er sich selbst am liebsten mag. Der Haarausfall selbst liegt an einer Störung bestimmter Zellen, die für das Nachwachsen der Haare verantwortlich sind. Bisher haben die Forscher aber noch kein Gegenmittel gefunden. Bei manchen Männern geht es früher los als bei anderen. Volles Haar im Alter hat nur etwa jeder vierte Mann.

**TIPP:** Frauen verlieren im Alter nicht typischerweise ihre Kopfhaare, dennoch haben auch sie manchmal oder auch bereits in jungen Jahren Haarausfall. Dies kann verschiedene Ursachen haben. Wenn dich das betrifft, such eine Hautärztin auf. Sie kann dir diesbezüglich weiterhelfen.

Doch es gibt bei Jungs noch mehr Wissenswertes zum Thema Haare. Zum Beispiel muss ihre Kopfhaarfarbe nicht unbedingt der Haarfarbe des Barts oder der Schamhaare entsprechen. Bei manchen Frauen ist das auch so. Die Schamhaare wachsen früher als die Achselhaare, sind erst glatt, dann werden sie dichter und welliger und gehen bei Jungs dann noch ein Stück auf die Oberschenkel und den Unterbauch über. Hinzu kommt die allgemein vermehrte Körperbehaarung an Armen und Beinen, Brust, Rücken und Po.

Auch Jungs entkommen immer weniger den Auswirkungen des Rasurtrends. In Filmen, Werbung, Internet und in der Öffentlichkeit sehen Mann und Frau immer mehr am Körper enthaarte Männer – zum Beispiel Sportler beim Trikottausch, Bodybuilder im Studio, Models in Unterwäschewerbung. Die Botschaft, wie Mann zu sein hat, bringt viele Jungs in Zugzwang. Manche berichten auch, dass sie sich von ihrer Partnerin gedrängt fühlen, da so viele Haare »störend« und »nicht normal« seien … womit wir wieder bei der Frage sind, wer »normal« eigentlich definiert (→ Modetrend Rasur).

Leider steigt auch bei Männern, ähnlich wie bei Frauen, die Unzufriedenheit mit den eigenen Geschlechtsorganen, vor allem dem Penis. »Ist *er* groß beziehungsweise lang genug?«, ist für viele Jungs eh schon die zentralste Frage. Ohne »Rahmen« aus Schamhaaren kann er noch kritischer beäugt werden. Und auch hier stehen Mittelchen und Methoden sowie nicht zuletzt die Schönheitschirurgen[88] schon bereit.

## ÄUßERE UND INNERE MÄNNLICHE GESCHLECHTSORGANE

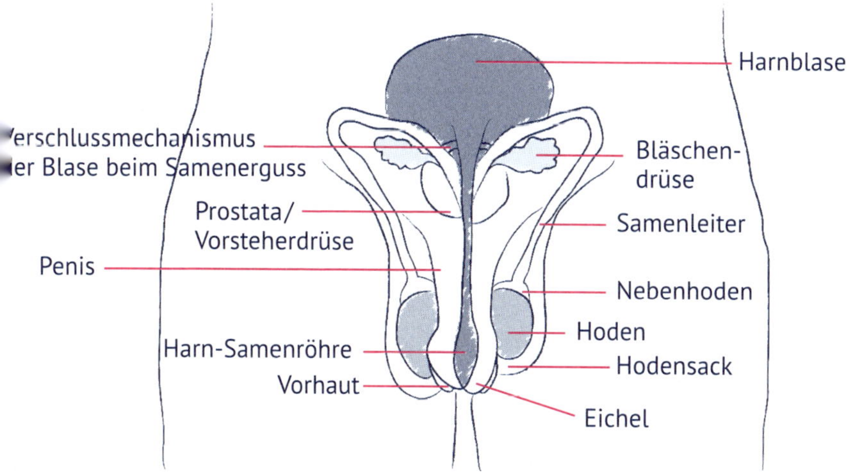

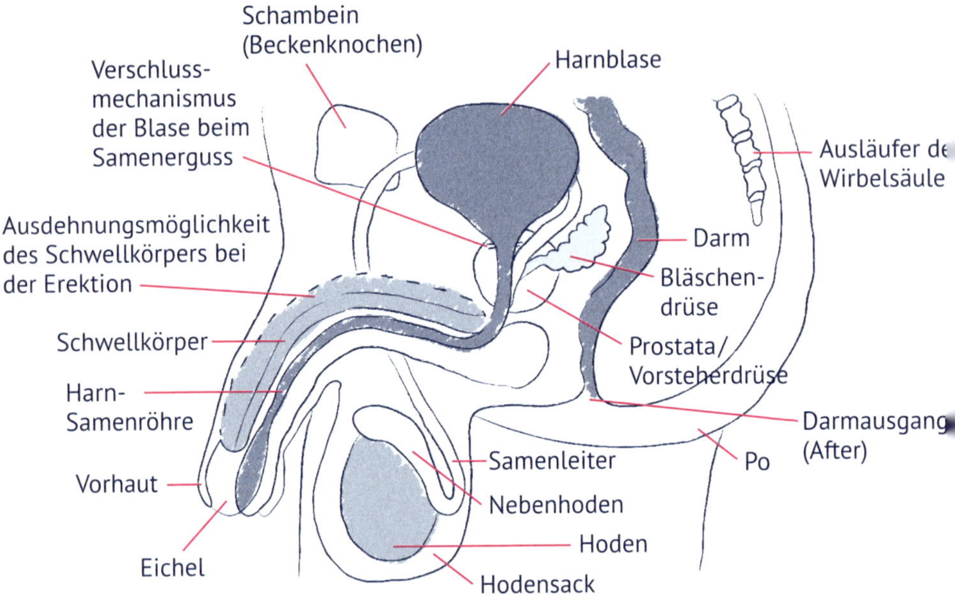


Bei Jungs unterscheidet man äußere und innere Geschlechtsorgane. Außen, gut sichtbar, sind Penis und Hodensack. Alle weiteren Organe liegen versteckt innen im Körper. Zu den inneren Geschlechtsorganen gehören die Hoden und Nebenhoden, der Samenleiter, die Bläschendrüsen und die Prostata.

Die *Hoden* liegen dem Körper der Jungs vorgelagert im Hodensack. Umgangssprachlich sagen viele Jungs »Eier« dazu. In ihnen werden die Samenzellen hergestellt. Die Hoden sind wie eine riesige Fabrik. Weil sie so eine kostbare Ware herstellen – immerhin sichern sie die Fortpflanzungsfähigkeit des Mannes –, sind die Hoden sehr schmerzempfindlich. Dies erinnert den Mann daran, gut auf sie aufzupassen.

**KLARTEXT:** Ein Schlag oder Tritt in die Hoden ist für Männer äußerst schmerzhaft. Deshalb halten sie zum Beispiel bei Fußballfreistößen ihre Hände als Schutz vor den Intimbereich.

Täglich entstehen während der Geschlechtsreife des Mannes in den Hoden etwa 50 bis 200 Millionen Samenzellen. Bis zur Reife der *Samenzellen* vergehen etwa 64 Tage. Die noch unreifen Samenzellen werden nach ihrer Entstehung im *Nebenhoden* gelagert und entwickeln sich dort zu reifen Spermien. Der Nebenhoden ist fünf Meter (!) lang und auf eine Länge von circa fünf Zentimetern ziehharmonikaartig zusammengeschoben. Nur so können die vielen Samenzellen überhaupt gelagert werden. Damit sie nur schwimmen, wenn sie zum Einsatz kommen, liegen sie im Nebenhoden auf dem Trockenen. Zum Bewegen bräuchten sie außerdem besonders viel Energie, die ihnen aber erst später zur Verfügung gestellt wird. Die Spermien liegen so zunächst in einer pH-sauren Umgebung auf Nummer sicher, in einer Art »Säurestarre«, die sie zusätzlich bewegungsunfähig macht, ihnen aber nicht grundsätzlich schadet.

Unmittelbar vor ihrem Einsatz beim *Samenerguss* werden sie aktiviert: Sie erhalten aus Drüsen, an denen sie vorbeitransportiert werden, Flüssigkeit und Energie zum Schwimmen. Dies sind die *Bläschendrüsen* (rechts und links am Samenleiter gelegen) und mittig die *Vorsteherdrüse* (Prostata). Diese Drüsen kann man sich wie Verpflegungsstände beim Marathonlauf vorstellen, an denen Teilnehmer im Vorbeilaufen Getränke und Bananen greifen können. Beide Drüsen fügen den trockenen Samenzellen Flüssigkeit zu. Diese hat einen basischen pH-Wert, den finden die Spermien optimal zum Schwimmen. Sie werden durch diese besondere Flüssigkeit regelrecht aus der Säurestarre aufgeweckt. Die Bläschendrüsen steuern außerdem Fruchtzucker bei, damit die Samenzellen genug Energie zum Schwimmen haben und die Eizelle überhaupt erreichen können. Die Flüssigkeit der Vorsteherdrüse enthält zusätzlich ein Mittel, das bewegungsauslösend auf die Spermien wirkt.

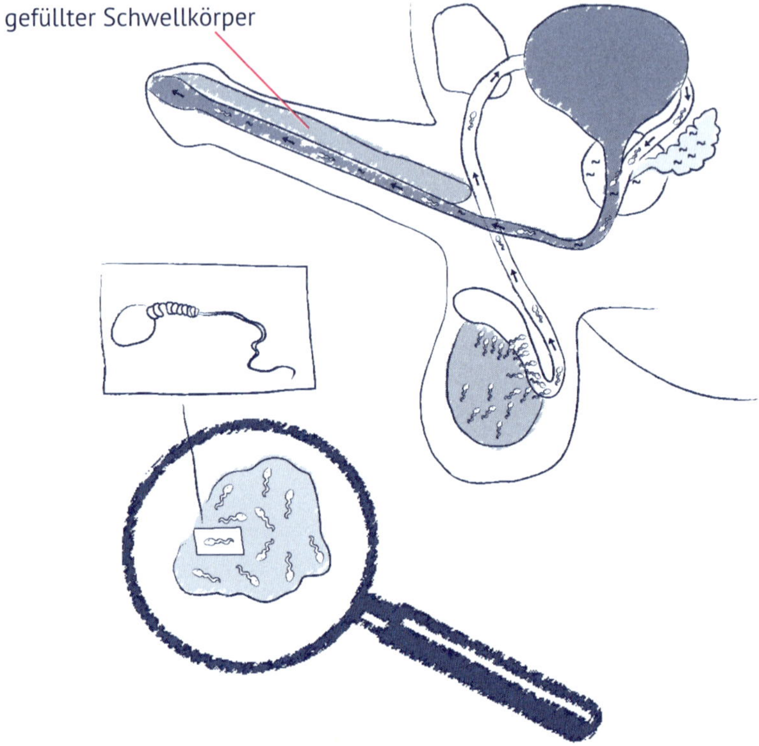


## INFO

Wusstest Du, dass bis zu 400 Millionen[89] Samenzellen bei dem Wettschwimmen mitmachen, um die eine Eizelle zu befruchten? Nur eine Samenzelle kann gewinnen! Das sind etwa fünf Mal so viele wie Deutschland Einwohner hat, eine unglaublich große Zahl.

Und es ist eigentlich sogar eine kombinierte Sportart. Denn sie müssen schwimmen, die biochemische Fährte der Eizelle suchen, sich dann für den hoffentlich richtigen Eileiter entscheiden (»Schnitzeljagd«) und sich beim Erreichen der Eizelle dann auch noch durch die Wand der Eizelle hindurcharbeiten, wie durch die dicke Wand im Märchen Schlaraffenland.

Die Samenzelle, die das alles am schnellsten bewältigt, gewinnt, stößt ihren Schwanz, den sie zum Schwimmen brauchte, ab. Dann verschmelzt ihr Zellkern mit dem der Eizelle zum neuen Menschen. Die Eizelle blockiert sofort ihre Wand, sobald eine Samenzelle ganz hineingelangt ist. Die übrigen Samenzellen sterben ab. Auch du bist also schon von Beginn deines Lebens an eine Gewinnerin! :)

**KLARTEXT:** Ist der Mann sterilisiert, so sind die Samenleiter unterbrochen. Spermien können nicht mehr in den Penis gelangen. Der Samenerguss sieht mit bloßem Auge aber noch genauso aus, da die Flüssigkeit aus den Bläschendrüsen und der Prostata weiterhin ausgeschieden wird.

Durch die mittig gelegene *Vorsteherdrüse (Prostata)* hindurch führt die Harnsamenröhre nach draußen. Ist die Prostata im höheren Lebensalter vergrößert, kann der Mann nicht mehr so gut Wasser lassen. Der Urin kommt dann nicht mehr im Strahl, sondern langsamer, in kleinen Portionen.

Es handelt sich oft um eine gutartige Prostatavergrößerung. Etwas anderes ist der Prostatakrebs, eine bösartige Erkrankung dieser Drüse, die meist bei älteren, selten auch mal bei jüngeren Männern vorkommen kann.

**TIPP:** Auch bei Männern gibt es übrigens eine Krebsvorsorgeuntersuchung. Ab 45 Jahren wird die Untersuchung einmal pro Jahr von den Krankenkassen übernommen. Bei vielen Männern ist sie nicht so beliebt, sie ist aber durchaus sinnvoll. Junge Männer um die 20 gehen daher noch nicht zum Arzt zur Krebsvorsorge. Trotzdem sollten junge Männer ihre Hoden immer mal wieder abtasten und bei auffälligen Befunden zum Arzt gehen. Zwar kommt Hodenkrebs vor allem bei jungen Männern zwischen 20 und 40 Jahren vor, ist aber Gott sei Dank eher selten.

Anders als bei Frauen sind die Harnwege und die Geschlechtswege bei Männern nicht getrennt. Ab der Pubertät fließen Urin und bei Bedarf Samenflüssigkeit durch den Penis nach außen – aber nicht gemischt. Glücklicherweise muss der Mann keine Weiche oder einen Hebel betätigen, um jedes Mal zu entscheiden, ob er gerade Wasser lassen möchte oder ob Samenflüssigkeit kommen soll. Das wäre im Einzelfall ja richtig stressig. Nein, sein Körper macht das ganz selbstständig. Normalerweise hat der Harn (Pipi) immer Vorfahrt. Nur wenn der Mann sexuell erregt ist, verschließt der Körper kurz vor dem Samenerguss eine ansonsten offene »Tür« zur Harnblase, dem Aufbewahrungsort des Harns.

Einen *»trockenen« Orgasmus* haben Jungs vor der Pubertät, wenn sie durch Reiben am Penis Lustgefühle bekommen. Sie haben dann noch keinen Samenerguss. Mündet die Selbstbefriedigung beim geschlechtsreifen Jungen oder Mann mit dem Höhepunkt in einen Samenerguss, spricht man von einem *»feuchten« Orgasmus.* Vereinzelt haben Jungs auch schon vor der Pubertät einen feuchten Orgasmus, in dem aber dann noch keine Samenzellen enthalten sind.

Ausnahme: Beim geschlechtsreifen Mann kann der Samenerguss trocken wirken oder nicht vorkommen, wenn der Samen statt in die Scheide der Frau rückwärts in der Harnblase landet. Das kann nach bestimmten OPs in diesem Bereich geschehen. Dann hat der Mann beim nächsten Wasser lassen eher trüben Urin.

*Der Penis* hat an der Spitze einen empfindlichen Bereich. Diesen nennt man Eichel. Er liegt geschützt unter der Vorhaut verborgen. Wird die Vorhaut am Penis zurückgezogen, sieht man die darunter liegende Eichel. Der Körper bildet zwischen Eichel und Vorhaut eine Art zähen weißlich bis gelben Schleim. Dieser Schleim wird Smegma genannt. Das Smegma besteht aus Talg von Hautdrüsen, Bakterien und einzelnen abgestorbenen Hautzellen. Das liegt daran, dass sich die Haut ständig erneuert und alte Hautzellen abgestoßen werden. Außerdem können sich in dieser Hautfalte Reste von Urin und Sperma sammeln.

Es wird vermutet, dass neben Infektionen zum Beispiel mit Papillomviren mangelnde Hygiene in diesem Bereich die Entstehung eines bösartigen Tumors am Penis langfristig begünstigen kann.

Es ist wichtig, dass Jungs diesen Bereich gut sauber halten. Sie ziehen zum Waschen die Vorhaut über die Eichel zurück und entfernen das Smegma mit Wasser und eventuell etwas milder Seife. Die Haut der Eichel ist ähnlich empfindlich, dünn und sehr wahrnehmungsintensiv, wie wir es von der Mundschleimhaut oder den Fingerspitzen kennen.

Ist ein Mann beschnitten, fehlt diese *Vorhaut*. Man kann dann direkt an der Spitze des Penis die Eichel sehen. In bestimmten Religionen (Judentum, Islam) wird die männliche Beschneidung praktiziert. Sie wird meist bei kleinen Babys vorgenommen. Nur wenn Männer erst später ihre Religionszugehörigkeit wechseln, lassen sie sich als Erwachsene beschneiden. Die Beschneidung der Männer hat überhaupt nichts mit der Genitalverstümmelung (→ Intim-OPs & Genitalbeschneidung) von Frauen zu tun.

**KLARTEXT:** Damit es nicht zu Missverständnissen kommt: Nicht jeder Junge wurde aus religiösen Gründen beschnitten. Viele Jungs hatten als Kind zum Beispiel eine Vorhautverengung (Phimose). Dann kann die Vorhaut gar nicht mehr über die Eichel zurückgezogen werden, neigt zu Entzündungen, Schmerzen beim Wasserlassen. Aus medizinischen Gründen entfernt man dann die Vorhaut teilweise oder oft sogar vollständig.

Der Penis hängt normalerweise der Schwerkraft gemäß nach unten. Manche Jungs nennen ihn untereinander umgangssprachlich auch Schwanz. Bei sexueller Erregung kann der Penis sich aufrichten und dabei fest werden. Jungs sagen dann, dass sie einen »Ständer« oder einen »Steifen« haben.

Das Aufrichten ist möglich, weil es im Penis Schwellkörper gibt. Nur im festen, aufgerichteten Zustand kann der Penis in die Scheide der Frau eingeführt werden. Zwei paarige Schwellkörper werden im entspannten Zustand von sehr wenig Blut durchflossen. Sie gleichen einer Art Luftmatratze mit einem Eingang und einem Ausgang. Bei sexueller Erregung fließt weiterhin Blut in die Schwellkammer, der hintere Ausgang wird jedoch immer mehr verschlossen. So staut sich das Blut und der Penis richtet sich auf und wird steif. Dabei steht der Penis nicht immer ganz gerade, er kann nach rechts oder links abweichen.

**KLARTEXT:** Es ist wichtig zu verstehen, dass der Penis nicht willkürlich, zum Bespiel durch Muskelkraft oder »auf Knopfdruck«, funktioniert. Stattdessen laufen die Erregung und der Verschluss des Schwellkörperausgangs durch Botenstoffe über das Gehirn. Viele Männer wissen nicht, dass der gesunde Penis beim Sex nicht immer gleich steif ist. Wenn sie sich Sorgen machen, dass es nicht klappen könnte, und sich beobachten beziehungsweise versuchen, die Erregung willentlich zu steuern, geht es meist erst recht schief. Dann öffnet sich die hintere Tür ganz, und der Penis erschlafft. Nehmen sie Schwankungen in der Festigkeit des Penis stattdessen als normal wahr, wird der Penis meist wieder fester und sie können beim Sex normal weitermachen.

Durch die Bewegung des Penis in der Scheide beim Sex empfindet der Mann schöne Gefühle, die im Höhepunkt und Samenerguss münden können.

Wie oben beschrieben, verschließt sich kurz vor dem Samenerguss der Eingang zur Harnblase des Mannes. Nun kann kein Urin mehr heraus, und die Samen haben freie Bahn. Diesen Moment nimmt der

Mann als ein besonderes Gefühl wahr, das ihm signalisiert: Jetzt geht es gleich los, der Höhepunkt steht unmittelbar bevor.

Man nennt diesen Zeitpunkt auch »point of no return«. Selbst wenn der Mann es wollte oder die Frau ihn darum bittet, könnte er den Samenerguss jetzt nicht mehr stoppen oder aufhalten. Es ist wie ein Flugzeug, das zum Start beschleunigt hat, und die Räder heben gerade vom Boden ab. Nun kann es nicht in der Luft einfach mal eben anhalten. Es wird abheben und fliegen.

Und wenn der Mann mal länger nicht fliegt? Er bildet Samenzellen, hat aber keinen Sex? Keine Sorge, der Körper baut das Zuviel an Samen ab, passt sich dem Bedarf an. Hat ein Mann oft einen Samenerguss, bildet der Körper mehr Samenzellen, hat er selten bis nie Sex, wird entsprechend weniger hergestellt.

Oder der Mann hat nachts im Schlaf einen *feuchten Traum*. Während er schläft – also ganz ohne seine Kontrolle und von ihm auch nicht planbar –, kommt es zur Erregung, der Penis wird fester und er kann einen Höhepunkt bekommen. Doch keine Sorge, dieser Samenerguss enthält, wie er es schon vom ersten Samenerguss kennt, nur rund drei bis fünf Milliliter Flüssigkeit. Auch der erwachsene Mann schwimmt dadurch also nachts nicht weg.

**TIPP:** Der Spruch »Du musst mit mir schlafen, sonst geht da unten was kaputt, ich habe so einen Druck, dass die Hoden platzen könnten« entbehrt jeder Grundlage. :)

Als *Morgenlatte* bezeichnet man den steifen Penis, mit dem viele Jungs und Männer morgens erwachen. Wenn der Mann nachts in bestimmten Schlafphasen ist, durchlebt er unbewusst und unabhängig vom Inhalt der Träume, also auch unabhängig davon, ob er von Sex träumt oder nicht träumt, mehrere Erektionen. Der Penis wird also nachts immer mal wieder fest. Man könnte sagen, es ist eine Art Funktionscheck.

Da diese Schlafphasen morgens besonders häufig sind, wacht er oft damit auf. Das bedeutet aber nicht unbedingt, dass er auch sexuell erregt ist oder sich an den Traum erinnert. Bei Frauen kann es während solcher Schlafphasen unabhängig von Trauminhalten auch zur Erregung des Genitales kommen, meist nehmen sie es aber nicht wahr. Und beim Aufwachen gibt es ja auch kein ähnlich sichtbares Zeichen dafür wie den steifen Penis beim Mann.

Die Vermutung, dass die volle Harnblase nach der Nacht die Morgenlatte auslöst, ist entgegen vieler volkstümlicher Annahmen nicht richtig.

Obwohl die Blase auch über Tag mal sehr voll sein kann, löst sie im Wachzustand normalerweise keine Erektion aus. Eine sehr starke Erektion führt auch dazu, dass der Mann die Blase nicht entleeren kann. Meist verschwindet die Morgenlatte von allein wieder – spätestens unter der (kalten) Dusche.

## INFO

Penisgröße

Befragungen weisen darauf hin, dass mindestens jeder zweite Mann[90] seinen Penis zu klein findet, obwohl er im guten Mittel liegt. Ursache ist oft der Vergleich mit Darstellern aus Pornofilmen, die besonders für diese Filme ausgewählt wurden, weil sie einen eher großen Penis haben (wie nur 5 Prozent der Männer überhaupt).

Zahlreiche Mittel und Methoden einer ganzen Industrie stehen bereit, um hier Abhilfe zu schaffen. Allerdings tun sie dies mit wenig erfolgversprechenden Methoden oder mit hohen Risiken. Wird beispielsweise operativ ein Bändchen an der Basis des Penis durchtrennt, so wirkt der Penis im nicht erregten Zustand ein bis zwei Zentimeter länger.[91] Beim Sex ist er aber instabiler und kann nicht mehr gut in die Scheide eingeführt werden. Dazu kommt die Gefahr von Narbenbildungen, die den Penis letztlich wieder schrumpfen lassen. Also Finger weg vom guten Stück, die Funktion könnte sonst erheblich beeinträchtigt sein!

Umgekehrt wünschen sich übrigens die allermeisten Frauen keinen Mann mit einem besonders großen Penis, weil sie eher Sorge haben, dass es dann beim Sex wehtun könnte.

Es ist traurig und paradox, dass sich Männer und Frauen aufgrund von falschen Schönheitsidealen und fehlerhaften Versprechen ihre Geschlechtsorgane zum Teil so ruinieren, dass schöner, entspannter Sex kaum mehr möglich ist.

## COOLE JUNGS?

Ein Spruch besagt: »Männer können besser gucken als denken.« Das stimmt so sicher nicht für alle, enthält aber ein Körnchen Wahrheit.

Viele Jungs und Männer (manche Mädels/Frauen sagen, dass es ihnen ähnlich geht) sind besonders über die Augen ansprechbar beziehungsweise reizbar. Wenn Jungs ein cooles Mädel sehen, kann sie das ziemlich anmachen. Das bedeutet nicht zwangsläufig, dass ein Junge auch körperlich reagiert. Es kann aber sein, dass die Erregung der Gedanken Auswirkungen auf den Penis hat und dieser dann fest wird, man sagt auch, dass er eine Erektion bekommt. Normalerweise bekommen Außenstehende davon überhaupt nichts mit, es sei denn, der Mann träg sehr weite Kleidung oder eine Badehose. Denn die Kleidung (Unterhose und Hose) hält den Penis in der Position, wo er hingehört.

**TIPP:** Manche Girls finden es erst mal seltsam, wenn sie während einer Umarmung mit ihrem Freund seinen festen Penis spüren, wenn er erregt ist. Dazu muss man allerdings dicht stehen oder sitzen und die Erregung muss stark sein.

Falls du befreundet bist und dich das irritiert, achte drauf, wie du stehst oder sitzt, oder überlege, wie du deinen Freund darauf ansprechen kannst und was dir hilft, um dich in einer Begegnung zu entspannen und sie zu genießen.

Wenn ein Junge andere Mädchen als die eigene Freundin als attraktiv wahrnimmt, so ist das erst mal normal. Schließlich gibt es eine Menge hübscher Frauen auf der Welt. Doch für die Beziehung und die eigene Freundschaft ist es nicht hilfreich, dem weiter aktiv nachzugehen oder gar mehrgleisig zu fahren. Das verletzt die Partnerin und – wenn Mann ehrlich ist – würde man selbst auch nicht gern so behandelt. Für Jungs ist es dran zu lernen, gut damit umzugehen.

Ein Mann, der früher viel hinter anderen Frauen hergeschaut hatte, sich selbst von Pornos und Selbstbefriedigung abhängig empfand und inzwischen frei davon geworden ist, sagte auf die Frage, wie er heute damit umgeht: »Der erste, ungezielte Blick ist frei!« Konkret bedeutet dies, dass »ich nicht gezielt aktiv suche, dass ich aber auch nicht bestimmen kann, wer mir über den Weg läuft, wie diese Personen aussehen oder gekleidet sind oder ob sie aktiv werden. Was all dies in mir bewirken kann, kann ich nicht schon vorher vorsorglich ausschließen. Dann aber beginnt unmittelbar meine Schlüsselposition. Ich kann sehr wohl entscheiden, was ich mit meinem Gedankenkarussell mache, ob ich aufspringe und mitfahren, oder mich zu etwas anderem hinwende. Ich kann entscheiden, ob ich jemanden aktiv anspreche oder mich auf ein (längeres) Gespräch einlasse, wenn ich angesprochen werde«. Das gilt für Jungs wie Mädels gleichermaßen.

Für manche Jungs gehört zum Coolsein auch, mit einer Gruppe Gleichaltriger Pornos zu schauen, zum Beispiel auf LAN-Partys. Das tun sie nicht immer, weil sie es so toll finden, sondern oft, weil es nicht einfach ist, gegen den Strom zu schwimmen, als out oder Muttersöhnchen verschrien zu werden. Die sexuelle Lerngeschichte prägt das alles aber auf jeden Fall mit.

# ALL ABOUT FRIENDS – FREUNDSCHAFT MIT ANDEREN

## EINFACH GUTE FREUNDE

Neben deiner Familie sind Freunde wichtige Menschen in deinem Leben. Im Idealfall sind sie echte Vertrauenspersonen, bei denen du ganz du selbst sein kannst. Bei wirklich guten Freunden musst du keine Rolle spielen. In einer tragfähigen Beziehung ist es viel wert, wenn eine gute Freundin dir auch ab und zu den Spiegel vorhält. Denn wir alle sind manchmal mehr oder weniger betriebsblind.

Wie verlässlich Freunde sind – oder ob es wirklich Freunde sind –, zeigt sich meist in Krisen. In einem Lied der Gruppe Layna werden Freunde mit Kopiloten[92] auf der Lebensachterbahn verglichen. Dann greifen einem guten Freunde auch schon mal unter die Arme, wenn einem der Boden wegbricht, halten schwierige Lebensabschnitte mit einem gemeinsam aus – und wenden sich nicht ab, weil es einem gerade gar nicht gut geht oder weil man etwas tut, was sie selbst anders entschieden hätten. Wer Freunde fürs Leben gefunden hat, kann sich glücklich schätzen. Doch manchmal sind es auch Freunde für bestimmte Lebensabschnitte, und irgendwann geht der Weg nicht mehr gemeinsam weiter.

Anders ist es mit »falschen Freunden«. Sie sehen ihren Vorteil darin, eine Zeit mit dir nach außen hin befreundet zu sein, sonnen sich vielleicht in deinem Ruhm oder nutzen das, was sie ohne dich nicht haben könnten. Wenn jemand anderes interessanter oder vielversprechender ist oder ihr Gewinn aus der Freundschaft mit dir nicht mehr groß genug ausfällt, siehst du von ihnen meist nur noch die Rücklichter.

Ob du eine beste Freundin hast oder mehrere Freundinnen, mit denen du dich gut verstehst, ist von Person zu Person unterschiedlich. Klar kann in einer Freundschaft auch eine Person mal die stärkere sein und die andere ihre Hilfe brauchen. Wichtig ist aber, dass Freundschaften langfristig auf Gegenseitigkeit beruhen und dass nicht einer nur ständig gibt und der andere nimmt.

**TIPP:** Manchmal wünschst du dir vielleicht klarere Signale von deinen Freundinnen: Mögen sie mich? Gehöre ich dazu?

Wie sieht es andersrum aus? Wissen deine Freundinnen eigentlich, dass du sie magst? Woran können sie das merken? Wem kannst du bei Gelegenheit etwas Gutes tun? Was könnte das sein? Ein Kompliment, eine Einladung zu dir nach Hause? Das Teilen deines Frühstücks in der Pause oder eine Ermutigung?

Je mehr du in der Pubertät ankommst, umso mehr spielen deine Freunde, deine Clique, eine große Rolle in deinem Leben. Das ist völlig normal, solange du in alldem auch die Chance hast, du selbst zu sein. Gruppenzugehörigkeit bis zur Selbstaufgabe ist keine gute Idee. Wer sich selbst unterwegs verliert, kann kein eigenes Profil mehr entwickeln.

»Freundschaften waren bei uns in der 7. Klasse eine Zeit lang total ›in‹. Als wir auf Klassenfahrt waren, haben sich alle möglichen Klassenkameraden befreundet. Meine Freundin und ich hatten niemanden – das fühlte sich anfangs echt komisch an. Als die Freundschaften aber fast alle nach maximal zwei Wochen wieder auseinander waren, waren wir echt froh.«

Auch dadurch, dass die Körperveränderungen in der Pubertät zu ganz unterschiedlichen Zeitpunkten geschehen, ist es wahrscheinlich, dass ihr nicht alle gleich weit entwickelt seid. Das kann manchmal zu stressigen oder peinlichen Situationen führen.

Besonders herausfordernd ist es für Teens, die frühzeitig eingeschult wurden. Beim Lehrstoff kommen sie meist gut mit. Der Altersunterschied fällt erst in der Pubertät krass auf. Und das nicht nur körperlich. Die eine spielt noch mit Lego und Barbies, die anderen gehen lieber in die Disco oder gehen bei Fremden schon fast als Erwachsene durch.

## FREUNDSCHAFT MIT MÄDCHEN

In Beziehungen zwischen Mädchen gibt es ganz unterschiedlich viel Körpernähe. Manche Freundinnen verstehen sich super, haben viele gemeinsame Interessen, aber gar keinen Körperkontakt, andere nehmen sich gern in den Arm oder sitzen eng beieinander. Manche Mädchen küssen sich sogar, für andere ist das total fremd und käme für sie nie infrage. In manchen Kulturen ist es aber zum Beispiel total üblich, sich zur Begrüßung auf die Wangen zu küssen, da wäre es fremd, das nicht zu tun.

Vieles, was man tut, hat mit Erfahrungen aus früheren Freundschaften oder Beobachtungen zu tun – unter dem Motto: »Wie machen das eigentlich andere?« In der Pubertät wirst du diesen Bereich vielleicht auch überprüfen. Grundsätzlich ist es wichtig, dass du deinen Weg findest, der für dich okay ist.

**TIPP:** Wenn du dir unsicher bist, wie du dich in Mädchenfreundschaften siehst, stell dir ein paar Fragen: »Womit fühle ich mich wirklich wohl? Was passt zu mir? Wozu kann ich ganz Ja sagen, ohne mich zu verdrehen?«

Entwickle dein eigenes Profil! Weich nicht davon ab, wenn andere Maßstäbe haben, die so überhaupt nicht deine eigenen sind. Klar kann man sich weiterentwickeln – keine Frage, aber gib deine innere Wohlfühlskala nicht auf!

Vielleicht geht es deiner Freundin anders als Dir, sie möchte mehr oder weniger Körperkontakt. Überleg, ob es dran ist, Dinge einfach mal anzusprechen – und respektiere, wenn deine Freundin andere Grenzen als du hat. Ausschlaggebend sollte der kleinste gemeinsame Nenner sein, mit dem beide sich wohlfühlen. Feiert eure Gemeinsamkeiten und stoßt euch nicht zu viel an euren Unterschieden. Schließlich seid ihr beide wertvoll und ganz besondere Persönlichkeiten.

»Wenn meine Freundin bei mir übernachtet hat, wollte sie am Anfang in der Grundschulzeit immer bei mir im Bett neben mir schlafen. Sie hätte sonst Angst und wollte abgeholt werden. Die ersten Male war das für mich auch okay, aber irgendwann war es mir zu dicht und ein Stück weit aufdringlich. Ich musste erst mal innerlich Anlauf nehmen, um ihr beim nächsten Besuch zu sagen, dass ich gern allein in meinem Bett schlafen möchte.«

Neben unterschiedlich intensiven Mädchenfreundschaften, die aber nichts mit sexueller Liebe zu tun haben, gibt es auch gleichgeschlechtliche Freundschaften: Frauen lieben Frauen. Homosexuelle Frauen nennt man auch Lesben oder Lesbierinnen. (Homosexuelle

Männer nennt man umgangssprachlich auch Schwule). Bisexuelle Menschen sind in ihrer sexuellen Orientierung sowohl an gleichgeschlechtlichen als auch an gegengeschlechtlichen Partnern interessiert. Bekennen sich Menschen öffentlich zu ihrer Homosexualität, so nennt man dies *Outing* oder *sich outen*.

Führende Sexualwissenschaftler[93] sagen, dass unsere Sexualität lebenslang in Entwicklung ist. Besonders bei Teenagern weiß man, dass auch vorübergehende Phasen vorkommen können, in denen sie gleichgeschlechtlich empfinden, etwas später ihre sexuelle Vorliebe aber wieder heterosexuell sein kann, also auf das andere Geschlecht ausgerichtet ist.

Daher ist es ratsam, sich nicht vorschnell zu outen, wenn man sich noch gar nicht sicher ist, was wirklich in einem vorgeht. Denn trotz dieser Erkenntnisse aus der Wissenschaft gehen viele Menschen nicht von einer lebenslangen Entwicklung der sexuellen Vorlieben aus. Sie ordnen Menschen gern in Schubladen ein und nageln sie auf ihre Position fest. Ist man erst einmal in einer »Schublade« gelandet, ist es schwierig, eine neue Position einzunehmen.

**KLARTEXT:** Outen – vom Englischen to come out – meint, mit seiner sexuellen Orientierung »herauszukommen«, sie also öffentlich zu machen. Da dies eine äußerst persönliche Angelegenheit ist, steht das niemand anderem als der Person selbst zu. Es ist daher völlig daneben und ein No-Go, dass jemand einen anderen outet! Ganz egal, ob das Outing zutreffend ist oder nicht, es ist und bleibt immer die Entscheidung der betreffenden Person selbst.

Ob jemand gleichgeschlechtlich orientiert ist, hängt von vielen Faktoren ab und ist wissenschaftlich nicht völlig erforscht. Bisher hat man kein Gen gefunden, das für die Vererbung von Homosexualität zuständig wäre. Manche Menschen, die so empfinden, leben ihre Vorliebe aus, andere nicht.

Gleichgeschlechtliche Partner können auf natürlichem Weg keine Kinder zeugen. Dazu braucht es aus biologischer Sicht immer einen Mann und eine Frau. Daher können gleichgeschlechtliche Paare Kinder nur mithilfe anderer bekommen oder sie adoptieren ein Kind. Lesbische Frauen nutzen zum Beispiel manchmal die Samenzellen eines Samenspenders oder sogar eines Bekannten. Rechtlich ist das nicht unproblematisch, da dieser Spender ja der leibliche Vater des so gezeugten Kindes ist. Das oberste deutsche Gericht schätzt das Recht[94] von Kindern, ihre Eltern zu kennen, höher ein als die Anonymität eines Samenspenders[95/96]. Es sind auch schon Fälle bekannt geworden, in denen ein Mann seinen Samen gespendet hat und dann unterhaltspflichtig[97/98] für das gezeugte Kind wurde.

In manchen Ländern werden Homosexuelle auch heute noch wegen ihrer sexuellen Orientierung verfolgt und bestraft. Früher war dies auch in Deutschland der Fall. Homosexuelle Männer wurden so regelrecht kriminalisiert[99] und sogar ins Gefängnis gesperrt. Das hat sehr viel Leid bei Betroffenen hervorgerufen und wurde erst 1994 (!) endgültig aus dem Strafgesetzbuch gestrichen. Auch im Kontext von Glaubensausrichtungen gab und gibt es ganz unterschiedliche Meinungen zum Umgang mit homosexuellen Empfindungen beziehungsweise dem praktischen Ausleben von Homosexualität. Weil diese gesamte Thematik sehr komplex betrachtet wird, werde ich bewusst in diesem Buch nicht im Einzelnen darauf eingehen. Klar sollte jedoch sein: Homosexualität ist keine Krankheit. Kein Mensch darf wegen seiner sexuellen Orientierung diskriminiert werden. Das gilt sowohl für Menschen, die sich entscheiden, ihre gleichgeschlechtliche Orientierung praktisch auszuleben, als auch für Menschen, die sich entscheiden, ihre Orientierung nicht auszuleben, oder die sich diesbezüglich verändern möchten.

## AUFEINANDER STEHN – ODER DOCH BESSER MITEINANDER GEHEN?

Vielleicht hast du selbst auch schon die eine oder andere Erfahrung mit Freundschaften gemacht oder bist gerade selbst befreundet. Vielleicht waren schon viele in deiner Klasse irgendwie befreundet, nur du selbst warst es noch nicht – und hast vielleicht das Gefühl, etwas verpasst zu haben?

»Als ich zwischen 13 und 14 war, fingen manche in meiner Klasse an, einen Freund oder eine Freundin zu haben, zumindest habe ich es da mitbekommen. Es war das Thema und es gab auch innerhalb unserer Klasse zwei oder drei Pärchen. Obwohl ich von selbst wahrscheinlich noch längst nicht auf die Idee gekommen wäre, fand ich es irgendwie faszinierend. Auf einer Klassenfahrt hat sich herausgestellt, dass ein Junge aus meiner Klasse mit mir zusammen sein wollte, und ich habe Ja gesagt. Eigentlich wusste ich überhaupt nicht, was ich wollte, ob ich ihn überhaupt mochte und ob er zu mir passt. Es hat mir gereicht, dass er sich für mich interessiert hat. Im Nachhinein hat es sich blöd angefühlt, dass ich mit ihm zusammen war, weil er mir gar nichts bedeutet hat. Ich war froh, dass wir uns nicht so nah gekommen sind. Ich hätte aber trotzdem gerne meine eigene Entscheidung getroffen und überlegt, was gut für mich ist.«

Freundschaften sind hochindividuell, auch ob man sie genießt oder zwischendurch eher schwierig findet. Meist ist es ein bunter Mix, ein Auf und Ab, genauso wie Menschen sind. Die Hauptsache ist, dass du dein eigenes Tempo findest und nicht das von anderen imitierst.

Vielleicht hast du es auch schon beobachtet, dass manche Freundschaften kaum mehrere Wochen halten. Zurück bleiben nicht selten enttäuschte Einzelpartner eines vormals vielversprechenden Teams. Woran es liegt, kann man ja immer nur im Einzelfall erahnen.

Womöglich war es zu früh oder es haben fast nur äußere Aspekte eine Rolle gespielt. Man fand den anderen cool, attraktiv, süß, einfach unwiderstehlich – bis sich die ganze Sache plötzlich als Strohfeuer entpuppte.

Klar spielt Attraktivität auch eine Rolle, aber der coolste Typ ist es nicht wert, wenn er dich als Person nicht achtet, sondern nur sein Ding durchzieht, dich erobern will, um sich mit dir zu schmücken – oder nur testen wollte, ob du zu haben bist. Doch das ist gar nicht immer leicht rauszukriegen. Wenn dir ein Junge gut gefällt, kann urplötzlich ein ganzer Schwarm Schmetterlinge in deinem Bauch zwischenlanden – und du überlegst, ob sie wohl bleiben? Ob wohl mehr dahintersteckt? Manchmal ist das Bauchkribbeln kaum mehr auszuhalten.

Beruht dein Interesse auf Gegenseitigkeit? Kontakt aufnehmen kannst du nonverbal (also ohne Worte) oder verbal, indem du ihn ansprichst.

> »Ich war in einen Jungen verliebt, den ich nur einmal in der Woche gesehen habe. Ich habe mich dann immer nur auf Donnerstag gefreut.«

Allgemein verstehen Menschen Blickkontakte oder ein Lächeln als »Interesse«, während das Vermeiden des Blickkontakts, verschränkte Arme oder Wegdrehen deinem Gegenüber zeigen, dass du eher nicht in Kontaktlaune bist. Manchmal kommt es durchaus zu Missverständnissen, wenn du dachtest, dass du klar gezeigt hast, was du nicht willst, es nonverbal aber mehrdeutig war.

Oder du handelst anders, als du redest. Ein »Lass mich in Ruhe, ich will nichts von dir!« – gefolgt von wiederholtem Blickkontakt und Anlächeln (auch wenn du das eher aus Hilflosigkeit oder Mitleid tust) kann deinen Gegenüber völlig verwirren – und dazu führen, dass du deinen Verehrer trotz deutlicher Worte nicht loswirst.

Das Sender-Empfängerproblem tritt ein, wenn du etwas anderes sendest, als der andere in dir liest. Andererseits schwingt beim Flirt immer auch das Risiko mit, dass der andere kein Interesse hat, dich womöglich sogar abblitzen lässt. Vielleicht hast du Signale anders gedeutet, jemanden missverstanden oder durch deine rosarote Brille etwas schön eingefärbt. Oder jemand macht dich massiv an, obwohl du kein Interesse hast. Letztlich stellt sich immer auch die Frage, was deine Ziele sind und was das Ziel einer Freundschaft mit jemandem wäre.

**TIPP:** Suchst du nur jemanden, »um dich auszuprobieren«, wie du auf Jungs wirkst? Oder gehst du aus Mitleid darauf ein? Geht es dir um die Person selbst?

Schätzt du ihn, ist er dir wichtig? Kannst du dir, je nachdem wie alt du bist, ein gemeinsames Leben vorstellen? Oder dient er dir nur zum Zeitvertreib?

Mach die Gegenprobe: Wie würde es dir gehen, wenn jemand nur ausprobieren möchte, ob du zu haben bist – und dich dann nach erfolgreicher Eroberung wieder fallen lässt? Wie würde es sich anfühlen, wenn jemand sich nur aus vorübergehender Langeweile mit dir befreundet? Ehrlich gesagt, klingt das alles nicht besonders wertschätzend.

Was ist also dein Ziel? Was möchtest du von ihm? Die Antwort sollte dein Handeln mitbestimmen. Daher check für dich, was du für Signale sendest, die der andere »lesen« kann – und ob das innerlich für dich auch stimmig ist.

**KLARTEXT:** Lässt jemand seine aktuelle Freundin für dich stehen und verspricht dir das Blaue vom Himmel herunter, kann das auf den ersten Blick total verwirrend sein. Was? So sehr mag er mich, dass er das tut? Ich bin sein Ein und Alles? Nur auf mich hat er gewartet? Das alles kann deinen Blick total vernebeln. Doch sei vorsichtig. Wenn sein Interesse an dir nachlässt, bist womöglich du auf einmal die sitzen gelassene Freundin, wenn die nächste »Traumfrau« daherkommt. Jungs mit Charakter lassen eine Freundin nicht einfach wie ein gebrauchtes Hemd fallen und wenden sich dem neusten Modell zu.

»Als ich neu in eine Clique kam, war da ein Typ, der mich spontan mochte. Er war damals noch befreundet, hat seine Freundin aber für mich sitzen gelassen. Ich fand das nicht gut, fühlte mich aber gleichzeitig auch geehrt. Alles ging so schnell. Er sprach von mir als seiner Traumfrau und versprach mir das Blaue vom Himmel herunter, wie schön ich sei. Ich hatte voll den blinden Fleck, was ihn anging. Als ich später nicht alles mitmachen wollte, was er wollte, besonders körperlich, hat er meine Einwände ignoriert und einfach sein Ding durchgezogen. Irgendwann hat er sich eine andere gesucht. Ich habe erst nachher verstanden, dass ich besser auf mich hätte aufpassen müssen. Jetzt bin ich froh, dass die Freundschaft auseinanderging. Inzwischen weiß ich, wer ich bin und wo meine Grenzen sind.«



»In der Oberstufe fand ich einen Jungen aus meiner ehemaligen Parallelklasse süß. Auf einer Klassenfahrt haben wir mal Zeit miteinander verbracht und länger geredet. Ich hatte Hummeln im Bauch. Doch dann hat er ganz allgemein gesagt, dass für ihn keine Freundschaft infrage käme, wenn das Mädchen sich für die Schule ins Zeug legen würde. Anfangs hat mich das total traurig gemacht. Ich musste auf gute Noten achten, weil ich für mein Studienfach einen sehr guten Abi-Schnitt brauchte. Später war ich froh, dass wir nicht zusammengekommen waren. Mit Abstand konnte ich auf so eine Freundschaft gut verzichten.«

## FREUNDSCHAFT MIT JUNGS

Und wenn es wirklich gefunkt hat? Eine Freundschaft mit einem anderen ist wie das Betreten eines neuen Landes: Man lernt sich nach und nach gegenseitig immer besser kennen. Am Anfang haben die meisten Paare sich gegenüber eine rosarote Brille auf: »Der Typ ist einfach süß«; »Sie ist total nett und superhübsch!«; »So jemand Tollen habe ich noch nie kennengelernt«; »Diese Augen ... und so ein guter Zuhörer, einfach perfekt«; »Wir passen so gut zusammen ...«; »Wieso habe ich dich nicht schon viel früher kennengelernt?«; »Ich könnte nur noch Zeit mit dir verbringen. Alles fühlt sich so gut und stimmig an, wir müssen einfach füreinander bestimmt sein«.

Ursache für die rosarote Brille sind Botenstoffe, die uns den anderen in den schönsten Farben malen. Ebbt die erste Begeisterung dann irgendwann ab, kommen alle anderen Farben inklusive Grau- und Schwarztönen völlig überraschend auch wieder dazu und damit der berühmte »Sand im Getriebe«. Es läuft plötzlich nicht mehr so rund – und so mancher fragt sich überrascht, wieso er sie oder sie ihn eigentlich so toll fand.

Die Kunst in einer guten Beziehung ist es, mit den eigenen Stärken und Schwächen und mit denen des anderen nicht nur leben zu lernen, sondern sie gemeinsam in gute Bahnen zu lenken. Den idealen Partner ohne Fehler gibt es nicht, beides gehört zu uns Menschen dazu. Genauso wenig wie wir selbst perfekt sind.

Darum ist es gut, den Freund oder die Freundin in einer Beziehung in aller Ruhe kennenzulernen – und auf ganz unterschiedliche Art und Weise: mal zu zweit, mal mit Freunden, mal mit der Familie, dann wieder mit guten Kumpels. Es hat ungeheuer viel, wenn man sich austauschen kann, über Gott und die Welt reden, diskutieren, Vertrauen aufbauen, erleben, dass es trägt.

**TIPP:** Es ist gut, wenn ihr zusammen reden könnt – und nicht nur knutschen. Wenn ihr gemeinsam etwas unternehmt, auch mal mit anderen, statt nur zu zweit abzuhängen und zu kuscheln. Denn in vielen Beziehungen nimmt die körperliche Ebene gerade in der Pubertät so viel Fahrt auf, dass sie alles andere ersticken kann.

Ich bin – auch wenn es vielleicht anders klingt – überhaupt nicht gegen den Austausch von Zärtlichkeiten. Gleichzeitig weiß ich, dass viel körperliche Nähe die Bindung ordentlich verstärkt. Doch darüber denken die meisten am Anfang wegen der hohen »Anziehungskraft« gar nicht nach. So mancher hat in einer Freundschaft schon gemerkt, dass er oder sie den Absprung kaum noch schafft.

»Weil das Schmusen und Knutschen so schön ist, weil ich es ohne diese Gefühle nicht mehr aushalte, aber den Typ selbst finde ich eigentlich gar nicht mehr toll. Und wenn ich ehrlich bin, hat unsere Beziehung keine Zukunft. Aber sagen kann ich ihm das nicht. Und als ich es echt mal versuchte, da überkam es mich wieder, dieses tolle Gefühl, als er mich küsste. Da steht einer auf mich, der begehrt mich (aber meint der tatsächlich mich – oder profitiert der auch nur von den schönen Gefühlen, die ihm unser Knutschen macht?) – dann habe ich es wieder nicht geschafft. Was soll ich bloß tun?«

**TIPP:** Wenn du eine Chance hast, vorher drüber nachzudenken, und noch nicht mittendrin stehst, überleg dir allein und später auch gemeinsam mit deinem Freund, wie ihr eure Freundschaft gestalten wollt.

Was bringt jeder für Ideen und Träume mit? Was sind eure gemeinsamen Interessen? Wie denkt ihr euch die körperliche Ebene eurer Beziehung? Wo seht ihr Grenzen. Seid ihr euch darin einig? Auch wenn deine Beziehung schon länger läuft, überlege gut, ob es dennoch dran ist, noch mal Klartext zu sprechen, da, wo du es als nötig empfindest, um deiner selbst willen, aber auch um des anderen willen.

**KLARTEXT:** Da Pornos entgegen der gesetzlichen Regeln für Jugendliche allein schon über das Internet frei zugänglich sind, ist ihre Verbreitung immens, der Erstkontakt liegt bei 11 bis 13 Jahren. Daher ist es schon statistisch wahrscheinlich, dass du entweder selbst damit in Kontakt kommst, gekommen bist und/oder jemanden kennenlernst, der mehr oder weniger viele Erfahrungen damit hat. Leider werden oft erst in der Beratung die vielfältigen negativen Auswirkungen dessen offengelegt, was betroffene Paare im Alltag erheblich belastet: Frust, der Sex funktioniert nicht wie im Film; Desinteresse am realen Gegenüber; Vergleiche, nicht nur was Sex angeht, sondern auch besonders aufgrund von Schönheitsidealen, die durch digitale Bilder geprägt sind; Erwartungsdruck, das probieren wir aus, der andere möchte es aber nicht; zum Teil erhebliche Irritationen, wieso Gesehenes nicht funktioniert; Grenzüberschreitungen, weil Handlungen wie Gewalt in Filmen toleriert werden, und vieles andere mehr.

Bei vielen Mädchen führt der massenhafte Konsum von Pornos zu einem Normalisierungsdruck unter dem Motto: »Das machen doch eh alle, auch wenn ich es schrecklich finde, dann muss ich es halt akzeptieren.« Oder sie denken, wenn ich was dagegen sage, werde ich als »altbacken, spießig, Baby oder verklemmt« abgestempelt. Doch das bist du keineswegs, wenn du etwas schwierig findest, was Partnerschaften derart torpedieren kann. Wichtig ist, dass du zu deinen Grenzen stehst, dass du dir eine reale Partnerschaft wünschst und dass dein Partner nicht zweigleisig fährt, indem er Intimität mit dir und mit Frauen aus der Pornowelt oder womöglich aus erotischen Chats lebt!

**ZUM WEITERDENKEN:** Darum ist es sinnvoll, auch diesen Bereich miteinander anzusprechen, möglichst bevor man eine feste Beziehung eingeht. Und ja, ich bin nicht naiv und denke, dass das mal eben so einfach geht.

Ich weiß sehr gut, dass das nicht einfach ist und dass niemand gern mit der Tür ins Haus fällt, und erst recht nicht bei solchen Themen. Natürlich braucht man dafür einen günstigen Zeitrahmen, eine geschützte Atmosphäre und kein Zimmer, in das die Eltern jederzeit reinplatzen können, oder ein Café, bei dem die Nachbarn neugierig Gesprächshappen aufschnappen. Und klar kann dann auch die Gegenfrage kommen. »Und Du? Wie hältst du selbst es denn mit Pornofilmen oder erotischen Chats?« Denn natürlich konsumieren auch immer mehr Mädels. Dann ist es nicht fair, sich vom anderen Offenheit oder gar eine Verhaltensänderung zu wünschen, selbst aber nicht aus der Deckung zu kommen. Wann ein guter Zeitpunkt ist, das Thema anzusprechen, muss man immer im Einzelfall entscheiden!

Fragen zu diesem Themenkomplex könnten lauten:

- Wusstest Du, dass ein Sozialwissenschaftler, der Pornos untersucht hat, angeregt hat, diese mit einem Sicherheitshinweis (→ Pornos & Sexseiten im Internet) wie bei Zigarettenschachteln zu versehen?
- Was denkst du über Pornos? Wie sieht es bei dir mit Pornos aus? Ist das aktuell ein Thema? Regelmäßig oder ab und zu? Oder war

es früher mal ein Thema? Warst du in erotischen Chats oder Ähnlichem?

- Falls es mal ein Thema war: Sind sich beide klar, dass es damit auch Eingang in die Lerngeschichte der Person gefunden hat und dass es womöglich im gemeinsamen intimen Miteinander zu Konsequenzen führen kann – auch wenn man das Thema längst abgehakt glaubte?
- Wenn es aktuell Thema ist: Wie steht die betroffene Person dazu? Wäre sie bereit, für die Beziehung komplett auf Pornos zu verzichten? Sind dazu aktive Schritte nötig? (Zum Beispiel ein Schutzprogramm auf dem Rechner, ein anonymer Workshop[100] zum Ausstieg aus einer Pornosucht, ein Rechenschaftspartner, dem man erzählt, ob es klappt, oder auch mitteilt, wenn man in alte Muster gefallen ist ..., sich intensiv mit dem Thema auseinandersetzen wie in der Broschüre[101] »... aber ich liebe ihn doch!«)
- Wer ist wichtiger, die Beziehung oder die Onlineaktivitäten? Auch wenn die Frage in einer Phase der Verliebtheit eindeutig sein kann, mag es beim ersten Beziehungsfrust doch wieder anders aussehen ...
- Und mach dir klar: Ein solches Gespräch braucht unbedingt einen geschützten Rahmen. Wenn jemand solch vertrauliche Gesprächsinhalte an andere weiterträgt wäre das voll daneben. Sprecht euch darum vorher ab, dass/ob ihr auf dieser Basis sprechen könnt. Und wenn das nicht möglich ist, überlegt in Ruhe, was euch dazu fehlt bzw. welche Basis eine feste Beziehung überhaupt hätte?

Zu erwarten, dass man auf jeden Fall einen Partner findet, der noch nie mit Pornos Kontakt hatte, wird angesichts der immensen Zahlen immer unrealistischer.

Doch in erster Linie geht es darum auch gar nicht. Denn wir alle sind nicht perfekt. Jeder bringt seine Ecken und Kanten mit. Auf die Haltung kommt es an. So schmerzhaft das sein mag, das kann auch bedeuten, im Vorfeld klare Konsequenzen zu ziehen – und eine Beziehung (noch) nicht einzugehen –, wenn du den Eindruck hast, dass es ihm nicht um dich geht, er sich nicht festlegen will oder über diesen Bereich ganz anders denkt als du selbst.

Doch viele Paare schaffen es auch, ihren Weg zu finden, sich ganz und verbindlich nur aufeinander einzulassen. Auch wenn Konsequenzen aus einer Lerngeschichte, in der Pornos eine Rolle gespielt haben, unschön sind – das Wichtigste ist, dass beide die Pornografie in ihrem Stellenwert einordnen können und von jetzt an aktiv an ihrer Beziehung arbeiten, diese im Hier und Jetzt miteinander leben lernen möchten – und sich notfalls da, wo es Probleme gibt, frühzeitig Hilfe zum Beispiel in Form von Beratung suchen.

Unabhängig davon, ob es um Pornos oder Grenzen in Beziehungen geht, es ist meines Erachtens besser, das in einem ruhigen Moment vorher anzusprechen, als irgendwo unangenehme Überraschungen zu erleben. Was denkt zum Beispiel ihr zwei: Gehört Sex nur in eine Ehe oder käme das für euch auch ohne Trauschein infrage? Mach dir in Ruhe Gedanken darüber, auch zum ersten Mal (→ Sex – das erste Mal).

Einen guten Freund, der dich achtet und gut mit dir umgeht, erkennst du unter anderem daran, dass er deine Grenzen achtet und dich als Person voll respektiert – auch in Bezug auf Themen, zu denen er anderer Meinung ist.

## GEWALT IN BEZIEHUNGEN

### INFO

Apropos Respekt

Leider ist Gewalt in Beziehungen zwischen Jugendlichen nicht die Ausnahme, sondern eher die Regel. Eine Studie der Hochschule Fulda[102] mit 14 bis 18-Jährigen deckte auf, dass 60 Prozent der Jungs und 66 Prozent der Mädels in Beziehungen bereits körperliche, psychische oder sexualisierte[103] Gewalt erlebt haben![104] Eine total erschreckende Zahl.

Das bedeutet im Klartext, von neun Mädchen haben sechs Gewalt erlebt! Auch wenn frühere Studien geringere Ergebnisse aufwiesen, ging es den Jungs in dieser Studie mit sechs Betroffenen von zehn Jungs zumindest annähernd genauso. Praktisch verbergen sich hinter dieser Zahl am häufigsten Demütigungen, Drohungen, ständige Kontrolle durch den anderen, aber auch Schläge und sexuelle Übergriffe.

Wer aus der eigenen Familie oder aus anderen Beziehungen Übergriffe kennt, wird häufiger selbst Opfer von Gewalt. Wissenschaftler sagen dazu, dass die Gewalt »chronisch« wird. Erschreckenderweise wollen 80 Prozent der Jugendlichen eine Beziehung, in der sie Gewalt erleben, nicht beenden! Es gegenüber anderen anzusprechen ist ein riesiges Tabu, wenn überhaupt erfahren es Freunde, aus Angst an der Kritik der Partnerwahl nur selten die Eltern. Viele wollen einfach befreundet bleiben, weil sie denken, dass ihre Clique oder die sozialen Netzwerke diesen Beziehungsstatus von ihnen erwarten.

»Psychologen sagen: Bei jemandem zu bleiben, der einen schlecht behandelt, hat oft nichts mit Liebe zu der Person zu tun. Sondern mit mangelnder Liebe zu sich selbst. Nur wer nach den eigenen Bedürfnissen fragt und feststellt, dass diese auch ohne Beziehung erfüllt werden können, nur, wer sich selbst wichtig nimmt, kann ausbrechen aus der Opferrolle.«[105] Ich mache dir daher unbedingt Mut, Gewalt in Beziehungen nicht zu akzeptieren, deine Grenzen achtsam zu schützen und dich selbst wichtig zu nehmen!

## UMGANG MIT GRENZEN IN BEZIEHUNGEN

Wenn ihr euch aber tatsächlich einig seid, und beide zum Beispiel in eurer Freundschaft keinen Sex leben oder bis zur Ehe warten wollt, sind gute Grenzen hilfreich, um das gemeinsame Ziel auch zu erreichen. Das könnte zum Beispiel bedeuten, sich nicht voreinander auszuziehen, die Geschlechtsorgane des anderen nicht zu berühren oder sogar zu erregen, nicht beieinander zu übernachten oder gemeinsam leicht oder unbekleidet im Bett zu liegen.

Wie auch immer eure Vorstellung von Grenzen aussieht, letztlich nützt es nichts, wenn sie euch jemand von außen »vorschreibt« oder gar »überstülpt«, wenn ihr dann in die Rebellion geht und das Gegenteil tut oder euch zähneknirschend nach außen hin danach richtet, doch innerlich andere Wege sucht, diese unliebsamen Grenzen zu umgehen.

Es nützt sogar dann nichts, wenn ihr eure Grenzen ohne Vorschriften von außen gemeinsam festlegt, aber im Alltag immer wieder davon abweicht.

Grenzen können im Alltag nur schützen, wenn sie a) überhaupt besprochen, b) gemeinsam angenommen und c) dann auch gelebt werden, sonst helfen sie niemandem. Die praktische Konsequenz im Alltag kann euch niemand abnehmen. Denn damit übernehmt ihr die Verantwortung für eure sexuelle Lerngeschichte – und für ein Kind, das natürlich auch beim Sex in Freundschaften leicht entstehen kann.

Es geht absolut nicht darum, möglichst keusch Abstand zu halten und sich auf keinen Fall zu berühren. Stattdessen geht es darum, ein Bewusstsein dafür zu schärfen, dass es langfristigen Beziehungen guttut, wenn sie auf allen Ebenen einigermaßen gleichmäßig wachsen, dass Beziehungsgestaltung auch etwas mit Verantwortung zu tun hat und dass die körperliche Ebene aufgrund der damit verbundenen Botenstoffe rasch ihre eigene Dynamik entwickeln kann. Denn es ist leider tatsächlich so: Je weniger man körperlich miteinander intim war, umso leichter fällt meist die Trennung.

Anders gesagt – wer viel Zärtlichkeiten mit dem anderen ausgetauscht, intensiv geküsst hat, Petting oder sogar Sex miteinander hatte, dem fällt es oft schwerer, den anderen gehen zu lassen (auch wenn es überhaupt nicht der Richtige ist) und die Trennung zu verschmerzen.

**TIPP:** Denk dran: Du bist wertvoll und einzigartig. Überleg dir in Ruhe, was dir wirklich guttut, was hilfreiche Grenzen sind – und steh dazu. Geh nicht aus Angst, zu kurz zu kommen, irgendwelche faulen Kompromisse ein.

## LIEBESKUMMER?

Manchmal sind Freundschaften schneller vorbei, als du gucken kannst. Das tut weh. Habe ich mich so im anderen getäuscht? Die Schmetterlinge sind ohne Vorwarnung aufgebrochen und mit dem Bauchkribbeln weitergeflogen. Gerade war es noch so schön, wieso fühle ich mich plötzlich so geerdet?

Bist du vom anderen ent-»täuscht«? Hattest du dir etwas erhofft, was der andere aber nicht kann oder gar nicht verstanden hat? Ist noch mal Reden dran oder wirklich Schlussmachen? Manche Beziehungen dauern auch länger, doch wenn sie – aus welchen Gründen auch immer – schließlich auseinandergehen, tut das meist richtig weh. Immerhin binden wir uns in einer längeren Freundschaft an jemanden. Sich dann wieder zu lösen, ist schmerzhaft.

Niemand von außen kann beurteilen, wie weh es genau *dir* tut! Tränen, Wut, Enttäuschung, Trauer – alles darf sein. Manchmal hast du die Risse schon lange gesehen, es hat es sich irgendwie abgezeichnet.

Doch die Realität kann trotzdem voll schmerzhaft sein. Besonders wenn der andere Schluss macht, ist es oft wie eine unerwartete Vollbremsung. Wenn du selbst meinst, die Notbremse ziehen zu müssen, überleg, ob es einen Weg gibt, der für beide verträglich ist.

**TIPP:** Nimm dir nachher Zeit, um zu sortieren, was geschehen ist. Stürz dich nach Möglichkeit nicht gleich in die nächste Beziehung. Sonst hat dein Herz kaum eine Chance, mitzukommen.

# SEXTING

Mal ehrlich: Hast du schon mal halbnackt oder nackt einen Spaziergang durch deine Schule gemacht oder so im Klassenzimmer gesessen? Nein, ich bin nicht schräg drauf, sondern nur direkt und ehrlich. Ob du es glaubst oder nicht: Immer mehr Mädchen machen genau das. Freiwillig würde ihnen das natürlich im Traum nicht einfallen, aber unfreiwillig auf dem Handy ihrer Mitschüler kann das ganz normaler, bitterer Alltag sein. Was ist passiert?

Seit einigen Jahren wächst ein Trend, nicht nur normale Fotos von sich auf dem Handy oder im Netz zu verschicken, sondern auch Fotos mit viel Haut und wenig bis gar keiner Kleidung. Anfangs gehen diese Bilder nur an Vertrauenspersonen, es fängt als harmloses kleines Spiel an. Oder sie werden an den eigenen Freund geschickt, als »Vertrauensbeweis« – »Unser kleines privates prickelndes Abenteuer, das weiß ja niemand … Hoffentlich! Wenn ich ihm etwas tiefere Einblicke in meinen Ausschnitt gebe, was ist daran schon verkehrt? Schließlich sind wir befreundet«. Meist bleibt es aber dann nicht bei solchen Bildern, irgendwann sind es dann doch Oben-ohne-Fotos oder gar mehr.

Leider kommen die wenigsten Mädchen während der Verliebtheit auf die Idee, dass die Freundschaft auch enden könnte – und dass er dann womöglich anders mit diesen Bildern umgeht, als dir lieb ist. Was ist, wenn er deine Bilder online stellt, sodass sie nun alle sehen können? Oder wenn jemand deinen oder seinen Rechner hackt und die Bilder entwendet? Eine Horrorvorstellung, die jetzt kürzlich in den USA für viele Stars bittere Wirklichkeit wurde[106]! Die amerikanische Schauspielerin Mary E. Winstead schreibt dazu bei Twitter[107]: »An all diejenigen, die sich Fotos ansehen, die ich mit meinem Ehemann vor Jahren in der Privatsphäre unseres Hauses aufnahm, ich hoffe, ihr fühlt euch großartig!«

Es ist eine traurige Wirklichkeit, dass, ob Stars oder nicht, viele Mädchen und junge Frauen wegen freizügiger Bilder furchtbar unter Druck gekommen sind. Wenn jeder an deiner Schule dich auf Bildern nackt betrachten kann, ist es fast egal, ob du wirklich nackt durch die Schule läufst. Betroffene berichten, dass es ihnen unendlich peinlich ist und sie sich mega hilflos fühlen.

Du kannst ja die Bilder nie zurückholen. Sind sie erst einmal unbefugt veröffentlicht, kannst du nur lernen, damit im Alltag irgendwie zu leben. Selbst wenn du sie offiziell löschen lässt, dann braucht nur einer eine Kopie davon zu haben, die er wieder ins Netz stellt, und der ganze Spuk geht von vorn los. Schon manche Betroffene konnte mit der Beschämung nicht mehr umgehen, hat keinen Ausweg, keinen Lebenssinn mehr gesehen und Selbstmord begangen. In einem bewegenden Abschiedsvideo macht die Kanadierin Amanda Todd[108] ihren Leidesweg deutlich. Der Schweizer Verein Projuventute stellt in einem kurzen Clip[109] klar vor Augen, wie schnell sich ein persönlich verschicktes Bild wandeln kann.

**TIPP:** Wenn du Betroffene kennst, steh ihnen, wo es sich anbietet und so, wie sie es hilfreich finden, zur Seite. Es ist ein langer Weg, seinen ureigensten Wert wiederzufinden. Dabei können sie Beistand gut brauchen.

Vor allem aber überleg dir gut, welche Bilder (ob intim oder nicht!) von dir du überhaupt online stellen würdest. Das Netz vergisst nichts!

Und wenn du dir jetzt verzweifelt wünschst, du hättest diese Tipps bloß früher bekommen und denkst, es hat eh keinen Sinn mehr, alles ist kaputt: Bleib bitte nicht allein damit. Such dir Vertrauenspersonen, die dir helfen, mit der aktuellen Situation neue, hilfreiche Umgangsformen zu finden. Auch wenn es jetzt nicht so aussieht, es ist möglich. Andere haben es auch geschafft. Und vergiss bitte nie: Du bist nicht allein! Denn es betrifft viele Mädchen und Frauen. Wenn du niemanden hast, wende dich in einem ersten Schritt an die Telefonseelsorge[110] und sprich mit jemand dort deine nächsten Schritte durch. Bleib bitte am Ball und gib nicht auf! Hey, du bist wertvoll, immer! Daran kann niemand etwas ändern!

Immer häufiger googeln spätere Arbeitgeber Namen ihrer Bewerber im Internet. Oder jemand, der dich interessant findet, stalkt dich vorher im Netz, bevor er näheren Kontakt zu dir aufnimmt. Manchmal ist ihr Interesse mit dem Finden fragwürdiger Bilder so schnell vorbei, dass du es noch nicht einmal mitbekommst.

Sei schlau und achte auf deinen Auftritt im WWW. Selbst wenn eure Beziehung im Moment der Himmel auf Erden zu sein scheint, kann man dennoch ganz ungeahnt plötzlich auf dem harten Boden der Realität ankommen. *Daher schütz dich – und sende niemandem und niemals Nacktbilder von dir.*

»Auf unserer Konfirmandenfahrt waren Fotos total angesagt. Das war voll lustig und fing ganz harmlos mit Selfies an, an allen möglichen Orten. Doch die wurden dann immer freizügiger. Es war total peinlich, als unser Pastor uns das Handy abgenommen hat und da diese Fotos drauf waren.«

»Meine Freundin hatte ihrem Freund viele Fotos von sich geschickt. Das waren zwar keine Nacktfotos, aber doch mit ziemlich viel Haut. Nun hat er plötzlich in den Ferien mit einer Neuen angebändelt. Jemand aus unserer Schule hat die zwei gesehen und es brühwarm meiner Freundin erzählt. Sie hat sofort Schluss gemacht – und hofft jetzt, dass der Typ ihre Fotos löscht. Fragen mag sie ihn nicht danach. Die zwei sprechen nicht mehr miteinander, seit der Ferienflirt aufgeflogen ist.«

# ACHTUNG: LOVERBOYS

Bist du schon mal auf einen Menschen übel reingefallen? Bei einem sogenannten *Loverboy* kann dir das passieren. Loverboys[111] sind junge, zum Teil sogar minderjährige Mädchenhändler mit großzügigem Geldbeutel. Sie gehen zum Schein eine normale Liebesbeziehung mit einem Mädchen ein, machen ihr tolle Geschenke und versprechen ihr das Blaue vom Himmel herunter. Meist suchen sie sich ihre Opfer aus ganz normalen Familien vor der Schule, in Jugendtreffs oder in sozialen Netzwerken. Akzeptierst du ihre Freundschaftsanfrage zum Beispiel bei Facebook, können sie dein ganzes Profil einsehen. Dadurch erhalten sie jede Menge für sie nützliche Informationen über dich.

So unglaublich es klingen mag: Die jüngsten Opfer von Loverboys sind gerade mal elf Jahre alt! In ihrem Ziel, sich das Mädchen gefügig zu machen, gehen sie gezielt und äußerst gewieft vor. Sie legen ihre Verabredungen mit dem Mädchen so, dass ihre Family wenig bis nichts davon mitbekommt: am Nachtmittag statt abends, die Hausaufgaben sollen nicht leiden, der Freundeskreis nichts merken, sie treffen dich an »sicheren Orten«, sodass du meinst, ihnen vertrauen zu können.

Dabei forschen sie aus, in welchem Bereich ein Mädchen sich unsicher fühlt oder einen Mangel hat. In diesem Bereich bemühen sie sich besonders um das Mädchen: »Keiner mag dich? Sei nicht traurig, du bist wunderschön – und ich steh total auf dich!«, »Du kannst dir keine Markensachen leisten? Ab heute schon, komm wir kaufen dir angesagte Klamotten.«

Stück für Stück umgarnen sie das Mädchen. Dann kommt Sex ins Spiel. Er möchte als Zeichen seiner Liebe Sex mit ihr. Für sie überraschend holt er bald sogenannte Freunde dazu, die das Mädchen ebenfalls anfassen, dann mit ihr Sex haben wollen. Manche Loverboys stellen das als normal dar, andere Mädchen wurden direkt vergewaltigt, manchmal von mehreren Männern nacheinander. Sobald sie Bilder davon machen, ist das Mädchen erpressbar. Was, wenn sie die Bilder ins Netz stellen, den Eltern zuspielen oder Mitschülern bekannt machen? Oder sie drohen, den Geschwistern etwas anzutun.

Manchmal geht es dann so weit, dass der Loverboy ein Schuldenproblem vortäuscht. Er verlangt von dem Mädchen, dass es mit einigen Männern schläft, um ihm zu helfen – anfangs nur einige Male, dann immer häufiger, täglich, mehrmals täglich. Loverboys holen ein Mädchen sogar während Freistunden mit unverfänglichen Textnachrichten aufs Handy aus der Schule, damit es in seinem Auto einen Mann befriedigt. Das ist keine Horrorerfindung von mir, sondern traurige Wirklichkeit.

**KLARTEXT:** Jeder Loverboy hat seine eigene Masche. Doch so unterschiedlich sie auch sein mögen, sie alle eint, dass sie ihre Opfer nicht lieben, sondern Gewinn aus ihnen ziehen!

Auch wenn man sich fragt, wie jemand so etwas mitmachen kann, sagen Betroffene, dass sie keine Chance gesehen haben, dem zu entkommen. Sie schämen sich und schaffen den Ausstieg nicht allein! Belastend ist auch das Gefühl, doch selbst schuld zu sein, darauf reingefallen zu sein. Viele Mädchen werden vom Loverboy bald zum Sex gezwungen, vergewaltigt und von Drogen abhängig gemacht. So haben sie immer weniger Kontrolle über das, was geschieht, und verschwinden irgendwann für Außenstehende spurlos von der Bildfläche. Verzweifelte Eltern finden ihre Kinder nur selten wieder. Sie landen in Bordellen zum Teil im Ausland und werden sexuell ausgebeutet. Das bedeutet, dass sie mit anderen Menschen Sex haben müssen, die dafür den Loverboy bezahlen – oder dass sie das verdiente Geld an ihn abgeben müssen. Das nennt man auch »anschaffen gehen«. Bordelle oder Freudenhäuser sind Einrichtungen, in denen Sexarbeiter oder Prostituierte Sex gegen Geld anbieten. Machen sie das nicht freiwillig, spricht man von sexueller Ausbeutung und Menschenhandel[112]. Eine Person, die eine oder mehrere andere Menschen sexuell ausbeutet und an ihnen verdient, wird Zuhälter genannt. Dies ist in Deutschland eine Straftat[113].

**TIPP:** Es gibt eine Internetseite, auf der du anhand von bestimmten Kriterien prüfen kannst, ob dein Freund womöglich ein Loverboy ist: *www.no-loverboys.de*[114]. Dort kannst du dich auch informieren, mit welchen Methoden Loverboys versuchen, Beziehungen zu Mädels aufzubauen.

## HERAUSFORDERUNG: FREUNDSCHAFTEN & NEUE MEDIEN

Schau dich mal bewusst um. Ein guter Teil deiner Lebensumgebung ist geprägt von Medien, ganz egal, wie viele du selbst davon besitzt. Wie viele Menschen siehst du auf der Straße, an einer Bushaltestelle oder in der Straßenbahn mit Handy oder Stöpseln in den Ohren, ihr Notebook auf dem Schoß?

Zu Hause ist es oft nicht anders. Ob wir es wollen oder nicht, wir werden davon mitgeprägt. Freundschaften verlagern sich mehr oder weniger in diesen Bereich. In sozialen Netzwerken teilen sich Menschen mit, wie es ihnen geht und was sie unternommen haben. Wer nicht mitmacht, ist nicht up to date, hat schnell das Gefühl, nicht dazuzugehören, etwas zu verpassen.

Aber nicht jedem, der dabei mitmacht, ist nur wohl dabei. Denn die Spielregeln im Internet sind anders. Man bekommt die direkte Reaktion des anderen nicht so mit, als würde man jemandem etwas direkt ins Gesicht sagen. Andere Freunde oder Klassenkameraden bekommen nichts davon mit, die soziale Kontrolle fällt weg. Ehe man sich versieht, hat man ein Like oder der Daumen geht runter, ist ein Gerücht in die Welt gesetzt oder jemand beleidigt.

**TIPP:** Was andere als witzigen Streich empfinden, geht der betroffenen Person vielleicht besonders nah. Selbst ein Foto, das du als harmlos empfindest, kann für jemand anderen ein Problem darstellen.

Welche Tools, welche sozialen Netzwerke für die Kontakte verwendet werden, bestimmen meist andere. Aus Gruppendruck machen viele mit, weil sie sonst nicht auf Nachrichten zugreifen können. Übereilt werden eigene Sicherheitsbedenken dem Gruppenzwang geopfert. Schnell wird in der vermeintlichen Anonymität des Netzes jemand schlechtgemacht oder unvorteilhaft dargestellt. Das zu korrigieren, eh es schon zig andere geteilt haben, ist kaum möglich. Hatte man früher in der Schule mit jemandem Stress, so war man den wenigstens am Nachmittag zu Hause los. Man ging in sein Zimmer und machte die Tür hinter sich zu. Heute ist man problemlos rund um die Uhr online. Du gehst in dein Zimmer, und der andere ist online schon da. Als Ergebnis der ständigen Erreichbarkeit fühlen sich viele übers Internet oder Handy bis in ihren privatesten Bereich verfolgt.

Studien zeigen, dass etwa jeder dritte Jugendliche schon mal im Internet gemobbt wurde! Das bedeutet, dass du möglicherweise jemanden kennst, dem das passiert ist, oder dass du selbst davon betroffen bist.

## MOBBING & CYBERMOBBING

Mobben, auch engl. Bullying oder Dissen, ist ein abwertendes, ausgrenzendes Verhalten, das sich gegen einzelne Menschen richtet. Mobbing erleben teilweise schon Kinder, Jugendliche meist in der Schule oder Jugendgruppe, aber auch Erwachsene zum Beispiel bei der Arbeit. Meist beginnt es mit dem Verbreiten von Unwahrheiten über die Person, Beleidigungen oder Drohungen. Mobbing ohne Worte geschieht durch abwertende Gesten, Grimassen oder indem jemand gemieden wird.

Wehrt die betroffene Person sich nicht, fühlen die Täter sich überlegen und machen weiter, bis zum Psychoterror oder körperlicher Gewalt (Spucken, Schlagen, Treten), manchmal sogar verbunden mit Gewaltvideos (»Happy Slapping«).

Oder sie versuchen jemanden »abzuziehen«, indem sie Geld oder andere Wertgegenstände wie Handy, Uhren, MP3-Player von ihm einfordern.

Geschieht Mobbing im Internet, spricht man von *Cybermobbing*. Dies ist vor allem deshalb feige, weil die Person, die hinter der Aktion steckt, sich meist im Internet tarnen kann. Manchmal werden auch gefakte Profile oder Posts in sozialen Netzwerken erstellt. Doch ganz so einfach kommen sie damit auch nicht weg.

**TIPP:** Falls solche Dinge im Internet auftauchen, fertige einen Screenshot[115] davon an, um später Beweise für die abwertenden Einträge zu haben. Anhand von »Fußspuren« im Internet kann die Polizei nachvollziehen, wer Beiträge hochgeladen hat und auf wen bestimmte Rechner zugelassen sind.

Egal, wie sehr Täter es auch verharmlosen wollen: Mobben und Abzocken sind keineswegs harmlose Spielchen zwischen Heranwachsenden, sondern echte Straftaten. Jugendliche sind ab 14 Jahren strafmündig. Die Anzahl solcher Übergriffe ist hoch. Viele Jugendliche auf weiterführenden Schulen berichten davon, dass sie Opfer von Cybermobbing geworden sind.

Das Mobbing im Internet geschieht bevorzugt in sozialen Netzwerken wie Facebook oder in Chaträumen. Es ist wahrscheinlich, dass Teens in deiner Klasse darunter leiden oder dass du sogar selbst bereits davon betroffen warst oder bist. Versteh bitte, dass Mobbing nicht dadurch aufhört, dass du stillhältst und hoffst, dass es aufhört.

**KLARTEXT:** Der Gewinn der Täter liegt darin, ihr Opfer zu beschämen, Macht und Kontrolle über es auszuüben. Sie fühlen sich dadurch stark und werten sich auf, indem sie andere abwerten. Dies gelingt vor allem dann, wenn das Opfer damit allein und ohne Hilfe von außen bleibt. Hol dir daher kompetente Hilfe und Tipps bei einer Vertrauensperson. Das können Vertrauens- oder Klassenlehrer, Jugendleiter, Beratungsstellen und natürlich die eigene Familie oder enge Freunde sein. Wehr dich, bevor du ernsthaften Schaden nimmst! Weil du es wert bist!!!

Viele Teens in der Pubertät sind eh in ihrem Selbstwert wackelig und können durch hinterhältige Angriffe in eine echte Krise kommen. Es hat schon Selbstmorde aufgrund von Mobbing gegeben. Das öffentliche Bewusstsein für solche Straftaten wächst. Bei Britain's got Talent haben 2014 zwei Teeniejungs den 3. Platz mit einem coolen Anti-Bullying-Rap[116] belegt. So hat das Thema viel Öffentlichkeit bekommen. Entsprechende Websites findest du im Anhang (→ Hilfsadressen zum Thema Mobbing).

**KLARTEXT:** Wird jemand in deiner Gegenwart angegriffen, bedrängt oder beleidigt, steht schnell die Frage im Raum, ob du ihm oder ihr helfen kannst. Sich einzumischen, bedeutet Zivilcourage zeigen. Zivilcourage fängt schon da an, wo man nicht einfach wegschaut, wenn jemand in Not gerät. Doch denk bitte unbedingt daran: Bei der Zivilcourage gilt unbedingt Eigenschutz vor Fremdschutz! Zivilcourage kann auch bedeuten, die 110 zu wählen und Hilfe anzufordern. Denn besonders bei Gewalttätern kann man das Eingreifen in Konflikte anderer mit dem Leben bezahlen.[117]

# ONLINEBEKANNTSCHAFTEN

Du hast jemanden im Urlaub kennengelernt und möchtest in Kontakt bleiben? Du bist umgezogen und willst deine alten Freunde nicht verlieren? Kontakt zu Menschen am anderen Ende der Welt? Kein Problem, das Internet macht's möglich. Was auf den ersten Blick total viele Möglichkeiten bietet und hilfreich ist, hat leider auch Schattenseiten. Das Internet ermöglicht es jedem, jede Identität anzunehmen.

Du kannst mit dem 14-jährigen Toby chatten und später stellt sich raus, dass es der 48-jährige Udo war. Auch aus diesem Grund sollte man Onlinebekanntschaften nicht daten – oder höchstens abgesichert, an einem öffentlichen Ort, wenn andere davon wissen. Trotzdem gaben in einer Studie[118] 25 Prozent der Jugendlichen an, bereits mindestens einen Onlinekontakt getroffen zu haben. In einer anderen Studie gaben sogar drei von vier fachlich eigentlich geschulten Teilnehmern wie IT-Experten oder Hacker persönliche Daten wie Passwörter, Wohnort, Familiensituation etc. preis.[119] Das Internet verleitet sogar Profis dazu! Nie war es leichter, etwas über jemanden herauszufinden, bevor man ihn je getroffen hat. Ein Stalker ist jemand, der einen anderen beharrlich verfolgt, ihm nachstellt, ihn teilweise auch bedroht, sich viele Informationen über die Person beschafft, die er verfolgt. Stalking ist in vielen Ländern strafbar, in Deutschland nennt man die Straftat »Nachstellung«.[120] »Die offizielle präventiv-polizeiliche Definition in Deutschland lautet: ›Das beabsichtigte und wiederholte Verfolgen und Belästigen eines Menschen, sodass dessen Sicherheit bedroht und er in seiner Lebensgestaltung schwerwiegend beeinträchtigt wird.‹«[121]

Jemanden stalken, bevor man ihn kennenlernt, meint, dass man sich im Netz vorher über die Person informiert. Unter Umständen kommt es dann gar nicht zur Kontaktaufnahme, wenn die betreffende Person, aus welchen Gründen auch immer, dem anderen nicht zusagt.

Auch das ist ein Grund, gut zu überlegen, welche persönlichen Infos du von dir ins Netz stellst und welche nicht.

## GEDANKENIMPULSE FÜR TEENS IM INTERNET

- Achte unbedingt darauf, deine Identität zu schützen. Gib nie deinen echten Namen, deine Anschrift oder andere Kontaktdaten wie Telefonnummer, Schule, Vereinszugehörigkeit oder dein Alter an. Achtung, das kannst du auch durch ungünstige Nicknamenwahl tun. Wenn »Emma13Hamburg« keine Erfindung ist, weiß dein Chatpartner jetzt schon, wie du heißt, wie alt du bist und in welcher Stadt du wohnst. Nimm lieber eine nichtssagende Mailadresse oder einen unpersönlichen Nicknamen. Zum Beispiel »Happybirthday357«.
- Denk dran: Nur du entscheidest, wem du wie viel von dir mitteilst. Es ist nicht okay, wenn andere versuchen, dich zu manipulieren, etwas von dir preiszugeben.
- Sei vorsichtig. Du kannst dir Onlinesein auch wie eine große Karnevalsveranstaltung vorstellen. Jeder kann sich »verkleiden«, wie er will. Er kann, aber er muss nicht. Darum muss überhaupt nichts von dem wahr sein, was dir ein Unbekannter im Netz erzählt. Vielleicht »liest« du nur seine Maske, und statt des 13-jährigen Lars sprichst du mit Inge, 56? Oder mit Andreas, 25? Oder vielleicht sogar mit deinem Lehrer? Geschlecht, Alter, Beruf, Wohnort – alles ist im Internet wie ein Kostüm frei wählbar und kann völlig frei erfunden sein.
- Meide nach Möglichkeit Seiten, die ausdrücklich erst ab 18 sind, und klick sofort von Seiten oder aus Chats weg, wenn du das Gefühl hast, dass etwas nicht stimmt, dir komische Fragen gestellt werden, du angegriffen wirst oder man dir aufdringlich begegnet. Schick Fremden keine Bilder von Dir.
- Gerade wenn du noch nicht so viel Erfahrung hast, solltest du nicht allein chatten und dir nach Möglichkeit einen Chat suchen, in dem du einen Alarmknopf hast oder Moderatoren zu Hilfe rufen kannst. Fertige Screenshots[122] von übergriffigen Texten oder Bildern an. Dann kann man später besser dagegen vorgehen. Spei-

chere solche Belästigungen ab. Dann kann man sie später nachweisen und gegebenenfalls anzeigen.

- Da Chatpartner überhaupt nicht diejenigen sein müssen, als die sie sich ausgeben, triff nie Chatpartner allein. Wenn du wirklich meinst, dass ein Treffen dran ist, such dir eine erwachsene Vertrauensperson, die mitkommt – und mach einen öffentlichen Ort als Treffpunkt aus.
- Achte bei Angeboten im Internet drauf, dass du wirklich über die Kosten informiert bist, die auf dich zukommen.
- Überhaupt achte auf eine gute Balance zwischen Medien und Freizeit. Ehe man sich versieht, ist viel mehr Zeit weg, als man denkt – und man verpasst das echte Leben. Das kann auch Leuten passieren, die Avatare, zweite Identitäten im Internet, in virtuellen Welten spielen. Manchmal stellen sie erschrocken fest, dass sie ihr eigenes Leben dadurch völlig zurückgestellt haben. Denk dran: Eine schöne Sommerblumenwiese mag auf dem PC toll aussehen. Die Blumen wirklich bewundern, fühlen und vor allem riechen, kannst du nur draußen!
- Und wenn du dich doch unklug verhalten hast, jetzt jemand mehr weiß, als er wissen sollte? Such dir einen Erwachsenen, dem du vertrauen kannst. Ich weiß auch, dass das tricky ist, wenn ihr zu Hause zum Beispiel andere Absprachen hattet. Doch zu deiner eigenen Sicherheit ist es wichtig, dass andere darum wissen, um mit dir gemeinsam gut zu überlegen, was man jetzt machen kann. Manchmal konnte man Kids, die keinem Bescheid gesagt hatten, nur noch helfen, weil man die Kontaktdaten aus Chats auf ihrem Rechner fand.

# ALL ABOUT SEX

## WOZU GIBT ES SEX?

Wenn man Menschen fragt, wozu Sex da ist, wären theoretisch jede Menge Antworten denkbar.

Bei vielen Erwachsenen kommt meist als Erstes die unverfängliche Antwort: zum Kinderkriegen. Das stimmt auch über lange Zeit, wenn die Frau geschlechtsreif ist. In der Zeugung eines Kindes kann Sex unserer körperlichen Liebe sogar eine Gestalt geben. Doch wenn Eltern ihren Kids nicht mehr erklären, rechnen die Kids in ihrer eigenen Logik: »Okay, Sex ist da, um Kinder zu machen. Wir sind vier Geschwister – also haben unsere Eltern vier Mal miteinander geschlafen.« Doch Sex ist keine Grundschulmathematik.

Tatsächlich ist Fortpflanzung nur ein kleiner Aspekt von Sexualität – und nebenbei gesagt werden viele Menschen nicht so schnell schwanger, wie sie es sich wünschen.

Ein solcher unerfüllter Kinderwunsch betrifft etwa jedes fünfte bis sechste Paar[123] in Deutschland – und damit viel mehr Menschen, als wir oft wahrnehmen. Es kann auch mal mehrere Monate und viele Versuche dauern, bis es klappt – oder sich gar kein Nachwuchs einstellen. Doch Sex nur auf Fortpflanzung zu reduzieren, wäre in etwa so, als wenn du dein Handy nur als Wecker nutzt. Praktisch gesehen hat der Erfinder des Handys es aber für viele andere Funktionen entwickelt (Telefonieren, Fotografieren, Textnachrichten, Spiele, Musikhören etc.). Sex kann Entspannung bewirken, einfach Spaß machen, lustvoll sein.

Der weitere tiefere Sinn von Sex besteht in der Möglichkeit, dass sich Erwachsene so ihre Liebe auf den Ebenen Körper, Seele und Geist zeigen mit dem Ziel einander zutiefst kennenzulernen. Sex ist daher keinesfalls nur körperlich zu verstehen: »Hauptsache gut geturnt – und eine gute Figur im Bett abgegeben …«, sondern Ausdrucksform einer tiefen, intimen Begegnung.

Dieser Sex bringt uns bei, intime Nähe miteinander zu erleben, einander immer mehr und tief zu vertrauen, denn so nah lasse ich sonst niemanden an mich heran. Der Sexualtherapeut David Schnarch macht ebenfalls deutlich, dass in reifer Sexualität eine tiefe selbstbestätigte Intimität wichtig sei und dass es dabei darum gehe, einander wirklich ganz kennenzulernen: »Ich kann nicht voraussetzen, dass du meine Sicht der Dinge teilst. Du bist nicht auf der Welt, um mich zu bestätigen und mir zu sagen, dass ich alles richtig mache. Ich will aber, dass du mich liebst. Und das geht nur, wenn du mich wirklich kennst …«[124]

Dieser Ansatz, den anderen in der Sexualität wirklich kennenzulernen, wird schon in den ganz alten Schriften der Bibel deutlich:

## INFO

Bedeutung des Begriffes Yada:

Die Bibel übersetzt den ersten Geschlechtsverkehr mit den Worten »Adam erkannte seine Frau Eva und sie ward schwanger …«[125].

Was »Erkennen« hier bedeuten soll, ist nicht für jeden offensichtlich. Spannend ist, dass die Wortwahl nicht von Scham bestimmt war, sondern dass hier zum Ausdruck kommt, dass Sex ein ganz tiefes Kennen der anderen Person meint.

Hebräischexperten betonen, dass die Bibel unter Kennen ein tiefes praktisches Kennen versteht, nicht ein oberflächliches Kennen, wie wir es hier in Deutschland oft verwenden. Unter dem Motto: »Hast du den Mann da eben gesehen?« – »Klar, den kenne ich auch, der wohnt in unserer Straße …« – »Okay, cool, wie heißt er denn?« – »Keine Ahnung …« – »Wie jetzt, hast du denn schon mal mit ihm gesprochen?« – Fehlanzeige. – »Aber du bist sicher, dass du ihn kennst?« – »Na ja, wenn du so fragst, wohl eher doch nicht.«

Einige Bedeutungen[126] von Yada sind: »Anerkennen, Bekanntschaft, Kenntnis, Umgang haben, entdecken, fühlen, sorgsam sein, wahrnehmen, unterscheiden, über etwas verfügen, vertrauter Freund und vieles andere mehr.«

Pastor Martin Spreer hat es einmal so formuliert: »Vielleicht kann man es so sagen: ›yada‹ bedeutet ein tiefes, praktisches (im Gegensatz zum theoretischen) Miteinander-vertraut-Werden und -Sein. Es geht weit über das eigentliche Sexualleben hinaus.

Es ist ein Vertrautsein mit den Stärken und Schwächen des Partners in einem gemeinsamen Bund, in dem man sich sicher sein kann, dass diese intime Vertrautheit nicht missbraucht wird. Solche intime Gemeinschaft befähigt die Partner dazu, auch persönliche Veränderungsprozesse miteinander liebevoll zu suchen und anzugehen, sie befähigt die Partner dazu, ihr jeweiliges Gegenüber in der Freisetzung der Identität absolut zu unterstützen und den persönlichen Wert des Partners zur vollen Entfaltung zu bringen.«[127]

In einem Kapitel über Sex gibt es jede Menge zu sagen. Beginnen wir logischerweise mit dem Anfang:

## SEX – DAS ERSTE MAL

Klar, wenn man Sex haben möchte, wird irgendwann »das erste Mal« sein. Schon allein diese Tatsache macht es irgendwie besonders. Der Zeitpunkt für das erste Mal Sex wird von verschiedenen Menschen total unterschiedlich gesehen.

Manche sagen, wenn man einen festen Freund hat, andere meinen, man sollte »nicht zu jung« sein, oder gar volljährig, oder Sex nur haben, wenn man verheiratet ist. Wieder andere meinen, das müsse man aufgrund seines Bauchgefühls entscheiden (was ich ehrlich gesagt schwierig finde, weil in der Pubertät die Botenstoffe eh verrückt spielen – und Bauchkribbeln sehr drängend und intensiv erlebt werden kann).

Zunächst mal ist es wichtig, festzustellen: Es gibt auf jeden Fall kein Verfalldatum, bis zu dem du es gemacht haben müsstest! Mit dem ersten Mal ist es wie mit Hochzeiten, sie werden in allen Lebensjahrzehnten gefeiert.

**TIPP:** Ich mache dir Mut, zu dieser Frage deine eigene, gut durchdachte Position zu finden, und nicht die Meinung anderer zu kopieren. Denn es geht um *dein* erstes Mal und damit um etwas Besonderes. Du kannst nicht wie beim Drehen eines Films – »Klappe die Zweite« – mit verschiedenen Partnern mehrere Versuche starten, die du alle unter dem Motto »mein erster Sex« aufnimmst. Die müsstest du dann schon »mein erster Sex mit Tim«, »mein erster Sex mit Tom« und »mein erster Sex mit Phillip« nennen ... Dann aber würde es nicht mehr um dein erstes Mal, sondern um den jeweiligen Partner und den Sex mit ihm gehen.

Ich denke, du verstehst, was ich meine.

## SPRICHT ETWAS FÜR SEX IN DER EHE?

Im christlichen Kontext fällt immer wieder die Aussage, mit dem Sex bis zur Ehe zu warten, wäre von der Bibel her richtig. Tatsächlich war es früher in Israel ähnlich wie heute hier: Man machte seine Ehe vor den Mitmenschen öffentlich. Damals gehörte Sex in die Ehe. Doch gilt dies heute immer noch? Von staatlicher Seite gibt es in Deutschland heute keine Gesetze, die das vorschreiben würden.

Bevor man heiratet, meldet man das auf dem Standesamt offiziell an. Früher musste man sogar ein »Aufgebot« bestellen. Dann wurde die Absicht zu heiraten offiziell ausgehängt. Sinn der Aktion war es, zu prüfen, ob die Eheanwärter nicht schon anderweitig verheiratet sind. Heute wird das elektronisch überprüft. In jedem Fall ist eine Ehe eine offizielle Angelegenheit. Das erhöht die Verbindlichkeit. Das hat übrigens auch der bekannte Schauspieler Brad Pitt neulich erfahren. Er hatte lange Jahre mit Angelina Jolie zusammengelebt und sogar schon Kinder mit ihr.

»Über die Hochzeit sagte Pitt: ›Ich war überrascht, wie sehr es mich bewegt hat. Es bedeutet schon ein Bekenntnis, es ist mehr als nur ein Stück Papier.‹«[128]

Die Lebenswirklichkeit unserer Gesellschaft ist jedoch eine total andere. Ist das Modell Ehe hoffnungslos veraltet? Wir sehen immer mehr Lebensabschnittsgefährten. Eine Verbindlichkeit »bis dass der Tod uns scheidet« erscheint vielen wie ein verstaubtes Relikt aus alten Zeiten. Die Scheidungsrate ist total hoch, Christen wie Nichtchristen scheitern in ihren Ehen.

Und auch wenn man Sex nur in der Ehe lebt, gibt das keine Garantie dafür, dass die Ehe hält.

**TIPP:** Vielleicht hast du das selbst schon schmerzlich erfahren müssen, wenn die Ehe deiner Eltern gescheitert ist oder zu scheitern droht. Viel zu schnell geraten dann Kids zwischen die Beziehungsfronten. Wenn Erwachsene Stress haben, neigen Kids dazu, die Schuld bei sich zu suchen. Doch für das Gelingen ihrer Beziehung sind deine Eltern in allererster Linie selbst verantwortlich. Sind sie in ihrem Anpassungsprozess gescheitert, so kannst du ihre Ehe nicht retten.

Wenn ihr Streit, ihre Trennung oder Scheidung dir Not macht, schau, ob du eine neutrale Vertrauensperson findest, mit der du sprechen kannst, und begib dich nach Möglichkeit nicht auf das Kampffeld deiner Eltern. Immerhin bist du je zur Hälfte aus ihnen beiden entstanden. So wäre es zumindest langfristig gut, wenn du zu beiden eine gute Beziehung haben könntest – auch wenn das jetzt aktuell für dich vielleicht schwer vorstellbar ist, klammere diese Möglichkeit nicht von vornherein aus. Mit der Zeit können sich Beziehungen auch wieder positiv verändern.

Zum Grundverständnis: Ehe ist Teamwork, ist Anpassung, eigene Persönlichkeitsentwicklung und eine verbindliche Bindung an den Partner oder die Partnerin. Damit bedeutet Ehe von der Grundidee her den Aufbau eines super Teams. Wenn beide Partner das erkennen und anfangen, das konsequent umzusetzen, dann hat Ehe auch heutzutage richtig gute Chancen. Sie ist aber kein Spaziergang, bei dem alles von selbst läuft.

Eine Kollegin sagte einmal sehr treffend, die einzige Situation, in der etwas super von allein laufe, sei, wenn es bergab gehe. Dann müsse man keine Energie hineinstecken. Eine Ehe sollte sich nach Möglichkeit konstruktiv aufwärts entwickeln. Dabei geht es manchmal auch steil bergauf und ist richtig anstrengend, dann kommen wieder ruhigere Phasen. Wenn man aber alles laufen lässt, unter dem Motto: »Wir lieben uns doch! Das wird schon werden!«, dann läuft's tatsächlich auch, aber eben meist längerfristig bergab.

Was die Frage angeht, ob es sinnvoll ist, mit dem Sex bis zur Ehe zu warten, so ist es aus meiner Sicht hilfreich, sich anzugucken, warum Gott der Sexualität einen solchen Rahmen gegeben hat.

Aus meiner Sicht steckt nämlich gar nicht in erster Linie die von uns sofort wahrgenommene Einschränkung oder das Verbot dahinter: »Gott der abgehobene, alltagsferne Spaßverderber«. Es scheint mir eher eine Art Leitplanke von »Gott dem Fürsorglichen und Menschenkenner«, die Schutz und Sicherheit für alle Beteiligten geben soll, zum Beispiel vor sexuell übertragbaren Krankheiten, vor Verg*leichen*, also »beziehungsvergiftenden Vergleichen«, aber auch für ein möglicherweise dabei gezeugtes Kind!

Aus dieser Perspektive und auch aus der Perspektive der Paar- und Sexualberatung, in der ich ja arbeite, finde ich, dass auch heute noch sehr viel für Sex in der Ehe und vor allem aber auch für die Ehe spricht – auch wenn die Ehe kein Paradies ist, in dem nichts mehr schiefläuft. Andere Berater[129] weisen ebenfalls darauf hin, dass intime Begegnungen in der Sexualität zwischen den Beteiligten eine Bindung schaffen, sodass Sex besser in einem festen Beziehungskontext gelebt werden sollte.

**TIPP:** Hast du dir schon Gedanken über Sex vor oder in der Ehe gemacht? Wie gehst du mit dieser Frage um?

Letztlich verhindern absolute Verbote nicht, dass die meisten Menschen trotzdem tun, was sie wollen und für richtig halten. Keine fremdgesteuerte Marionette zu sein, seinen eigenen Weg zu gehen, ist an sich eine gute Sache. Eigene Entscheidungen beinhalten meist gute und nicht so gute Erfahrungen, manchmal zahlt man »Lehrgeld«.

Voreilige Entscheidungen in Sachen Sex kannst du nicht hinterher umkehren und ungeschehen machen. Darum sei dir selbst eine gute Freundin und lass dir dein Drehbuch nicht von anderen vorschreiben. Du bist wertvoll, auch mit deiner Sexualität. Darum geh umsichtig mit dir um und schütz dich, wo es nötig ist.

Nimm dir Zeit und lass dir die Gedanken zu diesem Kapitel in Ruhe durch den Kopf gehen.

Bilde dir nach und nach deine eigene Meinung.

## WAS IST AM ERSTEN MAL SO BESONDERS?

Nicht wenige Menschen denken, das erste Mal wäre auch deshalb so besonders, weil der Sex dann am allerschönsten sei, besonders wenn beide aufeinander gewartet haben, wie eine Art Belohnung. Es sei so eine Art Belohnung, die man dann dafür bekäme. Eine Belohnung oder einen Preis hat aber niemand ausgeschrieben. Und doch ist es ein besonderes Erlebnis, das nicht auf eine rein körperliche »Übung« reduziert werden sollte. Das Besondere daran ist, dass man genau dieser einen Person so nah kommt wie bisher keinem anderen Menschen, dass die Frau den Mann in ihren Körperinnenraum hineinlässt, dass beide sich einander umfassend zeigen, so wie sie sind, ohne schützende Hüllen. Das ist wie aufs Eis gehen und schauen, ob es trägt. Es erfordert viel Vertrauen, besonders, weil man sich zu diesem Zeitpunkt ja erst am Beginn eines gemeinsamen sexuellen Entwicklungsprozesses befindet.

Damit es aber nicht zu einem besonders negativen Erlebnis wird, ist es wichtig, dass sich beide über ihre Erwartungen im Klaren sind. Denn wenn man falsche Erwartungen hatte, stellt sich schnell die Ent-Täuschung ein. Ent-Täuschung bedeutet, eine Täuschung wird aufgedeckt. Das ist an sich ja sogar positiv, weil sich dadurch Klarheit einstellt. Das Aufdecken einer Illusion kann im Einzelfall aber richtig wehtun. Darum ist es wichtig, sich vorher in aller Ruhe Gedanken zum *ersten Mal* zu machen.

**KLARTEXT:** Steht zum Beispiel die immer mal wieder geäußerte Erwartung dahinter: »Ich kaufe doch nicht die Katze im Sack! Bevor ich mich ganz auf diese Partnerin einlasse, will ich testen, ob der Sex auch klappt.«, so geht derjenige davon aus, dass das erste Mal Sex »repräsentativ« dafür wäre, wie sich Sexualität weiter entwickelt. Doch dies ist eine Täuschung. Tatsächlich ist gemeinsame Sexualität ein Entwicklungsprozess, in dem man sich nach und nach immer besser kennenlernt. Denn beide Lerngeschichten (⇝ Wie funktioniert die Sexuelle Lerngeschichte) müssen ja nach und nach verknüpft werden. Das Gefühl, verliebt zu sein, wird viel durch Botenstoffe (Bauchkribbeln) gesteuert. Liebe ist die reifere Form, die sich aus der Verliebtheit entwickeln sollte, wenn eine Beziehung langfristig halten soll. Liebe ist eine Entscheidung, sich gegenseitig brutto anzunehmen, mit Fehlern und Schwächen, nicht um diese einzuzementieren. Stattdessen macht man so deutlich: Wir beide sind nicht perfekt, wir arbeiten an uns und halten uns in diesem Prozess gegenseitig aus. Wir schätzen und achten uns. Und natürlich ist Liebe keine reine Sachentscheidung, sondern eine Entscheidung für einen ganz besonderen Menschen, wir werden zu einer neuen Einheit.

Als weiteres Argument für das »Testen« vor der Bindung wird die sehr technische Frage aufgeworfen, ob es auch anatomisch passt, das heißt, ob Penis und Scheide ineinanderpassen. Da die Scheide ein sehr dehnbares Organ ist (denk nur mal an die Größe eines

Babys bei der Geburt), ist es mittelfristig gar keine Frage, ob es »passt«. Doch die Scheide der Frau ist von Natur aus anfangs enger und muss sich erst auf den Penis »einstellen«, unter Umständen wissen beide nicht, welche Bewegungen oder Positionen hilfreicher oder schwieriger sind. Daher kann es immer mal wieder passieren, dass es nicht beim ersten Versuch direkt ganz einfach klappt. Schon allein deswegen eignet sich ein erstes Mal nicht dazu, um eine endgültige Aussage darüber zu treffen, »ob es passt«.

**ZUM WEITERDENKEN:** Mir sind nicht wenige Frauen begegnet, die sich bei solchen Worten oder Forderungen ihres Partners »wie auf dem Prüfstand« oder wie ein elektronisches Gerät fühlen. Unter dem Motto: »Wenn ich gut ›funktioniere‹, behält er mich. Sonst werde ich ausgetauscht.« Lass dich nicht unter Druck setzen. Die Entscheidung für dein erstes Mal solltest du nicht aus Zugzwang treffen, »weil er es verlangt oder weil er mich sonst vielleicht verlässt«. Du bist wertvoll und darfst deine Entscheidungen aus freiem Willen treffen.

Die meisten Menschen nehmen sich in einer Beziehung Zeit, einander kennenzulernen. Dies geschieht sowohl durch Gespräche als auch körperlich. Dabei ist es wichtig, zu erfahren, was der andere und was man selbst schön findet oder mag. Erste Stationen des körperlichen Kennenlernens sind Hand halten, in den Arm nehmen, Streicheln und Küsse. Ebenso wichtig ist es aber auch, festzustellen, was man nicht so gern hat und wo Grenzen sind. Diese Grenzen zu respektieren, ist eine große Herausforderung bei Verliebten, wenn die Gefühle verrücktspielen. Wenn es jedoch um den eigentlichen Geschlechtsverkehr geht, ist es hilfreich, sich vorher einige Gedanken zu machen.

## INFO

Gedanken vor dem »ersten Mal«

*Willst du es jetzt?* Wenn du mit jemandem schläfst, kommst du ihm näher als irgendjemand anderem. In der Ehe ist so eine große Nähe ja Sinn der Sache.

Wenn du nicht verheiratet bist, hast du womöglich keinen Schutzraum, zum Beispiel falls du schwanger wirst. Wie fest ist eure Beziehung? Kommst du damit klar, wenn sie wieder auseinandergeht? Oder findest du es sinnvoll, bis zur Ehe zu warten? Mit jedem Partner prägst du deine sexuelle Lerngeschichte.

*Wollen beide?* Beide Partner sollten sich sicher sein, dass sie miteinander schlafen wollen. Keiner sollte es nur dem anderen zuliebe mitmachen oder den anderen unter Druck setzen, um seinen persönlichen Lustgewinn zu haben.

*Was wollen beide?* Das Einverständnis, miteinander zu schlafen, ist nicht gleichzeitig der Freibrief, mit dem Partner oder der Partnerin jetzt alles auszuprobieren, was einem gerade so in den Sinn kommt. Beim Sex sollte es grundsätzlich für beide okay sein, was sie tun. Das bedeutet nicht, dass beide es immer gleich gut finden müssen. Vielleicht probiert man mal was aus, was man nicht unbedingt nochmals machen müsste. Da hilft nur, miteinander im Gespräch zu bleiben – und gegebenenfalls Dinge anzusprechen.

*Empfängnisregelung!* Beide sollten sich grundsätzlich darüber verständigen, ob Empfängnisregelung (→ Wissenswertes zum Thema Empfängnisregelung) dran ist und wer sich darum kümmert. Setz nicht voraus, dass der andere schon dran denkt! Die gewählte Methode sollte beiden sicher genug sein und sie sollten genug Wissen haben, um sie sicher anwenden zu können. Wichtig: Keine Methode gibt hundertprozentige Sicherheit. Es gibt immer eine Restunsicherheit.

*Verantwortung!* Beide sollten für mögliche Folgen der intimen Gemeinschaft Verantwortung tragen, das heißt möglicherweise für ein gezeugtes Kind (Ungeplante Schwangerschaft)

*Vertrauen!* Es ist ganz normal, wenn man vor seinem »ersten Mal« unsicher oder aufgeregt ist oder sogar etwas Angst hat. Ganz wichtig ist es deshalb, dass man die Sicherheit hat, dass nichts gegen den eigenen Willen passiert!

*Ort und Zeit?* Damit man sich unnötigen Stress erspart, sollte es für beide ein Ort der Sicherheit sein – ohne die Angst, gestört, gehört oder gesehen zu werden. Außerdem ist es hilfreich, wenn man genügend Zeit einplant, damit nicht das allein schon zum Stressfaktor wird. Reichlich Alkoholkonsum und Feiern bis zum Morgengrauen haben schon manchem Paar die Hochzeitnacht verdorben. Seid clever, plant euer erstes Mal mit guten Randbedingungen, vielleicht auch erst für den Tag nach der Hochzeit?!

*Geduld!* Auch wenn man sich »gut vorbereitet« hat, kann es sein, dass das »erste Mal« nicht so wird, wie man es sich vorgestellt hat. Stress und Leistungsdruck können die Lust nehmen, Angst und Nervosität sind auch nicht besser. Wenn man nicht richtig entspannen kann, ist es auch nicht schlimm, das »erste Mal« zu vertagen, eine Runde spazieren zu gehen und es später noch mal zu versuchen ... Wichtig ist, dass beide lernen, miteinander über Sex ins Gespräch zu kommen.

*Schmerzen?* Etwa 80 Prozent der Mädchen oder Frauen sagen, dass sie bei ihrem ersten Mal ein Enge- oder Spannungsgefühl im Scheideneingang hatten, einige sogar Schmerzen.

Das ist normal, weil die Scheide noch sehr eng ist und sich erst an die Weite des Penis anpassen muss. Ein unangenehmes Gefühl oder Schmerzen können aber auch einfach daran liegen, dass man beim ersten Mal den Bogen natürlich noch nicht raus hat, wann und wie die Frau körpereigenes Gleitmittel bildet (was durch Trockenheit ausgelöste Schmerzen verhindern kann) oder wann der richtige Zeitpunkt zum Einführen des Penis ist. Weiß der Partner um all dies – kann er entsprechend feinfühlig und vorsichtig sein. Ein künstliches Gleitgel kann helfen, dass der ganze Bereich nicht zu trocken ist. Ist aber das Vorspiel lang genug, benötigt man meist kein zusätzliches Gleitgel.

Und denk dran: Wenn du deinem Partner kein Feedback gibst, kann er nur raten, ob es gerade okay ist oder dir wehtut. Manchmal ist es hilfreich, wenn er sich zwischendrin mal nicht bewegt. Sprecht vorher darüber und sag ihm dann genauer, was dir hilft.

*Blutung?* Eine Blutung muss nicht zwangsläufig auftreten! Wenn das Jungfernhäutchen (→ Innere Geschlechtsorgane) beim »ersten Mal« gedehnt wird, *kann* es einreißen und so eine kleine, meist harmlose Blutung auslösen. Diese Blutung muss aber nicht auftreten, zum Beispiel wenn das Mädchen oder die Frau regelmäßig Tampons benutzt hat, ihr Gewebe sehr elastisch ist oder das Jungfernhäutchen von Geburt an fehlte.

**TIPP:** Sollte es mal etwas mehr bluten, kann man eine Ecke eines frischen Papiertaschentuchs auf die Stelle drücken, bis die Blutung zum Stillstand kommt. Das Taschentuch solltest du dann nicht sofort wieder abmachen! Lass es dort kleben und löse es am nächsten Tag mit warmem Wasser vorsichtig ab. Nicht abreißen, sonst geht die Stelle wieder auf.

Wenn es dir doch zu stark blutet, was wirklich selten vorkommt, oder auch der Taschentuchtrick nicht hilft, geh zur Sicherheit zu einer Frauenärztin. Wichtig: Am Wochenende hilft dir der Notdienst im Krankenhaus weiter. In sechs Jahren Arbeit im Krankenhaus habe ich nur einmal ein Paar gesehen, die mit dieser Problematik gekommen ist. Das war aber nicht dramatisch, ich konnte ihnen rasch helfen und die zwei sind erleichtert wieder nach Hause gegangen. Hey, das muss keinem peinlich sein!

*Sexuell übertragbare Krankheiten* kann man sich bei jedem Sex holen. Auch beim ersten Mal. Safer Sex, »sicherer Sex« mit Kondom (→ Wissenswertes zum Thema Empfängnisregelung), ist besonders dann wichtig, wenn einer von beiden schon mit anderen Partnern geschlafen hat und unklar ist, ob er oder sie dabei in Kontakt mit sexuell übertragbaren Krankheiten gekommen ist. Denn mit jedem Partnerwechsel steigt die Wahrscheinlichkeit, Krankheiten an den nächsten Partner weiterzugeben oder von ihm oder ihr zu erhalten. Auch Kondome schützen nur bedingt vor sexuell übertragbaren Krankheiten! Wenn man Petting (→ Was genau ist Sex?) macht und der Penis noch nicht so fest ist, dass der Mann das Kondom anziehen kann, kann man sich bereits beim Vorspiel anstecken.

## WAS GENAU IST SEX?

Sexuelle Liebe ist viel mehr als der eigentliche »Penis-Scheide-Geschlechtsverkehr«. Ganz viele verschiedene Verhaltensweisen, mit denen Erwachsene sich ihre Liebe auch körperlich zeigen, kann man unter diesem Begriff einordnen.

**KLARTEXT:** Bevor ich hier weiter ins Detail gehe, sind mir ein paar wenige Gedanken vorab aus der Erfahrung meiner Schulprojekte wichtig: Sexualität ist *eine* Art, wie Erwachsene sich körperlich ihre Liebe zeigen. Allein die Vorstellung dessen wirkt auf Kids oder Teens oft total schräg und abgefahren, manchmal sogar richtig eklig. Wenn dir das so geht, ist das erst einmal kein Problem, denn es geht ja hier zunächst nur darum, zu verstehen, was Sex ist, und nicht in erster Linie darum, sofort Dinge praktisch nachzuempfinden. Dein Denken und Empfinden wird sich wahrscheinlich verändern, wenn du selbst dich immer mehr in einen Erwachsenen verwandelst. Doch Vorsicht! Wenn du Erwachsene für das Ausleben von Sexualität sehr verurteilst und dir innerlich vornimmst, auf keinen Fall jemals so etwas zu machen, kannst du dir selbst erhebliche Steine in den Weg legen, auf dem du sonst eigentlich später einmal eher unbeschwert deine eigene Sexualität entdeckt hättest. Überleg dir in Ruhe, wie du damit umgehen möchtest, aber versuche, es nach Möglichkeit nicht zu verurteilen, um deinen eigenen späteren Handlungsspielraum nicht unnötig einzuengen. Es gibt ja auch andere Dinge, die du als Kind noch nicht verstehst, aber als Erwachsener normal findest.

**TIPP:** Wenn es dran ist, dich näher mit Sexualität zu beschäftigen, lies weiter und verbuch »Merkwürdiges« unter »Infomaterial«, muss ich jetzt noch nicht nachvollziehen können – oder leg das ganze Kapitel erst einmal beiseite und schau später wieder rein, wenn es für dich besser zu handhaben ist.

**ZUM WEITERDENKEN:** In diesem Kapitel »Was genau ist Sex?« bin ich – nach reiflicher Überlegung – bewusst ins Detail gegangen. Denn auf diesem Gebiet gibt es – geprägt durch kursierende Halbwahrheiten und pornografische Filme – leider jede Menge Fehlinformationen und ungute Erwartungshaltungen. Sie erschweren den Start in die Sexualität oft erheblich – und führen dazu, dass nicht wenige denken: »Das klappt alles nicht so, wie ich es gehört oder gesehen habe. Ich bin wohl verkehrt!« Stellt man Fehlinformationen nun richtig, ist dies für manches Mädchen ehrlich erleichternd. Weil jemand dazu Klartext schreibt, versteht sie, dass sie gar nicht verkehrt ist, sondern dass die Erwartungshaltung schräg ist. Doch für ein anders Mädchen kann der Klartext inhaltlich schon viel zu viel sein. Es ist schwierig, hier eine gute Balance zu finden, da keine Leserin der anderen gleicht. Darum sehe ich nur folgende Möglichkeit, gut damit umzugehen: Hör gut in dich rein, wo du jetzt gerade stehst und was du jetzt gern lesen möchtest. Es läuft dir nichts weg, wenn du hier erst später irgendwann mal weiterliest.

Was genau ist also Sex?

Bei einer starken erotischen Anziehung zwischen zwei Menschen kann schon eine Berührung ein Feuerwerk der Gefühle auslösen. Berührungen werden von Mensch zu Mensch sehr unterschiedlich wahrgenommen. Bereiche des Körpers, die sehr erregbar sind, nennt man *erogene Zonen*. Diese sind von Person zu Person und von Zeit zu Zeit verschieden. Manche Frauen werden gern am Hals gestreichelt oder geküsst, andere mögen dies lieber an der Brust, Männer am Penis oder am Brustkorb. Die erogenen Zonen sind überhaupt nicht absolut zu sehen. Es geht darum zu schauen, was man selbst mag und was dem anderen gefällt.

Intensive körperliche Berührungen, bei denen neben den erogenen Zonen vor allem die Geschlechtsorgane mit dem Ziel sexueller Erregung stimuliert werden, bezeichnet man als *Petting* oder auch Rummachen oder Fummeln. Die Partner entscheiden, ob sie sich zum Petting ausziehen, ihre Sachen zum Teil oder komplett anlassen. Neben sexueller Erregung hat Petting oft bei einem oder beiden einen *Orgasmus* (= Höhepunkt) als Ziel.

**KLARTEXT:** Denk daran, dass man beim Petting intensivste sexuelle Lernerfahrungen sammelt und damit die eigene sexuelle Lerngeschichte sehr prägt, auch wenn es nicht zum eigentlichen Penis-Scheide-Geschlechtsverkehr kommt.

Gelangen Spermien zum Beispiel beim *Fingern* (Reizen der Scheide mit den Fingern) an oder in den Scheideneingang, kann man sogar durch Petting schwanger werden. Immer wieder begegnen mir Paare, die sagen, dass sie eigentlich mit dem Sex bis zur Ehe warten wollten.

Im intensiven Petting sind sie dann immer weiter gegangen und haben nicht selten bis auf den Penis-Scheide-Verkehr schon alles Mögliche miteinander erlebt, wie zum Beispiel Oralsex, Analsex oder das Ausprobieren verschiedener Sexspielzeuge. Damit haben sie sich sexuell bereits sehr intensiv kennengelernt und fragen sich dann selbst, was jetzt eigentlich noch so besonders übrig bleibt und ob sie die Definition von »kein Sex vor der Ehe« nicht hätten genauer eingrenzen sollen.

Sie fühlen sich so, als wenn man ein Geschenk oben intakt lässt, die Schleife bleibt dran, aber man löst das Papier an der Unterseite, holt den Inhalt schon heraus und nutzt ihn, um ihn dann später wieder unter die nach außen intakte Geschenkhaube zu legen.

Ist das Ziel des Pettings der Penis-Scheide-Geschlechtsverkehr, bezeichnet man es auch als *Vorspiel*. Das Vorspiel geht dem eigentlichen Geschlechtsverkehr voraus, dient dazu, die Erregung zu steigern und sich auf den gemeinsamen Sex einzustimmen.

Jeder Mensch findet in diesem Zusammenhang unterschiedliche Sachen schön, sodass man keine allgemeinen Regeln für ein gutes Vorspiel aufstellen kann. Wichtig ist, dass sich beide damit wohlfühlen und dass man auch den Mut hat, dem Partner zu sagen, was man sich wünscht.

Kommunikation ist überhaupt beim Sex sehr wichtig, denn wir sind alle keine Experten im Gedankenlesen. Beim Vorspiel bereitet sich der Körper auf den Sex vor. Zum Beispiel wird bei steigender Erregung aus Drüsen in der Nähe des Scheideneingangs ein körpereigenes Gleitmittel freigesetzt.

Dieses Gleitmittel ist eine wichtige Voraussetzung dafür, dass es schön ist, zusammen zu schlafen, und nicht wehtut, wenn der Penis in die Scheide der Frau eingeführt und dort bewegt wird. Fehlt das Gleitmittel oder ist die Scheide zu trocken, tut es weh, statt Lust zu machen.

**TIPP:** Ist wirklich mal nicht ausreichend natürliches Gleitmittel da, zum Beispiel weil sich durch ein Kondom der Scheideneingangsbereich schnell trocken anfühlt, kann man auch Gleitmittel verwenden, das man in Drogeriemärkten oder Apotheken kaufen kann.

Das »Miteinanderschlafen« ist wie »Liebe machen« oder »Zusammen ins Bett gehen« ein eher umschreibender Begriff, um den Sex nicht direkt beim Namen zu nennen. In aller Regel ist man beim Sex ja wach und genießt die intime Zeit zu zweit. Da Sex etwas Aktives ist, könnten beide also nicht im Schlaf zusammen Geschlechtsverkehr haben. Die Steifheit des Penis hält auch nicht so lange an, dass man in der Position bei eingeführtem Penis in der Scheide der Frau einschlafen und stundenlang so liegen könnte.

Koitus, Geschlechtsakt oder Geschlechtsverkehr ist der Fachbegriff und neutrale Ausdruck für das »Miteinanderschlafen«. Umgangssprachlich gibt es darüber hinaus noch eine ganze Reihe von anderen Begriffen, die mehr oder weniger abwertend gebraucht werden. Ficken oder Bumsen sind eher abwertende Begriffe, vögeln wird meist etwas weniger abwertend empfunden. Ein ziemlich bekanntes Wort ist auch das Poppen. Wie schon am Anfang des Buches (→ Sex & Sprache – besser ohne Worte?) gesagt, hängt es sehr vom Kontext ab, welche Begriffe wir verwenden. Als Paar ist es gut, eine eigene, gemeinsame und von beiden als wertschätzend empfundene Sprache zu entwickeln.

**KLARTEXT:** Wie auch immer du es nennst – beim Geschlechtsverkehr hat man zu einem anderen Menschen die größtmögliche Nähe überhaupt. Keine schützende Hornschicht (so wie sonst auf unserer Außenhaut) ist mehr als Schutz dazwischen. Beim Sex verschwimmen Körpergrenzen. Die Bibel spricht sogar davon, dass Ehepaare *eins*[130] werden. Sie werden zu einer neuen Einheit, quasi eine neue Person. Wenn ein Kind gezeugt wird, aus der Hälfte der männlichen und weiblichen Erbinformation, sieht man diese neue Person sogar ganz real.

Von der Art, wie die Organe aufgebaut sind, lässt die Frau den Mann beim Sex eher passiv in ihren Körperinnenraum hinein. Das erfordert schon viel Vertrauen. Der Mann dringt aktiv in ihren Körperinnenraum ein, wenn er den Penis einführt. Wichtig ist für beide deshalb die Sicherheit, dass nichts geschieht, was man nicht möchte. *Daher ist eine wichtige Spielregel, dass alles, was man tut, für beide okay sein sollte.* Um das herauszufinden, sollte man miteinander reden (lernen). Denn wenn ich einfach von irgendetwas ausgehe, was ich meine, verstanden zu haben, öffne ich Missverständnissen Tür und Tor.

Rund um das Thema Sexualität sind dir womöglich bereits viele verschiedene Begriffe begegnet, die hier kurz erklärt werden sollen:

## STELLUNGEN

*Stellungen* nennt man die Positionen, in denen die Geschlechtspartner Sex haben. Dabei geht es um die Frage, ob zum Beispiel einer oben oder unten liegt, ob man vielleicht sitzt oder steht, sich dabei anguckt oder nicht. Eine sehr bekannte Stellung ist die sogenannte »Missionarsstellung«. Dabei befindet sich der Mann vor der auf dem Rücken liegenden Frau und führt sein Glied von vorn ein. Der Name »Missionarsstellung«[131] gründet sich wohl auf Alfred C. Kinsey, der aufgrund eines Berichts über die Sexualität von Südseeinsulanern vermutete, dass die Missionare früher in Ländern, deren Einwohner nicht gläubig waren, gelehrt hätten, was sie unter »richtigem Sex« verstehen. Ein anderer Forscher, Robert J. Priest, fand heraus, dass dies jedoch aufgrund der Verwechslung einheimischer Begriffe entstanden ist. Wie auch immer – der Name hat sich hartnäckig gehalten.

Es gibt viele Bücher, Internetseiten und Pornofilme, in denen zahlreiche Stellungen mit teils akrobatischem Charakter beschrieben werden. Viele sind, sofern man nicht sehr gelenkig ist, unbequem oder so nicht nachzumachen, und das Einschlafen von Körperregionen fördert nicht gerade die Lust. Jedes Paar sollte für sich ausprobieren, was Spaß macht und woran beide die meiste Freude haben. Ein wenig Abwechslung ist dabei nie verkehrt, damit keine Langeweile aufkommt. Es sollte andererseits aber auch nicht in den Leistungssport abdriften.

## HÄUFIGKEIT / FREQUENZ

**KLARTEXT:** Würdest du dir von einem Menschen, der vor vielen Hunderten von Jahren gelebt hat, vorschreiben lassen, wie du dich heute im Alltag zu verhalten hast? Für die meisten Menschen wäre das eine komische Vorstellung. »Soll das ein Witz sein? Wie sollte jemand für mich irgendwas entscheiden, der mich ja gar nicht kennen *kann*. Ne danke. Ich entscheide gut für mich selbst.« Und doch orientieren sich gerade in der Sexualität viele Menschen an einem Satz, der Martin Luther[132] zugeschrieben wird: »In der Woche zwier[133] schadet weder ihm noch ihr.« Dieser Satz begegnet mir immer wieder in der Beratungsarbeit. Ich vermute, er hält sich so hartnäckig, weil es keine anderen Anhaltspunkte für die Häufigkeit von Sex gibt. Und da viele Menschen sich gern an Regeln halten, springen sie auf genau diesen Reim an. Leider ist es aber so, dass diese »Messlatte« sehr wohl Männern wie Frauen im Alltag ihrer individuellen Sexualität schaden *kann*. Denn sie messen sich oder den Partner / die Partnerin daran, ob diese »Vorgabe« erfüllt wird, obwohl dies keine allgemeingültige Regel ist. Damit vergiften sie ihre eigene Sexualität zum Teil erheblich. Es ist wichtig, dass jedes Paar hier seinen ganz eigenen Rhythmus findet. Denn: »In der Woche zwei bis vier schadet manchmal sogar ihm und/oder ihr!«

Wie oft ein Paar Sex hat und zu welcher Tageszeit, ist seine ganz private Entscheidung. Das kann und sollte überhaupt nicht von äußeren Normen bestimmt werden. Manche Paare haben selten Sex, vielleicht alle paar Monate, andere machen mehrere Wochen Pause, die nächsten schlafen alle ein bis zwei Wochen zusammen, andere mehrmals pro Woche oder sogar jeden Tag. Auch hier ist es wichtig, dass kein

Leistungsdruck herrscht oder dass Vergleiche die Lust ausbremsen. Der Sexualtherapeut David Schnarch[134] sagt, dass es in jeder Beziehung einen Partner gibt, der mehr Lust, und einen, der weniger Lust auf Sex hat. Diese Rollen können aufgrund anderer Lebensumstände in einer Beziehung auch mal wechseln. Paare stehen also vor der praktischen Herausforderung, diesbezüglich im Alltag gut zueinanderzufinden[135].

## VAGINALVERKEHR

*Vaginaler* Verkehr (Vagina = die Scheide) ist nichts anderes als Penis-Scheide-Geschlechtsverkehr. Wenn der Mann sexuell erregt ist, wird sein Glied steif und es richtet sich auf. Ist die Frau durch das vorausgegangene Vorspiel erregt, schwellen die Schamlippen und der Kitzler an, die Scheide wird mit körpereigenem Gleitmittel befeuchtet. Wie lang das bei der einzelnen Frau dauert, ist von Mal zu Mal unterschiedlich. Das Reizen der Brustwarzen oder des Kitzlers kann die sexuelle Erregung steigern, weil dabei Botenstoffe ausgeschüttet werden, die den Höhepunkt der Frau unterstützen. Doch Vorsicht: Ein Zuviel in diesem Bereich kann auch das Gegenteil auslösen. Eine Frau funktioniert eben nicht wie der Anlasser und das Gaspedal eines Autos: »Schlüssel drehen, Gaspedal durchtreten, und dann schnell durchstarten.« Es ist entscheidend, dass die Frau im Wechselspiel mit ihrem Partner herausfindet, was ihr guttut, was sie mag, und dass sie Feedback gibt, wenn ihr etwas zu viel oder unangenehm wird. Denn der Partner kann das nicht erraten – oder aus vorherigen sexuellen Begegnungen übertragen.

»Zu Beginn unserer Ehe dachte ich, dass ich weiß, wie ich meine Frau sexuell erregen kann. Ich hatte früher häufiger erotische Filme geschaut und begann, so wie ich es dort gesehen hatte, beim Vorspiel gleich damit, ihre Brustwarzen zu reizen. Doch meine Frau empfindet direkte Berührungen der Brustwarzen meist als sehr unangenehm und viel zu intensiv. Als sie mir das sagte, war ich zuerst ganz schön irritiert. Ich habe dann nach und nach gelernt, was ihr gefällt, dass Berührungen der Brustwarze sehr wohl sein dürfen, wenn sie meine Hand dahin führt, dass sie es aber oft schöner findet, an der Brust selbst gestreichelt zu werden – oder auch dass das Streicheln des Kitzlers für sie mal angenehm – und mal unangenehm oder schnell schmerzhaft ist. Wichtig ist ihr vor allem, dass ich den übrigen Körper dabei nicht vergesse – und auch mal ihren Rücken oder Hals streichle, statt wie ein Safeknacker auf der Suche nach der richtigen Erregungskombination immer nur an der Brustwarze zu drehen. So kompliziert, wie das alles nun vielleicht klingt, ist es aber nicht. Seit wir gelernt haben, beim Sex miteinander zu sprechen, uns gegenseitig zurückzumelden, was wir gerade schön finden oder lieber anders hätten, ist es sogar viel entspannter geworden – und überhaupt kein Vergleich mehr zu der plumpen Herangehensweise von früher.«

Wenn die Frau bereit ist, kann sie den Mann einladen, nun seinen Penis in ihre Scheide hinein einzuführen. Durch Bewegung können beide das Lustgefühl steigern, dies *kann* bei beiden Partnern bis zum Höhepunkt führen, ist aber nicht zwangsläufig der Fall, wie wir gleich noch sehen werden. Je nachdem, wie man sich gerade bewegt oder wie man liegt, ist es unterschiedlich, wie tief der Penis in die Scheide eindringt, wie sehr der Kitzler mit gereizt wird, wie schnell der Mann seinen Samenerguss hat oder ob sich beide Partner ansehen, küssen oder umarmen können. Bei dem Geschlechtsverkehr mit der Hand (lat. *manus* = die Hand) werden die Geschlechtsorgane des Partners mit der Hand gereizt. So kann er oder sie durch die *manuelle* Stimulation vielleicht auch zum Höhepunkt/Orgasmus kommen.

# ORGASMUS

*Orgasmus* nennt man den Höhepunkt des sexuellen Lusterlebens beim Sex. Vor dem Höhepunkt stehen bestimmte Körperreaktionen, die diesen quasi vorbereiten. Die körperliche Erregung steigt, das Herz schlägt zügiger, der Atem geht schneller, der Körper, besonders die Geschlechtsorgane werden besser durchblutet, man beginnt vielleicht zu schwitzen.

Wie beim Zünden einer Rakete, setzt dann der Höhepunkt selbst ein: Bei der Frau zieht sich die Scheiden- und die Gebärmuttermuskulatur zusammen, ein intensives (Wärme-)Gefühl breitet sich im Genitalbereich, eventuell auch im ganzen Körper, aus. Manche Frauen erleben beim Höhepunkt einen Flüssigkeitsabgang[136] ähnlich der Ejakulation beim Mann, von anderen wird der Höhepunkt ohne Flüssigkeitsabgang beschrieben. Anatomisch vermutet man, dass es sich bei der weiblichen Ejakulation um Drüsenflüssigkeit handelt, die zum Beispiel aus kleinen Drüsen neben der Harnröhre (→ Paraurethrale Drüsen) stammen kann, Urin ist es jedenfalls nicht. Beim Mann geht mit dem Orgasmus der Samenerguss (Ejakulation) einher. Zuvor kommt der Mann beim Geschlechtsverkehr an den »point of no return«. Dieses besondere Körpergefühl entsteht, wenn die Harnblase verschlossen wird und die Samenwege nun »Vorfahrt« haben. Ab diesem Zeitpunkt ist der baldige Samenerguss vom Mann nicht mehr willkürlich aufzuhalten. Dennoch können auch schon vorher einzelne Samenzellen austreten, der sogenannte Lusttropfen, und die Frau kann schwanger werden.

**KLARTEXT:** Es macht daher keinen Sinn, erst ein Kondom anzuziehen, wenn »Mann« merkt, dass der Samenerguss gleich losgeht, oder den Penis zur Verhütung vor dem eigentlichen Samenerguss rauszuziehen (sog. coitus interruptus) und außerhalb zum Samenerguss kommen zu lassen.

Der Mythos, beide Partner müssten gleichzeitig zum Höhepunkt kommen, hat schon vielen Paaren den Spaß am Sex verdorben. Tatsächlich ist es eher die Ausnahme, dass beide gleichzeitig den Höhepunkt erleben. Dies kommt oft erst nach längerer Zeit in einer Partnerschaft vor. Es muss auch nicht bei jedem Mal ein Orgasmus auftreten, je lockerer man es nimmt, wenn er nicht kommt, umso eher kommt er beim nächsten Mal – und umgekehrt ...

Außerdem werden die Höhepunkte von Person zu Person und von Mal zu Mal anders erlebt. Sie befriedigen unterschiedlich stark, sind mal stärker, mal weniger intensiv. Manchmal ist einem dabei zum Lachen, manchmal genießt man still. Es ist irgendwie jedes Mal anders und darum umso schöner und abwechslungsreicher. Wenn man das Ziel hätte, dass jeder Höhepunkt und jeder Sex schöner ist als das Mal zuvor, käme man unwahrscheinlich unter Leistungsdruck. Es ist eher ein Auf und Ab und insgesamt möglichst ein Aufwärtstrend.

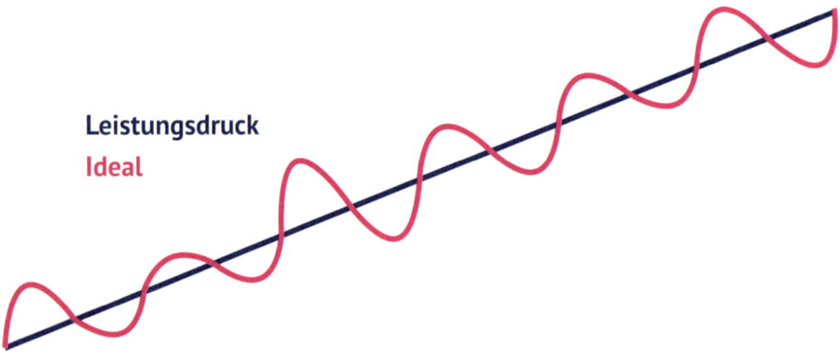


## INFO

Männer und Frauen haben unterschiedliche *sexuelle Erregungskurven*. Dieser Begriff steht für die bildliche Darstellung der körperlichen Reaktionsmuster in der Sexualität. Dabei geht es zum Beispiel um die Frage, wie jemand erregt wird, wann und wie er zum Höhepunkt kommt, ob die Erregung danach schnell wieder abklingt oder noch länger andauert. Solche Darstellungen haben Vorteile und Nachteile. An sich ist es ja hilfreich, wenn man sich das Beschriebene durch eine Grafik viel besser vorstellen kann. Der Nachteil ist, dass man durch feste Abbildungen dazu neigt, Menschen (die ja in ihren Reaktionsmustern bekanntlich flexibel sind!) an diesen Kurven zu messen. Oder wenn man seine eigenen Reaktionen mit der starren Kurve vergleicht – und womöglich als »nicht richtig« einordnet –, obwohl man sehr wohl ganz normal funktioniert. Die klassischen Kurven sagen zum Beispiel, dass bei Männern die Erregung allgemein meist schnell ansteigt, rasch zum Höhepunkt kommt und dass die Erregung dann schnell wieder »abflacht«. Bei Frauen wird ein langsamerer Anlauf beschrieben, der Höhepunkt kommt eher später und die Erregung lässt viel langsamer wieder nach. Eine Frau kann auch mehrmals hintereinander zum Höhepunkt kommen. So weit die Theorie. In der Praxis kann eine Frau aber auch raschen Sex (manche sagen »Quickie« dazu) sehr wohl genießen oder sie kommt mal schneller zum Höhepunkt als ihr Partner. Und auch Männer starten in ihrer Erregung nicht immer gleich schnell durch, brauchen manchmal viel Zeit, bis sich die Erektion einstellt, oder sie haben Schwierigkeiten damit, dass der Penis fest genug bleibt.

Fazit: Die Erregungskurven sind nur im Lehrbuch immer gleich. Im wirklichen Leben sind sie veränderbar, hängen von den Rahmenbedingungen – und zuallererst von den Menschen, die am Akt beteiligt sind, ab. Besonders in jungen Jahren ist es häufiger so, dass die Erregung beim Mann meist schneller entstehen kann als bei der Frau und dass die entsprechenden Reaktionsmuster bei der Frau, wie das Feuchtwerden, das Anschwellen des Kitzlers und des Scheideneingangs, noch nicht so weit ausgeprägt sind, dass auch sie so ohne weiteres zum Höhepunkt kommen kann.

**KLARTEXT:** Sex ist ein sehr intimer Bereich. Du kannst dir bestimmt denken, dass es schwierig ist, darüber verlässliche statistische Daten zu erheben. Entweder man befragt Paare, was sie über ihr Sexleben berichten – und hofft, dass sie es für die Forschung nicht heimlich »aufbessern«. Oder man müsste beim Sex unter Laborbedingungen Untersuchungen machen – doch dabei hätte man wieder keine natürlichen Ausgangsbedingungen. Und man muss Personen finden, die bei so etwas überhaupt mitmachen. Beides ist also nicht optimal, bringt aber immerhin einige Ergebnisse. Hinzu kommen Erfahrungsberichte aus der Beratung. Alles in allem weist eine Menge darauf hin, dass viele Frauen noch nie oder nur sehr selten einen Höhepunkt beim Penis-Scheide-Verkehr erlebt haben, dass viele Frauen viel häufiger einen Höhepunkt durch das Streicheln des Kitzlers erleben und dass nicht wenige Frauen überhaupt noch nie einen Höhepunkt erfahren haben.

Um einen Höhepunkt zu erleben, hilft der Frau das Vorspiel, wenn Bereiche gestreichelt werden, die ihr gefallen, sie erregen, ihr Lustgefühle machen, wenn kein Zeitdruck herrscht, unter dem Motto »Bist du endlich so weit?«, sie selbst sich nicht kontrolliert oder versucht, sich dahin anzustrengen. Daher ist es hilfreich, wenn der Mann sie damit nicht unter Druck setzt. Manchmal finden Frauen es auch okay, keinen Höhepunkt zu haben, aber der Mann denkt, es müsste sein – und sagt damit indirekt, dass es für sie so nicht okay sein darf, obwohl eigentlich er Stress hat, weil er seinen Wert daran misst, ob sie auch einen Höhepunkt hatte. Oder um es anders zu sagen: Er befürchtet, dass er so im Bett »nicht gut genug« war.

Was aber kann der Mann Hilfreiches tun? Es hilft, wenn er lernt, nicht nur seiner Erregung nachzugehen, sondern Rücksicht auf seine Frau zu nehmen, auf sie einzugehen, was ihr gefällt, wie und wo sie gern gestreichelt werden möchte. Berührungen im Bereich des Kitzlers und der Brustwarze setzen den Botenstoff Oxytocin im Körper der Frau frei. Das macht es ihr leichter, zum Höhepunkt zu kommen.

Doch versteh mich bitte nicht falsch – natürlich ist das Vorspiel keine einseitige Angelegenheit, bei der es nur um die Frau geht. Es ist ein beiderseitiges Wechselspiel, das die Erregung beider steigern kann, aber auch den eigenen Zweck hat, einander zu genießen, intime Zeit miteinander zu verbringen, indem der eine auch mal mehr auf den anderen eingeht – kurz darauf mag es wieder andersherum sein. Welche Rolle dabei der Höhepunkt spielt, ist von Paar zu Paar verschieden.

Auch Männer legen nicht immer Wert darauf oder erreichen ihn nicht immer. Wichtig ist, dass man sich nicht lange einen abkrampft, um am Ende für kurze Zeit, womöglich nur für ein paar Sekunden, ein schönes Gefühl rauszuschlagen.

**ZUM WEITERDENKEN:** Während es vielen Männern eher leicht fällt, in der Scheide zum Höhepunkt zu kommen, sind viele Frauen auch deshalb sehr verunsichert, weil der Höhepunkt beim Penis-Scheide-Verkehr gern in erotischen oder pornografischen Filmen gezeigt wird, ein ausführlicheres Vorspiel aber eher nicht. Sie haben dann das Gefühl, etwas »falsch« zu machen oder sogar falsch zu sein, obwohl es ihnen wie vielen anderen Frauen auch geht. Denn es ist wichtig, die körperlichen Grundvoraussetzungen bei der Frau zu beachten und nicht einfach im Zeitraffer auszublenden!

**KLARTEXT:** Wird eine Frau beim Sex nicht sofort feucht und zeigt deutliche körperliche Reaktionen wie das Anschwellen des Kitzlers oder des Scheideneingangs, so kann dies ganz verschiedene Gründe haben. Am ehesten ist es Ausdruck ihrer langsameren sexuellen Erregungskurve – und damit ganz normal. Denkt sie stattdessen frustriert: »Wenn ich nur genug Lust hätte, müsste es anders sein«, führt dies in die gänzlich falsche Richtung. Denn Erregung entsteht ja aus einem Wechselspiel und aus vielen anderen Faktoren, ob sie zum Beispiel gerade dazu bereit ist, sie Angst vor einer Schwangerschaft hat oder welche Botenstoffe im Regelzyklus gerade überwiegen oder … In aller Regel ist sie weder gefühlskalt noch generell lustlos, manche sagen sogar abwertend »frigide«[137] dazu.

Wichtig: Es ist kurz- und langfristig nicht hilfreich, wenn sie ihm eine Reaktion oder einen Höhepunkt vorspielt, die gar nicht da sind. Das ändert den Mangel und Frust bei ihr nicht und »ent-*täuscht*« ihn umso mehr, wenn er davon erfährt. Genauso wenig ist ein Mann an sich verkehrt, wenn sich die Erektion nicht gleich einstellen möchte, er beim Sex anfangs nicht zum Samenerguss in der Frau kommt oder wenn er schon bei dem Versuch, den Penis in die Scheide der Frau einzuführen, einen vorzeitigen Samenerguss hat. Ein vorzeitiger Samenerguss kommt bei hoher sexueller Erregung gar nicht so selten vor. Viele andere Männer erleben ihren Höhepunkt schon nach wenigen Minuten, wenn sie den Penis in der Scheide der Frau bewegen. Männer können es mit speziellen Techniken[138] lernen, die Erregung länger aufrechtzuerhalten und später zum Höhepunkt zu kommen.

Mit dem Orgasmus des Mannes baut sich jedoch meist seine körperliche Anspannung schlagartig ab. Als äußeres Zeichen dieser Entspannung erschlafft der Penis: Der Mann braucht jetzt eine Pause und kann nicht sofort wieder Sex haben (auch das wird in Pornofilmen meist ausgeblendet, und es geht gleich weiter). Die Zeitspanne, wann wieder zum nächsten Mal Sex möglich ist, unterscheidet sich von Mann zu Mann. Sie kann bis zum nächsten Tag dauern, eher schnell vorüber sein – oder einige Stunden anhalten. Viele Männer berichten, dass sie dann müde sind und am liebsten gleich schlafen würden. Das Entspannungsgefühl ist wissenschaftlich sogar aufgrund von bestimmten Botenstoffen, die beim Höhepunkt ausgeschüttet werden, nachvollziehbar. Doch wenn der Sex mitten in ihrer aufsteigenden Erregungskurve endet, kann es für die Frau frustrierend sein. Daher sollte der Mann nach seinem Höhepunkt seine Partnerin nicht vergessen! Hat sie selbst in dieser sexuellen Begegnung noch keinen Höhepunkt erlebt? Wäre es ihr angenehm, wenn er sie mit der Hand am Kitzler oder in der Umgebung des Kitzlers erregt? Es ist wichtig, dass die Frau über ihre Bedürfnisse spricht und sich nicht darauf verlässt, dass der

Mann weiß, was sie möchte. Ist es häufig so, dass er zuerst kommt, könnten beide überlegen, ob der Mann die Frau nicht vor dem Einführen des Penis am Kitzler streichelt und mit der Hand zum Höhepunkt führt, bevor er selbst den Penis einführt. Möglicherweise erlebt sie dann beim Penis-Scheide-Verkehr auch nochmals einen Höhepunkt, vielleicht aber auch nicht. Wie auch immer sie ihn erfahren, Frauen erleben durch den Höhepunkt auch eine Entspannung, allerdings klingt ihre Erregung meist langsamer ab. Es ist daher schön, wenn beide Partner in der Phase, wenn die Erregung nachlässt, noch etwas Zeit beieinander verbringen, nahe beieinanderliegen, sich halten, streicheln oder etwas anderes tun, was ihnen gefällt.

Schlussendlich sollte beiden Partnern klar sein, dass ihre Sexualität in Entwicklung ist und dass damit ihre sexuelle Lerngeschichte weiter geprägt wird, durch die gemeinsamen Erfahrungen, dass sie immer mal wieder Neuland entdecken können, wie zum Beispiel dass ein Höhepunkt in der Scheide doch erlebt wird – zum Beispiel nachdem die Brust und der Kitzler länger stimuliert wurden –, oder dass sie plötzlich eine neue Stellung entdecken, die beiden Spaß macht, sie etwas anderes Neues ausprobieren und sich wundern, warum sie darauf nicht schon früher gekommen sind …

## INFO

Unterschiedliche Menschen beschreiben ihren Höhepunkt ganz unterschiedlich. Ein Orgasmus ist …

- wie Niesen, man kann ihn nicht bewusst auslösen.
- wie Schmetterlinge im Bauch.
- mal wie ein Raketenflug und mal ein gemütlicher Heißluftballonflug.
- wie ein Sonnentag am Meer.
- wie ein Düsenflugzeug.
- ein ruhiges Genießen.
- wie eine Explosion.
- ein total schönes Kribbeln im Bauch.
- ein überfließendes Wärmegefühl.

- ein Fest der Sinne.
- meine schönste Sinneswahrnehmung.
- die Sahne auf dem Kuchen, aber manchmal schmeckt der Kuchen auch ohne Sahne super.
- immer wieder ein Geschenk – und nicht im Abo zu haben.
- und jede Menge mehr ...!

## ORALVERKEHR

Beim *Oralverkehr* (lat. *os* = der Mund) werden die Geschlechtsorgane des Partners mit dem Mundbereich stimuliert. Oralverkehr kann Teil der partnerschaftlichen Sexualität sein, wenn beide das gut finden. Es gibt aber auch viele Beziehungen, in denen Oralverkehr überhaupt keine Rolle spielt.

Dass die Geschlechtsorgane zuvor gründlich gereinigt werden, sollte eine Selbstverständlichkeit sein.

Beim Oralverkehr kann der Mann die Frau im Intimbereich mit dem Mund befriedigen (Cunnilingus) oder die Frau den Penis des Mannes in den Mund nehmen (Fellatio) und durch Bewegungen zum Höhepunkt führen.

**KLARTEXT:** In vielen Pornofilmen wird sehr viel Wert auf Oralverkehr und vor allem auch darauf gelegt, dass der Mann im Mund der Frau zum Höhepunkt kommt – und dort einen Samenerguss hat. Sperma ist zwar an sich nicht gesundheitsschädlich (es sei denn, es enthält sexuell übertragbare Krankheitserreger) und die Frau kann nicht schwanger werden, wenn sie den Samenerguss des Mannes schlucken würde.

Allerdings sind sehr viele Frauen davon nicht begeistert. Viele finden schon die Vorstellung eklig, fühlen sich aber von ihrem Partner oder anderweitig unter Druck gesetzt, dass es doch »völlig normal« sei. Die vermeintliche Normalität entstammt aber oft genau aus den vermittelten Inhalten der Pornofilme.

Umgangssprachlich sagt man in Pornofilmen dazu, dem Partner einen zu blasen oder »blow job«. Schon der Begriff »Job« macht eine gewisse Haltung dahinter deutlich, die wenig partnerschaftlich und wertschätzend wirkt. Aus dieser Ecke kommen dann auch Überlegungen wie »schlucken oder spucken« und Fragen wie »Wie schmeckt Sperma? Wie viele Kalorien hat es?«, die mir im Rahmen von Schulprojekten häufig begegnen.

Manche Erwachsene, die Oralverkehr als Teil ihrer Sexualität sehen, vermeiden auch den Samenerguss im Mund der Frau, indem der Mann den Penis vor dem Höhepunkt hinausnimmt – oder sie verwenden ein Kondom, das den Samen auffängt.

Achtung: Beim Oralverkehr können ebenfalls sexuell übertragbare Krankheiten weitergegeben werden beziehungsweise Infektionskrankheiten (wie z. B. Lippenherpes) in den Mundbereich oder in den Genitalbereich übertragen werden! Zwar gibt es auch ein gewisses Risiko, Herpes in den Genitalbereich zu übertragen, wenn der Herpes nicht akut ausgebrochen ist, auf keinen Fall aber sollte man Oralsex haben, wenn ein frischer Lippenherpes vorliegt! Wie das Kondom teilweise vor sexuell übertragbaren Krankheiten schützen kann, wenn der Mann es trägt, kann man beim Oralverkehr im Intimbereich der Frau auch ein spezielles Tuch (Latex oder latexfrei) zum Schutz verwenden.

**TIPP:** Lass dir von Pornofilmen nicht das Drehbuch für deine Sexualität vorgeben. Oralsex kann zu einer Partnerschaft gehören, aber nur wenn *beide* es wirklich möchten. Wenn sie es nicht wollen, bricht ihnen kein Zacken aus der Krone, weil sie es nicht oder jetzt noch nicht machen. Und denk dran: Je mehr Menschen Oralverkehr über Pornofilme kennenlernen, es daher für die Norm halten und auch praktizieren, umso mehr denken andere Menschen, es machen doch alle – also ist es »normal«. Das bedeutet aber noch lange nicht, dass sie sich deshalb auch damit wohlfühlen. Egal, um welches Thema es geht: Überleg gut, was zu dir passt, und steck deine ureigensten Eckpunkte in der Sexualität. Denn sie sollte ja dazu da sein, dass es dir gut damit geht – und du nicht unter irgendwelchen Ideen leidest, die andere promoten.

## ANALVERKEHR

*Analverkehr* (lat. *anus* = der Darmausgang) ist eine Form des Geschlechtsverkehrs, bei dem der Penis in den After (Darmausgang) eingeführt wird.

Meist kommt dies in homosexuellen Partnerschaften vor allem unter Männern oder als Sexualpraktik in Pornofilmen vor. Gleichgeschlechtlich orientierte Frauen verwenden zum Teil dazu einen Dildo (Sexspielzeug, das der Form eines Penis nachempfunden ist). Es gibt aber auch Männer und Frauen, die diese Sexualpraktik miteinander praktizieren.

Analverkehr wird ähnlich wie der Oralsex viel durch Pornofilme promotet. Aus medizinischer Sicht gibt es verschiedene problematische Punkte beim Analverkehr: Der After ist nicht so dehnbar wie die Scheide, da er ja nicht für den Geschlechtsverkehr vorgesehen ist. Daher besteht eine nicht unerhebliche Verletzungsgefahr. Die Grundfunktion des Darmausgangs ist es, den Stuhlgang so lange drin zu halten, wie wir das wünschen – und dann auf der Toilette groß zu machen, woraufhin sich der After danach unbedingt wieder komplett verschließen soll.

Beim Analverkehr können aber Verletzungen im Schließmuskelbereich und im Darm selbst auftreten, die über die akute Situation hinaus langfristig Probleme bei der Kontrolle des Stuhlgangs hervorrufen können. Das bedeutet: Es kann passieren, dass der Darmausgang nicht mehr richtig schließt und dass Stuhlgang oder »Wind« abgeht, wenn man es nicht will.

Hinzu kommt, dass der Darm keine Hornschicht als Schutzschicht hat, von der Oberfläche her aber noch empfindlicher als die Scheide ist. In diesem Bereich gibt es kein natürliches Gleitmittel. Reibung ohne Gleitmittel erzeugt aber leichter Verletzungen. Daher sollte man, wenn man Analverkehr praktiziert, auf jeden Fall ein Gleitmittel benutzen und bei Schmerzen sofort aufhören! Fieber nach Analverkehr kann ein Hinweiszeichen auf eine Darmverletzung sein, die zu einer gefährlichen Gewebeentzündung im Unterleib führen kann. Denn im Darm befinden sich zahlreiche Bakterien. Sie sind eigentlich dazu da, unsere Nahrung zu verdauen. Am Penis können sie zu einer Entzündung führen, daher ist das Benutzen eines Kondoms sehr sinnvoll.

Keinesfalls sollte man nach Analverkehr den ungesäuberten Penis in die Scheide einführen! Denn die Darmbakterien können durch die Scheide zum Gebärmutterhals aufsteigen. Gelingt es ihnen, den Gebärmutterhals zu überwinden, haben sie im inneren Genitale leichtes Spiel. Besonders gefährlich ist es, wenn sie die feinen Flimmerhärchen verkleben. Dann kann die Frau später unfruchtbar sein oder zu lebensgefährlichen Eileiterschwangerschaften neigen.

**KLARTEXT:** Bei Analverkehr können sexuell übertragbare Krankheiten besonders leicht durch kleine Risse in der Schleimhaut weitergegeben werden.

## SEXSPIELZEUG

Unter dem Begriff Sexspielzeug versteht man Gegenstände oder andere Hilfsmittel, die Menschen zur Erregung benutzen. Vibratoren zum Beispiel sind Geräte, die sexuelle Lust durch Vibration – rüttelnde oder zitternde Bewegung – hervorrufen. Ob ein Paar Sexspielzeug verwendet, muss wieder davon bestimmt sein, was beide möchten.

**ZUM WEITERDENKEN:** Vibratoren üben einen starken Reiz im Intimbereich aus. Wenn man sie sehr intensiv in die eigene sexuelle Lerngeschichte mit einbaut, kann es passieren, dass natürliche Erregungsmuster nicht mehr als reizvoll genug wahrgenommen werden und dass es dann irgendwann ohne Sexspielzeug nicht mehr lustvoll genug ist. Wie bei allen anderen Punkten und Themen stellt sich auch hier die Frage: Was möchte ich, und was tut mir langfristig gut? Wie möchte ich meine sexuelle Lerngeschichte prägen?

# SELBSTBEFRIEDIGUNG – WAS IST DAS?

Ganz genaue Zahlen kennt man hierfür nicht, immerhin ist es ja eine ganz persönliche Angelegenheit. Befragungen kommen aber zu dem Ergebnis, dass etwa 95 Prozent der Männer und 60 Prozent der Frauen Erfahrung damit haben, sich selbst zu befriedigen. Selbstbefriedigung ist, wie der Name schon sagt, eine auf das Ich angelegte Möglichkeit, Sexualität zu leben. Gelegentlich wird Selbstbefriedigung auch in partnerschaftlichen Sex integriert. Dabei werden die Geschlechtsorgane so gestreichelt, dass man schöne Gefühle oder sogar einen Höhepunkt (→ Orgasmus) bekommt.

In der Teeniezeit ist es normal, dass dein Interesse an Sex mehr und mehr erwacht. Immerhin spielen nun auch ganz andere → Botenstoffe in deinem Körper eine Rolle. Dabei ist es auch normal, seinen Körper zu entdecken. Wie das bei dem einen oder anderen praktisch aussieht, ist jedoch sehr unterschiedlich. Manche Jugendliche erleben Selbstbefriedigung als *einen* Schritt, ihren Körper zu erforschen und ihre Sexualität zu entdecken. Andere entdecken zwar ihren Körper, möchten aber Selbstbefriedigung nicht ausprobieren oder haben diese Möglichkeit für sich noch nicht entdeckt. Wieder andere wollen ihre Sexualität bewusst später mit ihrem Partner entdecken und verzichten daher auf Selbstbefriedigung. Noch andere haben kein Interesse daran. Oder sie haben es ausprobiert, finden es aber für sich nicht reizvoll.

Es gibt sehr viele unterschiedliche Positionen zu diesem Thema. Früher war es ein besonders heißes Eisen und ein großes Tabuthema. Bevor man verstanden hatte, wie die Zeugung (→ Sex und Verantwortung) funktioniert, dachte man, dass sich im Samen des Mannes die Babys befinden und dass der Mann der Frau beim Sex das Baby gibt, das dann in ihrem Körper heranreift. Machte ein Mann Selbstbefriedigung, so befürchtete man, das Baby müsse sterben, weil es so nicht in den Körper der Frau gelangen könne.

Hinzu kam, dass man über Sex nicht sprach und es Zeiten gab, in denen man überzeugt war, Sex sei einzig und allein zur Fortpflanzung da. Daher lehnte man alle anderen Gründe für Sex – wie Lust oder Einheit und erst recht Selbstbefriedigung – ab und versuchte, junge Leute mit verworrenen Geschichten davon abzuhalten, Selbstbefriedigung zu machen. Man erzählte ihnen zur Abschreckung von schweren körperlichen Schäden wie Gehirnerweichung und Rückenmarksschwund, Krebs, Lepra und vielem anderem mehr.

Von religiöser Seite sagte man ihnen, dass Selbstbefriedigung Sünde sei, und drohte damit auch mit der Verdammung durch Gott. Tatsächlich gibt es in der Bibel keine einzige Bibelstelle, die sich direkt auf Selbstbefriedigung bezieht. Stattdessen gibt es viele andere Stellen, die sich sehr klar mit Sexualität und zum Beispiel dem Fremdgehen befassen.

Wenn überhaupt, hat man indirekt Schlüsse daraus gezogen, dass Sexualität von der Schöpfungsgeschichte her als Sexualität zwischen Mann und Frau angelegt ist. Einen differenzierten Blick auf die Thematik bietet dir eine Zeitschrift[139], die sich in einem Heft speziell dieses Thema vorgenommen hat.

Diese ganze Geschichte vom Umgang mit Selbstbefriedigung lässt dich vielleicht besser verstehen, weshalb viele Erwachsene immer noch Probleme damit haben, entspannt über dieses Thema zu sprechen.

**KLARTEXT:** Selbstbefriedigung ruft keine körperlichen Krankheiten hervor. In jedem Fall prägt man aber auch dadurch seine individuelle → sexuelle Lerngeschichte.

Manche entdecken Selbstbefriedigung übrigens schon weit früher, nämlich im Kindesalter, für sich. Unser Körper ist so gemacht, dass die Geschlechtsorgane schon früh empfindsam sind für schöne Gefühle. Daran ist nichts Verkehrtes. Wir entdecken so ja auch die Welt um uns herum und unseren Körper.

**KLARTEXT:** Macht man ab und zu Selbstbefriedigung und fixiert sich nicht darauf, so ist das erst einmal unproblematisch. Bei vielen bleibt es aber nicht dabei – und es entwickelt sich manchmal als Tröster, wenn man sich einsam fühlt oder zur lieben und dann hartnäckigen Gewohnheit, die man nicht mehr missen möchte. Besonders in Kombination mit Pornografie (→ Pornos & Sexseiten im Internet) kann sich Selbstbefriedigung zur sexuellen Sucht entwickeln. Es gibt Menschen, die sich selbst als abhängig von Selbstbefriedigung empfinden, die das Empfinden haben, dass sie nicht mehr damit aufhören können, sogar dann, wenn sie verheiratet sind und Sexualität inzwischen ganz anders leben könnten.

In einer Partnerschaft kann Selbstbefriedigung zum Problem werden, wenn einer seine sexuelle Lust ausschließlich allein auslebt, weil er es so möchte oder es nie anders gelernt hat. Der andere geht so leer aus. Sexualität wird dann nicht auf der Beziehungsebene gelebt, sondern allein als ein Weg zur individuellen sexuellen Lusterfüllung. Interessanterweise haben Hormonuntersuchungen gezeigt, dass bei Selbstbefriedigung im Vergleich zu partnerschaftlicher Sexualität weniger Hormone ausgeschüttet werden. Das bedeutet, dass partnerschaftlicher Sex erfüllender erlebt wird.

Es geht also nicht darum, was du darfst oder nicht darfst oder wie andere Menschen sich dazu stellen. Schlussendlich ist es deine Entscheidung, verantwortlich mit deiner sexuellen Lerngeschichte umzugehen und gut zu überlegen, wie und womit du deine Lerngeschichte prägen möchtest.

»Schon als kleines Mädchen von vier Jahren habe ich entdeckt, dass es schöne Gefühle macht, wenn ich mich zwischen den Beinen streichle. Meine Eltern haben darauf ganz komisch reagiert, meine Hand da weggenommen und mit mir geschimpft. Schnell wurde mir klar, dass das in ihren Augen nicht okay ist. Bis vor wenigen Jahren habe ich mich dafür total schuldig gefühlt, dass ich als unschuldiges Kind so was Schlimmes gemacht habe. Erst vor Kurzem habe ich verstanden, dass ich ganz normal meinen Körper entdeckt hatte und dass daran keine Schuld ist.«

»In der Teeniezeit habe ich mit Selbstbefriedigung angefangen, als ich oft allein war. Das hat sich zur Gewohnheit entwickelt. Ich mache es heute noch oft als Stressabbau. Manchmal ärgere ich mich drüber, weil ich meinen Stress so gar nicht abbauen will, aber es hat sich so eingespielt, und ich habe bisher kaum andere Wege gefunden, wie ich mich ähnlich gut entspannen kann.«

»Früher habe ich Selbstbefriedigung ausprobiert. Es gab eine Zeit, in der ich das häufiger gemacht habe, es wurde dann aber immer weniger. Als ich vor einigen Jahren meinen Mann kennenlernte, war es schon länger kein Thema mehr.«

»Unsere 5-jährige Tochter hat entdeckt, dass sie schöne Gefühle bekommt, wenn sie sich mit dem Unterkörper an Gegenständen entlangreibt. Sie rief begeistert zu uns rüber: ›Das ist echt toll, wollt ihr das auch mal versuchen?‹«

»Als ich frisch verheiratet war, spielte Selbstbefriedigung keine Rolle für mich, obwohl ich es von früher kannte. Wir hatten als Paar viel Spaß beim Sex. Irgendwann wurde es aber schwieriger, es gab Missverständnisse, und es war mir einfach zu anstrengend, alles durchzusprechen. Ich habe mich eher zurückgezogen – da lag es nah, mit der Selbstbefriedigung wieder anzufangen. Mein Mann hat sich dann gewundert, weshalb ich kaum noch mit ihm schlafen möchte, und es irgendwann angesprochen. Denn die Situation tat uns beiden nicht gut. Wir haben uns zusammengesetzt und überlegt, wie wir uns als Paar beim Sex besser verstehen können.«

## PORNOS & SEXSEITEN IM INTERNET

Leider ist das Internet auch in Sachen Sex nicht immer nett. Es gibt neben vielen sehr guten Seiten auch haufenweise Schrott, Angebote mit merkwürdigem, zum Teil sogar ungesetzlichem Inhalt. Klar, das Internet ist total groß und wird von sehr vielen Menschen für ihre Interessen genutzt. Da kann man sich super verstecken. Schmuddelseiten oder solche mit diskriminierenden oder fremdenfeindlichen Inhalten fallen meist nicht gleich auf.

Jetzt geht es aber konkret um Bilder oder Sexfilme, deren Ziel es ist, durch das Zeigen der Geschlechtsorgane und bewusst vereinfachter Handlungen Erregung beim Betrachtenden auszulösen. Diese Fotos und Filme nennt man Pornografie oder umgangssprachlich Pornos.

Laut Gesetz ist es verboten, Personen unter 18 Jahren Pornos zugänglich zu machen, sie so aufzubewahren, dass sie für Personen unter 18 zugänglich wären, sie ihnen zu überlassen oder aktiv zu zeigen. Das aktive Zeigen von Pornos gegenüber Kindern unter 14 Jahren fällt sogar unter den Straftatbestand von sexuellem Missbrauch (§176 Strafgesetzbuch). Und das alles nicht etwa, weil die Erwachsenen nicht genügend pornografisches Material hätten und die Pornos deshalb gern für sich behalten wollten. Der Grund ist, dass Pornografie gegen die sexuelle Selbstbestimmung von Kids und Teens verstößt!

»Als seine Eltern abends weggegangen sind, hat mein Freund einen Sexfilm angestellt. Er meinte, dass es cool wäre, wenn wir den zusammen gucken. Das sei überhaupt kein Problem, das habe er mit seinen Kumpels schon oft gemacht. Ich habe anfangs nicht viel darüber nachgedacht, fand es spannend, was anzusehen, was eigentlich verboten ist – und wollte auf keinen Fall als Baby dastehen. Ehrlich gesagt, kam ich mir im ersten Moment ziemlich erwachsen vor. Anfangs hat mich das sogar etwas angemacht, doch die Handlung wurde schon bald so ekelhaft, dass mir echt schlecht geworden ist. Auf meinen Freund konnte ich mich nachher überhaupt nicht mehr einstellen. Ich wollte nur noch nach Hause. Die Bilder haben mich echt verwirrt. Ich würde so gern mit jemandem darüber sprechen, aber ich weiß nicht, mit wem. Am schwersten ist für mich, dass so was für meinen Freund normal zu sein scheint. Hoffentlich will er nicht wieder so was gucken – und erst recht nicht so was ekliges praktisch ausprobieren.«

Das Problem ist, dass Pornos deine Vorstellung von Sexualität so erheblich prägen, dass es schwer sein kann, später überhaupt eine normale Sexualität in einer Partnerschaft zu leben. Wenn du keine Erfahrungen hast, an denen du das Gesehene überprüfen kannst, kann man dir Fakes vorspielen, ohne dass du es merkst.

**ZUM WEITERDENKEN:** Zeigt man dir in einem Gesellschaftsfilm eine Person, die ohne Sauerstoffmaske 60 Minuten unter Wasser taucht, würde dir der Schwindel schon nach wenigen Minuten auffallen. Schon bald wird dir klar, das geht ja in Wirklichkeit gar nicht! Klar könnte man einen solchen Film produzieren, allerdings nur, wenn man die Szenen, in denen die Person auftaucht und Luft holt, herausschneidet. Aufgrund deiner Erfahrung, dass man die Luft gar nicht so lang anhalten kann, kannst du das Gesehene gut einordnen. Bei Sexfilmen fehlen dir aber die Vergleichsmaßstäbe. Willst du später diese Art von Sexualität leben, stellst du womöglich fest, dass dies nicht möglich ist – und hältst dich für krank, anstatt zu durchschauen, dass dir digital bearbeitete Fantasiebilder untergeschoben wurden.

Gerade bei Teens mitten im Gehirnumbau brennen sich diese Fehlinfos richtig krass ein. Der Gesetzgeber geht sogar so weit, dass er das Zeigen von Pornos auf eine Stufe mit anderen Straftaten gegen die sexuelle Selbstbestimmung stellt, wie zum Beispiel sexuelle Nötigung, Vergewaltigung und sexuellen Missbrauch von Kindern. Es geht also nicht darum, irgendwem den Spaß am Sex zu verderben, sondern es grundsätzlich zu ermöglichen, dass sich Sexualität und der Spaß daran normal entwickeln können.

Auch andere Gründe sprechen dafür: Wissenschaftliche Studien haben zum Beispiel nachgewiesen, dass in Pornos sehr viel Gewalt, vor allem gegen Frauen, gezeigt wird. Frauen werden erniedrigt, geschlagen und gewürgt – und reagieren laut Drehbuch, wer hätte das gedacht, lächelnd darauf. Das findest du vielleicht abgefahren und völlig unverständlich – regelmäßige Nutzer von Pornos sehen das aber mehr und mehr anders. Für sie ist das irgendwann eher normal als befremdlich. Und so gab es in Großbritannien sogar eine Protestwelle, weil die Regierung zum Schutz von Kindern Kriterien[140] für Onlinepornofilme erlassen hat, die bestimmte Sexualpraktiken verbieten, zum Beispiel solche, in denen Demütigungen, körperliche oder verbale Gewalt sowie Rollenspiele als Nichterwachsene vorkommen. Der Protest wird vor allem daran festgemacht, dass die eigene »Freiheit« beschnitten würde, dass man wirtschaftlich im Vergleich zu anderen Ländern schlechter dastünde oder dass man den genauen Inhalt der Kriterien nicht gut findet.

Dabei gerät das eigentliche Anliegen, dass Kinder geschützt werden sollen, schnell aus dem Blick.

**KLARTEXT:** Doch bei Gewalt in Darstellungen wird es gefährlich. Denn wir lernen am Modell. Durch solche Szenen wird der sogenannte Vergewaltigungsmythos am Leben gehalten. Dieser Mythos sagt, dass Frauen an Vergewaltigungen eigentlich Spaß haben, es aber nicht so zeigen (können), sich anfangs eher zieren und dass der Mann sie einfach überwältigen muss. Dies öffnet grenzverletzendem Verhalten und Missbrauch Tür und Tor.

## INFO

In letzter Zeit kommen immer mehr Bücher und infolgedessen »erotische Filme« auf den Markt, in denen Sex und Gewalt literarisch verpackt vermischt werden. Als vermeintliche »Literatur« kommen sie auf den ersten Blick salonfähiger daher als ein plumper Pornofilm.

Doch gerade die Vermischung von Sex und Gewalt/Schmerzen prägt aufgrund der bei Schmerz ausgeschütteten Botenstoffe die körpereigene Biochemie und damit die sexuelle Lerngeschichte erheblich.

Ich kenne Klienten, die sich der sexuellen Anziehungskraft dieser Art von Büchern und Filmen nicht mehr entziehen können. Dies prägt ihre sexuelle Gedankenwelt erheblich und hat Auswirkungen darauf, wie sie Sex leben.

Andere Personen möchten Sex nur noch in Kombination mit Schmerz leben, indem sie entweder Lust daran haben, anderen Schmerzen zuzufügen, oder selbst Schmerzen lustvoll erleben. Dies nennt man Sadomasochismus.

Es bleibt dabei, dass alle sexuellen Spielarten deine Lerngeschichte in unterschiedliche Richtungen prägen. Geh daher sorgsam und verantwortungsbewusst mit deiner Lerngeschichte um.

Und was für eine Basis ist die Ausübung sexueller Gewalt in Filmen für spätere partnerschaftliche Sexualität? Der Sexualwissenschaftler Prof. (USA) Dr. Jakob Pastötter hat sogar anregt, dass auf jede pornografische DVD und vor jeden pornografischen Videoclip die Warnung gehört, die wir in ähnlicher Form von Zigarettenschachteln kennen: »Das Ansehen dieses Films bei gleichzeitiger Masturbation ist eine sexuelle Selbstkonditionierung, die ihre sexuelle Gesundheit und ihre Partnerschaftsfähigkeit gefährdet.«[141]

**KLARTEXT:** Wer Pornos schaut und dabei körperlich Sex hat, zum Beispiel durch Selbstbefriedigung, legt in seinem Gehirn Muster an, wie Sex gelebt wird. Diese Muster möchte das Gehirn später auch praktisch leben. Doch im wirklichen Leben ist dein Sexualpartner nicht Teil des Drehbuchs, nach dem er zu reagieren hat. Er ist eine reale Person aus Fleisch und Blut, hat Bedürfnisse, Gefühle und Vorstellungen, die zu diesen Fake-Drehbüchern nicht passen.

Dann kann es zum Beispiel passieren, dass jemand keinen Bock mehr auf Paarsexualität hat, weil das aus seiner Sicht einfach zu kompliziert ist. Er oder sie schaut lieber Pornos – und erregt sich selbst. Oder ein Partner besteht darauf, dass seine Partnerin Elemente aus früheren Filmen nachspielen muss. Sei es durch die Kleidung, durch eine bestimmte Art, sich zu bewegen, eine besondere Vorliebe zum Beispiel nach High Heels (extrem hohen Schuhen), Latex- oder Lackkleidung (im sexuellen Kontext werden solche Vorlieben nach meist leblosen Gegenständen, die Erregung auslösen, »Fetisch« genannt), sonst kommt überhaupt keine Erregung mehr auf. Das alles ist keine Theorie, sondern Beratungserfahrung, wie auch die Tatsache, dass manche Menschen selbst Jahrzehnte später noch seltsame sexuelle Eindrücke aus Filmen in ihre heutige Paarsexualität einbringen wollen, auch wenn ihr Partner oder ihre Partnerin zum Beispiel gar keinen Analsex, keine Latexkleidung oder Ähnliches möchte.

Manche Kids oder Teens kommen aus Neugierde mit Pornos in Kontakt, nicht selten, weil sie zu Hause wenig aufgeklärt sind. Sie sehen darin ihre Chance, sich unauffällig wie die Erwachsenen über Sex »zu informieren«.

Oder sie meinen, es wäre uncool, wenn sie dabei nicht mitmachen. Oder es wäre cool, viel Wissen über Sex zu haben. Doch genau darin besteht die Täuschung: Pornos sind überhaupt nicht als Infomaterial für Kids und Teens gemacht, sondern einzig zur Luststeigerung von Erwachsenen. Sie haben Fantasycharakter und keinen Anspruch auf eine wirklichkeitsgetreue Darstellung.

»Ich finde Pornos total eklig und wollte nie welche gucken. Es hätte hier und da Gelegenheiten gegeben. Aber ich habe nie mitgeschaut. Doch dann hat meine beste Freundin einen Film auf ihr Handy bekommen. Sie hat sich nicht getraut, ihn allein anzugucken, wollte ihn aber auch nicht löschen. Ich dachte, als gute Freundin müsste ich ihr beistehen. Daher habe ich den Film mit angeguckt. Die Bilder vergesse ich nicht.«

Viele Kids und Teens finden unfreiwillig Pornofilme oder Bilder. Sie landen versehentlich auf seltsamen Seiten, während sie für Hausaufgaben oder Referate im Netz recherchieren, manchmal sogar durch Fehlklicks, weil die Werbung im letzten Moment da aufpoppt, wo sie eigentlich klicken wollten.

»Für ein Schulprojekt über Drogen sind wir in der 8. Klasse in den Computerraum der Schule gegangen. Wir sollten auf Internetseiten dazu etwas nachlesen. Als wir den Rechner anmachten, waren nackte Menschen zu sehen, die Sex hatten. Wir waren alle voll geschockt und wollten das sofort abstellen. Aber man konnte das Bild nicht schließen. Der Knopf mit dem x war umprogrammiert worden. Je öfter man es versuchte, umso größer wurde das Bild, und umso mehr konnte man sehen. Das war so was von eklig, da fehlen mir echt die Worte. Wir konnten nur noch den Ausschalter drücken. Beim Neustart kam sofort die Frage: ›Möchten Sie die alte Browsersitzung wiederherstellen?‹ Sofort war das Schmuddelzeug wieder da. Ein Computerexperte hat später herausgefunden, dass ein Pornovirus das Schulnetzwerk infiziert hatte. Wenn ich will, kann ich mir die Bilder von damals innerlich aufrufen, obwohl das alles schon viele Jahre her ist.«

Andere Teens werden in Chats belästigt oder bekommen von Freunden Filme aufs Handy. Sie übernehmen ein gebrauchtes Handy, auf dem jemand vergessen hat, die vorhandenen Pornos zu löschen, oder bekommen eine SIM-Karte, über deren Nummer andere pornografische Bilder aufs Handy senden. Wusstest Du, dass das Durchschnittsalter für den Kontakt mit Internetpornografie bei ca. 11 bis 13 Jahren liegt?

»In der 4. Klasse habe ich das alte Handy meines Onkels bekommen. Ich wusste am Anfang gar nicht, wie man das bedienen muss. Ich habe immer mehr ausprobiert und habe dann in einem Speicher Sexfilme gefunden, die er nicht gelöscht hatte.«

»Meine Freundin und ich haben beide ein Handy. Irgendwann haben wir uns einen Spaß draus gemacht, immer wieder unsere SIM-Karten zu tauschen. Anfangs war das echt witzig, mal hatte ich ihre Nummer, mal sie meine. Doch irgendwann hat so ein Typ unsere Nummern bekommen – und schickt uns jetzt immer wieder Nacktbilder aufs Handy. Das ist voll eklig.«

## FANTASIEN UND TAGTRÄUME

Die Kombination von Träumen, Einsamkeit, Pornos, Selbstbefriedigung und häufiger Wiederholung setzt Gedankenautobahnen in Betrieb, die man später nur noch schwer abschalten kann. Andererseits sind Fantasien Teil unseres kreativen Geistes – die unglaubliche Vorstellungskraft von Menschen hat schon enorme Projekte in Gang gebracht und das Unmögliche möglich gemacht.

Für Menschen, die in herausfordernden und schwierigen Lebenssituationen stehen, sind Fantasien manchmal der letzte Weg, sich aus dem Alltag herauszuretten, abzuschalten – und das Leben noch auszuhalten. Tagträume müssen an sich nichts Schlechtes sein. Entscheidend ist, welchem Drehbuch du dabei folgst, und ob du immer wieder auch zurück auf den Teppich kommst.

**TIPP:** Du bist Fantasien nicht hilflos ausgeliefert, nutz die Chancen und bring neue, gute Elemente rein, wenn du das Gefühl hast, dass dich deine Tagträume runterziehen und fertigmachen. Je mehr ungute Wiederholungen es gibt, umso tiefer fräst sich die Spur ein, je mehr konstruktive Seitenpfade reinkommen, umso eher kommst du von alten unguten Spuren weg. Und suche immer wieder aktive Momente im Leben, in denen du bewusst im Hier und Jetzt lebst, um das wirkliche Leben nicht zu verpassen.

Achte besonders bei sexuellen Fantasien drauf, dass du dich in Kombination mit Selbstbefriedigung (→ Selbstbefriedigung – Was ist das?) tatsächlich in dieser Richtung konditionierst, dich innerlich festlegst.

Du schreibst dir damit Verhaltensmuster ins Gehirn, die später gelebt werden möchten.

## SEX UND VERANTWORTUNG

Zum großen Thema Sexualität begegnen dir verschiedene Punkte, die allgemein betrachtet und übergeordnet mit dem Begriff *Verantwortung* einhergehen: Verantwortung dir selbst gegenüber, deinem Partner und womöglich sogar Verantwortung für ein Kind, das gezeugt werden kann.

Manche Themen davon habe ich bereits weiter vorn im Buch angesprochen, wie zum Beispiel der Umgang mit Freundschaften und das Thema Grenzen setzen, aber auch das erste Mal. Verantwortung bedeutet auch, dass andere deine Grenzen achten und dich als Person respektieren. Leider möchten manche aus Sex nur Gewinn schlagen und benutzen dafür andere Menschen, sei es, indem sie sie in Beziehungen ausnutzen oder als Loverboy (→ Loverboys) ausbeuten. Zum Abschluss dieses Kapitels geht es nun noch um die großen Themenblöcke sexuell übertragbare Krankheiten, Empfängnisregelung und ungeplante Schwangerschaften.

## SEXUELL ÜBERTRAGBARE KRANKHEITEN

Es geht mir nicht darum Panik zu schüren. In einem Buch über Sexualaufklärung komme ich aber an dem Thema *sexuell übertragbare Krankheiten*, so unangenehm allein schon die Vorstellung ist, nicht vorbei.

**KLARTEXT:** Krankheiten, die vor allem durch Sex übertragen werden, bezeichnet man als sexuell übertragbare Krankheiten (STD = sexually transmitted diseases). Dabei kommen klassische sexuell übertragbare Erkrankungen vor, wie zum Beispiel Gonorrhö (Tripper) und Lues (Syphilis), aber auch eine ganze Reihe anderer Krankheiten, die auf diesem Weg übertragen werden. Manche sind explizit meldepflichtig, andere sind es nicht. Ursachen können Bakterien, Viren, Pilze, Parasiten und Einzeller sein. Allein ein Übersichtsartikel bei Wikipedia listet zu STDs fast 30 verschiedene Krankheitsbilder! Dazu gehören das bekannte HIV (Aids), Leberentzündungen (Gelbsucht), Genitalwarzen, Scheidenpilz, Filzläuse im Schamhaarbereich, Herpes im Intimbereich und viele andere mehr.

Eines haben alle STD gemeinsam: Je häufiger man seinen Partner wechselt, umso leichter verteilt man sexuell übertragbare Krankheiten – oder holt sich diese, wenn man zuvor nicht betroffen war. Das ist auch ein Vorteil, wenn Liebe wartet: Wenn beide nur jeweils einen Partner haben, können sie sich nichts von früheren Partnern weitergeben.

Doch das ist im Vorfeld nicht immer so zu haben – oder überhaupt abzuschätzen. Um es mal praktisch zu verdeutlichen: Lea ist 16 und seit letzter Woche mit Tobias, 17, befreundet. Sie überlegt: »Tobias war bis zum Sommer mit Sandra zusammen. Die beiden waren schon eng miteinander, aber ob sie Sex hatten, habe ich Tobias noch nicht gefragt.« Lea kennt Sandra flüchtig und weiß, dass diese vorher einige Zeit mit Sven aus ihrer Stufe befreundet war. Sven hatte schon viele Freundinnen, davon kennt sie Anna, Lisa und Lara. Wie weit sie körperlich gegangen sind, weiß Lea nicht. Lara war länger mit Tom zusammen, der geht jetzt mit Luise. Lea überlegt weiter: »Ich selbst war früher mit Finn befreundet, mit dem hatte ich definitiv Sex. Finn war vorher mit Nele und davor mit Johanna zusammen. Er sagte aber, da sei nichts gelaufen. Was das wohl heißt? Ob Tobias wohl schon Sex mit Hanna, seiner alten Flamme, hatte, die vor Sandra angesagt war …?«

Viele Teens schätzen das Risiko, sich mit einer sexuell übertragbaren Krankheit anzustecken, nicht so hoch ein. Über so was spricht man ja auch nicht. Wenn jemand sich angesteckt hat, hängt er oder sie es schließlich nicht an die große Glocke. Bei Personen mit gepflegtem Auftreten vermuten wir viel weniger eine sexuell übertragbare Krankheit als bei jemandem, der eher ungepflegt daherkommt. Ein gefährlicher Irrtum! Man muss einem Träger von irgendeiner STD überhaupt nicht ansehen, dass er oder sie ansteckend ist. Die wenigsten haben eine Ahnung davon, wie oft diese Krankheiten tatsächlich vorkommen.

Es wird diskutiert, dass kleine, winzige Rasurverletzungen im Intimbereich die Übertragung von STD begünstigen, da sie Eintrittspforten in die Haut darstellen.[142] Eine Aufklärungsseite zur Vorbeugung sexuell übertragbarer Krankheiten schreibt dazu: »Rasierte Haut im Intimbereich weist nach der Rasur immer kleine Verletzungen auf, auch wenn Sie keine Blutungen sehen. Je älter und je preiswerter die Rasierklingen sind, desto stärker sind die Verletzungen. Bei Intimrasuren sollten Sie daher auf einen regelmäßigen Wechsel der Klingen achten. Frisch rasierte Haut ist besonders anfällig für eine sexuell übertragbare Infektion, da die winzigen Verletzungen für die Erreger große Eintrittspforten sein können.«[143]

Die Symptome von STDs können je nach Krankheit ganz unterschiedlich ausfallen.

**TIPP:** Wenn dir etwas seltsam vorkommt und du Beschwerden hast (besonders nachdem du mit jemandem Sex hattest), solltest du eine Ärztin deines Vertrauens aufsuchen und zur Sicherheit nachschauen lassen. Hellhörig werden solltest du beispielsweise bei Juckreiz, eitrigem (gelbem) Ausfluss und Warzen im Genitalbereich. Die Tatsache, dass das von außen sichtbare Geschlecht nicht erkrankt aussieht, schließt keine Infektion aus. Aber wenn jemand sichtbare Entzündungszeichen wie Warzen im Intimbereich hat, ist natürlich Vorsicht geboten.

## INFO

HPV-Impfung

Die HPV-Impfung richtet sich gegen zwei bis vier Untergruppen der Humanen Papillomviren (HPV). Von diesem Virus gibt es über 120 Untergruppen, etwa 30 bis 40 befallen den Genitaltrakt. Etwa die Hälfte davon sind im Gewebe von Gebärmutterhalskrebs nachgewiesen worden und werden daher beschuldigt, an der Entstehung von Gebärmutterhalskrebs beteiligt zu sein.

Die andere Hälfte macht man für die Bildung von Genitalwarzen verantwortlich. Die Impfung gibt es erst seit 2006. Weil es sie nicht schon Jahrzehnte gibt, ist die langfristige Wirkung logischerweise noch nicht untersucht. Sie wurde, nachdem sie auf den Markt kam, sehr rasch[144] von der ständigen Impfkommission in Deutschland (STIKO) empfohlen, obwohl noch nicht alle Langzeitstudien abgeschlossen waren.

Daher wurde die Impfung anfangs kontrovers und vielfach diskutiert. 2009[145] wurde von 13 renommierten Wissenschaftlern sogar öffentlich die Neubewertung der Impfempfehlung gefordert. Für Laien ist es umso schwerer, sich in die ganze Thematik hineinzudenken. Das alles hat Eltern wie Kids verunsichert. Daher gebe ich hier ein paar Eckpunkte und Überlegungen dazu:

- Sehr viele Menschen machen im Laufe ihres Lebens eine HPV-Infektion durch. Es gibt an verschiedenen Stellen unterschiedliche Zahlen: Bei 90 Prozent oder mehr der Menschen, die sich mit HPV anstecken, heilt die Erkrankung aus, ohne chronisch zu werden.
- Im Impfstoff sind die Untergruppen 16 und 18, je nach Impfstoff auch noch zwei weitere, gegen ganz bestimmte Genitalwarzen enthalten. Diese Untergruppen allein wirken nicht gegen *alle,* möglicherweise als gefährlich eingestuften anderen Untergruppen mit. *Darum ersetzt die Impfung auf gar keinen Fall die Krebsvorsorgeuntersuchung von Frauen ab 20 Jahren! Die Impfung geschieht auch nur rein vorbeugend und kann keine vorhandene Infektion beseitigen.*
- Je mehr Partnerwechsel, umso schneller holt man sich STDs – also steigt damit auch das HPV-Infektionsrisiko.

- In ihrer Impfempfehlung bezieht sich die STIKO auf zwei frühere Auslandsstudien, die festgestellt haben, dass die HPV-Untergruppen 16 und 18 für 70 Prozent der Krebsfälle an Gebärmutterhalskrebs verantwortlich seien. Zur Situation in Deutschland steht in der STIKO-Empfehlung von 2007: »Daten zur Seroprävalenz von HPV-Infektion oder zur Prävalenz von HPV-DNA-Nachweisen liegen in Deutschland für keine Altersgruppe vor.«[146] Das bedeutet: In Deutschland wurde vor Impfeinführung nicht untersucht, ob die HPV-Untergruppen 16 und 18 hier auch so häufig vorkommen wie in den früheren internationalen Studien. Es kann sein, dass es so ist, das Vorkommen kann im Vergleich aber auch höher oder niedriger sein, entsprechend mehr oder weniger Fälle von Krebs könnte die Impfung somit verhindern.
- Gebärmutterhalskrebs ist weltweit eine der häufigsten Krebsarten bei Frauen. Weltweit haben die allerwenigsten Frauen die finanziellen Mittel, um so eine teure Impfung zu bezahlen. Hinzu kommt, dass – weltweit gesehen – sehr viele Frauen niemals in ihrem Leben einen Arzt aufsuchen können, geschweige denn eine Frauenärztin bezahlen, die in diesem sensiblen Bereich eine Vorsorgeuntersuchung machen könnte. Wenn bei ihnen Krebs entdeckt wird, ist er bei vielen Frauen meist schon sehr weit fortgeschritten, und man kann ihnen meist bedauerlicherweise insbesondere mit den vor Ort eingeschränkten therapeutischen Möglichkeiten kaum noch helfen.
- In Deutschland ist Gebärmutterhalskrebs seit Jahrzehnten auf dem Rückzug. Wir haben nur noch etwa ein Drittel so viele Fälle wie vor 30 Jahren. Deutschland ist ein reiches Land mit einem sozialen Gesundheitssystem, indem nicht nur die teure Impfung bei Mädchen und jungen Frauen von der Krankenkasse bezahlt wird. Deutschland ist auch ein Land, in dem wir quasi kostenlos die Möglichkeit haben, zur Untersuchung (Krebsvorsorge) bei einer Frauenärztin zu gehen. Da wir Untersuchungsmöglichkeiten haben, werden Gewebeveränderungen oft schon als Vorstufe von Krebs frühzeitig entdeckt und können behandelt werden.
- Bis eine Infektion chronisch wird und schließlich womöglich in Krebs endet, vergehen viele, in der Regel mindestens sieben bis zehn Jah-

re, manchmal sogar mehr. Gebärmutterhalskrebs entsteht also nicht über Nacht.

- Mütter sind heutzutage in einem großen Dilemma. Lassen sie ihre Tochter nicht gegen Gebärmutterhalskrebs impfen, werden sie als Rabenmutter beschimpft und sind mit Sicherheit »schuld«, wenn die Tochter später einmal daran erkrankt. Dieses Verkaufsargument fließt leider auch in die Werbung für die Impfung durch die herstellenden Pharmafirmen mit ein, obwohl die Töchter ja auch gar nicht oder an einer ganz anderen Virusuntergruppe als 16 oder 18 erkranken können.

  Lassen Mütter ihre Tochter aber impfen, und die Impfung ruft Nebenwirkungen hervor, die das Leben jetzt beeinträchtigen – und sie erkrankt nie an Gebärmutterhalskrebs, so ist die Mutter auch wieder »schuld« – und niemand weiß, ob die Tochter ohne Impfung jemals an Gebärmutterhalskrebs erkrankt wäre.
- Nebenwirkungen auf die Impfungen werden leider außerhalb der ursprünglichen Herstellerstudien nicht systematisch und zentral erfasst. Klagt ein Mädchen nach der Impfung über Gesundheitsbeschwerden, zum Beispiel Sehstörungen oder Haarausfall, so müsste der behandelnde Arzt a) um die Impfung wissen, b) diese Problematik der Impfung zuordnen und einen Zusammenhang für wahrscheinlich halten und schließlich c) melden, damit sie erfasst wird. Auf dem Internetportal www.sanego.de kann man über den Beipackzettel hinaus Berichte von Impfreaktionen auf die beiden Präparate finden, wobei einer der Impfstoffe deutlich häufiger bewertet wurde als der andere. Hierhin wenden sich logischerweise aber vor allem Menschen, die Nebenwirkungen haben, und weniger solche, die alles gut vertragen haben.
- HPV-Viren allein lösen keinen Gebärmutterhalskrebs aus. Bekannte Co-Faktoren sind Rauchen, HIV-Erkrankung oder andere Abwehrschwächen und hormonelle Verhütungsmittel.
- HPV-Viren werden neben dem Gebärmutterhalskrebs beschuldigt, auch an der Erkrankung mit anderen Krebsarten beteiligt zu sein: zum Beispiel Peniskarzinom beim Mann, Scheidenkarzinom und Kar-

zinom des äußeren Genitales bei der Frau sowie bei beiden Geschlechtern Karzinome im Mund-Rachenraum.

- Zum gegenwärtigen Zeitpunkt wird offiziell empfohlen, die Impfung möglichst vor dem ersten Mal Sex abgeschlossen zu haben.

**KLARTEXT:** Es muss klar sein, dass man sich in einer falschen Sicherheit wiegt, wenn man glaubt, dass man mit der Impfung nicht mehr an Gebärmutterhalskrebs erkranken könnte.

Die Vorsorgeuntersuchung ist nach wie vor nötig! Jede Impfentscheidung ist, da sie den eigenen Körper betrifft, immer auch eine ganz persönliche Entscheidung nach gründlicher Abwägung aller Vor- und Nachteile.

Sie sollte nicht allein durch Empfehlungen, Ratschläge oder Druck von anderen zustande kommen.

## WISSENSWERTES ZUM THEMA EMPFÄNGNISREGELUNG

Rund um die Begriffe Empfängnisregelung oder Verhütung begegnen mir in Schulprojekten viele Fragen:

*Kann eine Frau beim Sex eigentlich immer schwanger werden? Gibt es bestimmte Zeitfenster? Das hängt doch auch vom Alter der Frau ab, oder? Können Männer immer Papa werden? Und überhaupt, woher weiß man, wie sicher ein Verhütungsmittel ist? Gibt es Mittel oder Methoden, die eine ungeplante Schwangerschaft zu 100 Prozent sicher verhindern? Wie kann man gut verhüten, statt ungeplant schwanger zu werden?*

Diese und andere Fragen greife ich hier im weiteren Verlauf auf.

**KLARTEXT:** Auch wenn Sex für dich noch lange kein Thema ist, in die Ehe gehört oder wenn deine Eltern eine andere Position als du haben – es ist in jedem Fall wichtig, dass du dich mit dem Thema Empfängnisregelung auskennst. Nicht jeder Sex geschieht freiwillig (→ Schutz vor Übergriffen) oder gut überlegt (→ Sex – das erste Mal). Aus diesen Gründen gehe ich hier so ausführlich auf dieses Thema ein.

## BASICS ZUR EMPFÄNGNIS

Wenn Frau und Mann Sex haben, kann ihre Liebe in Form eines Babys, das sie zeugen, eindeutig Gestalt annehmen. Das gilt im Wesentlichen für die Geschlechtsreife der Frau. Denn Frauen können zwischen der Pubertät und den Wechseljahren (wenn sich die Regelblutung circa zwischen 40 und 55 Jahren wieder verabschiedet) schwanger werden. Es gibt aber weder für die Pubertät noch für die Wechseljahre eine lupenreine Altersgrenze, die man festlegen könnte. Die Fruchtbarkeit der Frau beginnt und endet höchst individuell!

Anders sieht es bei den Jungs aus. Sie sind als Kinder unfruchtbar, ab der Geschlechtsreife können Männer aber grundsätzlich ihr ganzes Leben lang Kinder zeugen – auch wenn man sagt, dass die Fruchtbarkeit im Alter etwas nachlässt.

Die Hoden bilden auch im höheren Lebensalter noch Samenzellen. Die Zeugung eines Kindes kann aber schwieriger werden, falls der Penis nicht mehr ausreichend steif wird, sodass kein Penis-Scheiden-Verkehr mehr stattfinden kann.

Doch auch in der geschlechtsreifen Zeit kann die Frau nicht immer schwanger werden. *Wie kann man also unterscheiden, wann eine fruchtbare Zeit ist und wann nicht?* Die Zeitfenster, zu denen das möglich ist, sind ein wenig knifflig. Mit ein wenig Biologiewissen ist es aber im Wesentlichen schon nachvollziehbar. Damit ein Kind entsteht, muss eine Eizelle der Frau von einer Samenzelle des Mannes befruchtet werden. Jeden Monat springt etwa in Zyklusmitte aus dem

Eierstock der Frau meist nur eine Eizelle heraus und wird vom Eileiter aufgefangen.

- Die unbefruchtete Eizelle ist nach dem Eisprung nur bis zu maximal 24 Stunden befruchtungsfähig.
- Samenzellen können nach dem Sex im Körper der Frau mehrere Tage, in Einzelfällen bis zu maximal acht Tage überleben (auch wenn es oft kürzer ist, you never know …).
- Der Eisprung findet nicht immer am gleichen Tag statt. Er kann sich durch Stress oder Krankheit verschieben, früher oder später als erwartet stattfinden. Es gibt keine äußeren Zeichen, dass der Eisprung stattgefunden hat. Man kann ihn nur medizinisch nachweisen. Auch kann man den Eisprung nicht einfach ausrechnen. Er bleibt also eine gewisse unbekannte Variable.

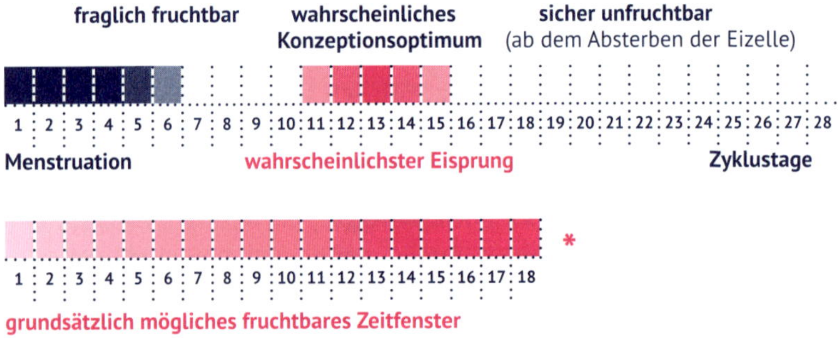


*** ACHTUNG: Der Eisprung kann sich nach vorn und hinten verschieben; das Zeitfenster verschiebt sich dementsprechend mit.**

All diese Aspekte und Fakten werden zur Hilfe genommen, um das Zeitfenster einzugrenzen, in dem geschlechtsreife Frauen im Zyklus schwanger werden können. So ein Zeitfenster kann unter Berücksichtigung aller Randbedingungen bis zu zweieinhalb Wochen groß sein! Erst wenn der Eisprung sicher erfolgt ist und kein Ei mehr da ist und das Ei nicht mehr befruchtet werden kann, beginnt bis zur nächsten Monatsblutung eine unfruchtbare Zeit.

**KLARTEXT:** Da bei Girls in der Pubertät der Regelzyklus oft noch total unregelmäßig funktioniert, der Eisprung mal vorkommt und mal nicht, kann man den Zeitpunkt eines Eisprungs noch viel weniger eingrenzen.

Den Beginn des neuen Monatszyklus signalisiert die einsetzende Regelblutung. Jetzt beginnt eine unsichere Zeit. Aufgrund der theoretisch langen Lebenszeit der Spermien kann Sex während der Regelblutung bei einem frühen Eisprung zur Schwangerschaft führen (› Regelzyklus und Monatsblutung)

Letztlich folgt aus diesen biologischen Überlegungen die klare Aussage, dass man beim Sex eine mögliche Schwangerschaft grundsätzlich auf dem Schirm haben sollte. Weil dies während der gesamten Geschlechtsreife der Frau so ist, interessiert die Frage nach einer möglichst sicheren Empfängnisregelung umso mehr.

Einmal traf ich eine alleinerziehende Frau. Irgendwie kamen wir im Gespräch auf den Papa des Kindes. Sie sagte: »Ja, wenn ich zumindest seinen Namen wüsste, wäre mir schon wohler. Mein Sohn kommt bald in die Schule und fragt immer wieder mal nach ihm. Leider kenne ich ihn gar nicht. Wir trafen uns auf einem großen internationalen Konzertfestival, waren beide ordentlich betrunken. Hinter der Bühne, spät abends, hatten wir Sex. So richtig habe ich das gar nicht mehr mitbekommen. Als ich Wochen später feststellte, dass ich schwanger bin, war das Festival längst vorbei – und er über alle Berge. Ich habe überhaupt keine Idee, wie ich ihn wiederfinden könnte – und noch weniger eine Antwort auf die Fragen meines Sohns.«

## BASICS ZUR EMPFÄNGNISREGELUNG

Verhütungsmittel gehören genau genommen unter den Oberbegriff Methoden zur Empfängnisregelung. Dies ist weiter gefasst, da nicht bei allen »Methoden« »Mittel« zum Einsatz kommen. Die infrage kommenden Methoden sind sehr unterschiedlich – und darum nicht so einfach miteinander zu vergleichen. Es gibt aber eine ziemlich gute und einfache Möglichkeit, ihre Zuverlässigkeit einzuschätzen. Offiziell trägt sie den kompliziert klingenden Namen »Pearl-Index«[147]. Klingt schwer verständlich, ist aber einfach nur eine Zahl, die angibt wie viele Frauen beim Gebrauch einer bestimmten Methode für den Zeitabschnitt eines Jahres trotzdem schwanger wurden. Ein möglichst niedriger Pearl-Index, zum Beispiel im Bereich von 0 bis 1, steht für eine sehr hohe Zuverlässigkeit der Methode. Je höher die Zahl des Pearl-Index ist, umso unsicherer ist die Methode (Beispiele: Kondom: 2-12; Scheidenspülung 21-41).

**KLARTEXT:** Eine 100 Prozent sichere Empfängnisregelung (außer enthaltsam zu sein, also »no Sex« oder aus medizinischen Gründen keine Gebärmutter beziehungsweise Eierstöcke zu haben) gibt es nicht!

Die Sicherheit, die der Pearl-Index angibt, gilt natürlich nur für den Fall, dass das Mittel oder die Methode zu 100 Prozent korrekt angewendet wurde. Wenn man da faule Kompromisse eingeht (»Pille vergessen, wird wohl nicht so schlimm sein ...« oder: »Kondom beschädigt oder abgelaufen, ach egal«), ist die angepriesene Sicherheit nichts mehr als eine nette Seifenblase. Dann wacht man womöglich in einem ganz anderen realen Setting auf, als man es sich vorgestellt hat.

Mit der gezielten Auswahl einer Methode kann die Wahrscheinlichkeit, schwanger zu werden, jedoch entscheidend mitbestimmt und niedrig gehalten werden. Dennoch: Bei *jeder* Methode gibt es diese Restunsicherheit, sogar bei der *Sterilisation*! Diese Durchtrennung von Ei- oder Samenleiter ist ja nichts anderes als ein gewollter Schaden im körpereigenen Gewebe. An anderer Stelle wünschen wir es uns, dass der Körper, zum Beispiel nach einem Sturz, die entsprechende Verletzung wieder heilt. Nach der Sterilisation versucht er das auch. Meist gelingt es dem Körper nicht, sodass die Methode recht verlässlich ist.

**KLARTEXT:** Damit weißt du etwas, was viele Erwachsene nicht auf dem Schirm haben: Wird eine Frau nach der Sterilisation ihres Mannes trotzdem schwanger, sollten unbedingt diese Reparaturanstrengungen des Körpers in Betracht gezogen und keinesfalls voreilige Verdächtigungen wie »Sie ist bestimmt fremdgegangen« in die Welt gestellt werden.

## WIE FINDET MAN DIE RICHTIGE METHODE?

Es gibt auf den ersten Blick eine ganze Menge an Mitteln und Methoden, die zur Empfängnisregelung infrage kommen. Die Auswahl scheint breit gefächert. Doch praktisch ist es gar nicht so einfach, eine Methode zu finden, die gut zu einem selbst passt. Denn vieles will bedacht werden:

**INFO**

Fragen zu Methoden der Empfängnisregelung

- Wann brauche ich die Methode? Soll sie jeden Tag wirken oder möchte ich sie nur in bestimmten Situationen anwenden? Oder suche ich nur vorsorglich etwas »für alle Fälle«?
- Fallen Kosten an? Wenn ja, wer bezahlt die?
- Welche Nebenwirkungen hat die Methode?
- Gibt es gesundheitliche Einschränkungen, die ich beachten sollte?
- Rauche ich? Dann kommen bestimmte Hormonpräparate wie die Pille aus Nebenwirkungsgründen nicht infrage!
- Wie wirkt die Methode eigentlich – und ist die Wirkung für mich vertretbar?
- Welche Sicherheit brauche ich, nicht schwanger zu werden?
- Welche Vor- und Nachteile hat die Methode?
- Wie wichtig ist es, dass andere wissen oder nicht wissen, welche Methode ich verwende?

Manche Fragen sind für dich wahrscheinlich sonnenklar, andere lösen vielleicht weitere Fragen aus oder sind noch verwirrend. Daher hier ein paar allgemeine Fakten und Gedanken zu Mitteln und Methoden.

## WIE KANN MAN DIE EMPFÄNGNIS BEEINFLUSSEN?

Es gibt Methoden, die verhindern, dass Eizelle und Samenzelle zueinanderfinden. Da es immer beides braucht, damit eine Frau schwanger wird, kann nichts passieren, wenn die Samen entweder nicht zum Ei gelangen oder wenn gar kein Ei zur Befruchtung aus dem Eierstock kommt. Letzteres nennt man dann *Ovulationshemmung* (= Verhinderung des Eisprungs).

Andere Methoden verhindern, dass sich das neu entstandene Leben an den Blutkreislauf der Mutter anschließen kann. Dabei gibt es zwei Möglichkeiten:

Möglichkeit 1: Wird der Weg der befruchteten, sich schon teilenden Eizelle zur Gebärmutter behindert, spricht man von der *Interzeptionswirkung*. Die befruchtete Eizelle stirbt ab, weil sie die Gebärmutter nicht (rechtzeitig) erreicht oder dort so geschädigt ankommt, dass sie sich nicht mehr einnisten kann.

Möglichkeit 2: Wird die befruchtete und sich ständig vervielfältigende differenzierte Eizelle in der Gebärmutter an der Einnistung gehindert, spricht man von einer *Nidationshemmung*. Auch hier stirbt das neue Leben wieder ab, weil es sich nicht in die Gebärmutterwand einnisten kann, um sich an den Blutkreislauf der Mutter anzuschließen.

Sobald die weibliche Eizelle mit der männlichen Samenzelle verschmilzt und beide dadurch zu einer einzigen Zelle mit kompletter, menschlicher Erbinformation werden, beginnt biologisch (Biologie = Lehre vom Leben) das menschliche Leben. Ab diesem Zeitpunkt beginnt diese Zelle, aus der alles wird – jedes Organ, jeder Muskel, Knochen, Zähne, eben alles –, sich unaufhörlich zu vervielfältigen. Man kann es sich so vorstellen, als hätte die erste Zelle in sich einen »Zelldrucker«, der zunächst nichts anderes macht, als die gleichen Zellen immer und immer wieder »auszudrucken« und an sich selbst »anzubauen«. Diese neuen Zellen haben ebenfalls wieder einen solchen »Drucker«. Schon nach kurzer Zeit ändern die Drucker ihr Programm. Einer fängt an, Zellen herzustellen, die das spätere Kind werden, ein anderer »druckt« den Mutterkuchen. Dann ändert sich wieder das Programm – beim Menschen wird festgelegt, welche Zellen zu welchen Organen, Muskeln, Sehnen, Bändern etc. werden. Alles in allem eine hoch spannende und komplizierte Angelegenheit. Nichts kommt zu einem späteren Zeitpunkt von außen noch hinzu, das den Menschen zum Menschen machen würde.

Aus diesem Blickwinkel macht es Sinn, Methoden zur Empfängnisregelung zu wählen, deren primäres Ziel es ist, *vor* der Befruchtung anzusetzen, anstatt solche zu nehmen, die das schon entstandene Leben am Kontakt zur Mutter hindern. Denn ohne die Einnistung in die Gebärmutter der Mutter muss jede befruchtete Eizelle zwangsläufig absterben. Sie wird durch die vielen Zellteilungen so groß, dass sie sonst schon bald von der Umgebungsflüssigkeit nicht mehr ernährt werden kann.

Leider ist das Einordnen der Methoden in dieser Hinsicht aber meist nicht so einfach möglich. Denn eine ganze Reihe von Methoden haben mehrere Wirkmechanismen, und das macht es kompliziert. Wenn es zum Beispiel ihr primäres Ziel ist, die Befruchtung zu verhindern, und dies nicht klappt, könnten sie auch die Einnistung beeinträchtigen.

## INFO

### ENTSTEHUNG VON MEHRLINGEN

Es gibt eineiige und zweieiige Zwillinge.

*Eineiige* Zwillinge entstehen, wie der Name deutlich macht, aus *einem* Ei. Diese eine Eizelle wird nach dem Eisprung wie gewöhnlich von einer Samenzelle befruchtet. Die Verteilung der Erbeigenschaft zwischen Mann und Frau ist mit Ei- und Samenzelle normalerweise immer ausgewogen, also 50 Prozent von der Frau (Eizelle) und 50 Prozent vom Mann (Samenzelle). Nach dem Verschmelzen der Zellkerne ist zunächst ein neuer Mensch entstanden. Dieser vermehrt sich jetzt, indem die erste Zelle anfängt, sich zu vervielfältigen. Nur anfangs sind noch alle Zellen gleich, diese Bausteine können später jedes Körpergewebe bilden, zum Beispiel Herz, Gehirn, Muskeln, Haut, Knochen etc. Aus einer Zelle werden 2, dann 4, dann 8, dann 16 Zellen usw.

Wenn sich in diesem ganz frühen Stadium nun die befruchtete Eizelle bei der Zellvermehrung einmal komplett durchteilt, dann sind plötzlich zwei befruchtete Eizellen mit zum Beispiel 4 Einzelzellen vorhanden.

Sie sind erbgleich, da sie ja aus einer Zelle entstanden sind. Diese vermehren sich nun jeweils allein weiter, sodass am Ende eineiige Zwillinge entstanden sind, die auch das gleiche Geschlecht haben.

*Zweieiige Zwillinge* entstehen aus *zwei* Zellen. Normalerweise hat der Körper der Frau einen eingebauten Schutz, dass nicht mehr als ein Ei zum Eisprung kommt. Das liegt daran, dass die menschliche Gebärmutter – anders als bei Tieren – nicht generell für Mehrlinge konstruiert ist. Springen doch einmal zwei Eizellen (manchmal auch weil Ärzte durch Medikamente bei unerfülltem Kinderwunsch diesen natürlichen Schutz umgehen), dann können diese auch von jeweils einer Samenzelle befruchtet werden. Sie sind dann erbungleich. Die zweieiigen Zwillinge können daher auch ein Junge und ein Mädchen sein, sich kaum ähnlich sehen. Sie sind wie Geschwister, die bis auf wenige Minuten zur gleichen Zeit geboren sind.

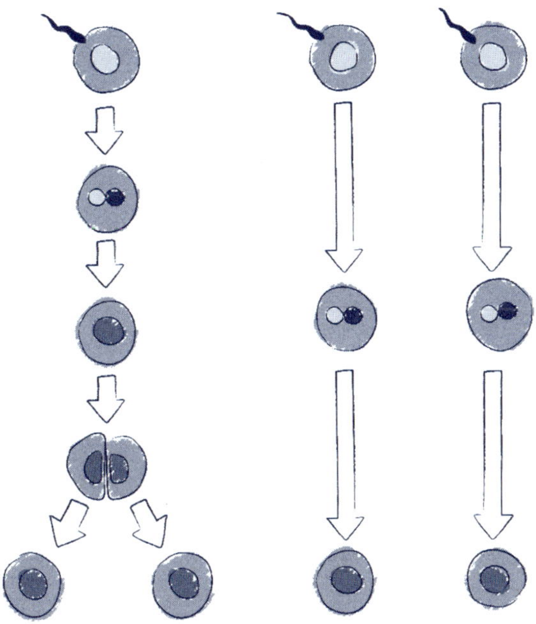

Eineiige Zwillinge Zweieiige Zwillinge

*Eineiige Drillinge* entstehen, wenn eineiige Zwillinge sich in vier einzelne Zellen aufteilen und eine Eizelle noch abstirbt, oder wenn sie sich in zwei aufteilen und eine davon sich nochmal komplett trennt. Oder es sind mehreiige Drillinge, wenn es zu einer Mischung von ein- und zweieiigen Zellen kommt. So könnten zum Beispiel zweieiige Zwillingszellen entstehen, von denen einer sich noch einmal komplett in eineiige Zwillingszellen aufteilt. Am Ende wären es dann zum Beispiel ein Junge und zwei eineiige Mädchen.
In Einzelfällen sind auch noch höhere Mehrlingsschwangerschaften bekannt. Besonders höhergradige Mehrlinge sind aufgrund des geringen Platzangebots in der Gebärmutter Risikoschwangerschaften. So kommt es früher zu Wehen und damit auch zu Frühgeburten oder schlimmstenfalls zum Absterben einzelner oder aller Kinder. Wir Ärzte versuchen natürlich alles medizinisch mögliche, um das zu verhindern.

**TIPP:** Wie findest du die richtige Methode zur Empfängnisregelung?

Bei der Suche nach einer geeigneten Methode zur Empfängnisregelung kommen viele Faktoren zum Tragen. Jede Lebensphase hat eigene Rahmenbedingungen, die sich darauf auswirken können. Daher gibt es meist keine Entscheidung für ein ganzes Leben, sondern immer wieder neu, je nach persönlichem Setting.

Die folgenden Schritte können dir helfen, eine persönliche Entscheidung zu treffen.
Überleg dir *vorher* gut, was dir wichtig ist und ob das Thema Sex für dich dran ist.

Wie hoch (sehr hoch, relativ hoch, mittel, niedrig) sollte die Sicherheit sein, die du brauchst, um nicht schwanger zu werden? Gibt es Methoden, die dich ansprechen? Hast du dich schon näher darüber informiert?

Welche Vor- und Nachteile haben sie? Hast du gesundheitliche Einschränkungen?

## Übersicht »Empfängnisregelung«

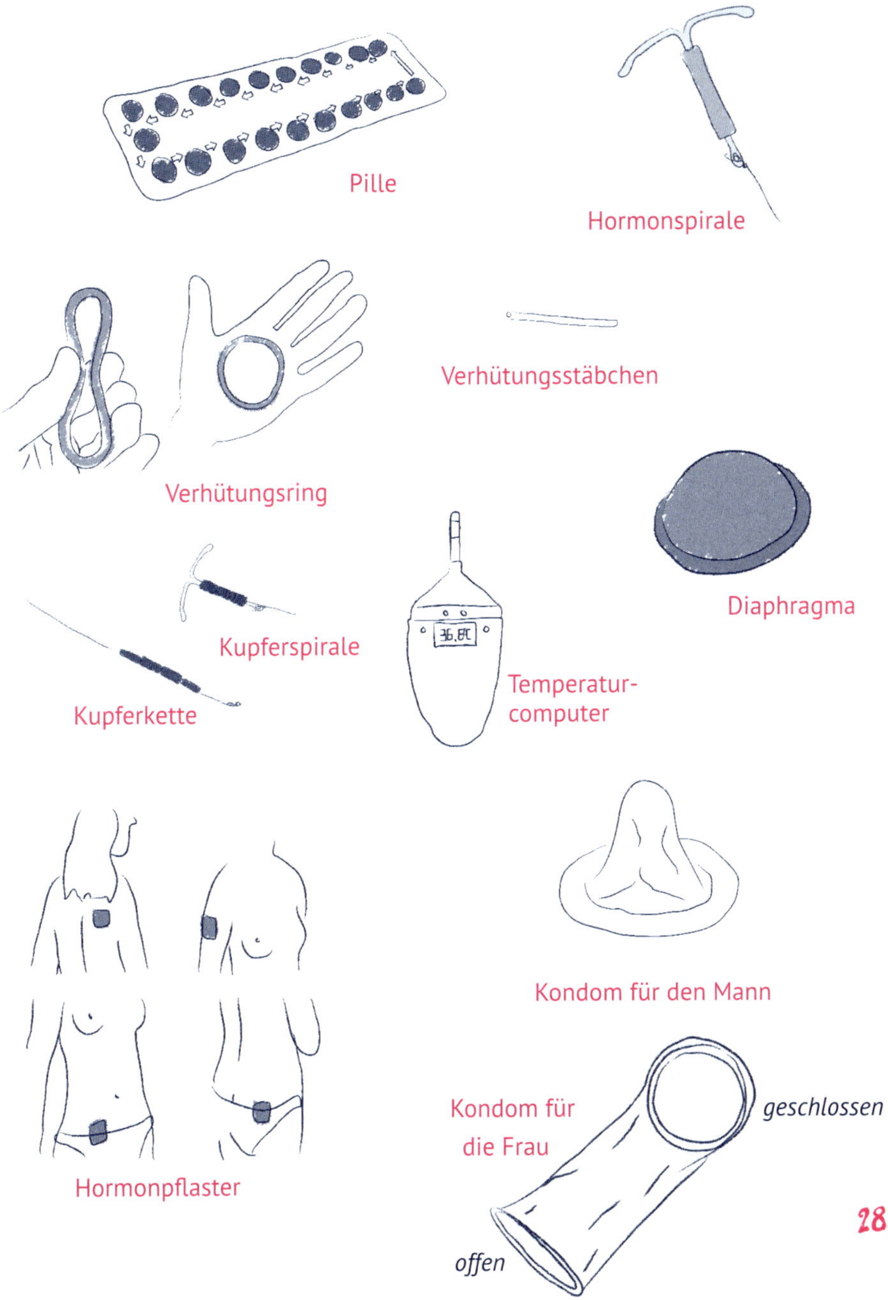

Wenn du die Fragen zu den Mitteln und Methoden für dich nicht beantworten kannst, wende dich an deine Frauenärztin oder Hausärztin. Sie kennen beziehungsweise erfragen deine Krankengeschichte und wissen, ob es Gegenanzeigen gibt und welche Probleme damit unter Umständen einhergehen können.

Empfängnisregelung und Verantwortung gehen immer beide an – daher sollte der Partner in die Fragen immer mit einbezogen werden. Beide sollten diese Entscheidung inhaltlich mittragen können.

Zu den gängigsten Methoden gehören Kondome, Hormone, Spirale und Temperaturmethode. Die Pille danach ist ein Sonderfall, den ich separat aufgreifen werde.

## KONDOME

Kondome für den Mann (Pearl-Index 2-12[148]) sind sehr dünne Gummihüllen, die an der Eichel aufgesetzt über den steifen Penis des Mannes abgerollt werden. Sie fangen beim Samenerguss die Samenflüssigkeit auf und verhindern so, dass die Samenzellen zum unbefruchteten Ei gelangen können.[149] Damit ist das Kondom eine häufig verwendete Barriere-Methode. Andere Barriere-Methoden findest du direkt im Anschluss an das Unterkapitel Kondome. Es gibt auch mit gleichem Wirkeffekt das in Deutschland weniger bekannte Kondom für die Frau. Ein Frauenkondom aus Polyurethran (Pearl-Index 5-25[150]) hat am offenen und am geschlossenen Ende einen weichen Ring. Mithilfe des Rings am geschlossenen Ende wird das Frauenkondom in die Scheide eingeführt, der Ring sorgt dafür, dass es dort bleibt. Der untere Ring liegt außen vor den Schamlippen.

Es gibt einige große Vorteile von Kondomen:

- Sie sind kostengünstig. Das Männerkondom ist noch günstiger als das Frauenkondom.
- Sie sind einfach erhältlich (Drogerie, Apotheke, Supermarkt ...).
- Sie werden nur angewendet, wenn man wirklich Sex haben möchte.
- Sie bieten einen (wenn auch eingeschränkten) Schutz vor sexuell übertragbaren Krankheiten (→ Sex und Verantwortung).

- Männerkondome sind abwechslungsreich (farbig, Geschmack, Struktur, Größe, Gleitmittel etc.).
- Die Frau kann das Frauenkondom vor Beginn des Verkehrs anziehen (anders als der Mann das Männerkondom).
- Bei Latexallergie gibt es Alternativen. Das Polyurethran-Frauenkondom ist latexfrei.[151]

Aber es gibt auch Nachteile von Kondomen:
- Sie haben eine hohe Fehleranfälligkeit. Die Sicherheit wird leider durch Anwendungsfehler erheblich herabgesetzt.
- Penisgrößen sind sehr verschieden. Kondom ist nicht gleich Kondom, sie passen nicht immer genau und können abrutschen.
- Sie sind Einmalprodukte.
- Sie müssen »angezogen« werden und können das Vorspiel stören.
- Der Mann kann das Kondom erst anziehen, wenn der Penis steif genug ist.
- Sie sind zwar superdünn, aber das Gefühl ist nicht 100 Prozent wie ohne Kondom.
- Hemmschwelle: Was denkt ein (neuer) Partner, wenn ich es dabeihabe?
- Manche reagieren mit einer Latexallergie auf herkömmliche Männerkondome.

## INFO

Typische Fehler rund um das Kondom:
- Bei Einkauf des Männerkondoms wird eine falsche (meist zu große) Größe gekauft.
  Das Kondom rutscht beim Sex ab.
- Das Männerkondom muss nach dem Samenerguss unten am Penis festgehalten und dann zusammen mit dem Penis zügig aus der Scheide entfernt werden. Denn der Penis verliert seine Festigkeit jetzt schnell. So kann das Kondom abrutschen oder Sperma in den Scheideneingang laufen.

- Männerkondome haben an der Spitze eine kleine Zusatzkammer. In ihr landet das Sperma nach dem Samenerguss. Beim Anziehen des Kondoms muss man die Luft herausdrücken, sonst kann das Kondom an der Spitze platzen.
- Schon vor dem Samenerguss bildet der Mann einen Lusttropfen, in dem Samenzellen sein können. Wird das Kondom zu spät angezogen, kann die Frau schwanger werden.
- Hat der Mann beim Vorspiel Spermien an der Hand und er zieht das Kondom an, so kann das Berühren des Kondoms mit der Hand die Spermien auf anstatt ins Kondom befördern. Wird dann der Penis in die Scheide eingeführt, sitzen die Spermien in Poleposition :).
- Kondome haben ein Verfallsdatum, dürfen danach nicht mehr verwendet werden. Also besser regelmäßig kontrollieren und sofort entsorgen, nicht in der Schublade liegen lassen!
- Falsche Lagerung: zu warm wie in der Geldbörse oder im Handschuhfach des Autos.
- Kondom wird falsch herum auf den Penis gesetzt und dann nochmal umgedreht. Nun können Samenzellen außen auf dem Kondom sitzen.
- Beschädigung beim Öffnen der Einzelverpackung (lange oder scharfe Fingernägel, Schere, Zähne zur Hilfe genommen …).
- Mehrfache Verwendung.
- Falsches Gleitmittel (zum Beispiel Vaseline); nur extra für Kondome zugelassene Gleitmittel dürfen verwendet werden (siehe Packungsbeilage). Achtung beim Gebrauch von Scheidenzäpfchen – hier sollte man den Beipackzettel prüfen, ob Kondome angewendet werden können!

## ANDERE BARRIEREMETHODEN

Als Barrieremethoden bezeichnet man Methoden zur Empfängnisregelung, die eine Art Schutzmauer zwischen der zu befruchtenden Eizelle und den Samenzellen nutzen. Neben dem Kondom für Mann und Frau gibt es auch andere Methoden, wie zum Beispiel ein Diaphragma (Pearl-Index 4-10[152]), eine Art künstliche Membran, die vor den Eingang zur Gebärmutter gesetzt wird. Andere Methoden sind die Portiokappe (Pearl-Index 6[153]), die wie eine Mütze den Gebärmutterhals bedeckt, oder das Lea contrazeptivum (Pearl-Index fraglich 15[154/155]), ebenfalls eine Art Kappe, die durch ein Vakuum am Gebärmutterhals fest andockt. Um diese Sicherheiten zu erreichen, sollten diese Methoden in Zusammenhang mit einem Gel, das Samenzellen abtötet, verwendet werden.

## HORMONELLE MITTEL

Unter diesem Überbegriff wird eine ganze Reihe von verschiedenen hormonellen Mitteln zusammengefasst. Dazu zählen »die Pille«, die Minipille, der Verhütungsring, das Verhütungspflaster, die Dreimonatsspritze, die Hormonspirale, das Hormonstäbchen. Da sie zum Teil ganz unterschiedlich wirken und auch in ihrer Sicherheit anders sind, sollte man unbedingt wissen, wovon man spricht.

Hier ein Schnelldurchlauf, damit du einen groben Überblick bekommst.

Es gibt die sogenannten *Ovulationshemmer*. (Pearl-Index 0,1-0,9[156]). Sie versuchen, durch die Kombination aus Östrogenen und Gestagenen den Eisprung (Ovulation) der Frau nach Möglichkeit zu verhindern. Dazu simulieren sie dem Körper eine Scheinschwangerschaft, unter dem Motto: »Wenn du bereits schwanger bist, musst du kein Ei auf die Reise schicken.« Leider gelingt ihnen das dennoch nicht immer, dann greifen eventuell nachgeordnete Wirkmechanismen, die Ovulationshemmer haben insgesamt fünf davon:

1. Der Eisprung (Ovulation) bleibt aus (keine Eizelle, keine Befruchtung).

2. Der Schleim am Gebärmutterhals wird so verändert, dass die Spermien kaum hindurchkommen (keine Spermien, keine Befruchtung).

3. Die Spermienbeweglichkeit wird beeinträchtigt (keine Befruchtung, wenn sie das Ei nicht rechtzeitig erreichen).

4. Der Eitransport wird behindert. Dadurch würde eine unbefruchtete Eizelle absterben, ohne befruchtet worden zu sein. Ein befruch-

tetes Ei könnte die Gebärmutter nicht oder zu spät erreichen (sogenannte *Interzeptionswirkung*, sie setzt zwischen Befruchtung und Einnistung an).

5. Die Schleimhaut in der Gebärmutter wird im Aufbau gestört, sodass sich ein befruchtetes Ei nicht einnisten kann (einnistungshemmende Wirkung (Nidationshemmung)).

Diese fünf Mechanismen bauen logisch aufeinander auf, mathematisch addieren sie sich jedoch nicht, sondern sie multiplizieren sich. Daher wird die praktische Relevanz der Mechanismen immer geringer, je weiter hinten sie in der oben genannten Reihenfolge stehen.

Wenn man sich auf der anderen Seite klarmacht, dass man nur einmal eine Pille vergessen muss, um in dem betreffenden Zyklus schwanger werden zu können, dann wird deutlich, dass auch die Pille kein Netz mit 100 Prozent doppeltem Boden ist. Je zuverlässiger ein Pillenpräparat den Eisprung und das Aufsteigen der Spermien in den Eileiter unterbindet, desto zuverlässiger wird die Befruchtung verhindert und desto weniger wahrscheinlich wird der Mechanismus der Einnistungshemmung überhaupt relevant werden. Wenn jedoch die Pilleneinnahme eher unzuverlässig gehandhabt wird, so beginnt die Unsicherheit schon im ersten Glied dieser Wirkkette!

**KLARTEXT:** Bei einer Pille ist die korrekte Einnahme innerhalb eines vorgegebenen Zeitfensters (Bepackzettel!) unerlässlich! Wurde in einem Monatszyklus auch nur eine (!) Tablette vergessen oder verspätet eingenommen, muss bis zur nächsten Regelblutung eine andere Methode, zum Beispiel ein Kondom verwendet werden.

Das *Hormonpflaster* (Pearl Index 0,72-0,9[157]) hat eine Hormonzusammensetzung wie eine Kombinationspille. Es wird für drei mal sieben Tage auf die Haut geklebt, dann macht man eine Woche Pause. Vorteil ist die Aufnahme des Wirkstoffs über die Haut und dass die tägliche Pilleneinnahme entfällt. Die Anwenderin muss allerdings überlegen, ob sie ein sichtbares Mittel zur Empfängnisregelung tragen möchte, und regelmäßig prüfen, ob sich das Pflaster nicht gelöst hat. Etwa jede fünfte Frau bekommt vom Pflaster Hautreizungen.[158] Die Aufnahme des Wirkstoffs durch die Haut führt zu einer höheren Wirkstoffkonzentration im Blut als bei einer normalen Pille. Dies ist mit dafür verantwortlich, dass Trägerinnen des Pflasters im Vergleich zu Pillenanwenderinnen ein noch etwas höheres Thromboserisiko[159] (Thrombose = Bildung eines gefährlichen Blutgerinnsels, das abreißen und die Lungengefäße verstopfen kann – eine solche Lungenembolie ist lebensgefährlich) inklusive der Folgekomplikationen haben. Ab einem Körpergewicht von 90 kg sollte das Pflaster nicht angewendet werden, da der Wirkstoff nicht hoch genug dosiert ist. Raucherinnen sollten das Pflaster wegen der Gefahr von verstärkten Nebenwirkungen gar nicht nutzen!

Der *Scheidenring* (Pearl-Index 0,4-0,65[160]) wird von der Frau für drei Wochen in der Scheide getragen, ist weich und biegsam, hat einen Durchmesser von 54 mm. Auch er enthält eine Kombination aus Östrogenen und Gestagenen. Die Hormone aus dem Scheidenring werden aus der Gruppe der hormonellen Methoden (Pille, Pflaster, Scheidenring) am besten vom Körper aufgenommen, da er direkt vor Ort in der Scheide sitzt und den übrigen Körper nicht so stark mit Hormonen belastet. Der Scheidenring kann verrutschen und selten auch mal herausfallen. Trägerinnen von Scheidenringen haben wie andere Frauen, welche die Pille nehmen, ein durch die Wirkstoffe bedingtes etwas erhöhtes Risiko für Thrombosen, Lungenembolien, Herzinfarkte und Schlaganfälle.

Die *Minipille* mit dem Wirkstoff Levonorgestrel (Pearl-Index 0,5-3[161]) enthält nur das Hormon Gestagen. Daher kann sie den Eisprung viel schlechter verhindern als ein Präparat in der Kombination mit Östrogen. So kommen im Wesentlichen die Wirkmechanismen zwei bis fünf zum Tragen. Bei der Einnahme ist ein sehr enges Zeitfenster (siehe Beipackzettel!) zur normalen Einnahmezeit Pflicht, sonst muss man für den Zyklus anders verhüten. Anfangs treten oft Blutungsstörungen auf. Mit der Zeit kann die Blutung ganz ausbleiben. Die

Minipille wird an allen 28 Zyklustagen eingenommen. Es gibt keine Pillenpause.

Die *neue Minipille* ist eine östrogenfreie Pille mit dem Wirkstoff Desogestrel (Pearl-Index 0,14-0,4[162]). Sie wurde so entwickelt, dass sie auch mit großer Wahrscheinlichkeit den Eisprung verhindert. Allerdings hat etwa jede zweite Frau unter der Einnahme des Präparats Blutungsstörungen, vor allem Zwischenblutungen. Bei der Einnahme ist ein Zeitfenster von 12 Stunden zur normalen Einnahmezeit zu beachten, sonst muss man für den Zyklus anders verhüten. Die neue Minipille wird an allen 28 Zyklustagen eingenommen. Es gibt keine Pillenpause.

Die *Hormonspirale* (Pearl-Index 0,16[163]) wird auch IUS = Intra-Uterin-System genannt. Sie wird bei der Frauenärztin eingesetzt und in die Gebärmutterhöhle vorgeschoben, um dort Hormone abzugeben. Sie verhindert nicht den Eisprung, verdichtet aber als Hauptwirkmechanismus den Schleim am Gebärmutterhals so sehr, dass Spermien nur noch schwer bis gar nicht hindurchkommen. Darüber hinaus stört sie die Spermienbeweglichkeit und ihre Fähigkeit, in die Eizelle zu schwimmen. Gelingt all dies nicht, hat sie ebenfalls eine einnistungshemmende Wirkung.

Ähnlich wie bei der Pille gibt es auch bei der Hormonspirale Frauen, die unter dieser Hormoneinwirkung über Nebenwirkungen klagen (zum Beispiel Blutungsstörungen, Migräne, Depressionen).[164] Wird die Hormonspirale nicht vertragen und muss nach kurzer Zeit wieder entfernt werden, so sind zu den unerwünschten Nebenwirkungen die entstandenen Kosten verloren.

In seltenen Fällen kann sowohl die Hormonspirale als auch die Kupferspirale versehentlich durch die Wand der Gebärmutter in den Bauchraum geschoben werden und muss dann durch Bauchspiegelung entfernt werden.

Das *Hormonstäbchen* (Pearl-Index 0-0,08[165]) ist ein Gestagenpräparat, das unter die Haut des Oberarms geschoben wird und dort für drei Jahre bleibt. Es verhindert in den ersten beiden Jahren sicher den Eisprung, im dritten Jahr mit sehr hoher Wahrscheinlichkeit. Bei Nebenwirkungen muss das Stäbchen früher entfernt werden, die Kosten sind verloren.

Die *Dreimonatsspritze* je nach Präparat (Pearl-Index 0,3-1,4[166]) ist eine gestagenhaltige Hormonspritze, die man in den Oberarm- oder Po-Muskel erhält. Sie verhindert in den ersten Wochen den Eisprung, danach die Einnistung der befruchteten Eizelle. Bekannte Nebenwirkungen sind Blutungsstörungen, Gewichtszunahme und Depressionen. Ist das Hormondepot einmal gespritzt, kann man das Präparat nicht sofort wieder absetzen. Man muss warten, bis der Körper den Wirkstoff abgebaut hat. Langfristig kann die Regelblutung ausbleiben und auch nach Absetzen des Präparats erst verzögert wieder einsetzen.[167]

**ZUM WEITERDENKEN:** Grundsätzlich stellt der Eingriff in den Hormonhaushalt der Frau eine nicht unerhebliche Beeinträchtigung dar. Entsprechend gravierend können die Nebenwirkungen ausfallen. Besonders Pillen-Kombinationspräparate mit Östrogen und Gestagen sind bekannt dafür, dass es zu seltenen, aber schwerwiegenden Nebenwirkungen im Herz-Kreislauf-System kommen kann, wie zum Beispiel Schlaganfall, Thrombose, Embolie und Herzinfarkt. Diese schwerwiegenden Herz-Kreislauf-Erkrankungen können dann schon mit 20, 30 Jahren auftreten! Am gefährdetsten sind Raucherinnen und übergewichtige Frauen, aber auch solche, die unerkannt Trägerin einer Blutgerinnungsstörung sind. Zwar weist man bei der Kombinationspille gern ausdrücklich darauf hin, natürlich haben aber auch die anderen hormonellen Mittel ein typisches Nebenwirkungsspektrum.

»Nun bin ich schon seit zwei Jahren mit meinem Freund zusammen. Wir hatten bisher keinen Sex. Aber irgendwie hatte ich immer Angst, dass es irgendwann mal passieren könnte und dass ich dann schwanger werde. Meine Eltern sind eh gegen die Beziehung. Also habe ich mir damals direkt heimlich die Pille verschreiben lassen. Wenn ich die Nebenwirkungsliste lese, wird mir manchmal schon mulmig. Schließlich brauche ich sie ja nicht. Wenn ich sie absetze, weiß ich nicht, ob mit ihm nicht doch mal die Pferde durchgehen – dann bin ich womöglich schwanger. Er hat schon zigmal gesagt, dass er kein Kind will.«

»Ich war neulich bei meiner Frauenärztin. Eigentlich wollte ich nur ein paar grundsätzliche Fragen über Verhütung loswerden. Sie fragte dann, ob ich einen Freund hätte – und eh ich mich versah, hatte ich nach dem Gespräch ein Pillenrezept in der Hand. Dabei wollen wir beide erst im nächsten Jahr nach Abschluss unserer Ausbildung heiraten und vorher keinen Sex haben.«

**KLARTEXT:** Mir ist klar, dass es in Familien zur Frage, wann man den ersten Sex haben sollte, sehr unterschiedliche Auffassungen gibt. Daher fragen auch immer wieder Teenies ohne das Wissen ihrer Eltern nach Methoden zur Empfängnisregelung. Frauenärztinnen können minderjährigen Patientinnen ab einem bestimmten Alter auch ohne Einverständnis der Eltern Methoden zur Empfängnisregelung verschreiben – unter der Voraussetzung, dass sie bei der Patientin eine »Einwilligungsfähigkeit« feststellen, und meinen, dass sie reif genug dazu ist, die Konsequenzen ihres Handelns abzusehen.[168]

Doch Vorsicht – wenn du dir als Teenie hormonelle Verhütungsmittel verschreiben lässt, von denen deine Eltern nichts wissen, können deine Eltern dir – falls seltene, aber schwerwiegende Nebenwirkungen auftreten – möglicherweise nicht helfen! Wer käme ohne entsprechende Vorinformation schon auf den Gedanken, dass das eigene Kind im Teeniealter einen Schlaganfall oder Herzinfarkt bekommt? Dann verlierst du womöglich wertvolle Zeit. Ganz abgesehen von der Tatsache, dass es nach Möglichkeit wünschenswert wäre, wenn Eltern und Teens auch zu diesen Themen offen sprechen könnten – und einen Weg finden, der für beide Seiten gangbar ist.

Auch aus diesem Grund sollte man es sich gut überlegen, ob man eine dieser Methoden zur Empfängnisregelung wählen möchte und ob man nicht doch mit den Eltern darüber sprechen kann.

Manche Mädels oder Frauen haben Blutungsstörungen und bekommen deshalb die Pille. Das kann sehr sinnvoll sein, zum Beispiel wenn eine Frau ständig sehr viel Blut verliert oder wenn die Monatsblutung viel zu häufig kommt, weil die Frau sonst blutarm werden kann. Bei anderen ist es aber so, dass sie nur am ersten Zyklustag Beschwerden haben – und gleich für 28 Tage eine Pille verordnet bekommen.

Die Entscheidung für oder gegen eine hormonelle Methode mit seltenen, aber schwerwiegenden Nebenwirkungen sollte sorgfältig überlegt und abgewogen werden. Sie sollte daher eine gut überlegte Einzelfallentscheidung und kein unreflektierter Schnellschuss sein. Auf jeden Fall sollte man sich im Klaren sein, dass Nebenwirkungen nicht nur aus formellen auf dem Papier stehen, sondern auch tatsächlich auftreten können.

Ich vergesse die junge Frau nicht, die ich einmal nach einer Vorlesung traf. Sie berichtete mir, dass sie mit Anfang zwanzig einen Herzinfarkt bekommen habe.

Ehrlich gesagt, konnte ich mir das im ersten Moment überhaupt nicht vorstellen. Sie erzählte mir, dass sie die Pille genommen habe – und unter einer bis dahin nicht bekannten Blutgerinnungsstörung litt.

Dadurch hatten die Nebenwirkungen bewirkt, dass es tatsächlich zum Herzinfarkt kam. Gott sei Dank wurde dieser rechtzeitig entdeckt – und sie war inzwischen wieder putzmunter.

Solch ein Herzinfarkt hätte auch allein durch die Kombination Pille und Rauchen passieren können. Darum noch mal: Pass gut auf dich auf und geh kein unnötiges Risiko ein.

**KLARTEXT:** No-Gos sind Pillenpräparate, die du auf anderem Weg als vom Facharzt verschrieben bekommst. Es gibt, wie wir gesehen haben, gute Gründe dafür, dass Pillenpräparate verschreibungspflichtig sind. Nimm daher nie die Pille deiner Schwester, einer Freundin oder wenn sie dir jemand auf anderem Wege anbietet! Ich habe auch schon gehört, dass Mädels die Idee hatten, sich eine Pillenpackung mit ihrer Freundin zu teilen. Das geht natürlich gar nicht, weil man jede Tablette nehmen muss und sich auf gar keinen Fall dabei abwechseln darf! Würde man das tun, hätten beide das Risiko der Nebenwirkungen, aber keinen Schutz vor ungewollter Schwangerschaft!

**ZUM WEITERDENKEN:** Wusstest du, dass es in Studien[169] tatsächlich Hinweise dafür gibt, dass die Pille die Partnerwahl der Frauen beeinflusst und dass sich die Zufriedenheit in der Beziehung nach Absetzen der Pille verändern kann?

## SPIRALE & KUPFERKETTE

Eine *Spirale* ist ein schmaler T-förmiger Gegenstand, der von der Frauenärztin zur Empfängnisregelung für mehrere Jahre in die Gebärmutterhöhle eingesetzt wird. Es gibt die Hormonspirale (siehe Beschreibung oben bei hormonellen Methoden) und die Kupferspirale (Pearl Index 0,9-3[170]). Darüber hinaus gibt es noch die Kupferkette (Pearl-Index 0,1-0,5[171]), welche in die Gebärmutterhöhle eingehakt wird. Spiralen ähneln von der Form dem Buchstaben »T«, durch ihre Ärmchen bleiben sie in der Gebärmutterhöhle liegen. Am unteren Ende sind Fäden angebracht, die durch den Gebärmutterhalskanal bis ins obere Scheidengewölbe reichen. An diesen Fäden kann die Frauenärztin die Spirale später wieder herausziehen.

Kupfer ist ein Metall und führt in der Gebärmutterhöhle zu einer Art Entzündung der Schleimhaut, es stört aber auch die Samenzellen, die durch diese giftige Kupferumgebung schwimmen müssen. Damit sind sie oft nicht mehr befruchtungsfähig. Schaffen sie es dennoch, die Eizelle zu befruchten, kann auch sie vom Kupfer angegriffen werden und sich womöglich nicht mehr in der Gebärmutterschleimhaut einnisten. Damit ist der Wirkmechanismus von Kupferpräparaten nicht nur befruchtungsverhindernd, sondern auch einnistungshemmend.

## SYMPTOTHERMALE METHODE

Eine Methode der Empfängnisregelung, die gänzlich auf Hormone verzichtet und stattdessen die natürlichen Körpervorgänge im Zyklus der Frau nutzt, ist die *symptothermale Methode* (Pearl-Index 0,3[172]). Doch Vorsicht, Anwenderfehler treiben den Pearl-Index hoch. Hierbei macht man es sich zunutze, dass durch den Wechsel der Hormone im weiblichen Zyklus die Temperatur in der zweiten Zyklushälfte um ca. 0,5 °C ansteigt. Dazu muss die Körpertemperatur der Frau täglich – möglichst immer zur gleichen Zeit, direkt nach dem Aufwachen, noch im Liegen – gemessen werden. Mithilfe weiterer Körperzeichen – wie dem Schleim, welcher von der Scheide ausgeschieden wird – können so die sicher unfruchtbaren Zeiten nach dem Eisprung in der zweiten Zyklushälfte besser eingegrenzt werden (siehe auch Zeitfenster-Grafik auf Seite 276). Der Partner kann die Temperaturkurve führen und ist so auch mit an der Empfängnisregelung beteiligt. Verzichtet man in dieser Zeit auf Sex, kann man nicht schwanger werden. Diese Methode zielt einzig darauf, die Befruchtung zu verhindern. Die Methode ist bei Schichtdienst oder bei gestörter Nachtruhe ungünstig.

**KLARTEXT:** Zu Beginn des Regelzyklus in der Teeniezeit macht der meist unregelmäßige Zyklus die Auswertung der Messdaten zusätzlich schwer und damit unzuverlässiger. Wenn man mit dieser Methode beginnen möchte, die Empfängnis zu regeln, so sollte zuvor der Zyklus regelmäßig geworden sein. Der Eisprung ist anfällig für Stress und Krankheiten, er kann sich bei einem Infekt beispielsweise um eine Woche nach hinten verschieben. Ganz entscheidend ist es, in jedem Zyklus neu die Körpersymptome genau zu studieren – und sich nicht auf seinen vermeintlichen Kenntnissen der letzten Zyklen auszuruhen. Daher sollte man den Zyklus mindestens ein Jahr lang beobachten und fachgerecht auszuwerten gelernt haben, bevor man ausschließlich diese Methode anwendet.

Am besten, man besucht einen entsprechenden Kurs zum Thema »NER« (Natürliche Empfängnisregelung) oder »NFP« (Natürliche Familienplanung). Diese werden oft von konfessionellen Familienbildungsstätten angeboten.

Nachteil der Methode ist die geforderte Enthaltsamkeit in der fruchtbaren Zeit beziehungsweise die Tatsache, dass man zu Zeiten, in denen die Möglichkeit der Empfängnis besteht, auf eine andere Methode zur Empfängnisregelung ausweichen muss, wenn man nicht mit dem Penis-Scheide-Geschlechtsverkehr pausieren möchte. Greift man nun zu einer Barrieremethode wie dem Kondom, so muss man wissen, dass die Sicherheit des Kondoms schlechter ist als die der Symptothermalen Methode an sich – und dies zu einer Zeit, in der die Frau am leichtesten schwanger werden kann. Außerdem haben viele Frauen in der Zyklusmitte, in der sie laut der Methode auf Geschlechtsverkehr verzichten sollten, besonders Lust auf Sex. Dann ist es wichtig, andere Möglichkeiten zu finden, um intime Zeit zu zweit schön zu gestalten.

**TIPP:** An sich hat die symptothermale Methode einen großen Vorteil, wenn du sie erst einmal nur zur Körperbeobachtung und nicht als Empfängnisregelung einsetzt. Wenn du sie für eine Zeit regelmäßig anwendest, lernst du deinen Zyklus supergut kennen und immer besser einschätzen. Dies gibt dir ein gutes Gefühl dafür, wie sich deine Körperwahrnehmung, Stimmung und dein Gesamtbefinden im Zyklus verändern. Später, wenn du einmal schwanger werden möchtest, ist diese Methode, korrekt angewendet, sogar ein kostenloser

Schwangerschaftstest. Denn wenn ein kleiner Erdenbürger in deine Gebärmutter einzieht, dann bleibt die nach dem Eisprung angestiegene Körpertemperatur um etwa 0,5 °C weiterhin erhöht und fällt am Ende der zweiten Zyklushälfte nicht mehr ab. Voraussetzung ist natürlich, dass du den ganzen Zyklus über gemessen und eine Kurve geführt hast.

Mithilfe von Thermometercomputern, welche die Messdaten des Zyklus auswerten, kann man ebenfalls die Empfängnis regeln. Meist reicht aber fürs Beobachten und für erste Erfahrungen ein digitales Thermometer. Achte darauf, dass du immer an der gleichen Körperstelle misst, entweder im Eingangsbereich der Scheide oder im Po. Auf keinen Fall solltest du mit demselben Thermometer mal hier und mal da messen. Sonst können Darmkeime in die Scheide verschleppt werden.

**TIPP:** Wie du siehst, gibt es richtig viele verschiedene Mittel und Methoden. Das alles kann ganz schön verwirrend sein. Wenn du Fragen zur Empfängnisregelung hast, dir unsicher bist und gern eine persönliche Ansprechpartnerin hättest, überleg dir, ob du dir deine Frauenärztin als Ansprechpartnerin vorstellen kannst. Du solltest ihr dann auch sagen, ob du dich generell informieren möchtest oder ob es um eine konkrete Fragestellung geht.

## PILLE DANACH

Immer wieder hört man von einer »Notfallverhütung« nach dem Sex, der sogenannten *Pille danach*. Der Name ist missverständlich. Die Pille danach ist kein Mittel zur Empfängnisregelung im eigentlichen Sinn.

Sie sollte auch nicht mehrfach in einem Zyklus angewendet werden. Stattdessen geht es dabei um einen Wirkstoff, der – nach dem

Sex eingenommen – eine Schwangerschaft möglicherweise noch verhindern kann.

Die Einnahme ist möglichst früh, je nach Präparat innerhalb von 72 Stunden (Wirkstoff Levornorgestrel) oder bis zu 120 Stunden (Wirkstoff Ulipristalacetat) nach ungeschütztem Geschlechtsverkehr möglich.

Da die männlichen Samenzellen im Körper der Frau mehrere Tage überleben können, die Eizelle selbst aber nur etwa 24 Stunden befruchtungsfähig ist, bedeutet das, dass man bei ungeschütztem Sex – oder abgerutschtem Kondom – zwar schwanger werden kann (je nachdem, wann die Frau ihren Eisprung hat), das aber nicht direkt passieren muss.

Die Pille danach setzt hier an. Vorausgesetzt, die Frau hatte in diesem Zyklus noch keinen Eisprung, so versucht die Pille danach, diesen zu verhindern oder weiter nach hinten zu schieben. Wo kein Ei ist, kann keine Befruchtung stattfinden. Wenn jedoch der Eisprung stattfindet, dann gibt es unterschiedliche Meinungen. Es gibt Positionen, die behaupten, die Pille danach habe keinen Einfluss auf eine befruchtete Eizelle beziehungsweise einen bereits eingenisteten Embryo. Diese Meinung ist jedoch umstritten, da es Studien gibt, die auf eine Interzeptionswirkung (zwischen Befruchtung und Einnistung) und Nidationshemmung hinweisen, falls es doch zur Befruchtung kommt. Zu dieser Sicht kommt zum Beispiel das Bundesinstitut für Arzneimittel und Medizinprodukte[173] bezüglich Ulipristalacetat. Auch Prof. James Trussel nennt solche Studien und plädierte im August 2014 erneut dafür[174], dass Frauen ihre Entscheidung, *ob und wann* sie die Pille danach nehmen, auf einer guten Wissensbasis treffen sollten. Außerdem findet der Wirkstoff Ulipristalacetat der Pille danach neuerdings sogar bei der Behandlung[175] gutartiger Muskeltumore der Gebärmutter Verwendung. Das wirft schon die Frage auf, ob die Pille danach nach dem Eisprung tatsächlich an der Gebärmutter keine Wirkungen mehr entfaltet.

**KLARTEXT:** Wendet man die *Pille danach* in der ersten Zyklushälfte weit vor dem Eisprung an und dieser wird verhindert, so kann keine Schwangerschaft entstehen. Liegt der Eisprung nachweislich schon mehr als 24 Stunden zurück, ist die Eizelle entweder schon abgestorben oder sie kann nicht mehr befruchtet werden. Eine Pille danach ist dann gar nicht mehr notwendig. Ob man sie in der Zeit direkt um den Eisprung herum einnehmen möchte, sollte aufgrund der oben angesprochenen Thematik jede Frau, jedes Paar für sich überlegen.

Leider nehmen viele Frauen die Pille danach zur falschen Zeit, weil sie selbst nicht richtig einschätzen können, wann es überhaupt sinnvoll ist und wann nicht. Die Deutsche Gesellschaft für Gynäkologie und Geburtshilfe hat 2012 in einem offenen Brief[176] an den Deutschen Bundestag deutlich gemacht, dass drei Viertel der Frauen (!) die Pille danach überflüssigerweise einnehmen.

Eine Pille danach kann Nebenwirkungen auslösen, wie zum Beispiel Zyklusstörungen, Übelkeit, Erbrechen und anderes mehr. Daher sollte man sie nicht unnötig einnehmen. Auf keinen Fall sollte sie eine normale Verhütung ersetzen!

Auch aus diesen Gründen wurde die Pille danach lange nicht einfach frei verkäuflich angeboten. Denn beim Arzt hatte man zumindest meist die Möglichkeit einer gynäkologischen Untersuchung, in der man nach Anhaltspunkten schauen kann, ob der Eisprung schon stattgefunden hat oder ob die Frau eventuell doch schwanger ist. Im November 2014 wurde plötzlich bekannt, dass der europäische Arzneimittelausschuss[177] die Pille danach als rezeptfrei einstuft. Damit wurde die hiesige Gesetzgebung zu einem abrupten 180 Grad Kurswechsel gezwungen. Seit März 2015 gibt es jetzt beide Präparate ohne Rezept. Zur praktischen Handhabung schreibt die Süddeutsche: »Grundsätzlich soll die Pille danach nur an die betroffene Frau persönlich und nicht an Partner oder Eltern abgegeben werden. Bei Mädchen, die jünger als 14 Jahre sind, sollte jedoch das Einverständnis eines Erziehungsberechtigten vorliegen. Sie sollen außerdem einen Arzt aufsuchen. Eine vorsorgliche Abgabe für eventuelle Notfälle ist nicht vorgesehen. Die Frauen sollen in der Apotheke beraten werden.«[178] Es wird nun Aufgabe der Apotheker[179] sein herauszufinden, ob die Frau womöglich bereits schwanger ist, gesundheitliche Probleme aufweist oder sexuell missbraucht wurde. Dann sollen sie die Frau an einen Arzt oder eine Beratungsstelle verweisen, statt ihr die Pille danach auszuhändigen. Unter der Woche mag das noch einigermaßen gut funktionieren, wenn man solche Gespräche in einem gesonderten Beratungsraum führen kann. Wie sich die Situation im Notdienst (Mini-Beratungsfenster mit womöglich anderen wartenden Kunden) angesichts der nicht gerade kurzen und sehr persönlichen Checklist[180] entwickeln wird, ist noch völlig unklar. Betroffenen Frauen bleibt als Alternative nur das Aufsuchen einer Ärztin im Notdienst.

**KLARTEXT:** Damit Begriffe und Methoden klar definiert sind: Anders als die Pille danach hat die »Kupferspirale danach« nur das Ziel, eine möglicherweise befruchtete Eizelle an der Einnistung in die Gebärmutterschleimhaut zu hindern. Erreicht die Kupferspirale ihr Ziel, stirbt die schon differenzierte und für die Einnistung vorbereitete Eizelle ab, weil sie sich nicht an das Blutsystem der Mutter anschließen kann.

Die Pille danach ist nicht mit den Tabletten[181] gleichzusetzen, die Frauen im Rahmen eines gewünschten medikamentösen Schwangerschaftsabbruchs verabreicht werden.

**TIPP:** Wenn Sex und damit auch gegebenenfalls Empfängnisregelung für dich irgendwann dran ist, achte darauf, dass ihr beide mit der gewählten Methode und ihren Rahmenbedingungen einverstanden seid.

Keinesfalls sollte sich einer zu etwas gezwungen fühlen, nur weil der andere damit gut leben kann, er selbst aber nicht.

# UNGEPLANTE SCHWANGERSCHAFT

Sosehr man aber vorsorgen mag, eine hundertprozentige Sicherheit, dass man nicht schwanger wird, gibt es nicht. Auch wenn jeder Erdenbürger einzigartig und wunderbar gemacht ist, bedeutet es noch nicht, dass er oder sie von seinen Eltern auch mit offenen Armen empfangen wird. Wohlgemerkt, das liegt nicht an ihm selbst, sondern meist an den Umständen, in die er hineingezeugt wurde.

> **KLARTEXT:** Viele Erwachsene machen sich keine Gedanken, wenn sie sagen: »Das letzte Kind war ein ›Unfall‹!«, was diese Aussage und Wortwahl für das betroffene Kind bedeuten.

Selbst innerhalb einer Ehe kann ein weiteres Kind das Ehepaar an seine Grenzen bringen. Wie viel mehr stellt dies den Alltag von Menschen auf den Kopf, die sich noch nicht lange kennen, womöglich gar nicht mehr zusammen sind oder sich ihren Lebensalltag mit Schule, Ausbildung oder Studium gerade ganz anders vorgestellt haben. Auch dies ist ein wichtiger Grund, sich vorher gut zu überlegen, wann und mit wem man Sex leben will (→ Sex – das erste Mal, → Sex & Verantwortung). Darüber, dass Sex viel mit Verantwortung zu tun hat, habe ich an anderer Stelle (→ Sex & Verantwortung) geschrieben. Hier soll es darum gehen, was du tun kannst, wenn eine Freundin ungeplant schwanger geworden ist oder falls es dir selbst so geht.

Viele Frauen werden auf eine ungeplante Schwangerschaft aufmerksam, weil ihre Monatsblutung unerwartet ausbleibt. Denk aber dran, dass die unregelmäßige Monatsblutung bei vielen Teens völlig normal ist. Wenn große Verunsicherung herrscht, bringt meist ein Schwangerschaftstest Klarheit. Ist er positiv, so gibt er das Signal, dass wahrscheinlich ein kleiner Erdenbürger in die Gebärmutter der Frau eingezogen ist. Schwangerschaftstests sind inzwischen in Drogeriemärkten erhältlich und damit für jedermann leichter zugänglich. Ein positiver Schwangerschaftstest kann anfangs einen ganz schönen Schock bedeuten, besonders wenn jemand sich in Sachen Verhütung eigentlich sicher fühlte. Doch der winzige Mensch lebt bereits und vermehrt seine Zellen unaufhörlich. Schon in der sechsten Woche schlägt das kleine Herz, die Organe entwickeln sich bereits, es bekommt schon im ersten Monat mit, wie sich seine Mutter fühlt, ob sie sich freut oder ärgert.[182] An sich wäre das ja alles hoch spannend und sehr erfreulich. Doch wenn es dich persönlich betrifft, bist du je nach Lebenssituation womöglich völlig schockiert und wünschst dir viel lieber eine Zeitmaschine, mit der du zurückfliegen und Entscheidungen anders treffen könntest. Dass dies leider nicht möglich ist, weißt du selbst, das muss ich dir nicht erzählen.

**TIPP:** Allein zu bleiben und sich im Schmerz zu vergraben, hilft niemandem, weder dir noch dem Baby. Viele ungewollt Schwangere waren anfangs erschlagen und dachten, das geht gar nicht. Der Tunnelblick ist völlig normal. Bevor du aber irgendetwas entscheidest, ist es wichtig zu wissen, dass es in solchen Situationen Hilfen und Ansprechpartner gibt. Für ungewollt Schwangere gibt es eine ganze Menge an Hilfen und Unterstützung – sogar wenn man noch Teenager ist. Du kannst zum Beispiel völlig unverbindlich und anonym bei vita-L (Hilfsadressen rund um Teenieschwangerschaften) anrufen. Das ist eine kostenlose 24-Stunden-Hotline, bei der du die Situation mit jemandem besprechen und überlegen kannst, welche Möglichkeiten du jetzt hast. Der Gesetzgeber stellt für Frauen auch eine Schwangerschaftskonfliktberatung bereit.

Das Gesetz sagt zur Konfliktberatung laut §219 des Strafgesetzbuches[183] Folgendes:

»(1) Die Beratung dient dem Schutz des ungeborenen Lebens. Sie hat sich von dem Bemühen leiten zu lassen, die Frau zur Fortsetzung der Schwangerschaft zu ermutigen und ihr Perspektiven für ein Leben mit dem Kind zu eröffnen; sie soll ihr helfen, eine verantwortliche und gewissenhafte Entscheidung zu treffen. Dabei muss der Frau bewusst sein, dass das Ungeborene in jedem Stadium der Schwangerschaft auch ihr gegenüber ein eigenes Recht auf Leben hat und dass deshalb nach der Rechtsordnung ein Schwangerschaftsabbruch nur in Ausnahmesituationen in Betracht kommen kann, wenn der Frau durch das Austragen des Kindes eine Belastung erwächst, die so schwer und außergewöhnlich ist, dass sie die zumutbare Opfergrenze übersteigt. Die Beratung soll durch Rat und Hilfe dazu beitragen, die in Zusammenhang mit der Schwangerschaft bestehende Konfliktlage zu bewältigen und einer Notlage abzuhelfen. Das Nähere regelt das Schwangerschaftskonfliktgesetz.«

Mehr als 100 000 Frauen in Deutschland entscheiden sich in solch einer Situation dennoch pro Jahr für den Schwangerschaftsabbruch. Das bedeutet, dass das Kind mithilfe von Medikamenten oder einer Operation abgetötet und aus der Gebärmutter entfernt wird. Meist wird dies innerhalb der ersten drei Schwangerschaftsmonate vorgenommen, in manchen Fällen auch deutlich später.

Schwangerschaftsabbrüche[184] können mit unmittelbaren Nebenwirkungen und langfristigen Folgen für die körperliche und seelische Gesundheit der Frau einhergehen.

Vielfach sehen ungewollt Schwangere auf den ersten Blick nur die Möglichkeit zum Schwangerschaftsabbruch oder ihr ganzes geplantes Leben über den Haufen zu werfen. Es gibt aber noch weitere Möglichkeiten. Wenn man neun Monate in das Leben eines anderen Menschen investiert, kann dieser vielleicht zur Adoption vermittelt werden und dann bei einer anderen Familie aufwachsen. Oft aber finden Familien oder andere Anlaufstellen nach dem ersten Schreck doch Möglichkeiten, wie das Kind innerhalb der Familie groß werden und die Teeniemutter ihren Schulabschluss dennoch machen kann.

Ich vergesse nie, wie eine gute Freundin ihren Teenagern folgenden Rat gab: »Wenn man mal in einer Situation aus eigener Sicht falsch gehandelt hat, ist es wichtig, nicht noch einen Fehler obendrauf zu setzen. Falls mal jemand von euch ungewollt schwanger ist, sind wir auf jeden Fall für euch da. Und wir werden einen Weg für euch und das Kind finden.«

Natürlich ist ein verantwortungsvoller Umgang mit der eigenen Sexualität wichtig, aber auch ein verantwortungsvoller Umgang mit den Folgen. Dazu mache ich dir Mut. Im Anhang findest du Hilfsadressen und Anlaufstellen zu diesem Thema.

# UND NUN? AUSBLICK!

## EXPERTIN IN EIGENER SACHE

*»Ich liebe das Leben, weil ich darin auftreten darf.«*[185]

Pavel Kohout

Nun hast du in *Mädelskram* gelesen, jede Menge Fakten, Berichte, Tipps und Hintergrundinfos liegen hinter Dir. Wahrscheinlich war es ein bunter Mix: Sachen, die du längst wusstest, manches Neue, anderes, das dir geholfen hat, dein Wissen richtig einzusortieren oder Dinge zu enttarnen, die sich als Fehlinfos eingeschlichen hatten.

Egal, was und wie viel du mitnimmst, ich hoffe, *Mädelskram* hat dir auf deinem ganz speziellen Weg, zu einer echten Expertin in eigener Sache zu werden, geholfen. Denn inzwischen weißt du ja: Sich gut mit sich auszukennen, ist nicht nur in der eigenen Körperentwicklung wichtig, sondern auch damit du bei dir selbst »zu Hause« bist und dein Leben ganz entfalten und genießen kannst.

**TIPP:** Vielleicht nimmst du dir abschließend nochmals einen Moment zum Nachdenken: Erwachsen werden bedeutet, aus dem, was vorher war, herauszuwachsen hinein in einen neuen Lebensabschnitt. Was liegt hinter Dir? Was siehst du unmittelbar vor Dir, was in weiterer Entfernung? Wo siehst du dich im Moment gerade? Und wo liegen deine Chancen? Welche Tools brauchst du noch dafür? Was möchtest du konkret als nächsten Schritt auf den Weg bringen?

Was möchtest du noch lernen, um auf absehbare Zeit »außerhalb des elterlichen Nests« allein klarzukommen?

Manches klingt vielleicht eher banal und uncool. Wahrscheinlich wollen die meisten viel lieber irgendwelche technischen Skills am Rechner lernen – zum Beispiel Onlinebanking, den Führerschein machen oder Sprachen lernen – als Wäsche waschen, kochen, einen Dübel in die Wand bohren oder einen Haushaltsplan machen.

»Ehrlich gesagt, habe ich mich als Teenie um Haushaltsachen so gut wie gar nicht gekümmert. Doch als ich im Studium erstmals eine Freundin fragen musste, wie man eigentlich die Wäsche sortiert und was man zusammen waschen kann, war es mir dann doch peinlich. Ich war zwar inzwischen erwachsen, musste aber fürs Alleinleben neben Wäschewaschen noch eine ganze Menge praktisch lernen.«

## TRÄUME UND LEBENSZIELE – WAS KOMMT NACH DER PUBERTÄT?

Es geht nicht nur ums Staubsaugen, Wäschewaschen oder Onlinebanking. Je älter du wirst, umso aktiver gestaltest du deine Schullaufbahn mit. Dann steht berufliche Orientierung an, manchmal müssen schulische Weichen gestellt werden, weil du dir sonst den Zugang zu bestimmten Bereichen verbaust. Vielleicht träumst du aber auch von anderen Bereichen, die dir wichtig sind. Gibt es Begabungen, die du weiter entfalten möchtest? Lässt sich vielleicht ein Hobby oder ein Sport mit deiner beruflichen Entwicklung verbinden?

**TIPP:** Was könnten in diesem Bereich Schritte sein? Steht demnächst eine Auswahl für bestimmte Fächer an? Was liegt Dir? Gibt es Fächer, wie zum Beispiel Sprachen, die du für einen Schulabschluss brauchst? Wo liegen deine Interessen? Denkst du vielleicht schon an konkrete Berufe? Kannst du im Rahmen eines Praktikums mal in diesen Bereich reinschnuppern? Kennst du jemanden, der diesen Beruf ausübt, den du mal besuchen oder interviewen könntest?

Vergiss nicht: Du hast bestimmte Begabungen und Fähigkeiten, die dich in dieser Kombination mit deinen Charaktereigenschaften zu einer einzigartigen Persönlichkeit machen. Du bist wertvoll und einzigartig. Vielleicht siehst du diese Aspekte in deinem Leben inzwischen schon ein wenig klarer.

Setz dich nicht unter Druck. Niemand erwartet von dir, dass du jetzt einen perfekten Plan für dein Leben vorlegst. Die Hauptsache ist, dass du authentisch, also du selbst, bist und dies immer mehr wirst. Versuche nicht krampfhaft, irgendjemand anderes zu sein. Du bist ein Original, keine Kopie!

Wenn du als Expertin in eigener Sache unterwegs bist, wirst du immer mehr eine Perspektive entwickeln: für das, was vor dir liegt, und für das, was du in der Zukunft gern sehen, erleben oder machen möchtest. Wovon träumst du? Was sind deine Begabungen, was machst du wirklich »für dein Leben« gern?

Stell dir einmal vor, was für ein Schatz in genau dir verborgen liegt. Hast du schon mal ab und an einen Blick auf diesen Schatz erahnen können? Welche Aspekte gehören dazu?

**TIPP:** Sammle diese Perspektiven für dein Leben wie Puzzleteile. Sie helfen dir, ein immer klareres Bild davon zu entwickeln, welche Weichen du für dein Leben stellen möchtest. Dabei kann für jede etwas anderes hilfreich sein: eine Schatzkiste, in die du Zettel legst, wenn dir etwas besonders auffällt oder wenn du einen Traum besser erkennst. Es kann auch ein (Tage-)Buch oder eine Kladde sein, in die du eintragen kannst, was dir wichtig wird. Vielleicht ist es auch dein Herz oder eine besondere Gedankenschublade, in die du das alles »abspeicherst«. Wie du es machst, ist Typsache. Oft hilft es in schwierigen oder trüben Zeiten, wenn man etwas zum Nachlesen hat.

Sobald du klarer siehst, was dir wichtig ist, überlege, welche aktiven Schritte dir helfen, deinen Zielen näherzukommen. Deine Begabung ist das Schreiben von Erfahrungsberichten oder Geschichten? Vielleicht wäre es hilfreich, wenn du mit zehn Fingern auf dem Computer schreiben könntest. Oder du überlegst, für die Schülerzeitung deiner Schule Beiträge zu schreiben. Du malst gern? Vielleicht magst du Grußkarten für deine Familie oder Freunde selbst gestalten oder die Kulisse eines Theaterstücks zusammenstellen? Oder du machst etwas ganz anderes draus.

Egal! Hauptsache, du vergräbst es nicht, sondern entfaltest dein Können. Es ist total spannend zu sehen, wie viel Kreatives entsteht, wenn du dir selbst eine Chance gibst!

Lass dich nicht entmutigen, wenn nicht alles auf Anhieb klappt. Viele Erfinder haben unzählige Versuche unternehmen müssen, bis sie am Ziel waren. Von Thomas Alva Edison, einem Erfinder auf dem Gebiet der Elektrizität, wird erzählt, dass er nach 2000 Fehlversuchen, einen Kohlefaden zum Glühen zu bringen, meinte, dass die Welt nun eben wisse, auf welche 2000 Arten ein Kohlefaden *nicht* zum Glühen gebracht werden kann.

*Erfahrung nennt man die Summe aller unserer Irrtümer.*[186]

Thomas Alva Edison (1847–1931),

US-amerikanischer Erfinder, Entdecker des glühelektrischen Effekts

# DEINE SICHT AUF VERÄNDERUNGEN

Immer wieder im Leben kommen wir an Punkte, die uns nicht gefallen. Dazu gehören Dinge, die wir gern anders hätten. Dinge, die plötzlich und ungefragt anders sind. Dinge, die wir einfach nur gern zurückhätten. Das ist manchmal ganz schön nervig: »Wieso in aller Welt muss meine Family gerade jetzt umziehen?« – »Wirklich ärgerlich, dass wir einen neuen Klassenlehrer bekommen.« – »Wir kannten unsere Lehrerin schon so lange, wieso das jetzt?« – »Super, jetzt ist Mama schwanger – und verbringt womöglich nur noch Zeit mit dem Baby. Wo bleibe ich?« – »Auch das noch: Welcher Experte ist denn auf die Idee gekommen, das Training auf montags zu verlegen? Toll, jetzt bin ich raus …«

Nun kannst du in zwei Generalrichtungen darauf reagieren – mit Wut, Rückzug und Frust: »Ich ärgere mich schwarz über die Veränderung und lasse es auch alle wissen. Jetzt hat eh alles keinen Sinn mehr. Die können mich alle mal gernhaben!« – Dann bist du aber auch das Opfer der Lebensumstände. Oder du kannst mit konstruktivem Optimismus reagieren: »Es hat noch keiner gesagt, dass es nur schlecht ist. Mal sehen, was ich draus machen kann.« Dann bist du aktiver Gestalter deiner Umstände und ihnen nicht hilflos ausgeliefert!

*»Optimismus ist die Fähigkeit, den blauen Himmel hinter den Wolken zu ahnen.«*[187]

Madeleine Robinson

Nicht, dass wir uns falsch verstehen. Es geht mir nicht um einen abgehobenen Träumer-Optimisten, der alles toll findet, egal, was kommt.

Aber je mehr du in die positive Waagschale legen kannst (und dich nicht am Problem festbeißt), umso eher lässt sich das – zugegebenermaßen auf den ersten Blick womöglich wirklich unangenehme – Ding drehen: »Eigentlich wollte ich schon lange aus der Turngruppe weg. Durch die Terminverschiebung habe ich jetzt eine ganz neue Gruppe in einem anderen Verein gefunden. Dort gefällt es mir viel besser.« – »Klar war unsere Lehrerin nett, und ich bin immer noch traurig, dass sie nicht mehr da ist. Aber der neue Lehrer fährt doch jetzt tatsächlich mit uns in einen Hochseilgarten. Wow, das hätte sie nie gemacht …« – »Okay, dann ziehen wir eben nach Berlin. Finde ich zwar immer noch komisch, aber ich habe auch gehört, dass es da viele coole Angebote gibt. Ich habe dort bestimmt sporttechnisch gute Chancen!«

Ich weiß, dass es oft nicht so einfach ist, wie es hier vielleicht anklingt. Und eine Zeit der Trauer oder des Ärgers braucht man oft auch, um mit Veränderungen gut klarzukommen. Wenn du dich dann nach und nach aber auf die neue Situation einlassen kannst, dann kannst du nur gewinnen! Darum:

*»Wenn das Leben dir Zitronen gibt, mach Limonade draus!«*[188]

## GUTE REISE – UND TSCHÜSS!

*Mädelskram* hat dich jetzt ein ganzes Stück Weg begleitet – und dir hoffentlich Mut gemacht, dich immer mehr zu entdecken, dich wertzuschätzen und zu dir selbst zu stehen. Super, dass es gerade dich gibt!

Für deine Lebensreise wünsche ich dir eine immer tragfähigere Freundschaft mit dir selbst, viel Freude, Weisheit und den Mut, ab und an in Neues hineinzustöbern. Ich wünsche dir jede Menge kreative Ideen und vor allem gute Erfahrungen in Beziehungen. Ich bete, dass du einen richtig guten Weg für dich findest, und segne dich dazu!

Herzlichst
deine **DR. UTE BUTH**

# STICHWORTVERZEICHNIS

## A

## B

# C



# D



# E

## F

## G

## H

## I



## J



## K

## L



## M

## N

# O



# P

# R



# S

## T



## U

## V



## W

# Z

# MEHR INFOS IM INTERNET

## ALLGEMEINE SEITEN ZUM THEMA

Teenieseite zum Thema Aufklärung:
www.gutaufgeklärt.de
Seminare für Verliebte, Seminare für Verlobte:
http://team-f.de/de/Freundschaft-und-Ehevorbereitung__40/
Fachstelle für Mediensucht – Return to reality:
http://www.return-mediensucht.de/

## ALLGEMEINER ANSPRECHPARTNER IM NOTFALL:

**Deutschland:**
www.telefonseelsorge.de
Anonym, kompetent, rund um die Uhr – Telefon-, Chat- -und Mailberatung.
Kostenlose Telefonnummer in Deutschland: 0800/1110111 oder 0800/1110222
www.chris-sorgentelefon.de

**Österreich:**
http://www.telefonseelsorge.at/
Vertraulich, kostenlos, rund um die Uhr – Telefonnummer 142
Kidsline
**Schweiz:**
https://www.143.ch/
Anonym, kompetent, immer für sie da
Telefon-, Chat-, Mailberatung

## HILFSADRESSEN BEI MOBBING

**Deutschland:**
http://mobbing-schluss-damit.de/
http://www.klicksafe.de/ueber-klicksafe/downloads/weitere-spots/uk-childnet-lets-fight-it-together-deutsch/
**Österreich:**
http://www.saferinternet.at/cyber-mobbing/tipps/
**Schweiz:**
https://www.security4kids.ch/1319_Fuer_Kids.htm

## HILFSADRESSEN BEI SEXUELLEM MISSBRAUCH

**Deutschland:**
http://www.wildwasser.de/
www.dunkelziffer.de
http://www.meinkoerpergehoertmir.de/
www.no-loverboys.de
http://www.gemeinsam-gegen-menschenhandel.de/

**Österreich/Liechtenstein:**
http://www.fingerweg.at/
http://www.happykids.at/
**Schweiz:**
http://kinderschutz.ch/cmsn/de/category/rubriken/kontakt/links/hilfe-f%C3%BCr-kinder-und-jugendliche
http://kinderschutz.ch/cmsn/
http://www.swissinfo.ch/ger/sexueller-missbrauch--taeter-sind-oft-gleichaltrige/32254198

## HILFSADRESSEN BEI TEENIESCHWANGERSCHAFTEN & SCHWANGERSCHAFTSKONFLIKT

**Deutschland:**
www.vita-l.de, kontakt@vita-l.de
24h-Notfalltelefon für ungewollt Schwangere: anonym, persönliche Ansprechpartnerinnen, kostenlose Telefonnummer: 0800 36 999 63
www.ungeborenes-leben.de
http://www.wunderwerk-mensch.de/de/ansprechpartner/
www.weisses-kreuz.de
http://weisses-kreuz.de/de/hilfe-und-beratung/arbeitskreise/
Regionaler Kontakt über Arbeitskreise bzw. über die Zentrale
http://www.schwangerenhilfe.de/
http://www.schwanger-unter-20.de/
https://www.bundesstiftung-mutter-und-kind.de/
http://www.donumvitae.de/
http://skf-zentrale.de/86134.html
www.tim-lebt.de

**Österreich/Liechtenstein:**
http://www.lebensbewegung.at/
http://www.schwanger.li/
**Schweiz:**
http://www.wkz.ch/lea-schweiz/
www.wkz.ch
http://www.nein-zu-abtreibung.ch/Hilfe/HilfeMittelland.htm

DANK

Zuallererst danke ich meinem Mann und unseren beiden Mädels für ihr Verständnis, ihre Geduld und die liebevolle praktische Unterstützung während des gesamten Entstehungsprozesses dieses Buches. Ohne euch würde es *Mädelskram* nicht geben!

Mein Dank gilt aber auch allen anderen, die mich während der Entstehung dieses Buchs auf ganz vielfältige Art und Weise unterstützt haben. Ganz besonders danke ich an dieser Stelle denjenigen *Kids, Teens und Erwachsenen*, die bereit waren, mutig ihre tiefsten Gedanken und Empfindungen zu diesem so oft tabuisierten Thema offenzulegen und uns auf diese Weise daran Anteil zu geben.

Mein spezieller Dank gilt der Gruppe Mädels, die mit ihren einzigartigen Erfahrungsberichten einen Schuhkarton »gefüttert haben«. Eure Berichte geben *Mädelskram* seine ganz persönliche Note. Alle Erfahrungsberichte wurden bewusst anonym veröffentlicht – ihr Sinn ist es, den Leserinnen neben allen sachlichen Fachinformationen ganz lebensnah die Praxis vor Augen zu stellen. Umso mehr bringe ich allen Unterstützerinnen hier meine tiefe Dankbarkeit und Wertschätzung zum Ausdruck!

Auch den *beiden Teens,* die *Mädelskram* sehr engagiert gegengelesen, kommentiert und durch ihre Rückfragen mit zu dem Buch gemacht haben, das es heute ist, gilt mein ganz herzliches Dankeschön.

*Ute Mayer* kenne ich als Lektorin jetzt schon von diversen Buchprojekten. Ich schätze ihre kompetente, verständnisvolle und kreative Art sehr. Sie hat wesentlich zum Gelingen dieses Projektes beigetragen. Vielen herzlichen Dank für die überaus angenehme Zusammenarbeit!

*Uta Müller* von SCM Hänssler danke ich für die kompetente und persönliche Begleitung während des gesamten Entstehungsprozesses.

*Kathrin Spiegelberg* von SCM Hänssler verdankt dieses Buch das hervorragende Layout. Auch ihr gilt mein herzliches Dankeschön für die sehr gute Zusammenarbeit in der grafischen Umsetzung.

*Tabea Freitag* von der Fachstelle für Mediensucht in Hannover hat wichtige Impulse zum Gelingen dieses Buchs beigetragen. Vielen herzlichen Dank dafür!

*Prof. (USA) Dr. Jakob Pastötter* danke ich für seine Zeit, fachliche Impulse und sein großes Engagement im Schreiben des Vorworts sehr herzlich!

# VITA

Dr. med. Ute Buth ist Fachärztin für Frauenheilkunde und Geburtshilfe, seit vierzehn Jahren verheiratet und Mutter von zwei Mädels. Sie leitet eine Beratungsstelle mit den Beratungsschwerpunkten Sexualität, Paarkonflikte, unerfüllter Kinderwunsch, vorgeburtliche Diagnostik, Empfängnisregelung sowie weibliche Identität und hält dazu Vorträge.

Weil sie eine ausgewogene Sexualaufklärung für sehr wichtig hält, ist Dr. Ute Buth seit vielen Jahren engagiert und mit viel Freude in Schulen tätig, um altersgemäße Sexualkundeprojekte für ganz unterschiedliche Schulformen zu gestalten. In Vorträgen macht sie Eltern deutlich, wieso Sexualaufklärung wichtig ist, und ermutigt sie, mit ihren Kids und Teens darüber konstruktiv ins Gespräch zu kommen.

# QUELLEN

1 Gute Zitate. http://www.zitate-und-weisheiten.de/indianische-weisheiten/, 01.12.2014.

2 Gute Zitate. http://gutezitate.com/zitat/282214, 17.11.2014.

3 Youtube. https://www.youtube.com/watch?v=RmCFhxhifgM, 15.12.2014.

4 Katholische Kirche in Deutschland. http://www.katholisch.de/de/katholisch/themen/gesellschaft/141108_interview_missbrauch_roerig.php, 15.12.2014.

5 Ebd.

6 Ebd.

7 Die Scheide ist der Gang zur Gebärmutter. Der Begriff wird z.T. fälschlicherweise für das äußere Genital des Mädchens verwendet. Siehe auch Abbildungen der Geschlechtsorgane.

8 Gute Zitate. http://gutezitate.com/zitat/256555, 01.12.2014.

9 Wandzitate. http://www.wandaufkleber.com/Wandzitate/Nicht-wie-viel-wir-haben-macht-uns-gluecklich.html, 01.12.2014.

10 Unter dem Namen »Pubi-Check für Mädchen« ist er von Dr. Ute Buth als Unterrichtsmaterial veröffentlicht: www.gutaufklaeren.de.

11 Ruhrnachrichten. Intersexualität – was heißt das? 16.12.2013. http://www.ruhrnachrichten.de/nachrichten/vermischtes/aktuelles_berichte/Intersexualitaet-was-heisst-das;art29854,138077, 01.12.2014.

12 Susanne Baller. Ein neues Gesetz reicht nicht aus. 01.11.2013. In: Stern.de, http://www.stern.de/politik/deutschland/intersexuelle-menschen-ein-neues-gesetz-reicht-nicht-aus-2052555.html, 01.12.2014.

13 Stern.de. 11.05.2013. http://www.stern.de/panorama/toedliches-fotoshooting-17-jaehrige-stirbt-durch-stromschlag-2009588.html, 25.11.2014.

14 Märkische Allgemeine. 10.01.2014. http://www.maz-online.de/Lokales/Teltow-Flaeming/Quartett-beschmiert-S-Bahn-in-Blankenfelde, 01.12.2014.

15 Time4teen. http://www.time4teen.de/content.php?content_id=22&mssystem_session=d7b8acf6910748916bbd9207b0ab97d3, 01.12.2014.

16 Interview mit Martina Pötschke-Langer. In: Spiegel Online. http://www.spiegel.de/gesundheit/ernaehrung/zigaretten-ohne-zusatzstoffe-sind-nicht-weniger-schaedlich-a-961918.html, 01.12.2014.

17 Ebd.

18 Rauchstoppzentrum. http://www.rauchstoppzentrum.ch/0189fc92f11229701/0189fc93040dae802/, 01.12.2014.

19 Stefanie Kronenberger. Sisha – die harmlose Alternative? 21.07.2014. In: Medical Tribune. http://www.medical-tribune.de/home/fuer-patienten/artikeldetail/shisha-die-harmlose-alternative.html, 15.12.2014.

20 Heike Le Ker. Ein rätselhafter Patient: Bewusstlos an der Bar. 13.12.2014. In: Spiegel Online. http://www.spiegel.de/gesundheit/diagnose/vergiftung-mit-kohlenmonoxid-bewusstlos-in-der-bar-a-1007417.html, 15.12.2014.
21 http://www.shz.de/lokales/landeszeitung/meldungen/13-jaehrige-stirbt-beim-deo-schnueffeln-id9187981.html, 19.3.2015.
22 Alkohol? Kenn dein Limit. http://www.kenn-dein-limit.de/selbst-tests/, 01.12.2014.
23 Youtube. https://www.youtube.com/watch?v=0S6EBgkN_0Q, 01.12.2014.
24 Jugendliche und Alkohol. Fast jeder Fünfte trinkt regelmäßig. 17.04.2014. In: Spiegel Online. http://www.spiegel.de/schulspiegel/komasaufen-jugendliche-trinken-alkohol-bis-zum-umfallen-a-963018.html, 01.12.2014.
25 Damit wird die Menge des Alkohols im Blut angegeben.
26 Jugendliche und Alkohol. Fast jeder Fünfte trinkt regelmäßig. 07.04.2014. In: Spiegel Online. http://www.spiegel.de/schulspiegel/komasaufen-jugendliche-trinken-alkohol-bis-zum-umfallen-a-963018.html, 01.12.2014.
27 Ebd.
28 »Rolex«: Diese falsche Ecstasy-Pille kann tödlich sein. In: Focus Online. http://www.focus.de/gesundheit/atemnot-koma-organversagen-konsum-von-falscher-ecstasy-pille-kann-toedlich-enden_id_3766150.html, 01.12.2014.
29 Crystal Meth die Zeitgeistdroge. In: Zeit Online. http://www.zeit.de/wissen/gesundheit/2014-07/drogen-crystal-meth-wirkung/seite-2, 01.12.2014.
30 Ebd.
31 Andy und Janine Mason. Dream Culture – Bringing Dreams to Life. In: amazon. http://www.amazon.com/Dream-Culture-Bringing-Dreams-Life-ebook/dp/B0062OWHLI#reader_B0062OWHLI, Einleitung Kapitel 1, 25.11.2014.
32 Gott kennen.de. http://www.gottkennen.de/, 08.12.2014.
33 Ebd.
34 Norbert Schnabel (Hrsg.). Worte, die zum Leben führen. Witten: SCM R.Brockhaus 2012, S. 7.
35 Nur Zitate. http://www.nur-zitate.com/zitat/16509, 01.12.2014.
36 Nur Zitate. http://gutezitate.com/zitat/244572, 01.12.2014.
37 Spruch-Archiv. http://www.spruch-archiv.com/completelist/seite-2/?query=schatz, 17.11.2014.
38 Schönheiten aus dem Computer. 03.12.2011. In: ntv. http://www.n-tv.de/wissen/Programm-erkennt-Retusche-article4921231.html, 02.12.2014.
39 Celebrityfix. http://celebrities.ninemsn.com.au/slideshow_ajax.aspx?sectionid=8847&sectionname=slideshowajax&subsectionid=81616&subsectionname=photoshoppedcelebs, 01.12.2014.
40 Der schöne Schein: Wie Stars mit Photoshop auf Vordermann gebracht werden. 27.05.2014. In: Viva. http://www.viva.tv/news/51413-der-schone-schein-wie-stars-mit-photoshop-auf-vordermann-gebracht-werden, 02.12.2014.
41 Youtube. https://www.youtube.com/watch?v=VpM1-QHIr4M, 02.12.2014.
42 Youtube. https://www.youtube.com/watch?v=wUb5PZHcovA, 02.12.2014.

43 »Ich möchte eine Erwachsenen-Barbie sein«. 03.07.2014. In: N24. http://www.n24.de/n24/Nachrichten/Panorama/d/5010284/-ich-moechte-eine-erwachsenen-barbie-sein-.html, 17.11.2014.
44 Aphorismen. http://www.aphorismen.de/zitat/50405, 17.11.2014.
45 Hilfreich.de. http://www.hilfreich.de/piercings-koerperverletzung-oder-koerperschmuck_5670, 28.01.2015.
46 Wer weiß was. Worauf bei frisch gestochenem Tattoo achten? http://www.wer-weiss-was.de/mode-kosmetik/worauf-bei-frisch-gestochenem-tattoo-achten, 27.01.2015.
47 Interessengemeinschaft Allergenvermeidung. Gesundheitsministerium warnt vor Allergien durch Henna-Tattoos. http://www.allergenvermeidung.org/newseintrag/gesundheitsministerium-warnt-vor-allergien-durch-henna-tattoos-2.html?cHash=52cf72d7131b6662a06dd75f668fe0be&no_cache=1&sword_list[0]=allergien&sword_list[1]=durch&sword_list[2]=hennatattoos, 07.05.2015.
48 Berlin.de. kra/berlinonline. Tattoos lösen Allergie aus: Reaktion auf PPD. Aktualisierung: 17. Januar 2012, http://www.berlin.de/special/gesundheit-und-beauty/gesundheit/allergien/41893-2256954-tattoos-loesen-allergie-aus-reaktion-auf.html, 28.01.2015.
49 Chris Lederer. Körperbemalung mit schmerzhaften Folgen. Allergie durch »schwarzes Henna«. 1. September 2014. In: Stuttgarter-Zeitung.de, http://www.stuttgarter-zeitung.de/inhalt.allergie-durch-schwarzes-henna-koerperbemalung-mit-schmerzhaften-folgen.daefec93-69d3-4bc6-bb61-1ee17b563183.html, 28.01.2015.
50 Gofeminin.de. Allergie auf Henna-Tattoo, bin total fertig, http://forum.gofeminin.de/forum/matern2/__f1797_matern2-Allergie-auf-Henna-Tattoo-Bin-total-fertig.html, 28.01.2015.
51 Sprechzimmer.ch. mediscope –dzu. Pflege von Piercings. 03.09.2004, http://www.sprechzimmer.ch/sprechzimmer/Fokus/Koerperschmuck/Piercing/Pflege_von_Piercings.php, 28.01.2015.
52 Jenny Zwick. Ein Leben in der Schuldenfalle. 06.11.2009. In: t-online.de. http://www.t-online.de/eltern/familie/id_20456866/jugendliche-in-der-schuldenfalle-ein-leben-im-minus-.html, 05.12.2014.
53 Das kleine 9x2. http://www.bzga.de/pdf.php?id=aa83feffca6f6a1bd63bdc089bb1d7f4, 02.12.2014.
54 Übergewicht und Diabetes. 25.03.2014. In: Spiegel Online. http://www.spiegel.de/gesundheit/diagnose/uebergewicht-und-diabetes-wie-schlafmangel-den-stoffwechsel-stoert-a-960393.html, 02.12.2014.
55 Andrea Blank-Koppenleitner. Schlafstörungen: Warum Schlaf so wichtig ist. Aktualisiert 20.11.2014. In: Apotheken-Umschau.de. http://www.apotheken-umschau.de/Schlafstoerungen/Schlafstoerungen-Warum-Schlaf-so-wichtig-ist-55476_2.html, 02.12.2014.
56 Heike Malisic / Beate Nordstrand. Lebe leichter. Holzgerlingen: SCM Hänssler, 5. Auflage 2013, S. 18.
57 Youtube. http://www.youtube.com/watch?v=NJksjYZC0TE, 02.12.2014.

58 Gesundheit.de. Aktualisiert 31.05.2012. http://www.gesundheit.de/krankheiten/autoimmunkrankheiten/grundlagen-zu-autoimmerkrankungen/autoimmunkrankheiten-ursachen, 23.12.2014.

59 Barbara Krahé / Renate Scheinberger-Olwig. Sexuelle Aggression: Verbreitungsgrad und Risikofaktoren bei Jugendlichen und jungen Erwachsenen. Göttingen: Hogrefe Verlag 2002.

60 Medienwerkstatt Wissenskarten. http://www.medienwerkstatt-online.de/lws_wissen/vorlagen/showcard.php?id=1341&edit=0, 02.12.2014.

61 Medienwerkstatt Wissenskarten. http://www.medienwerkstatt-online.de/lws_wissen/vorlagen/showcard.php?id=10429&edit=0, 02.12.2014.

62 Irene Berres. Kampf gegen Cellulite: Die Delle der Frau. 20.06.2012. In: Spiegel Online. http://www.spiegel.de/gesundheit/diagnose/cellulite-was-gegen-orangenhaut-hilft-a-813555.html, 18.11.2014.

63 Ekelalarm: Madonna zieht blank. 21.03.2014. In: Focus Online. http://www.focus.de/kultur/musik/madonna-achsel-haar-instagram-diese-stars-ziehen-blank-und-zeigen-achselhaar_id_3705681.html, 18.11.2014.

64 Anika Balzun. Beauty-Trend: Achselhaare färben. http://www.shape.de/beauty/pflege-und-make-up/a-61438/beauty-trend-achselhaare-faerben.html, 23.12.2014.

65 Terre des femmes. http://www.terre-des-femmes-muenchen.de/http-www-terre-des-femmes-muenchen-de-aktionen-html.html, 02.12.2014.

66 Wikipedia. Stichwort Schamhaarentfernung. http://de.wikipedia.org/wiki/Schamhaarentfernung, 18.11.2014.

67 Marlene Halser. Wie schädlich ist Aluminium wirklich? In: Jetzt.de. http://jetzt.sueddeutsche.de/texte/anzeigen/589648/Wie-schaedlich-ist-Aluminium-wirklich, 26.11.2014.

68 Aphorismen. http://www.aphorismen.de/suche?f_autor=1159_Thomas+Alva+Edison, 18.11.2014.

69 Viele Tipps mit Vor- und Nachteilen sowie Erfahrungsberichten findest du unter: http://www.damenbart-entfernen.com/ueber-mich/; http://www.stylebook.de/beauty/5-Tipps-gegen-Damenbart-607902.html, 07.05.2015.

70 Grit Scholz. Das Tor ins Leben. LebensGut-Verlag 2007.

71 So brutal werden Frauen verstümmelt. 17.09.2009. In: Die Welt. http://www.welt.de/politik/ausland/article4554517/So-brutal-werden-Frauen-verstuemmelt.html, 13.12.2014.

72 Andrea Backhaus. Der Nil heilt die Wunden nicht. 25.11.2013. In: Zeit Online. http://www.zeit.de/gesellschaft/zeitgeschehen/2013-11/aegypten-genitalverstuemmelung, 26.11.2014.

73 Ebd.

74 Philipp Hedemann. Der Kampf des Abenteurers für die Mädchen. 20.06.2010. In: Die Welt. http://www.welt.de/welt_print/vermischtes/article8113197/Der-Kampf-des-Abenteurers-fuer-die-Maedchen-Gewalt.html, 13.12.1014.

75 Tilman Billing. Unten ohne: Der neue Schönheitswahn unter der Gürtellinie. 06.11.2009. In: 3sat. http://www.3sat.de/page/?source=/kulturzeit/themen/139444/index.html, 02.12.2014.

76 Wikidepia-Artikel. Gräfenberg-Zone. http://de.wikipedia.org/wiki/Gr%C3%A4fenberg-Zone, 03.12.2014.

77 Christian Stöcker. Sexualforschung: Italiener wollen G-Punkt-Test entwickelt haben. 21.02.2008. In: Spiegel Online. http://www.spiegel.de/wissenschaft/mensch/sexualforschung-italiener-wollen-g-punkt-test-entwickelt-haben-a-536818.html, 03.12.2014.

78 Nina Weber. G-Punkt: Es gibt ihn, es gibt ihn nicht. 06.06.2012. In: Spiegel Online. http://www.spiegel.de/gesundheit/sex/g-punkt-us-arzt-ostrzenski-will-graefenberg-zone-entdeckt-haben-a-835962.html, 03.12.2014.

79 Ebd.

80 Terre des femmes. http://www.terre-des-femmes-muenchen.de/http-www-terre-des-femmes-muenchen-de-aktionen-html.html, 02.12.2014.

81 Kompaktlexikon der Biologie. Oogenese. In: Spektrum.de. http://www.spektrum.de/lexikon/biologie-kompakt/oogenese/8408, 03.12.2014.

82 Marieke Degen. Das Ende eines Dogmas. 29.02.2012. In: Deutschlandfunk. http://www.deutschlandfunk.de/das-ende-eines-dogmas.676.de.html?dram:article_id=29204, 02.12.2014.

83 DocCheckNews. »Bei knapp 30 Prozent aller gesunden Frauen pendelt die Zykluslänge also zum Beispiel zwischen 24 und 38 Tagen oder zwischen 28 und 42 Tagen«, hat Dr. Raith-Paula in ihrem Buch »Natürliche Familienplanung heute: Modernes Zykluswissen für Beratung und Anwendung« zusammengefasst. Sonja Schmitzer. Zyklus-App mit fötalen Folgen. 14.10.2014. In: Doccheck. http://news.doccheck.com/de/newsletter/1262/8671/?utm_source=DC-Newsletter&utm_medium=E-Mail&utm_campaign=Newsletter-DE-DocCheck+News-2014-10-14&user=kc85wori&n=1262&d=28&chk=6edb9e32b3ddc523afa3f1852479fca3, 19.11.2014.

84 Prämenstruelles Syndrom (PMS). In: Frauenärzte im Netz. http://www.frauenaerzte-im-netz.de/de_preamenstruelles-syndrom-ursachen_1093.html, 03.12.2014.

85 Ebd.

86 siehe http://www.menstruationstasse.de/, 19.11.2014.

87 Was ist TSS? In: Herzensschwester. http://www.herzensschwester.de/was-ist-tss, 19.11.2014.

88 Intimchirurgie im Trend: Immer mehr Männer wollen Penisvergrößerung. 21.09.2011. In: Hamburger Morgenpost. http://www.mopo.de/gesundheit/intimchirurgie-im-trend-immer-mehr-maenner-wollen-penisvergroesserung,5066780,10881478.html, 03.12.2014.

89 Das kleine 9x2. http://www.bzga.de/pdf.php?id=aa83feffca6f6a1bd63bdc089bb1d7f4, 02.12.2014.

90 Monika Preuk. Größerer Penis um jeden Preis. 10.05.2014. In: Focus online. http://www.focus.de/gesundheit/ratgeber/potenz/penis/penisverlaengerung_aid_6454.html, 19.11.2014.

91 Ebd.

92 Layna. Freunde sind wie Co-Piloten. CD. Gerth Medien 2010.

93 Robert T. Francoeur: Becoming a Sexual Person. 2. Auflage. Macmillan, New York 1991, S. 74.

94 Verfassungsrecht. http://www.servat.unibe.ch/dfr/bv079256.html, 03.12.2014.

95 Reinhard Müller. Höchstpersönlich. 07.02.2013. In: Frankfurter Allgemeine. http://www.faz.net/aktuell/politik/inland/anonyme-samenspende-hoechst-persoenlich-12053654.html, 03.12.2014.

96 Sven Stockrahm. Wer nicht Vater sein will, sollte keine Samen spenden. 07.02.2013. In: Die Zeit. http://www.zeit.de/wissen/gesundheit/2013-02/samenspende-urteil, 03.12.2014.

97 Gerhard Kaßing. Samenspender auf Unterhalt in Anspruch genommen. 09.03.2011. In: Fokus Familienrecht. http://fokus-familienrecht.blogspot.de/2011/03/samenspender-auf-unterhalt-in-anspruch.html, 27.11.2014.

98 Laura Gehrmann. Ich bessere mein Bafög als Samenspender auf. 09.02.2013. In: Bild. http://www.bild.de/news/inland/vaterschaftsrecht/student-ist-samenspender-bafoeg-reicht-nicht-28452000.bild.html, 27.11-2014.

99 Tobias Dorfer. Straftatbestand: Liebe. 12.11.2014. In: Süddeutsche.de. http://www.sueddeutsche.de/panorama/verfolgung-nach-schwulenparagraf-straftatbestand-liebe-1.2206377, 27.11.2014.

100 Online-Workshop. Ausweg aus der Sexsucht. http://www.porno-ausweg.de, 02.01.2015.

101 Hilfe zur Selbsthilfe bei Onlinesucht. HSO 2077 e.V. http://www.onlinesucht.de/bestellung-internet.pdf, 02.01.2015.

102 Pressemitteilung Hochschule Fulda, 04.11.2013. http://www.hs-fulda.de/index.php?id=1053&no_cache=1&tx_ttnews[tt_news]=2503&tx_ttnews[backPid]=515&cHash=e233180804768e1a376d9f1dc18cf1c0, 02.01.2015.

103 Betrachtet man nur sexuelle Übergriffe, so sind es 12,7 Prozent der Jungs und mit 26 Prozent rund doppelt so viele Mädchen.

104 Anne-Nikolin Hagemann. Verliebt in einen Schläger. 25.09.2013. In: Süddeutsche.de. http://www.sueddeutsche.de/leben/gewalt-in-beziehungen-jugendlicher-verliebt-in-einen-schlaeger-1.1779741, 27.11.2014.

105 Ebd.

106 Superstars gehackt, Nacktbilder veröffentlicht! 01.09.2014. In: Abendzeitung. http://www.abendzeitung-muenchen.de/inhalt.hacker-angriff-auf-promis-superstars-gehackt-nackt-bilder-veroeffentlicht.501be978-e98c-4529-96a0-b8dac7b5a8bd.html, 03.12.2014.

107 Originaltext in Englisch: To those of you looking at photos I took with my husband years ago in the privacy of our home, hope you feel great about yourselves.

108 Youtube. https://www.youtube.com/watch?v=RXxnPzrmE70, 27.11.2014.

109 Youtube. https://www.youtube.com/watch?v=O9CRUiQd6Ew, 27.11.2014.

110 http://www.telefonseelsorge.de/, 03.12.2014. Oder 0800/1110111 bzw. 0800/1110222

111 Weitere Informationen findet ihr auf http://www.no-loverboys.de, 16.01.2015, sowie auf http://liebe-ohne-zwang.de/, 16.01.2015, und http://www.eilod.de, 16.01.2015.

112 Gemeinsam gegen Menschenhandel e.V. http://www.gemeinsam-gegen-menschenhandel.de/, 03.12.2014.

113 Wikipedia-Artikel: Zuhälterei. http://de.wikipedia.org/wiki/Zuh%C3%A4lterei, 03.12.2014.

114 No loverboys. http://www.no-loverboys.de/loverboys/ist-mein-freund-ein-loverboy/, 19.11.2014.

115 Gleichzeitig die Tasten »Alt« und »Druck« drücken, um ein Abbild des Browserfensters zu erhalten. Dann »Strg«- und »V«-Tasten gleichzeitig drücken, um es in einer Textdatei einzufügen und abzuspeichern.
Zusätzlich kannst du den entsprechenden Text mit der Maus markieren, »Strg«- und »C«-Taste gleichzeitig drücken, dann »Strg«- und »V«-Taste gleichzeitig drücken, um es in ein leeres Textdokument einzufügen und abzuspeichern.

116 Olivia: »Britain's Got Talent«: Leondre & Charlie berühren mit Anti-Mobbing Song. 17.05.2014. In: Songtexte.com. http://www.songtexte.com/news/britains-got-talent-leondre-und-charlie-beruhren-mit-anti-mobbing-song, 03.12.2014.

117 Anne-Beeke Gretemeier. Wie gefährlich ist Zivilcourage? 28.11.2014. In: Stern. http://www.stern.de/panorama/hirntod-der-22-jaehrigen-tugce-wie-gefaehrlich-ist-zivilcourage-2156035.html, 03.12.2014.

118 Studie: Eltern oft ahnungslos über Online-Aktivitäten ihrer Kinder. 21.11.2012. In: heise online. http://www.heise.de/newsticker/meldung/Studie-Eltern-oft-ahnungslos-ueber-Online-Aktivitaeten-ihrer-Kinder-1754626.html, 03.12.2014.

119 Cp. Drei von vier Befragten geben bei Online-Bekanntschaften private Informationen preis. 20.10.2011. In: datensicherheit.de. www.datensicherheit.de/aktuelles/drei-von-vier-befragten-geben-online-bekanntschaften-private-informationen-preis-15989, 03.12.2014.

120 Wikipedia-Artikel: Stalking. http://de.wikipedia.org/wiki/Stalking, 26.12.2014.

121 Ebd.

122 siehe Endnote 115.

123 Unerfüllter Kinderwunsch: Jedes fünfte Paar ist betroffen. 23.06.2009. In: Gesundheitsnews. http://gesundheitsnews.imedo.de/news/1010861-unerfullter-kinderwunsch-jedes-funfte-paar-betroffen, 03.12.2014.

124 Lit Hinweis: Schnarch, David Die Psychologie sexueller Leidenschaft. Klett Cotta Stuttgart. 4.Aufl. 2007 S.128 -129.

125 1. Mose 4,1; Luther.

126 Weißes Kreuz H 07649, Ausgabe 4/2012, Nr. 52. http://weisses-kreuz.de/media/filer_public/2013/08/09/wk52_sexentwkind-final.pdf, 27.11.2014.

127 Weißes Kreuz H 07649, Ausgabe 4/2012, Nr. 52. http://weisses-kreuz.de/media/filer_public/2013/08/09/wk52_sexentwkind-final.pdf, 27.11.2014. S. 3 von 16.

128 Brad Pitt über seine Hochzeit: »Überrascht, wie sehr es mich bewegt hat«. 20.10.2014. In: Spiegel Online. http://www.spiegel.de/panorama/leute/brad-pitt-spricht-ueber-hochzeit-mit-angelina-jolie-a-998088.html, 19.11.2014.

129 Eva-Maria Zurhorst. Liebe dich selbst und es ist egal, wen du heiratest. München: Goldmann 2009.
Eva-Maria Zurhorst. Soulsex. Die körperliche Liebe neu entdecken. München: Goldmann 2014.

130 1. Mose 2,24: »Darum wird ein Mann seinen Vater und seine Mutter verlassen und seiner Frau anhangen, und sie werden sein ›ein‹ Fleisch.«

131 Christoph Drösser. Die prüden Missionare. Aktualisiert 16.07.2008. In: Zeit online. http://www.zeit.de/2003/24/Stimmts_P_24, 06.01.2015.

132 NDR.de. Erhält viel Sex die Beziehung? Sendedatum: 17.03.2014, 21.00 Uhr, http://www.ndr.de/ratgeber/Erhaelt-viel-Sex-die-Beziehung,sex147.html, 30.12.2014.

133 Zwier = zweimal

134 David Schnarch. Intimität und Verlangen. 5. Auflage. Stuttgart: Klett-Verlag 2014, S. 29-30.

135 Gangolf. Sexuelles Verlangen in der Partnerschaft. In: Beziehungstraining. http://beziehungstraining-mainz.de/sexuelles-verlagen-in-der-partnerschaft/, 03.12.2014.

136 Wikipedia-Artikel: Weibliche Ejakulation. http://de.wikipedia.org/wiki/Weibliche_Ejakulation, 03.12.2014.

137 Wikipedia-Artikel: Stichwort Frigidität. http://de.wikipedia.org/wiki/Frigidität, 07.05.2015.

138 Urologische Gemeinschaftspraxis Fulda. Vorzeitiger Samenerguss. http://www.urologie-fulda.de/vorzeitiger-samenerguss.html, 06.01.2015.

139 Weißes Kreuz Ausgabe Nr. 45, I/2011. http://weisses-kreuz.de/de/medien-und-materialien/zeitschrift/8/, 13.12.2014.

140 Christopher Hooton. A long list of sex acts just got banned in UK porn. 02.12.2014. http://www.independent.co.uk/news/uk/a-long-list-of-sex-acts-just-got-banned-in-uk-porn-9897174.html, 14.12.2014.

141 Lobuscher. Interview mit Prof. Dr. Jakob Pastötter. 2011. http://de.scribd.com/doc/48488173/Der-David-Aufklarung-gegen-den-Goliath-Pornografie-Interview-mit-Prof-Dr-Jakob-Pastotter#scribd, 18.12.2014.

142 Schamhaar-Entfernung kann Hautkrankheiten verursachen. 19.03.2013. In: Der Standard. http://derstandard.at/1363239508417/Schamhaar-Entfernung-kann-Hautkrankheiten-verursachen, 04.12.2014.

143 Beratung zu sexuell übertragbaren Krankheiten. In: Stadt Bochum. http://www.bochum.de/C125708500379A31/vwContentByKey/W26Z2JKF317BOLDDE#par3, 04.12.2014.

144 Epidemiologisches Bulletin 23.03.2007, Nr. 12. http://www.rki.de/DE/Content/Infekt/EpidBull/Archiv/2007/Ausgabenlinks/12_07.pdf;jsessionid=83020651ADB56F0FB1528A37B34468C2.2_cid363?__blob=publicationFile, 04.12.2014.

145 Wissenschaftler/innen fordern Neubewertung der HPV-Impfung und ein Ende der irreführenden Informationen. 25.11.2008. http://www.uni-bielefeld.de/gesundhw/ag3/downloads/Stellungnahme_Wirksamkeit_HPV-Impfung_mit_Referenzen.pdf, 04.12.2014.

146 Epidemiologisches Bulletin 23.03.2007, Nr. 12. http://www.rki.de/DE/Content/Infekt/EpidBull/Archiv/2007/Ausgabenlinks/12_07.pdf;jsessionid=83020651ADB56F0FB1528A37B34468C2.2_cid363?__blob=publicationFile, 04.12.2014.

147 Für Mathefreaks und alle, die es genauer wissen wollen: Wenn 100 sexuell aktive Frauen eine bestimmte Methode ein Jahr lang nutzen, dann hat man 100 x 12 Monatszyklen pro Frau = 1200 Monatszyklen (bzw. etwa 1200 Eisprünge und damit 1200 mögliche Gelegenheiten, schwanger zu werden). Wird eine dieser Frauen trotz der gewählten Methode schwanger, so ergäbe der Pearl Index in diesem Fall 1. Liegt er bei 0,1, also noch eine Zehnerpotenz niedriger, dann heißt dies, dass von 1000 Frauen (= 12 000 Zyklen), die diese Methode ein Jahr lang nutzten, eine schwanger geworden ist.

148 Nora Henk. Kondome. 19.08.2011. In: NetDoktor. http://www.netdoktor.de/Gesund-Leben/Verhuetung/Verhuetung-A-Z/Kondome-231.html, 04.12.2014.

149 Youtube. https://www.youtube.com/watch?v=Ii3FnHvuj_0, 26.12.2014.

150 Nora Henk. Kondome. 19.08.2011. In: NetDoktor. http://www.netdoktor.de/Gesund-Leben/Verhuetung/Verhuetung-A-Z/Kondome-231.html, 04.12.2014.

151 Ebd.

152 Axel Beer / Kerstin Lehermayr / Britta Bürger / Carl J. Brandt. Wie sicher ist meine Verhütungsmethode? Stand: Februar 2014. In: netdoktor. http://www.netdoktor.at/sex/verhuetung/sicherste-verhuetungsmethode-5463, 08.12.2014.

153 Melanie Iris Zimmermann. Portiokappe. 19.08.2011. In: NetDoktor. http://www.netdoktor.de/Gesund-Leben/Verhuetung/Verhuetung-A-Z/Portiokappe-3549.html, 08.12.2014.

154 Wikipedia-Artikel: LEA contraceptivum. http://de.wikipedia.org/wiki/LEA_contraceptivum, 08.12.2014. Erläuterung in der Quelle: Der Pearl-Index ist aufgrund geringer Teilnehmerzahlen nur geschätzt.

155 Lea-contraceptivum.de http://www.lea-contraceptivum.de/, 08.12.2014.

156 Kerstin Lehermayr. Die Pille. In: netdoktor. http://www.netdoktor.at/sex/verhuetung/pille-5460?page=6, 04.12.2014.

157 Britta Bürger. Verhütungspflaster. 29.08.2011. In: NetDoktor. http://www.netdoktor.de/Gesund-Leben/Verhuetung/Verhuetung-A-Z/Verhuetungspflaster-3550.html, 28.11.2014.

158 Ebd.

159 Nutzen überwiegt: FDA-Gutachter stützen umstrittene Kontrazeptiva Evra und Yaz/Yasmin. 12.12.2011. In: aerzteblatt.de. http://www.aerzteblatt.de/nachrichten/48392/Nutzen-ueberwiegt-FDA-Gutachter-stuetzen-umstrittene-Kontrazeptiva-Evra-und-Yaz-Yasmin, 27.11.2014.

160 Britta Bürger. Vaginalring. 29.08.2011. In: NetDoktor http://www.netdoktor.de/Gesund-Leben/Verhuetung/Verhuetung-A-Z/Vaginalring-3555.html, 28.11.2014.
161 Melanie Iris Zimmermann. Minipille. 29.08.2011. In: NetDoktor http://www.netdoktor.de/Gesund-Leben/Verhuetung/Verhuetung-A-Z/Minipille-280.html, 28.11.2014.
162 Katharina Larisch. Neue Minipille (östrogenfreie Pille). 29.08.2011. In: NetDoktor http://www.netdoktor.de/Gesund-Leben/Verhuetung/Verhuetung-A-Z/Neue-Minipille-oestrogenfreie-5741.html, 28.11.2014.
163 Britta Bürger. Hormonspirale. 19.08.2011. In: NetDoktor. http://www.netdoktor.de/Gesund-Leben/Verhuetung/Verhuetung-A-Z/Hormonspirale-2172.html, 28.11.2014.
164 siehe auch www.hormonspirale-forum.de.
165 Britta Bürger. Verhütungsstäbchen – die Pille im Arm. 29.08.2011. In: NetDoktor http://www.netdoktor.de/Gesund-Leben/Verhuetung/Verhuetung-A-Z/Verhuetungsstaebchen-die-Pille-2221.html, 28.11.2014.
166 Melanie Iris Zimmermann. Dreimonatsspritze. 19.08.2011. In: NetDoktor. http://www.netdoktor.de/Gesund-Leben/Verhuetung/Verhuetung-A-Z/Dreimonatsspritze-555.html, 04.12.2014.
167 Ebd.
168 Ärztinneninfo: Expertinnen in eigener Sache – Mädchen bei der Frauenärztin / dem Frauenarzt. Broschüre der Bundeszentrale für gesundheitliche Aufklärung, S. 68.
169 Fanny Jiménez. Ohne Pille wirkt der Partner plötzlich anders. 27.11.2014. http://www.welt.de/gesundheit/psychologie/article134783329/Ohne-Pille-wirkt-der-Partner-ploetzlich-anders.html, 27.11.2014.
170 Nora Henk. Spirale. 19.08.2011. In: NetDoktor. http://www.netdoktor.de/Gesund-Leben/Verhuetung/Verhuetung-A-Z/Spirale-234.html, 04.12.2014.
171 Sicherheit Verhütungsmethoden. In: Verhüten ohne Hormone. http://www.verhueten-ohne-hormone.de/sicherheit-verhuetungsmethoden/verhuetungsmethoden-pearl-index.php, 04.12.2014.
172 Nora Henk. Symptothermale Verhütung (Rötzer-Methode). 29.08.2011. In: NetDoktor http://www.netdoktor.de/Gesund-Leben/Verhuetung/Verhuetung-A-Z/Symptothermale-Verhuetung-Roetz-312.html, 04.12.2014.
173 »Pille danach« wirkt unterschiedlich. In: Deutscher Bundestag. Ausschuss für Gesundheit. 19.03.2014. http://www.bundestag.de/presse/hib/2014_03/02/262740, 04.12.2014.
174 James Trussell / Elisabeth G. Raymond / Kelly Cleland. Emergency Contraception: A Last Chance to Prevent Unintended Pregnancy. August 2014. http://ec.princeton.edu/questions/ec-review.pdf, 04.12.2014.
175 Ulipristalacetat. In: Uterus Myomatosus. http://www.uterus-myomatosus.net/ulipristalacetat-wirkung-myom, 04.12.2014.
176 Offener Brief. 09.11.2012. http://www.dggg.de/publikationen/stellungnahmen/?eID=dam_frontend_push&docID=1707, 04.12.2014.

177 Guido Bohsem. »Pille danach« wird in Deutschland rezeptfrei. 25.11.2014. In: Süddeutsche.de. http://www.sueddeutsche.de/gesundheit/verhuetung-pille-danach-wird-in-deutschland-rezeptfrei-1.2238241, 04.12.2014.

178 http://www.sueddeutsche.de/gesundheit/rezeptfreiheit-fuer-die-pille-danach-wie-die-notfallverhuetung-funktioniert-1.1862199, 19.3.2015.

179 http://www.abda.de/fileadmin/assets/Praktische_Hilfen/Leitlinien/Selbstmedikation/Notfallkontrazeptiva_Handlungsempfehlung-Checkliste_BAK_20150128.pdf, 19.3.2015.

180 Ebd.

181 http://www.netdoktor.de/Gesund-Leben/Verhuetung/Sicherheit+Notfall/Mifegyne-r-RU-486-1007.html, 26.12.2014.

182 Das kleine 9x2. http://www.bzga.de/pdf.php?id=aa83feffca6f6a1bd63bdc089bb1d7f4, 02.12.2014.

183 Strafgesetzbuch. Gesetzesstand: 13.12.2014. In: dejure.org. http://dejure.org/gesetze/StGB/219.html, 17.12.2014.

184 Ute Buth / Thomas Schirrmacher. Schwangerschaftsabbruch. Holzgerlingen: SCM Hänssler 2013.

185 Zitate.eu. http://www.zitate.eu/de/autor/11388/pavel-kohout, 04.12.2014.

186 Aphorismen. http://www.aphorismen.de/suche?f_autor=1159_Thomas+Alva+Edison, 17.12.2014.

187 Gute Zitate. http://gutezitate.com/zitat/170636, 04.12.2014.

188 Engl. *make lemonade*: Wenn dir das Leben Zitronen gibt, mach Limonade draus. Buchtitel von Virginia E. Wolff.